KB113274

한국단편문학선 1

세계문학전집 10

한국단편문학선 1

김동인 외

이남호 엮음

민음사

차례

김동인

현진건

이광수

나도향

최서해

김유정

김동인

1900. 10. 2. ~ 1951. 1. 5.

●

감자
발가락이 닮았다

1900년 평남 평양에서 출생하였다.

1914년에 일본으로 건너가 메이지 학원을 거쳐 아오야마 학원을 졸업, 귀국했다가 그림에 뜻을 두어 다시 동경 카와바타 미술 학교에 입학했다.

1919년 주요한 등과 함께 한국 최초의 문예 동인지《창조》를 동경에서 간행한 후 귀국하였고, 3·1 운동 때에는 출판법 위반 혐의로 6개월 징역, 2년 간의 집행유예 선고를 받았다.

첫 단편 「약한 자의 슬픔」은 한국 리얼리즘 또는 자연주의 최초의 작품으로 알려져 있다. 단편 「마음이 옅은 자여」, 「목숨」 등을 썼고, 이어 자연주의 경향의 「배따라기」, 「태형」, 「감자」, 「김연실전」 등을 발표하였다. 이와는 대조적으로 「광화사」, 「광염소나타」 등은 유미주의, 낭만주의 경향을 보이는 그의 대표작이다. 만년에는 「대수양」, 「젊은 그들」, 「을 지문덕」 등의 역사 소설을 썼다.

첫 창작집 『목숨』(1924)을 자비로 출판했고, 1925년 무렵 방탕 생활로 파산했고, 수리 사업도 실패했으며 첫 아내와도 헤어졌다. 생활난을 해결하기 위해서 신문, 잡지 등에 닥치는 대로 역사 소설, 사담(史) 등을 썼으나 생계는 더 곤란해졌고, 아편 중독증까지 걸렸다. 6·25 때 가족이 피난간 사이 하왕십리동 자택에서 중병으로 사망하였다.

대표작으로 「약한 자의 슬픔」, 「배따라기」, 「발가락이 닮았다」, 「감자」, 「태형」, 「김연실전」, 「광화사」, 「광염 소나타」, 「운현궁의봄」, 「춘원 연구」, 「붉은 산」 등이 있다.

감자

싸움, 간통, 살인, 도적, 구걸, 징역, 이, 세상의 모든 비극과 활극의 출원지(出源地)인, 이 칠성문(七星門) 밖 빈민굴로 오기 전까지는 복녀(福女)의 부처(夫妻)는 (사농공상(士農工商)의 제2위에 드는) 농민이었었다.

복녀는, 원래, 가난은 하나마 정직한 농가에서, 규칙 있게 자라난 처녀였었다. 이전 선배의 엄한 규율은, 농민으로 떨어지자부터 없어졌다 하나, 그러나, 어딘지는 모르지만, 딴 농민보다는 좀 뚝뚝하고 엄한 가율(家律)이, 그의 집에 그냥 남아 있었다. 그 가운데서 자라난 복녀는, 물론 다른 집 처녀들과 같이 여름에는 벌거벗고 개울에서 멱감고, 바짓바람으로 동리를 돌아다니는 것을 예사로 알기는 알았지만 그러나 얼마간 그의 마음속에는 막연하나마 도덕이라는 것에 대한 저품을 지니고 있었다.

그는, 열다섯 살 나는 해에, 동리 홀아비에게 80원에 팔려서 시집이라는 것을 갔다. 그의 새서방(영감이라는 것이 적당할까.)이라는 사람은 그보다, 20년이나 위로서, 원래, 아버지의 시대에는 상당한 농군으로서, 밭도 몇 마지기가 있었으나, 그의 대로 내려오면서는 하나둘 줄기 시작하여서, 마지막에 복녀를 산 80원이, 그의 마지막 재산이었었다. 그는, 극도로 게으른 사람이었었다. 동리 노인들의 주선으로, 소작 밭께나 얻어 주면, 종자만 뿌려 둔 뒤에는, 후치질도 안하고 김도 안 매고 그냥 내버려 두었다가는, 가을에 가서는, 되는 대로 거두어서 '금년은 흉년이네.' 하고 전주(田主) 집에는 가져도 안 가고 자기 혼자 먹어 버리고 하였다. 그러니까 그는 한 밭을 이태를 연하여 부쳐본 일이 없었다. 이리하여 몇 해를 지나는 동안, 그는 그 동리에서는 밭을 못 얻으리만큼 인심을 잃고 말았다.

복녀가 시집을 간 뒤 한 3, 4년은, 장인의 덕택으로 이렁저렁 지나갔으나, 이전 선배의 꼬리인 장인은, 차차 사위를 밉게 보기 시작하였다. 그들은 처가에까지 신용을 잃게 되었다.

그들 부처는, 여러 가지로 의논을 하다가, 하릴없이 평양 성안으로 막벌이로 들어왔다. 그러나, 게으른, 그에게는 막벌이나마 역시 되지 않았다. 하루 종일 지게를 지고, 연광정에 가서 대동강만 내려다보고 있으니, 어찌 막벌인들 될까. 한 서너 달 막벌이를 하다가, 그들은 요행, 어떤 집 막간(행랑)살이로 들어가게 되었다.

그러나, 그 집에서는 얼마 안하여 쫓겨 나왔다. 복녀는 부지런히 주인집 일을 보았지만, 남편의 게으름은 어찌할 수가 없었다. 맨날, 복녀는 눈에 칼을 세워가지고 남편을 채근하였지만, 그의 게으른 버릇은, 개를 줄 수는 없었다.

"볏섬 좀 치워달라우요."

"남 졸음 오는데. 임자 좀 치우시관."

"내가 치우나요?"

"이십 년이나 밥 먹구, 그걸 못 치워!"

"에이구, 칵 죽구나 말디."

"이년 뭘."

이러한 싸움이 끊이지 않다가, 마침내 그 집에서도 쫓겨 나왔다.

이젠, 어디로 가나? 그들은, 하릴없이, 칠성문 밖 빈민굴로 밀려나오게 되었다.

칠성문 밖을 한 부락으로 삼고, 그곳에 모여 있는, 모든 사람들의 정업(正業)은 거러지요, 부업으로는 도적질과, (자기네끼리의) 매음. 그 밖의 이 세상의 모든 무섭고 더러운 죄악들이었다.

복녀도, 그 정업으로 나섰다.

그러나, 열아홉의 한참 젊은 나이의 여편네에게, 누가 밥인들 잘 줄까.

"젊은 것이 거렁질은 왜."

그런 소리를 들을 때마다 그는, 여러 가지 말로 남편이 병으로 죽어 가거나 어쩌거니 핑계는 대었지만 그런 핑계에는 단련된 평양 시민의 동정은 역시 살 수가 없었다. 그들은, 이 칠성문 밖에서는 가장 가난한 사람 가운데 드는 편이었었다. 그 가운데서, 잘 수입 되는 사람은, 하루에, 오 리(厘)짜리 돈뿐으로 일 원 칠팔십 전의 현금을 쥐고 돌아오는 사람까지 있었다. 극단으로 나가서는, 밤에 돈벌이 나갔던 사람은 그날 밤 사백여 원을 벌어가지고 와서, 그 근처에서 담배장사를 시작한 사람까지 있었다.

복녀는, 열아홉 살이었었다. 얼굴도 그만하면 반반하였다. 그는, 그 동리 여인들의 보통 하는 일을 본받아서 돈벌이 잘하는 사람의 집에라도 간간 찾아가면, 매일 오륙십 전은 벌 수가 있었지만, 선배의, 집안에서 자라난 그는, 그런 일은 할 수가 없었다.

그들 부처는, 역시 가난하게 지냈다. 굶는 일도 흔히 있었다.

기자묘(箕子墓) 솔밭에 송충이가 끓었다. 그때, 평양부에서는, 그 송충이를 잡는데, (은혜를 베푸는 뜻으로) 칠성문 밖 빈민굴의 여인들을 인부로 쓰게 되었다.

빈민굴 여인들은 모두 다 지원을 하였다. 그러나, 뽑힌 것은 겨우 오십 명쯤이었었다. 복녀도 그 뽑힌 사람 가운데 한 사람이었었다.

복녀는 열심히 송충이를 잡았다. 소나무에 사다리를 놓고 올라가서는, 송충이를, 집게로 집어서 약물에 잡아넣고, 잡아넣고, 그의 통은 감깐 새에 차고 하였다. 하루에 삼십 전씩의 공전이 그의 손에 들어왔다.

그러나 대엿새 하는 동안에, 그는, 이상한 현상을, 하나 발견하였다. 그것은 다른 것이 아니라, 젊은 여인부 한 여남은 사람은, 언제든 송충이는 안 잡고 아래서 재잘거리며 웃고 날뛰기만 하고 있는 것이었다. 뿐만 아니라, 그 놀고 있는 인부의 공전은, 일하는 사람의 공전보다 팔 전이나 더 많이 내어주는 것이었다.

감독은, 한 사람뿐이지만, 감독도, 그들의 놀고 있는 것을 묵인할 뿐 아니라, 때때로는 자기까지 섞여서 놀고 있는 것을 볼 때에, 복녀는 이상하다 하였다.

어떤 날, 송충이를 잡다가, 점심 때가 되어서 나무에서 내려와서 점심을 먹고, 다시 올라가려 할 때에 감독이 그를 찾았다.

"복네, 애 복네."

"왜 그릅네까."

그는, 약통과 집게를 놓은 뒤에, 돌아섰다.

"좀 오너라."

그는, 말없이 감독 앞에 갔다.

"애, 너, 음— ……데 뭬 좀 가보디 안캇니?"

"뭘 하려요."

"글쎄 가믄 알디?"

"가디요. 형님."

그는 돌아서면서 인부들 모여 있는 데로 고함쳤다—.

"형님두 갑세다가레."

"싫다 애, 둘이서 재미나게 가는데, 내가 무슨 맛에 가갔니."

복녀는, 얼굴이 새빨갛게 되면서, 감독에게로 돌아섰다.

"가 보자."

감독은, 저편으로 갔다. 복녀는 머리를 숙이고 따라갔다.

"복네, 도캇구나."

뒤에서, 이러한 고함소리가 들렸다. 그의 숙인 얼굴은 더욱 빨갛게 되었다.

그날부터, 복녀도, '일 안하고 공전 많이 받는 인부'의 한 사람으로 되었다.

복녀의 도덕관, 내지 인생관은 그때부터 변하였다.

그는, 아직껏, 딴 사내와 관계를 한다는 것을, 생각하여 본 일도 없었다. 그것은 사람의 일이 아니요 짐승의 하는 짓으로만 알고 있었다. 혹은, 그런 일을 하면 탁 죽어지는지도 모를 일로 알았다.

그러나, 이런 이상한 일이 어디 다시 있을까. 사람인 자기도 그런 일을, 한 것을 보면, 그것은 결코 사람으로 못할 일이 아니었었다. 게다가, 일 안 하고도, 돈 더 받고, 긴장된 유쾌가 있고, 빌어먹는 것보다 점잖고, …… 일본 말로 하자면 삼박자 가진 좋은 일은, 이것뿐이었었다. 이것이야말로, 삶의 비결이 아닐까. 뿐만 아니라, 이 일이 있은 뒤부터, 그는, 처음으로 한 개 사람이 된 것 같은 자신까지 얻었다.

그뒤부터는, 그의 얼굴에는, 조금씩 분도 바르게 되었다.

일 년이 지났다.

그의 처세의 비결은, 더욱더 순탄히 진섭되었다. 그의 부처는 인제는, 그리 궁하게 지내지는 않게 되었다.

그의 남편은 이것이 결국 좋은 일이라는 듯이, 아랫목에 누워서 벌신벌신 웃고 있었다.

복녀의 얼굴은, 더욱 이뻐졌다.

"여보, 아즈바니, 오늘은 얼마나 벌었소?"

복녀는, 돈 좀 많이 벌은 듯한 거러지를 보면, 이렇게 찾는다.

"오늘은 많이 못 벌었쉐다."

"얼마?"

"도무지, 열서너 냥."

"많이 벌었쉐다가레, 한 댓 냥 꿰 주소고려레."

"오늘은 내가!"

어쩌고어쩌고 하면, 복녀는 곧 뛰어가서, 그의 팔에 늘어진다.

"나한테 들킨 담에는 꿰고야 말아요."

"난, 원, 이 아즈마니 만나믄 야단이더라. 자 꿰주디. 그 대신, 응? 아랐디?"

"난 몰라요. 헤헤헤헤."

"모르믄, 안 줄 테야."

"글쎄, 알았대두 그런다."

──그의 성격은, 이만큼까지 진보되었다.

가을이 되었다.

칠성문 밖 빈민굴의 여인들은, 가을이 되면, 칠성문 밖에 있는, 지나(支那)인의 채마밭에, 감자며 배추를 도적질하러 밤에 바구니를 가지고 간다. 복녀도, 감자깨나 잘 도적질하여 왔다.

어떤 날 밤, 그는 감자를 한 바구니 잘 도적질하여 가지고, 인제 돌아오려고 일어설 때에, 그의 뒤에 시커먼 그림자가 일어서면서, 그를 꺽 붙들었다. 그것은 그 밭의 소작인인 지나인 왕서방이었었다. 복녀는, 말도 못 하고 멀찐멀찐 발 아래만 내려다보고 있었다.

"우리 집에 가."

왕서방은 이렇게 말하였다.

"가재믄 가디 흰, 것두 못 갈까."

복녀는, 엉덩이를 한번 홱 두른 뒤에, 머리를 젖히고, 바구니를 저으면서 왕서방을 따라갔다.

한 시간쯤 뒤에, 그는 왕서방의 집에서 나왔다. 그가 밭고랑에서 길로 들어서려 할 때에 문득 뒤에서 누가 그를 찾았다.

"복네 아니야?"

복녀는, 홱 돌아서면서 보매 거기는 자기 곁집 여편네가 바구니를 들고, 어두운 밭고랑을 더듬더듬 나오고 있었다.

"형님이댓쉐까? 형님두 들어갔댓쉐까?"

"님자두 들어갔댔나?"

"형님은, 뉘 집에?"

"나? 육서방네 집에. 님자는?"

"난, 왕서방네! 형님 얼마 받았소?"

"육서방네 그 깍쟁이놈, 배추 세 포기!"

"난 삼 원 받았디."

복녀는 자랑스러운 듯이 대답하였다.

십 분쯤 뒤에 그는, 자기 남편과, 그 앞에 돈 삼 원을 내어놓은 뒤에, 아까 그 왕서방의 이야기를 하면서 웃고 있었다.

그뒤부터, 왕서방은 무시로 복녀를 찾아왔다.

한참, 왕서방이 눈만 멀찐멀찐 앉아 있으면 복녀의 남편은 눈치를 채고 밖으로 나간다.

왕서방이 돌아간 뒤에는, 그들 부처는, 일 원, 혹은 이 원을 가운데 놓은 뒤에 기뻐하고 하였다.

복녀는, 차차 동리 거러지들한테 애교를 파는 것을 중지하였다. 왕서방이, 분주하여 못 올 때가 있으면, 복녀는 스스로 왕서방의 집까지 찾아갈 때도 있었다.

복녀의 부처는, 이젠, 이 빈민굴의 한 부자였었다.

그 겨울도 가고, 봄이 이르렀다.

그때, 왕서방은 돈 백 원으로 어떤 처녀를 하나 마누라로 사오게 되었다.

"흥!"

복녀는, 다만 코웃음만 웃었다.

"복녀, 강짜하겠구만."

동리 여편네들이 이런 말을 하면, 흥 하고 코웃음을 웃고 하였다.

내가 강짜를 해? 그는 늘 힘있게 부인을 하고 하였지만, 그의 마음에 생기는 검은 그림자는 어찌할 수가 없었다.

"이놈, 왕서방, 네 두고보자."

왕서방의 색시를 데려오는 날이 가까웠다. 왕서방은, 아직껏 자랑하던 길다란 머리를 깎았다. 동시에, 그것은 새색시의 의견이라는 소문이 쫙 퍼졌다.

"흥!"

복녀는, 역시 코웃음만 쳤다.

마침내 색시가 오는 날이 이르렀다. 칠보단장에 사인교(四人轎)를 탄 색시가, 칠성문 밖 채마밭 가운데 있는, 왕서방네 집에 이르렀다.

밤이 깊도록, 왕서방의 집에는 지나인들이 모여서 별한곡조로 노래를 하며 야단이었었다. 복녀는 집 모퉁이에 숨어서서 눈에 살기를 띠고, 방 안 동정을 듣고 있었다.

다른 지나인들은 새벽 두시쯤 하여 돌아갔다. 그 돌아가는 것을 보면서 복녀는 왕서방의 집 안에 들어갔다. 복녀의 얼굴에는 분이 하얗게 발라져 있었다.

신랑, 신부는 놀라서 그를 쳐다보았다. 그것을 무서운 눈으로 흘겨보면서 그는, 왕서방에게 가서, 팔을 잡고 늘어졌다. 그의 입에서는, 이상한 웃음이 흘렀다——.

"자, 우리 집으로 가요."

왕서방은 아무 말도 못 하였다. 눈만, 정처없이 두룩두룩하였다. 복녀는 다시 한번 왕서방을 흔들었다——.

"자, 어서."

"우리, 오늘 밤 일이 있어 못 가."

"일은, 밤중에 무슨 일?"

"그래두, 우리 일이!"

복녀의 입에 아직껏 떠돌던 이상한 웃음은, 문득 없어졌다.

"이까짓 것."

그는 발을 들어서, 치장한 신부의 머리를 찼다.

"자, 가자우, 가자우."

왕서방은 와들와들 떨었다. 왕서방은 복녀의 손을 뿌리쳤다.

복녀는, 쓰러졌다가 다시 일어섰다. 그가 다시 일어설 때에는, 그의 손에는, 얼른얼른 하는 낫이 한 자루 들려 있었다.

"이 되놈, 죽어라, 죽어라, 이놈, 나 때렛디! 이놈아, 아이구, 사람 죽이누나."

그는, 목을 놓고 처울으면서, 낫을 휘둘렀다. 칠성문 밖, 외따른 밭 가운데 홀로 서 있는 왕서방의 집에서는, 일장의 활극이 일어났다.

그러나, 그 활극도 곧 잠잠케 되었다. 복녀의 손에 들려 있던 낫은, 어느덧 왕서방의 손으로 넘어가고, 복녀는, 목으로 피를 쏟으면서, 그 자리에 고꾸라져 있었다.

복녀의 송장은, 사흘이 지나도록 무덤으로 못 갔다. 왕서방은, 몇 번을 복녀의 집에, 복녀의 남편을 찾아갔다. 복녀의 남편도 때때로 왕서방을 찾아갔다. 둘의 사이에는, 무슨 교섭하는 일이 있었다.

사흘이 지났다.

밤중에 복녀의 시체는, 왕서방의 집에서 남편의 집으로 옮겼다.

그리고, 그 시체 앞에는 세 사람이 둘러앉았다. 한 사람은 복녀의 남편 한 사람은 왕서방! 또 한 사람은, 어떤 한방의. 왕서방은, 말없이 돈주머니를 꺼내어, 십 원짜리 지폐 석 장을 복녀의 남편에게 주었다. 한방의의 손에도 십 원짜리 두 장이, 갔다.

이튿날, 복녀는 뇌일혈로 죽었다는 한방의의 진단으로, 공동묘지로 가져갔다.

《조선문단》 제4호, 1925. 1

발가락이 닮았다

노총각 M이 혼약을 하였다──.

우리들은 이 소식을 들을 때에 뜻하지 않고 서로 얼굴을 마주 보았습니다.

M은 서른두 살이었습니다. 세태가 갑자기 변하면서 혹은 경제 때문에, 혹은 적당한 배우자가 발견되지 않기 때문에, 혹은 단지 조혼(早婚)이라 하는 데 대한 반항심 때문에, 늦도록 총각으로 지내는 사람이 많아가기는 하지만, 서른두 살의 총각은 아무리 생각하여도 좀 너무 늦은 감이 없지 않았습니다. 그래서 그의 친구들은 아직껏 기회가 있을 때마다 그에게 채근 비슷이, 결혼에 대한 주의를 하고 하였습니다. 그러나, M은 언제나 그런 의논을 받을 때마다(속으로는 매우 흥미를 가진 것이 분명한데) 겉으로는 고소(苦笑)로써 친구들의 말을 거절하

고 하였습니다. 그러던 M이 우리의 모르는 틈에 어느덧 혼약을 한 것이외다.

M은 가난하였습니다. 매우 불안정한 어떤 회사의 월급쟁이였습니다. 이 뿌리 약한 그의 경제 상태가 그로 하여금 늙도록 총각으로 지내게 한 듯도 합니다. 그리고 이 때문에 친구들은 M의 총각 생활을 애석히 생각하여, 장가 들기를 권하는 것이었습니다.

그러나 나뿐은 M이 장가를 가지 않은 데 다른 종류의 해석을 내리고 있었습니다. 의사라는 나의 직업이 발견한 M의 육체적인 결함──이것 때문에 M은 서른이 넘도록 총각으로 지낸다, 나는 이렇게 믿고 있었습니다.

M은 학생 시대부터 대단한 방탕 생활을 하였습니다. 방탕이래야 금전상의 여유가 부족한 그는, 가장 하류에 속하는 방탕을 하였습니다. 오십 전 혹은 일 원만 생기면, 즉시로 우동집이나 유곽으로 달려가던 그였습니다. 체질상 성욕이 강한 그는, 그 불 같은 정욕을 끄기 위하여, 눈앞에 닥치는 기회는 한번도 놓치지 않았습니다. 친구들을 만날지라도, 음식을 한턱 하라기보다 유곽을 한턱 하라는 그였습니다.

"질(質)로는 모르지만, 양(量)으로는 세계의 누구에게든 그다지 지지 않을 테다."

관계한 여인의 수효에 대하여, 이렇게 방언하기를 주저치 않으리만치, 그는 선택(選擇)이라는 도정을 밟지 않고 '집어세었'습니다. 스물서너 살에 벌써 이백 명은 넘으리라는 것을 발표하였습니다. 서른 살 때는 벌써 괴승(怪僧) 신돈(辛旽)이를 멀리 눈 아래로 굽어보았을 것입니다. 그런지라, 온갖 성병(性病)을 경험하지 못한 것이 없었습니다. 더구나 술이 억배요, 그 위에 유달리 성욕이 강한 그는, 성병에 걸린 동안도 결코 삼가지를 않았습니다. 일년 삼백육십여 일 그에게서 성병이 떠나 본 적이 없었습니다. 늘 농이 흐르고, 한 달 건너큼 고환염(睾丸炎)으로써, 걸음걸이도 거북스러운 꼴을 하여 가지고, 나한테 주사를 맞으러 오고 하였습니다. 그러는 동안에도 오십 전, 혹은 일 원만 생기면, 또한 성행위를 합니다. 이런지라, 물론 그는 생각 능력이 없어진 사람이었습니다.

이 일을 잘 아는 나는, M이 결혼을 안하는 이유를 여기다가 연결시켜 가지고, 그의 도덕심(?)에 동정까지 하고 있었습니다. 인생을 빈곤한 가운데서 보내고, 늙은 뒤에도 슬하도 없이 쓸쓸하게 지낼 그, 더구나 자기를 봉양할 슬하가 없기 때문에, 백발이 되도록 제 손으로 이 고해를 헤엄쳐 나갈 그는, 과연 한 가련한 존재이겠습니다.

이러던 M이, 어느덧 우리의 모르는 틈에 우물쭈물 혼약을 한 것이외다.

하기는 며칠 전에 이런 일이 있었습니다. 그날 저녁을 먹은 뒤에, 혼자서 신간 치료 보고서를 읽고 있을 때에 M이 찾아왔습니다. 그리고 비교적 어두운 얼굴로써, 내가 묻는 이야기에도 그다지 시원치 않은 듯이 입술엣 대답을 억지로 하고 있다가, 이런 질문을 나에게 던졌습니다.

"남자가 매독을 앓으면 생식을 못하나?"

"괜찮겠지."

"임질은?"

"글쎄, 고환을 오카사레루하지 않으면 괜찮지."

"고환은── 내 친구 가운데 고환염을 앓은 사람이 있는데, 인제는 생식을 못 하겠다고 비관이 여간이 아니야. 고환을 오카사레루하면 절대 불가능인가? 양쪽 다 앓았다는데……."

"그것도 경하게 앓았으면 영향 없겠지."

"가령 그 경하다 치면── 내가 앓은 게 그게 경한 편일까? 중한 편일까?"

나는 뜻하지 않고 그의 얼굴을 보았습니다. 중하기도 그만치 중하게 앓은 뒤에, 지금 그게 경한 거냐 중한 거냐 묻는 것이, 농담으로밖에는 들리지 않았으므로……. M의 얼굴은 역시 무겁고 어두웠습니다. 무슨 중대한 선고를 기다리는 사람과 같이, 눈을 푹 내리뜨고 나의 대답을 기다리고 있었습니다. 잠시 그의 얼굴을 바라본 뒤에, 나는 어이가 없어서,

"아주 경한 편이지."

이렇게 대답하여 버렸습니다.

"경한 편?"

"그럼."

이리하여 작별을 하였는데, 지금에 이르러 생각하면 그 저녁의 그 문답이 오늘날의 그의 혼약을 이루게 하지 않았는가 합니다.

M이 혼약을 하였다는 기보(寄報)를 가지고 온 것은 T라는 친구였습니다. 그때는 마침 (다 M을 아는) 친구가 서너 사람 모

여 있을 때였습니다.

"골동(骨董) —— 국보 하나 없어졌다."

누가 이런 비평을 가하였습니다. 나는 T에게 이렇게 물었습니다——.

"그래 연애로 혼약이 된 셈인가요?"

"연애? 연애가 다 무예요. 갈보 나카이밖에는 여자라는 걸 모르는 녀석이, 어디서 연애의 대상을 구하겠소?"

"그럼 지참금(持參金)이라도 있답디까?"

"지참금이란 뉘집 애 이름이오?"

나는 여기서 이 혼약에 대하여 가장 불유쾌한 면을 보았습니다. 삼십이 넘도록 총각으로 지낸 그로서, 연애라 하는 기묘한 정사 때문에 그 절(節)을 굽혔다면, 그것은 도리어 축하할 일이지 책할 일이 아니외다. 지참금을 바라고 혼약을 하였다 하여도, 지금의 세상에 살아가는 우리로서 (더구나 그의 빈곤을 잘 아는 처지인지라) 크게 욕할 수가 없는 일이외다. 그러나 연애도 아니요, 금전 문제도 아닌 이 혼약에서는, 가장 불유쾌한 한 가지의 결론밖에는 얻을 수가 없습니다.

"그럼——."

나는 가장 불유쾌한 어조로 이렇게 말하였습니다——.

"유곽에 다닐 비용을 경제하기 위하여 마누라를 얻는 셈이구려."

이 혹평(酷評)에 대하여 T는 마땅치 않다는 듯이 나를 보았습니다.

"그렇게 혹언할 것도 아니겠지요. M도 벌써 서른두 살이든가 세 살이든가, 좌우간 그만하면 차차로 자식도 무릎에 앉혀 보고 싶을 게고, 그렇다고 마땅한 마누라를 선택할 길이나 방법은 없고——."

"자식? 고환염을 그만침이나 심히 앓은 녀석에게 자식? 자식은——."

불유쾌하기 때문에 경솔히도 직업적 비밀을 입 밖에 내인 나는, 하던 말을 중도에 끊어 버렸습니다. 그러나 이미 한 말까지는 도로 삼킬 수가 없었습니다.

"네? 그게 무슨 말씀이오?"

M의 생식 능력에 대하여 사면에서 질문이 들어왔습니다. 이미 한 말에 대하여 책임을 지지 않을 수 없는 나는, 그 말을 돌려 꾸미기에 한참 애를 썼습니다. 단언할 수는 없지만 혹은 M은 생식 능력이 없을지도 모른다. 그러나 진찰을 안 해 본 바이니까, 혹은 또한 생식 능력이 있을지도 모른다. M이 너무도 싱거운 혼약을 한 데 대하여 불유쾌하여, 그런 혹언을 하였지만 그 말은 취소한다. 이러한 뜻으로 꾸며 대었습니다. 그리고 그 좌석에 있던 스무 살쯤 난 젊은이가,

"외려 일생을 자식 없이 지내면 편치 않아요?"

이러한 의견을 내는 데 대하여, '젊은이로서는 도저히 이해할 수 없는, 혈족의 애정'이라는 문제와, 그 문제를 너무도 무시하는 요즘의 풍조에 대한 논평으로 말머리를 돌려 버리고 말았습니다.

M은 몰래 결혼식까지 하였습니다. 그의 친구들로서 M의 결혼식의 날짜를 미리 안 사람은 한 사람도 없었습니다. 뿐만

아니라, 지금 모두들 제각기 하는 소위 신식 혼례식을 하지 않고, 제 집에서 구식으로 하였답니다. 모 여고보 출신인 신부는 구식 결혼이 싫다고 하였지만 M이 억지로 한 것이라 합니다.

이리하여 유곽에서는 한 부지런한 손님을 잃어버렸습니다.

"독점이라 하는 건 참 유쾌하던걸."

결혼한 뒤에 M은 어떤 친구에게 이런 말을 하였다 합니다. 비록 연애로써 성립된 결혼은 아니지만, 그다지 실패의 결혼은 아닌 듯하였습니다. 오십 전, 혹은 일 원의 돈을 내어던지고 순간적 성욕의 만족을 사던 이 노총각이, 꿈에도 생각지 못할 독점을 하였으매, 그의 긍지가 적지 않았을 것이외다. 연애 결혼은 아니었지만 결혼한 뒤에 연애가 생긴 듯하였습니다. 언제든 음침한 기분이 떠돌던 그의 얼굴이, 그럴싸해서 그런지 좀 밝아진 듯하였습니다.

"복 받거라."

우리들──더구나 나는 그들의 결혼을 심축하였습니다. 처음에는 한낱 M의 성행위의 기구로 M과 결합하게 된 커다란 희생물인 그의 젊은 아내를 위하여, 이것이 행복된 결혼이 되기를 축수하였습니다. 동기는 여하컨 결과에 있어서 아름다운 열매를 맺으라. 너의 젊은 아내로서, 한 개 '희생물'이 되지 않게 하여라. 어머니로서의 즐거움을 맛볼 기회가 없는 너의 아내에게, 그 대신 아내로서는 남에게 곱되는 즐거움을 맛보게 하여라. M의 일을 생각할 때마다 진심으로 이렇게 축수하였습니다.

신혼의 며칠이 지난 뒤부터는, M이 젊은 아내를 학대한다는 소문이 조금씩 들렸습니다. 완력을 사용한단 말까지 조금씩 들렸습니다. 그러나, 나는 이 문제는 그다지 크게 생각지 않았습니다. 이런 소문이 귀에 들어올 때마다, 나는 『아라비안 나이트』의 마신(魔神)의 이야기를 머릿속에서 되풀이하여 보고 하였습니다.

　어떤 어부가 그물질을 하고 있었습니다. 그런데 한번 그물을 끌어올리니까 거기는 고기는 없고, 그 대신, 병이 하나 걸려 있었습니다. 병은 마개가 닫혀 있고, 그 위에 납으로 굳게 봉함까지 되어 있었습니다. 어부는 잠시 주저한 뒤에 병의 봉함을 뜯고 마개를 뽑아 보았습니다. 즉, 병에서는 한 줄기 검은 연기가 하늘로 올라갔습니다. 그리고 하늘로 올라간 그 연기는 차차 뭉쳐서 거기는 커다란 마신이 나타났습니다.

　"나를 이 병 속에 감금한 것은 선지자 솔로몬이다. 이 병 속에 갇혀 있는 동안 나는 스스로 맹세하였다. 백 년 안에 나를 구해 주는 사람이 있으면 그 사람에게 거대한 부(富)를 주겠다고. 그리고 백 년을 기다렸지만 아무도 나를 구해 주는 사람이 없었다. 그래서 나는 다시 맹세했다. 이제 다시 백 년 안으로 나를 구해 주는 사람이 있으면 나는 그 사람에게 이 세상에 있는 보배를 다 주겠다고. 그리고 헛되이 백 년을 더 기다린 뒤에, 백 년을 더 연기해서 그 백 년 안에 나를 구해 주는 사람이 있으면, 그 사람에게 이 세상에서 가장 큰 권세와 영화를 주겠다고.── 그러나 그 백 년이 다 지나도 역시 구해 주는 사람이 없었다. 그래서 나는 마지막으로 다시 맹세했다.

인제 누구든지 나를 구해 주는 놈이 있거든 당장에 그놈을 죽여서 그새 갇혀 있던 그 분풀이를 하겠다고."

이것이 병 속에서 나온 마신의 이야기였습니다. M이 자기의 젊은 아내를 학대한다는 소문이 들릴 때에, 나는 이 이야기를 생각지 않을 수가 없었습니다. 삼십이 지나도록 총각으로 지낸 그 고통과 고적함에 대한 분풀이를 제 아내에게 하는 것이라 했습니다. 그리고 실컷 학대해라, 실컷 학대해라, 더욱 축수하였습니다.

M이 결혼한 지 이 년이 거의 다 된 어떤 날 저녁이었습니다. 그와 나는 어떤 곳에서 저녁을 같이하고 있었습니다. 그의 얼굴은 이날 유난히 어둡고 무거웠습니다. 그는 음식에는 거의 손을 대지 않고 술만 들이켜고 있었습니다. 본시 말이 많지 않은 그가 이날은 더욱 입이 무거웠습니다.

몹시 취하여 더 술을 먹지 못하리만치 되어서, 그는 처음으로 자발적으로 입을 열었습니다. 충혈이 된 그의 눈은 무시무시하게 번뜩였습니다.

"여보게 여보게. 속이지 말구 진정으로 말해 주게. 내게 생식 능력이 있겠나?"

"글쎄 검사를 해 보아야지."

나는 이만치 하여 넘기려 하였습니다.

"그럼 한번 진찰해 봐주게."

"왜 갑자기 —."

그는 곧 대답하려 하였습니다. 그러나 나오려던 말을 삼켰습니다. 그리고 다시 술을 한 잔 먹은 뒤에, 눈을 푹 내리뜨며 말했습니다──.

"아니, 다른 게 아니라, 내게 만약 생식 능력이 없다면 저 사람(자기의 아내)이 불쌍하지 않나? 그래서 없는 게 판명되면, 아직 젊었을 때에 헤져서 저 사람이 제 운명을 다시 개척할 '때'를 줘야지 않겠나? 그래서 말일세."

"진찰해 보아야지."

"그럼 언제 해 보세."

그 며칠 뒤에 나는 M의 아내가 임신했다는 소문을 듣고 깜짝 놀랐습니다. 검사해 볼 필요도 없습니다. M은 그 능력이 없을 것입니다. 그런데 M의 아내는 임신했습니다.

그리고 며칠 전에 M이 검사하겠다던 마음을 짐작했습니다. 그것은 결코 그날의 제 말마따나 '아내의 장래를 위하여' 하려는 것이 아니고, 아내에게 대한 의혹 때문에 하여 보려는 것일 것이외다. 자기도 온전히 모르는 바는 아니로되, 십중팔구는 자기는 생식 불능자일 텐데 자기의 아내는 임신을 한 것이외다.

생각하면 재미있는 연극이외다. 생식 능력이 없는 M은, 그런 기색도 뵈지 않고 결혼을 하였습니다. 그리하여 M에게로 시집을 온 새 아내는, 임신을 하였습니다. 제 남편이 생식 불능자인 줄 모르는 아내는, 버젓이 자기의 가진 죄의 씨를 M에게 자랑을 하고 있을 것이외다. 일찍이 자기가 생식 불능자인지도 모르겠다는 점을 밝혀 주지 않은 M은, 지금 이 의혹의 구렁이에서도 제 아내를 책할 권리가 없을 것이외다. 그가 검사를 하겠다 하나, 검사를 하여서 자기가 불구자인 것이 판명된 뒤에는 어떤 수단을 취할는지 짐작도 할 수가 없습니다. 아내의 음행을 책하자면, 자기의 사기적 행위를 폭로시키지 않을 수가 없을 것이외다. 그것을 감추자면, 제 번민만 더욱 크게 할 것이외다.

어떤 날, 그는 검사를 하자고 왔습니다. 그때 마침 환자가 몇 사람 밀려 있던 관계상, 나는 그를 내 사실에 가서 좀 기다리라 하고, 환자 처리를 다 하고 내려갔습니다. 그랬더니 그는 나를 기다리지 않고 돌아가 버렸습니다. 이튿날 그는 다시 왔습니다. 그러나 그는 또 돌아가 버렸습니다.

나도 사실 어찌하여야 할지 똑똑히 마음을 작정치 못했던 것이외다.

검사한 뒤에 당연히 사멸해 있을 생식 능력을 살아 있다고 하자니, 그것은 나의 과학적 양심이 허락지 않는 바외다. 그러나 또한 사멸하였다고 하자니, 이것은 한 사람의 일생을 망쳐 버리는 무서운 선고에 다름없습니다. M이라 하는 정당한 남편을 두고 불의의 쾌락을 취하는 M의 아내는 분명히 책받을 여인이겠지요. 그러나 또한 다른 편으로 이 사건을 관찰할 때에, 내가 눈을 꾹 감고 그릇된 검안을 내린다면, 그로 인하여 절대로 불가능하던 M이 슬하에 사랑스런 자식(?)을 두고 거기서 노후의 위안도 얻을 수 있을 것이요, 만사가 원만히 해결될 것이외다.

내가 자유로 선택할 수 있는 두 가지의 갈래 길에 서서, 나는 어느 편 길을 취하여야 할지 판단을 주저하고 있었습니다.

이 문제가 사오 일 뒤에 저절로 해결이 되었습니다. 그날도 역시 침울한 얼굴로 찾아온 M에게 대하여, 나는 의리상

"오늘 검사해 보자나?"

하니깐 그는 간단히 대답하였습니다——

"벌써 했네."

"응? 어디서?"

"P병원에서."

"그래서 그 결과는?"

"살았다대."

"?"

나는 뜻하지 않고 그의 얼굴을 보았습니다. 그것은 의외의 대답을 들은 때문이라기보다 오히려 '살았다대' 하는 그의 음성이 너무 침통하기 때문에…….

"그럼 안심이겠네."

이렇게 대답하는 동안, 나는 내가 하마터면 질 뻔한 괴로운 임무에서 벗어난 안심을 느끼는 동시에, P병원에서의 검안의 의외에, 눈을 크게 뜨지 않을 수가 없었습니다. 내 눈을 만난 M의 눈은 낭패한 듯이 이리저리 돌아다녔습니다. 그리고 나는 그 눈으로 그가 방금 한 말이 거짓말이었음을 알았습니다.

그럼 그는 왜 거짓말을 하였나? 자기의 아내의 명예를 보호하기 위하여? 세상과 제 마음을 속여 가면서라도 자식을 슬하에 두어 보기 위하여? 나는 그의 마음을 알 수가 없었습니다.—— 그가 입을 열었습니다. 무겁고 침울한 음성이었습니다.

"여보게, 자네 이런 기모치 알겠나?"

"어떤?"

그는 잠시 쉬어서 말을 시작했습니다.

"월급쟁이가 월급을 받았네. 받은 즉시로 나와서 먹고 쓰고 사고, 실컷 마음대로 돈을 썼네. 막상 집으로 돌아가는 길일세. 지갑 속에 돈이 몇 푼 안 남아 있을 것은 분명해. 그렇지만 지갑을 못 열어 봐. 열어 보기 전에는 혹은 아직은 꽤 많이 남아 있겠거니 하는 요행심도 붙일 수 있겠지만, 급기 열어 보면 몇 푼 안 남은 게 사실로 나타나지 않겠나? 그게 무서워서 아직 있거니, 스스로 속이네그려. 쌀도 사야지. 나무도 사야지. 열어 보면 그걸 살 돈이 없는 게 사실로 나타날 테란 말이지. 그래서 할 수 있는 대로 지갑에서 손을 멀리하고 제 집으로 돌아오네. 그 기모치 알겠나?"

나는 머리를 끄덕이었습니다.

"알겠네."

그는 다시 입을 봉하였습니다. 그러나 그때에 나는 알았습니다. M은 검사도 하여 보지 않은 것이외다. 그는 무서워합니다. 그는 검사를 피합니다. 자기의 아내가 임신을 하였습니다. 그것은 상식으로 판단하여 물론 남편의 아일 것이외다. 거기 대하여 의심을 품을 자는 하나도 없을 것이외다. 의심을 품을 필요도 없는 것이외다. 왜? 여인이 남편을 맞으면 원칙상 임신을 하는 것이 당연한 일이니깐.

이 의심할 필요가 없는 일을 의심하다가 향그럽지 못한 결과가 나타나면, 이것은 자작지얼로써 원망을 할 곳이 없을 것이외다. 벌의 둥지를 건드리는 것은 어리석은 것이외다. 십중

팔구는 향그럽지 못할 결과가 나타날 '검사'를, M은 회피한 것이외다. 절망을 스스로 사지 않으려— 그리고, 번민 가운데서도 끝끝내 일루의 희망을 붙여 두려, M은 온전히 '검사'라는 위험한 벌의 둥지를 건드리지 않기로 한 것이외다. 그리고 상식으로 판단할 수 있는 (제 아내의 뱃속에 있는) 자식에게 대하여, 억지로 애정을 가져 보려 결심한 것이외다. 검사를 하여서 정충이 살아 있다면 다행한 일이지만, 사멸하였다면 시재 제 아내와의 사이에 생길 비극과 분노와 절망은 둘째 두고라도, 일생을 슬하에 혈육이 없이 보내고, 노후에 의탁할 곳을 가질 가능성조차 없는 절망의 지위에 빠지지 않을 수가 없을 것이외다.

이것은 무서운 일이외다. 상식으로 판단할 수 있는 일을 거부(拒否)하고까지 이런 모험 행위를 할 필요가 없을 것이외다. 이리하여 그는 검사는 단념했지만, 마음에 있는 의혹뿐은 온전히 끄지를 못한 모양이었습니다. 그뒤 어떤 날, 그는 이런 이야기, 저런 이야기 하다가 이런 말을 했습니다—.

"자식은 꼭 제 애비를 닮는다면 좋겠구면……."

거기 대하여 나는 닮은 예를 여러 가지로 들어서 말하여 주었습니다. 그는 한숨을 쉬었습니다.

"여인이 애를 배면 걱정일 테야. 아버지나 친할아버지를 닮는다면 문제가 없겠지만, 외편을 닮거나, 그렇지 않으면, 아무도 닮지 않으면 걱정이 아니겠나. 그저 애비를 닮아야 제일이야. 하하하……."

나는 대답하였습니다.

"글쎄 말이지. 내 전문이 아니니깐 이름은 기억 못 하지만, 독일 소설에 이런 게 있지 않나. 「아버지」라나 하는 희곡 말일세. 자식을 낳았는데 제 자식인지 아닌지 몰라서 번민하는 그런 이야기가 있지? 그것도 아버지만 닮으면 문제가 없겠지."

"아! 아, 다 귀찮어."

M의 아내가 아들을 낳았습니다.

그 아이가 반 년쯤 자랐습니다.

어떤 날 M은 그 아이를 몸소 안고, 병을 뵈러 나한테 왔습니다. 기관지가 조금 상하였습니다.

약을 받아 가지고도 그냥 좀 앉아 있던 M은, 묻지도 않는 말을 이런 말을 하였습니다.

"이놈이 꼭 제 증조부님을 닮았다거든."

"그래?"

나는 그의 말에 적지않은 흥미를 느끼면서 이렇게 응했습니다. 내 눈으로 보자면, 그 어린애와 M과는 아무런 관련도 없는 바인데, 그애가 M의 할아버지를 닮았다는 것을 기이함으로서…… 어린애의 진편과 외편의 근친(近親)에서 아무도 비슷한 사람을 찾아내지 못한 M의 친척은, 할 일 없이 예전의 조상을 들추어 내인 모양이었습니다. 그리고 그 어린애에게, 커다란 의혹과 그보다 더 커다란 희망(의혹이 오해였던 것을 바라는)은 M으로 하여금 손쉽게 그 말을 믿게 한 모양이었습니다. 적어도 신뢰하려고 마음먹게 한 모양이었습니다.

내가 자기의 말에 흥미를 가지는 것을 본 M은, 잠시 주저하다가 그가 예비했던 둘째 말을 마침내 꺼내었습니다——.

"게다가 날 닮은 데가 있어."

"어디?"

"이보게."

M은 어린애를 왼편 팔로 가만히 옮겨서 붙안으면서, 오른손으로는 제 양말을 벗었습니다.

"내 발가락 보게. 내 발가락은 남의 발가락과 달라서, 가운데 발가락이 그중 길어. 쉽지 않은 발가락이야. 한데——."

M은 강보를 들치고 어린애의 발을 가만히 꺼내어 놓았습니다.

"이놈의 발가락 보게. 꼭 내 발가락 아닌가. 닮았거든……."

M은 열심으로, 찬성을 구하듯이 내 얼굴을 바라보았습니다. 얼마나 닮은 곳을 찾아보았기에 발가락 닮은 곳을 찾아내었겠습니까?

나는 M의 마음과 노력에 눈물겨워졌습니다. 커다란 의혹 가운데서, 그 의혹을 어떻게 하여서든 삭여 보려는 M의 노력은, 인생의 가장 요절할 비극이었습니다. M이 보라고 내어놓은 어린애의 발가락은 안 보고, 오히려 얼굴만 함참 들여다보고 있다가, 나는 마침내 이렇게 말하였습니다——.

"발가락뿐 아니라, 얼굴도 닮은 데가 있네."

그리고 나의 얼굴로 날아오는 (의혹과 희망이 섞인) 그의 눈을 피하면서 돌아앉았습니다.

《동광(東光)》 1932. 1

현진건

1900. 8. 9. ~ 1943. 3. 21.

●

빈처
운수 좋은 날

1900년 경북 대구에서 출생하였다.

서당에서 한문을 수학했고, 일본에 유학하여 동경 세이조오 중학교를 졸업하고, 상해(上海)의 호강 대학 독일어 전문부에 입학했으나 이듬해 귀국했다.

1922년부터 박종화, 홍사용 등과 함께《백조》동인으로 참가하지만 《백조》의 낭만주의 경향과는 어긋나는 리얼리즘적 단편을 발표한다. 김동인, 염상섭 등과 더불어 1920년대 사실주의 문학을 확립한 작가로서 세칭 '김염현'으로 병칭된다.

조선일보사를 거쳐, 최남선 주재의 월간지《동명(東明)》의 편집 동인이 되었고 이어 동아일보 사회부장이 되었다. 동아일보 재직시 손기정의 베를린 올림픽 마라톤 우승의 일장기 말살 보도 사건에 관련되어 1년간 복역했다. 이 사건 이후 서울 자하문 밖에서 양계를 하다가 실패, 불우한

만년을 보냈다.

대표작으로 「빈처」, 「타락자」, 「유린」, 「할머니의 죽음」, 「술 권하는 사회」, 「운수 좋은 날」, 「B사감과 러브레터」, 「무영탑」 등이 있다.

빈처(貧妻)

1

"그것이 어째 없을까?"

아내가 장 문(門)을 열고 무엇을 찾더니 입안 말로 중얼거린다.

"무엇이 없어?"

나는 우두커니 책상머리에 앉아서 책장(冊張)만 뒤적뒤적하다가 물어보았다.

"모본단 저고리가 하나 남았는데……."

"……."

나는 그만 묵묵하였다. 아내가 그것을 찾아 무엇하려는 것을 앎이라. 오늘 밤에 옆집 할멈을 시켜 잡히려 하는 것이다.

이 이 년 동안 돈 한푼 나는 데는 없고 그래도 주리면 시장할 줄 알아 기구(器具)와 의복을 전당국 창고에 들이밀거나

고물상 한구석에 세워두고 돈을 얻어 오는 수밖에 없었다. 지금 아내가 하나 남은 모본단 저고리를 찾는 것도 아침거리를 장만하려 함이라.

나는 입맛을 쩝쩝 다시고 펴던 책을 덮어 놓고 후— 한숨을 내쉬었다.

봄은 벌써 반이나 지났건마는 이슬을 실은 듯한 밤기운이 방 구석으로부터 슬금슬금 기어 나와 사람에게 안기고 비가 오는 까닭인지 밤은 아직 깊지 않은데 인적조차 끊어지고 온 천지가 빈 듯이 고요한데 투닥투닥 떨어지는 빗소리가 한없는 구슬픈 생각을 자아낸다.

"빌어먹을 것, 되는 대로 되어라."

나는 점점 견딜 수 없이 두 손으로 흩어진 머리칼을 쓰다듬어 올리며 중얼거려 보았다. 이 말이 더욱 처량한 생각을 일으킨다. 나는 또 한 번 '후—' 한숨을 내쉬며 왼팔을 베고 책상에 쓰러지며 눈을 감았다.

이 순간에 오늘 지낸 일이 불현듯 생각이 난다—.

늦게야 점심을 마치고 내가 막 궐련 한 개를 피워 물 적에 한성은행 다니는 T가 공일이라고 놀러 왔었다. 친척은 다 멀지 않게 살아도 가난한 꼴을 보이기도 싫고 찾아갈 적마다 무엇을 꾸어 내라고 조르지도 아니하였건만 행여나 무슨 구차한 소리를 할까 봐서 미리 방패막이를 하고 눈살을 찌푸리는 듯하여 나도 발을 끊고 따라서 찾아오는 이도 없었다. 다만 이 T는 촌수가 가까운 까닭인지 자주 우리를 방문하였다.

그는 성실하고 공손하며 설설(屑屑)한 소사(小事)에 슬퍼하고 기뻐하는 인물이었다. 동년배인 우리 둘은 늘 친척간에 비교거리가 되었었다. 그리고 나의 평판이 항상 좋지 못하였다.

"T는 돈을 알고 위인이 진실해서 그애는 돈푼이나 모을 것이야! 그러나 K(내 이름)는 아무짝에도 못 쓸 놈이야. 그 잘난 언문(諺文) 섞어서 무어라고 끄적거려 놓고 제 주제에 무슨 조선에 유명한 문장가가 된다니! 시러베 아들놈!"

이것이 그네들의 평판이었다. 내가 문학인지 무엇인지 하는 소리가 까닭 없이 그네들의 비위에 틀린 것이다. 더군다나 나는 그네들의 생일이나 혹은 대사(大事) 때에 돈 한 푼 이렇다 하는 일이 없고 T는 소위 착실히 돈벌이를 하여 가지고 국수밥소래나 보조를 하는 까닭이다.

"얼마 안 되어 T는 잘살 것이고 K는 거지가 될 것이니 두고 보아!"

오촌당숙은 이런 말씀까지 하였다 한다. 입 밖에는 아니 내어도 친부모 형제까지라도 심중(心中)으로는 다 이렇게 생각할 것이다. 그래도 부모는 달라서 화가 나시면 '네가 그리하다가는 말경에 비렁뱅이가 되고 말 것이야.'라고 꾸중은 하셔도 '사람이란 늦복 모르느니라.' '그런 사람은 또 그렇게 되느니라.' 하시는 것이 스스로 위로하는 말씀이고 또 며느리를 위로하는 말씀이었다. 이것을 보아도 하는 수 없는 놈이라고 단념을 하시면서 그래도 잘되기를 바라시고 축원하시는 것을 알겠더라.

여하간 이만하면 T의 사람됨을 가히 알 수가 있다. 그리고 그가 우리 집에 올 것 같으면 지어서 쾌활하게 웃으며 힘써 자미스러운 이야기를 하였다. 단둘이 고적하게 그날그날을 보내는 우리에게는 더할 수 없이 반가웠었다.

오늘도 그가 활발하게 집에 쑥 들어오더니 신문지에 싼 기름한 것을 '이것 봐라.' 하는 듯이 마루 위에 올려놓고 분주히 구두끈을 끄른다.

"이것은 무엇인가?" 나는 물어보았다.

"저— 제 처의 양산이에요— 쓰던 것이 벌써 다 낡았고 또 살이 부러졌다나요."

그는 구두를 벗고 마루에 올라서며 나오는 웃음을 참지 못하여 벙글벙글하면서 대답을 한다. 그는 나의 아내를 보며 돌연히

"아주머니, 좀 구경하시렵니까?" 하더니 싼 종이와 집을 벗기고 양산을 펴 보인다. 흰 비단 바탕에 두어 가지 매화를 수놓은 양산이었다.

"검정이는 좋은 것이 많아도 너무 칙칙해 보이고…… 회색이나 누렁이는 하나도 그것이야 싶은 것이 없어서 이것을 산 걸요."

'그는 이것보다 더 좋은 것을 살 수가 있나.' 하는 뜻을 보이려고 애를 쓰며 이런 발명까지 한다.

"이것도 퍽 좋은데요."

이런 칭찬을 하면서 양산을 펴들고 이리저리 홀린 듯이 들여다보고 있는 아내의 눈에는 '나도 이런 것을 하나 가졌으면.' 하는 생각이 역력히 보인다.

나는 갑자기 불쾌한 생각이 와락 일어나서 방으로 들어오

며 아내의 양산 보는 양을 빙그레 웃고 바라보고 있는 T에게

"여보게, 방에 들어오게그려. 우리 이야기나 하세."

T는 따라 들어와 물가폭등에 대한 이야기며, 자기의 월급이 오른 이야기며, 주권을 몇 주 사 두었더니 꽤 이익이 남았다든가, 이번 각 은행 사무원 경기회에서 자기가 우월한 성적을 얻었다든가, 이런저런 것 한참 이야기하다가 돌아갔었다.

T를 보내고 책상을 향하여 짓던 소설의 결미를 생각하고 있을 즈음에,

"여보!"

아내의 떠는 목소리가 바로 내 귀 곁에서 들린다. 핏기 없는 얼굴에 살짝 붉은빛이 돌며 어느 결에 내 곁에 바짝 다가앉았더라.

"당신도 살 도리를 좀 하세요."

"······."

나는 또 '시작하는구나.' 하는 생각이 번개같이 머리에 번쩍이며 불쾌한 생각이 벌컥 일어난다. 그러나 무어라고 대답할 말이 없어 묵묵히 있었다.

"우리도 남같이 살아 보아야지요!"

아내가 T의 양산에 단단히 자극받은 것이다. 예술가의 처 노릇을 하려는 독특한 결심이 있는 그는 좀처럼 이런 소리를 입 밖에 내지 아니하였다. 그러나 무엇에 상당한 자극만 받으면 참고 참았던 이런 소리를 하게 되는 것이다. 나도 이런 소리를 들을 적마다 '그럴 만도 하다'는 동정심이 없지 아니하되 또한 불쾌한 생각을 억제키 어려웠다. 잠깐 있다가 불쾌한 빛

을 드러내며,

"급작스럽게 살 도리를 하라면 어찌할 수가 있소, 차차 될 때가 있겠지!"

"아이구, 차차란 말씀 그만두구려, 어느 천년에……."

아내의 얼굴에 붉은빛이 짙어가며 전에 없던 흥분한 어조로 이런 말까지 하였다.

자세히 보니 두 눈에 은은히 눈물이 고이었더라.

나는 잠시 멍하게 있었다. 성난 불길이 치받쳐 올라온다. 나는 참을 수가 없다.

"막벌이꾼한테나 시집을 갈 것이지 누가 내게 시집을 오랬어! 저 따위가 예술가의 처가 다 뭐—야!"

사나운 어조로 몰풍스럽게 소리를 꽥 질렀다.

"에그……!"

살짝 얼굴빛이 변해지며 어이없이 나를 보더니 고개가 점점 수그러지며 한 방울 두 방울, 방울방울 눈물이 장판 위에 떨어진다—.

나는 이런 일을 가슴에 그리며 그래도 내일 아침거리를 장만하려고 옷을 찾는 아내의 심중을 생각해 보니 말할 수 없는 슬픈 생각이 가을바람같이 설렁설렁 심골(心骨)을 분지르는 것 같다.

쓸쓸한 빗소리는 굵었다 가늘었다 의연히 적적한 밤 공기에 더욱 처량히 들리고 그림자진 등피(燈皮) 속에서 비추는 불빛은 구름에 가린 달빛처럼 우는 듯 조으는 듯 구차히 얻어 산 몇 권 양책(洋冊)의 표제금자(表題金字)가 번쩍거린다.

2

장 앞에 초연(悄然)히 서 있던 아내가 무엇이 생각났는지 고개를 끄덕끄덕하며 들릴 듯 말듯 목 안의 소리로

"으흐…… 옳지, 참 그날……."

"찾았소?"

"아니에요, 벌써…… 저 인천 사시는 형님이 오셨던 날……."

"……."

아내가 찾던 그것도 벌써 전당포의 고운 먼지가 앉았구나! 종지 하나라도 차근차근 아랑곳하는 아내가 그것을 잡혔는지 아니 잡혔는지 모르는 것을 보면 빈곤이 얼마나 그의 정신을 물어뜯었는지 가히 알겠다.

"……."

"……."

한참 동안 서로 아무 말이 없었다. 가슴이 어째 답답해지며 누구하고 싸움이나 좀 해 보았으면, 소리껏 고함이나 질러 보았으면, 실컷 울어 보았으면 하는 일종 이상한 감정이 부글부글 피어오르며 전신에 이가 스멀스멀 기어 다니는 듯, 옷이 어째 몸에 끼이고 견딜 수가 없다. 나는 이런 감정을 노골적으로 드러내며,

"점점 구차한 살림에 싫증이 나서 못 견디겠지?"

아내는 무엇을 생각하는지 모르게 정신을 잃고 섰다가 그 게슴츠레한 눈이 동그래지며,

"네에? 어째서요?"

"무얼 그렇지!"

"싫은 생각은 조금도 없어요."

이렇게 말이 오락가락함에 따라 나는 흥분의 도가 점점 짙어간다.

그래서 아내가 떨리는 소리로,

"어쩨 그런 줄 아세요?" 하고 반문할 적에,

"나를 숙맥으로 알아!"라고 격렬하게 소리를 높였다.

아내는 살짝 분한 빛이 눈에 비치며 물끄러미 나를 들여다본다. 나는 괘씸하다 하는 듯이 흘려 보며,

"그러면 그것 모를까! 오늘날까지 잘 참아 오더니 인제는 점점 기색이 달라지는걸, 뭐— 물론 그럴 만도 하지마는!"

이런 말을 하는 내 가슴에는 지난 일이 활동사진 모양으로 얼른얼른 나타난다.

6년 전에(그때 나는 16세이고 처는 18세였다) 우리가 결혼한 지 얼마 아니되어 지식에 목마른 나는 지식의 바닷물을 얻어 마시려고 표연(飄然)히 집을 떠났었다. 광풍(狂風)에 나부끼는 버들엽(葉) 모양으로 오늘은 지나 내일은 일본으로 굴러다니다가 금전의 탓으로 지식의 바닷물도 흠씬 마셔 보지 못하고 반거들충이가 되어 집에 돌아오고 말았다. 내게 시집올 때에는 방글방글 피려는 꽃봉오리 같던 아내가 어느 결에 이울어 가는 꽃처럼 두 뺨에 선연(鮮然)한 빛이 스러지고 이마에는 벌써 두어 금 가는 줄이 그리었다.

처가 덕으로 집간도 장만하고 세간도 얻어 우리는 소위 살림을 하게 되었다. 처음에는 그럭저럭 지내었지마는 한 푼 나

는 데 없는 살림이라 한 달 하고 두 달 갈수록 점점 곤란해질 따름이었다. 나는 보수 없는 독서와 가치 없는 창작으로 해가 지고 날이 새며 쌀이 있는지 나무가 있는지 망연케 몰랐었다. 그래도 때때로 맞난 반찬이 상에 오르고 입은 옷이 과히 추하지 아니함은 전혀 아내의 힘이었다. 전들 무슨 벌이가 있으리오. 부끄러움을 무릅쓰고 친가에 가서 눈치를 보아 가며 구차한 소리를 하여 가지고 얻어 온 것이었다. 그것도 한 번 두 번 말이지 장구(長久)한 세월에 어찌 늘 그럴 수 있으랴! 말경에는 아내가 가져온 세간과 의복에 손을 대는 수밖에 없었다. 잡히고 파는 것도 나는 알은체도 아니하였다. 그가 애를 쓰며 퉁명스러운 옆집 할멈에게 돈푼을 주고 시켰었다.

이런 고생을 하면서도 그는 나의 성공만 마음속으로 깊이 깊이 믿고 빌었었다. 어느 때에는 내가 무엇을 짓다가 마음에 맞지 아니하며 쓰던 것을 집어던지고 화를 낼 적에

"왜 마음을 조급하게 잡수세요! 저는 꼭 당신의 이름이 세상에 빛날 날이 있을 줄 믿어요, 우리가 이렇게 고생을 하는 것이 장래에 잘될 근본이에요." 하고 그는 스스로 흥분되어 눈물을 흘리며 나를 위로한 적도 있었다.

내가 외국으로 돌아다닐 때에 소위 신 풍조(風潮)에 씌어 까닭없이 구식 여자가 싫었었다. 그래서 나의 일찍이 장가든 것을 매우 후회하였다. 어떤 남학생과 어떤 여학생이 서로 연애를 주고받고 한다는 이야기를 들을 적마다 공연히 가슴이 뛰놀며 부럽기도 하고 비감스럽기도 하였었다.

그러나 나잇살이 들어갈수록 그런 생각도 없어지고 집에

돌아와 아내를 겪어 보니 의외로 그에게 따뜻한 맛과 순결한 맛을 발견하였다. 그의 사랑이야말로 이기적 사랑이 아니고 헌신적 사랑이었다. 이런 줄을 점점 깨닫게 될 때에 내 마음이 얼마나 행복스러웠으랴! 밤이 깊도록 다듬이를 하다가 그만 옷 입은 채로 쓰러져 곤하게 자는 그의 파리한 얼굴을 들여다보며

"아아 나에게 위안을 주고 원조를 주는 천사여!" 하고 감격이 극(極)하여 눈물을 흘린 일도 있었다.

내가 알다시피 내가 별로 천품(天稟)은 없으나 어쨌든 무슨 저작가로 몸을 세워 보았으면 하여 나날이 창작과 독서에 전심력(全心力)을 바치었다. 물론 아직 남에게 인정될 가치는 없는 것이다. 그 영향으로 자연 일상생활이 말유(末由)하게 되었다.

이런 곤란에 그는 근 이 년 견디어 왔건마는 나의 하는 일은 오히려 아무 보람이 없고 방 안에 놓였던 세간이 줄어 가고 장롱에 찼던 옷이 거의 다 없어졌을 뿐이다.

그 결과 그다지 견딜성 있던 저도 요사이 와서는 때때로 쓸데없는 탄식을 하게 되었다. 손잡이를 잡고 마루 끝에 우두커니 서서 하염없이 먼 산만 바라보기도 하며 바느질을 하다가 말고 실심(失心)한 사람 모양으로 멍멍히 앉았기도 하였다. 창경(窓鏡)으로 비추는 으스름한 햇빛에 나는 흔히 그의 눈물 머금은 근심 있는 눈을 발견하였다. 이럴 때에는 말할 수 없는 쓸쓸한 생각이 들며 일없이,

"마누라!" 하고 부르면 그는 몸을 흠칫 하고 고개를 돌리어 치맛자락으로 눈물을 씻으며,

"네에!" 하고 울음에 떨리는 가는 대답을 한다. 나는 등에 찬물을 끼얹은 듯 몸이 으쓱 해지며 처량한 생각이 싸늘하게 가슴에 흘렀었다. 그렇지 않아도 자비(自卑)하기 쉬운 마음이 더욱 심해지며 '내가 무자격한 탓이다.' 하고 스스로 멸시를 하고 나니 더욱 견딜 수 없다. 그럴 만도 하다는 동정심이 없지 아니하되 그래도 그만 불쾌한 생각이 일어나며 '계집이란 할 수 없어.' 혼자 이런 불평을 중얼거리었다——.

환등(幻燈) 모양으로 하나둘씩 이런 일이 가슴에 나타나니 무어라고 말할 용기조차 없어졌다. 나의 유일의 신앙자이고 위로자이던 저까지 인제는 나를 아니 믿게 되고 말았다. 그는 마음속으로 '네가 6년 동안 내 살을 깎고 저미었구나! 이 원수야!' 할 것이다. 이렇게 생각하매 그의 불 같던 사랑까지 엷어져 가는 것 같았다. 아니 흔적도 없이 사라지고 만 것 같았다. 나는 감상적으로 허둥허둥하며,

"낸들 마누라를 고생시키고 싶어 시켰겠소. 비단 옷도 해 주고 싶고 좋은 양산도 사 주고 싶어요! 그러길래 온종일 쉬지 않고 공부를 아니하오, 남 보기에는 편편히 노는 것 같아도 실상은 그렇지 않아! 본들 모른단 말이오."

나는 점점 강한 가면을 벗고 약한 진상을 드러내며 이와 같은 가소로운 변명까지 하였다.

"온 세상 사람이 다 나를 비소(誹笑)하고 모욕하여도 상관없지마는 마누라까지 나를 아니 믿어주면 어쩌한단 말이오."

내 말에 스스로 자극이 되어 마침내,

"아아!" 길게 탄식을 하고 그만 쓰러졌다. 이 순간에 고개를

숙이고. 아마 하염없이 입술만 물어뜯고 있던 아내가 홀연,

"여보!"

울음소리를 떨면서 무너지듯이 내 얼굴 위에 쓰러진다.

"용서……!" 하고는 북받쳐 나오는 울음에 말이 막히고 불덩이 같은 두 뺨이 내 얼굴을 누르며 흑흑 느끼어 운다. 그의 두 눈으로부터 샘 솟듯 하는 눈물이 제 뺨과 내 뺨 사이를 따뜻하게 젖어 퍼진다.

내 눈에서도 눈물이 흘러내린다. 뒤숭숭하던 생각이 다 이 뜨거운 눈물에 봄눈 녹듯 쓰러지고 말았다.

한참 있다가 우리는 눈물을 씻었다. 내 속이 얼마큼 시원한 듯하였다.

"용서하여 주세요! 그렇게 생각하실 줄은 참 몰랐어요." 이런 말을 하는 아내는 눈물에 부어오른 눈꺼풀을 아픈 듯이 끔적거린다.

"암만 구차하기로니 싫증이야 날까요! 나도 한번 먹은 마음이 있는데……."

가만가만히 변명을 하는 아내의 눈물 흔적이 어룽어룽한 얼굴을 물끄러미 바라보며 겨우 심신이 가뜬하였다.

3

어제 일로 심신이 피곤하였던지 그 이튿날 늦게야 잠을 깨니 간밤에 오던 비는 어느결에 그치었고 명랑한 햇발이 미닫

이에 높았더라. 아내가 다시금 장 문을 열고 잡힐 것을 찾을 즈음에 누가 중문을 열고 들어온다. 우리는 누군가 하고 귀를 기울일 적에 밖에서

"아씨!" 하는 소리가 들리었다.

아내는 급히 방문을 열고 나간다. 그는 처가에서 부리는 할멈이었다. 오늘이 장인 생신이라고 어서 오라는 말을 전한다.

"오늘이야 참 옳지, 오늘이 이월 열엿샛날이지! 나는 깜박 잊었어!"

"원 아씨는 딴도 하십니다, 어쩌면 아버님 생신을 잊으신단 말씀이오, 아무리 살림이 자미(滋味)가 나시더래도……."

시큰둥한 할멈은 선웃음을 쳐 가며 이런 소리를 한다. 곤란한 살림에 골몰하느라고 자기 친부의 생신까지 잊었는가 하매 아내의 정지(情地)가 더욱 측연(惻然)하였다.

아내는 할멈을 수작해 보내고 방으로 들어오며

"오늘이 본가 아버님 생신이래요, 어서 오라시는데……."

"어서 가구려……."

"당신도 가셔야지요, 우리 같이 가세요." 아내는 하염없이 얼굴을 붉힌다.

나는 처가에 가기가 매우 싫었었다. 그러나 아니 가는 것도 내 도리가 아닐 듯하여 하는 수 없이 두루마기를 입었다.

아내는 머뭇머뭇하며 양미간을 보일 듯 말듯 찡그리다가 곁눈으로 살짝 나를 보더니 돌아서 급히 장 문을 연다.

'흥, 입을 옷이 없어 망상거리는구나.'

나도 슬쩍 돌아서며 생각하였다.

우리는 서로 등지고 섰건마는 그래도 아내가 거의 다 빈 장
안을 들여다보며 입을 만한 옷이 없어 눈살을 찌푸린 양이 눈
앞에 선연하며 어찌할 수가 없었다.

"자아 가세요."

무엇을 생각하는지 모르게 정신을 잃고 섰다가 아내의 부
르는 소리를 듣고 나는 기계적으로 고개를 돌리었다. 아내는
당목 옷으로 갈아입고 내 마음을 알았던지 나를 위로하는 듯
이 빙그레 웃었다. 나는 더욱 쓸쓸하였다.

우리 집은 천변 배다리 곁에 있고 처가는 안국동에 있어
그 거리가 꽤 멀었다. 나는 천천히 가느라고 가고 아내는 속히
오느라고 오건마는 그는 늘 뒤떨어졌었다. 내가 한참 가다가
뒤를 돌아보면 그는 꽤 멀리 떨어져 나를 따라오려고 애를 쓰
며 주춤주춤 걸어온다. 길가에 다니는 어느 여자를 보아도 거
의 다 비단 옷을 입고 고운 신을 신었는데 아내는 당목 옷을
허술하게 차리고 청목당혜로 타박타박 걸어오는 양이 나에게
얼마나 애연(哀然)한 생각을 일으켰는지!

한참 만에 나는 넓고 높은 처가 대문에 다다랐다. 내가 안
으로 들어갈 적에 낯선 사람들이 나를 흘끔흘끔 본다. 그들의
눈에 '이 사람이 누구인가. 아마 이 집 하인인가 보다.' 하는
경멸히 여기는 빛이 있는 것 같았다. 안 대청 가까이 들어오니
모두 내게 분분(紛紛)히 인사를 한다. 그 인사하는 소리가 내
귀에는 어째 비소하는 것 같기도 하고 모욕하는 것 같기도 하
여 공연히 가슴이 두근거리고 얼굴이 후끈거리었다.

그중에 제일 내게 친숙하게 인사하는 사람이 있다. 그는 아

내보다 3년 맏이인 처형이었다. 내가 어려서 장가를 들었으므로 그때 그는 나를 못 견디게 시달렸다. 그때는 그가 섧기도 하고 밉기도 하더니 지금 와서는 그때 그리 한 것이 도리어 우리를 무관(無關)하고 정답게 만들었다. 그는 인천 사는데 자기 남편이 기미(期米)를 하여가지고 이번에 돈 10만 원이나 착실히 땄다 한다. 그는 자기의 잘사는 것을 자랑하고자 함인지 비단을 내리감고 치감고 얼굴에 부유한 태가 질질 흐른다. 그러나 분으로 숨기려고 애쓴 보람도 없이 눈 위에 퍼렇게 멍든 것이 내 눈에 띄었다.

"왜 마누라는 어쩌고 혼자 오세요?" 그는 웃으며 이런 말을 하다가 중문 편을 바라보더니

"그러면 그렇지! 동부인(同夫人) 아니하고 오실라구!"

혼자 주고받고 한다. 나도 이 말을 듣고 슬쩍 돌아다보니 아내가 벌써 중문 안에 들어섰더라. 그 수척한 얼굴이 더욱 수척해 보이며 눈물 고인 듯한 눈이 하염없이 웃는다. 나는 유심히 그와 아내를 번갈아 보았다. 처음 보는 사람은 분간을 못하리만큼 그들의 얼굴은 혹사(酷似)하다. 그런데 얼굴빛은 어쩌면 저렇게 틀리는지? 하나는 이글이글 만발한 꽃 같고 하나는 시들시들 마른 낙엽 같다. 아내를 형이라 하고 처형을 아우라 하였으면 아무라도 속을 것이다. 또 한 번 아내를 보며 말할 수 없는 쓸쓸한 생각이 다시금 가슴을 누른다. 딴 음식은 별로 먹지도 아니하고 못 먹는 술을 넉 잔이나 마시었다. 그래도 바늘 방석에 앉은 것처럼 앉아 견딜 수가 없다. 집에 가려고 나는 몸을 일으켰다. 골치가 힝 하며 내가 선 방바닥이 마

치 폭풍에 흉흉(洶洶)하는 파도같이 높았다 낮았다 어질어질
해서 곧 쓰러질 것 같다. 이 거동을 보고 장모가 황망히 일어
서며

"술이 저렇게 취해 가지고 어디로 가려고. 여기서 한잠 자고
가게."

나는 손을 내저으며

"안 돼요. 안 돼요. 집에 가겠어요."

취한 소리로 중얼거리었다.

"저를 어쩌나!" 장모는 걱정을 하시더니 "할멈! 어서 인력거
한 채 불러오게." 한다.

취중에도 인력거를 태워 주지 말고 그 인력거 삯을 나를 주
었으면 책 한 권을 사 보련만 하는 생각이 있었다. 인력거를
타고 얼마 아니 가서 그만 잠이 들고 말았다.

한참 자다가 잠을 깨어보니 방 안에 벌써 램프 불이 켜졌는
데 아내는 어느 결에 왔는지 외로이 앉아 바느질을 하고 화로
에서는 무엇이 끓는 소리가 보글보글 하였다. 아내가 나의 잠
깬 것을 보더니 급히 화로에 얹은 것을 만져 보며

"인제 고만 일어나 진지를 잡수세요."

하고 부리나케 일어나 구들목에 파묻어둔 밥그릇을 꺼내어
미리 차려둔 상에 얹어서 내 앞에 갖다 놓고 일변 화로를 당
기어 더운 반찬을 집어 얹으며

"자── 어서 일어나세요."

나는 마지못하여 하는 듯이 부스스 일어났다. 머리가 오히
려 아프며 목이 몹시 말라서 국과 물을 연(連)해 들이켰다.

"물만 잡수셔서 어째요, 진지를 좀 잡수셔야지."

아내는 이런 근심을 하며 밥상머리에 앉아서 고기도 뜯어 주고 생선뼈도 추려 주었다. 이것은 다 오늘 처가에서 가져온 것이다. 나는 맛나게 밥 한 그릇을 다 먹었다. 내 밥상이 나매 아내가 밥을 먹기 시작한다. 그러면 지금껏 내 잠 깨기를 기다리고 밥을 먹지 아니하였구나 하고 오늘 처가에서 본 일을 생각하였다. 어제 일이 있은 후로 우리 사이에 무슨 벽이 생긴 듯하던 것이 그 벽이 점점 엷어져 가는 듯하며 가엾고 사랑스러운 생각이 일어났었다. 그래서 우리는 정답게 이런 이야기 저런 이야기 하게 되었다. 우리의 이야기는 오늘 장인 생신 잔치로부터 처형 눈 위에 멍든 것에 옮겨 갔다.

처형의 남편이 이번 그 돈을 딴 뒤로는 주야 요리점과 기생집에 돌아다니더니 일전에 어떤 기생을 얻어 가지고 미쳐 날뛰며 집에만 들면 집안 사람을 들볶고 걸핏하면 처형을 친다 한다. 이번에도 별로 대단치 않은 일에 처형에게 밥상을 냅다 갈겨 바로 눈 위에 그렇게 멍이 들었다 한다.

"그것 보아! 돈푼이나 있으면 다 그런 것이야."

"정말 그래요, 없으면 없는 대로 살아도 의좋게 지내는 것이 행복이에요."

아내는 충심(衷心)으로 공명(共鳴)해 주었다. 이 말을 들으매 내 마음은 말할 수 없이 만족해지며 무슨 승리자나 된 듯이 득의양양하였다. 그리고 마음속으로

"옳다 그렇다. 이렇게 지내는 것이 행복이다." 하였다.

4

이틀 뒤에 해 어스름에 처형은 우리 집에 놀러 왔었다. 마침 내가 정신없이 무엇을 생각하고 있을 즈음에 쓸쓸하게 닫혀 있는 중문이 찌그둥하며 비단옷 소리가 사으락사으락 들리더니 아랫목은 내게 빼앗기고 윗목에 바느질을 하고 있던 아내가 문을 열고 나간다.

"아이고 형님 오세요."

아내의 인사하는 소리가 들리더니 처형이 계집 하인에게 무엇을 들리고 들어온다. 나도 반갑게 인사를 하였다.

"그날 매우 욕을 보셨지요. 못 먹는 술을 무슨 짝에 그렇게 잡수세요." 그는 이런 인사를 하다가 급작스럽게 계집 하인이 든 것을 앗더니 그 속에서 신문지로 싼 것을 끄집어 내어 아내를 주며,

"내 신 사는데 네 신도 한 켤레 샀다. 그날 청목당혜를……."

말을 하려다가 나를 곁눈으로 흘끔 보고 그만 입을 닫는다.

"그것을 왜 또 사셨어요."

핼쑥한 얼굴에 꽃물을 들이며 아내가 치사하는 것도 들은 체 만 체하고 또 이야기를 시작한다.

"올 적에 사랑 양반을 졸라서 돈 백 원을 얻었지. 그래서 오늘 종로에 나와서 옷감도 바꾸고, 신도 사고……."

그는 자랑과 기쁨의 빛이 얼굴에 퍼지며 싼 보를 끌러,

"이런 것이야!" 하고 우리 앞에 펼쳐 놓는다.

자세히는 모르나 여하간 값 많고 좋은 비단일 듯하다. 문양

없는 것, 문양 있는 것, 회색, 옥색, 초록색, 분홍색이 갖가지
로 윤이 흐르며 색색이 빛이 나서 나는 한참 황홀하였다. 무
슨 칭찬을 해야 되겠다 싶어서

"참 좋은 것인데요."

이런 말을 하다가 나는 또 쓸쓸한 생각이 일어난다. 저것을
보는 아내의 심중이 어떠할까? 하는 의문이 문득 일어남이라.

"모두 좋은 것만 골라 샀습니다그려."

아내는 인사를 차리느라고 이런 칭찬은 하나마 별로 부러
워하는 기색이 없다.

나는 적이 의외의 감이 있었다.

처형은 자기 남편의 흉을 보기 시작하였다. 그 밉살스럽다
는 둥 그 추근추근하다는 둥 말끝마다 자기 남편의 불미한 점
을 들다가 문득 이야기를 끊고 일어섰다.

"왜 벌써 가시려고 하세요, 모처럼 오셨다가. 반찬은 없어도
저녁이나 잡수세요." 하고 아내가 만류를 하니

"아니, 곧 가야 돼, 오늘 저녁 차로 떠날 것이니까 가서 짐을
매어야지. 아직 차 시간이 멀었어?

아니 그래도 정거장에 일찍이 나가야지. 만일 기차를 놓치
면 오죽 기다리실라구. 벌써 오늘 저녁 차로 간다고 편지까지
하였는데……."

재삼 만류함도 돌아보지 아니하고 그는 홀홀히 나간다. 우
리는 그를 보내고 방에 들어왔다. 나는 웃으며 아내더러

"그까짓 것이 기다리는데 그다지 급급히 갈 것이 무엇이야."

아내는 하염없이 웃을 뿐이었다.

"그래도 옷감 바꿀 돈을 주었으니 기다리는 것이 애처롭기는 하겠지!"

밉살스러우니, 추근추근하니 하여도 물질의 만족만 얻으면 그것으로 위로하고 기뻐하는 그의 생활이 참 가련하다 하였다.

"참 그런가 보아요."

아내도 웃으며 내 말을 받는다. 이때에 처형이 사준 신이 그의 눈에 띄었는지 (혹은 나를 꺼려 보고 싶은 것을 참았는지 모르나) 그것을 집어들고 조심조심 펴 보려다가 말고 머뭇한다. 그 속에 그를 해케 할 무슨 위험품이나 든 것같이.

"어서 펴 보구려."

아내가 하도 머뭇머뭇하기로 보다 못하여 내가 최촉(催促)을 하였다.

아내는 이 말을 듣더니 '작히 좋으랴.' 하는 듯이 활발하게 싼 신문지를 헤친다.

"퍽 이쁜걸요." 그는 근일에 드문 기쁜 소리를 치며 방바닥 위에 사뿐 내려놓고 버선을 당기며 곱게 신어 본다.

"어쩌면 이렇게 맞아요!"

연해 연방 감탄사를 부르짖는 그의 얼굴에 흔연(欣然)한 희색이 넘쳐흐른다.

"……."

묵묵히 아내의 기뻐하는 양을 보고 있는 나는 또다시 '여자란 할 수 없어!' 하는 생각이 들며 '조심하였을 따름이다!' 하매 밤빛 같은 검은 그림자가 가슴을 어둡게 하였다. 그러면 아까 처형의 옷감을 볼 적에도 물론 마음속으로는 부러워하였을 것이다. 다만 표면에 드러내지 아니하였을 따름이다. 겨우 '어서 펴 보구려.' 하는 한마디에 가슴에 숨겼던 생각을 속임없이 나타내는구나 하였다.

내가 무엇을 생각하고 있는지 저는 모르고 새신 신은 발을 조금 쳐들며

"신 모양이 어때요."

"매우 이뻐!"

겉으로는 좋은 듯이 대답을 하였으나 마음은 쓸쓸하였다. 내가 제게 신 켤레를 사 주지 못하여 남에게 얻은 것으로 만족하고 기뻐하는도다——.

웬일인지 이번에는 그만 불쾌한 생각이 일어나지 아니하였다. 처형이 동서를 밉다거니 무엇이니 하면서도 기차를 놓치면 남편이 기다릴까 염려하여 급히 가던 것이 생각난다. 그것을 미루어 아내의 심사도 알 수가 있다. 부득이한 경우라 하릴없이 정신적 행복에만 만족하려고 애를 쓰지마는 기실 부족한 것이다. 다만 참을 따름이다. 그것은 내가 생각해야 한다. 이런 생각을 하니 전날 아내에게 그런 말을 한 것이 후회가 난다.

'어느 때라도 제 은공을 갚아줄 날이 있겠지!'

나는 마음을 좀 너그럽게 먹고 이런 생각을 하며 아내를 보았다.

"나도 어서 출세를 하여 비단 신 한 켤레쯤은 사 주게 되었으면 좋으련만……."

아내가 이런 말을 듣기는 참 처음이다.

"네에?"

아내는 제 귀를 못 믿어하는 듯이 의아한 눈으로 나를 보더니 얼굴에 살짝 열기가 오르며

"얼마 안 되어 그렇게 될 것이어요."라고 힘있게 말하였다.

"정말 그럴 것 같소?" 나도 약간 흥분하여 반문하였다.

"그럼요, 그렇고말고요."

아직 아무도 인정해 주지 않는 무명 작가인 나를 다만 저하나가 깊이깊이 인정해 준다! 그러길래 그 강한 물질에 대한 본능적 요구도 참아가며 오늘날까지 몹시 눈살을 찌푸리지 아니하고 나를 도와준 것이다.

'아아 나에게 위안을 주고 원조를 주는 천사여!'

마음속으로 이렇게 부르짖으며 두 팔로 덥석 아내의 허리를 잡아 내 가슴에 바싹 안았다. 그 다음 순간에는 뜨거운 두 입술이…… 그의 눈에도 나의 눈에도 그렁그렁한 눈물이 물 끓듯 넘쳐흐른다.

《개벽(開闢)》제7호 1921.1

운수 좋은 날

새침하게 흐린 품이 눈이 올 듯하더니 눈은 아니 오고 얼다가 만 비가 추적추적 내리었다.

이날이야말로 동소문 안에서 인력거꾼 노릇을 하는 김 첨지에게는 오래간만에도 닥친 운수 좋은 날이었다. 문 안에(거기도 문 밖은 아니지만) 들어간답시는 앞집 마나님을 전찻길까지 모셔다 드린 것을 비롯으로 행여나 손님이 있을까 하고 정류장에서 어정어정하며 내리는 사람 하나하나에게 거의 비는 듯한 눈결을 보내고 있다가 마침내 교원인 듯한 양복쟁이를 동광학교까지 태워다 주기로 되었다.

첫 번에 삼십 전, 둘째 번에 오십 전──아침 댓바람에 그리 흉치 않은 일이었다. 그야말로 재수가 옴붙어서 근 열흘 동안 돈 구경도 못한 김 첨지는 십 전짜리 백통화 서 푼, 또는 다섯 푼이 찰깍 하고 손바닥에 떨어질 제 거의 눈물을 흘릴 만큼 기뻐했었다. 더구나 이날 이때에 이 팔십 전이라는 돈이 그에게 얼마나 유용한지 몰랐다. 컬컬한 목에 모주 한 잔도 적실 수 있거니와 그보다도 앓는 아내에게 설렁탕 한 그릇도 사다 줄 수 있음이다.

그의 아내가 기침으로 쿨룩거리기는 벌써 달포가 넘었다. 조밥도 굶기를 먹다시피하는 형편이니 물론 약 한 첩 써 본 일이 없다. 구태여 쓰려면 못 쓸 바도 아니로되 그는 병이란 놈에게 약을 주어 보내면 재미를 붙여서 자꾸 온다는 자기의 신조에 어디까지 충실하였다. 따라서 의사에게 보인 적이 없으니 무슨 병인지는 알 수 없으되 반듯이 누워 가지고 일어나기는 새로 모로도 못 눕는 걸 보면 중증은 중증인 듯. 병이 이대도록 심해지기는 열흘 전에 조밥을 먹고 체한 때문이다. 그때도 김 첨지가 오래간만에 돈을 얻어서 좁쌀 한 되와 십 전짜리 나무 한 단을 사다 주었더니 김 첨지의 말에 의지하면 그 오라질 년이 천방지축으로 냄비에 대고 끓였다. 마음은 급하고 불길은 달지 않아 채 익지도 않은 것을 그 오라질 년이 숟가락은 고만두고 손으로 움켜서 두 뺨에 주먹덩이 같은 혹이 불거지도록 누가 빼앗을 듯이 처박지르더니만 그날 저녁부터 가슴이 땅긴다, 배가 켕긴다고 눈을 홉뜨고 지랄병을 하였다. 그때 김 첨지는 열화와 같이 성을 내며,

"에이, 오라질 년, 조롱복은 할 수가 없어, 못 먹어 병, 먹어서 병, 어쩌란 말이야! 왜 눈을 바로 뜨지 못해!"

하고 김 첨지는 앓는 이의 뺨을 한 번 후려갈겼다. 홉뜬 눈

은 조금 바루어졌건만 이슬이 맺히었다. 김 첨지의 눈시울도 뜨끈뜨끈하였다.

이 환자가 그러고도 먹는 데는 물리지 않았다. 사흘 전부터 설렁탕 국물이 마시고 싶다고 남편을 졸랐다.

"이런 오라질 년! 조밥도 못 먹는 년이 설렁탕은. 또 처먹고 지랄병을 하게."

라고 야단을 쳐 보았지만, 못 사주는 마음이 시원치는 않았다. 인제 설렁탕을 사 줄 수도 있다. 앓는 어미 곁에서 배고파 보채는 개똥이(세살먹이)에게 죽을 사줄 수도 있다.──팔십 전을 손에 쥔 김 첨지의 마음은 푼푼하였다.

그러나 그의 행운은 그걸로 그치지 않았다. 땀과 빗물이 섞여 흐르는 목덜미를 기름 주머니가 다 된 광목 수건으로 닦으며, 그 학교 문을 돌아 나올 때였다. 뒤에서 '인력거!' 하고 부르는 소리가 난다. 자기를 불러 멈춘 사람이 그 학교 학생인 줄 김 첨지는 한 번 보고 짐작할 수 있었다. 그 학생은 다짜고짜로,

"남대문 정거장까지 얼마요."

라고, 물었다. 아마도 그 학교 기숙사에 있는 이로 동기 방학을 이용하여 귀향하려 함이리라. 오늘 가기로 작정은 하였건만 비는 오고, 짐은 있고 해서 어찌할 줄 모르다가 마침 김 첨지를 보고 뛰어나왔음이리라. 그렇지 않으면 왜 구두를 채 신지 못해서 질질 끌고, 비록 '고구라' 양복일망정 노박이로 비를 맞으며 김 첨지를 뒤쫓아 나왔으랴.

"남대문 정거장까지 말씀입니까."

하고, 김 첨지는 잠깐 주저하였다. 그는 우중에 우장도 없이 그 먼곳을 철벅거리고 가기가 싫었음일까? 처음 것 둘째 것으로 고만 만족하였음일까? 아니다. 결코 아니다. 이상하게도 꼬리를 맞물고 덤비는 이 행운 앞에 조금 겁이 났음이다. 그리고 집을 나올 제 아내의 부탁이 마음에 켕기었다.──앞집 마나님한테서 부르러 왔을 제 병인은 그 뼈만 남은 얼굴에 유일의 생물 같은 유달리 크고 움푹한 눈에 애걸하는 빛을 띠며,

"오늘은 나가지 말아요. 제발 덕분에 집에 붙어 있어요. 내가 이렇게 아픈데……."

라고, 모깃소리같이 중얼거리고 숨을 걸그렁걸그렁하였다. 그때에 김 첨지는 대수롭지 않은 듯이,

"압다, 젠장맞을 년, 별 빌어먹을 소리를 다 하네. 맞붙들고 앉았으면 누가 먹여 살릴 줄 알아."

하고, 홀쩍 뛰어나오려니까 환자는 붙잡을 듯이 팔을 내저으며,

"나가지 말라도 그래, 그러면 일찍이 들어와요."

하고, 목메인 소리가 뒤를 따랐다.

정거장까지 가잔 말을 들은 순간에 경련적으로 떠는 손, 유달리 큼직한 눈, 울 듯한 아내의 얼굴이 김 첨지의 눈앞에 어른어른하였다.

"그래 남대문 정거장까지 얼마란 말이오?"

하고, 학생은 초조한 듯이 인력거꾼의 얼굴을 바라보며 혼잣말같이,

"인천 차가 열한 점에 있고, 그다음에는 새로 두 점이든가."

라고 중얼거린다.

"일 원 오십 전만 줍시오."

이 말이 저도 모를 사이에 불쑥 김 첨지의 입에서 떨어졌다. 제 입으로 부르고도 스스로 그 엄청난 돈 액수에 놀래었다. 한꺼번에 이런 금액을 불러라도 본 지가 그 얼마 만인가! 그러자 그 돈 벌 용기가 병자에 대한 염려를 사르고 말았다. 설마 오늘 내로 어쩌랴 싶었다. 무슨 일이 있더라도 제일 제이의 행운을 곱친 것보다도 오히려 갑절이 많은 이 행운을 놓칠수 없다 하였다.

"일 원 오십 전은 너무 과한데."

이런 말을 하며 학생은 고개를 끼웃하였다.

"아니올시다. 이수로 치면 여기서 거기가 시오 리가 넘는답니다. 또 이런 진 날에 좀 더 주셔야지요."

하고 빙글빙글 웃는 차부의 얼굴에는 숨길 수 없는 기쁨이 넘쳐흘렀다.

"그러면 달라는 대로 줄 터이니 빨리 가요."

관대한 어린 손님은 그런 말을 남기고 총총히 옷도 입고 짐도 챙기러 갈 데로 갔다.

그 학생을 태우고 나선 김 첨지의 다리는 이상하게 거뿐하였다. 달음질을 한다느니보다 거의 나는 듯하였다. 바퀴도 어떻게 속히 도는지 굴다느니보다 마치 얼음을 지쳐 나가는 스케이트 모양으로 미끄러져 가는 듯하였다. 얼은 땅에 비가 내려 미끄럽기도 하였지만.

이윽고 끄는 이의 다리는 무거워졌다. 자기 집 가까이 다다른 까닭이다. 새삼스러운 염려가 그의 가슴을 눌렀다. '오늘은 나가지 말아요. 내가 이렇게 아픈데.' 이런 말이 잉잉 그의 귀에 울렸다. 그리고 병자의 움쑥 들어간 눈이 원망하는 듯이 자기를 노리는 듯하였다. 그러자 엉엉 하고 우는 개똥이의 곡성을 들은 듯싶다. 딸국딸국 하고 숨 모으는 소리도 나는 듯싶다.

"왜 이러우, 기차 놓치겠구먼."

하고, 탄 이의 초조한 부르짖음이 간신히 그의 귀에 들어왔다. 언뜻 깨달으니 김 첨지는 인력거채를 쥔 채 길 한복판에 엉거주춤 멈춰 있지 않은가.

"예, 예."

하고, 김 첨지는 또다시 달음질하였다. 집이 차차 멀어 갈수록 김 첨지의 걸음에는 다시금 신이 나기 시작하였다. 다리를 재게 놀려야만 쉴 새 없이 자기의 머리에 떠오르는 모든 근심과 걱정을 잊을 듯이.

정거장까지 끌어다 주고 그 깜짝 놀란 일 원 오십 전을 정말 제 손에 쥠에, 제 말마따나 십 리나 되는 길을 비를 맞아가며 질퍽거리고 온 생각은 아니하고, 거저나 얻은 듯이 고마웠다. 졸부나 된 듯이 기뻤다. 제 자식 뻘밖에 안 되는 어린 손님에게 몇 번 허리를 굽히며,

"안녕히 다녀옵시오."

라고 깍듯이 재우쳤다.

그러나 빈 인력거를 털털거리며 이 우중에 돌아갈 일이 꿈밖이었다. 노동으로 하여 흐른 땀이 식어지자 굶주린 창자에

서, 물 흐르는 옷에서 어슬어슬한 기가 솟아나기 비롯하매 일 원 오십 전이란 돈이 얼마나 귀찮고 괴로운 것인 줄 절절히 느꼈었다. 정거장을 떠나는 그의 발길은 힘 하나 없었다. 온몸이 옹송그려지며 당장 그 자리에 엎어져 못 일어날 것 같았다.

"젠장맞을 것! 이 비를 맞으며 빈 인력거를 털털거리고 돌아를 간담. 이런 빌어먹을 제 할미를 붙을 비가 왜 남의 상판을 딱딱 때려!"

그는 몹시 화증을 내며 누구에게 반항이나 하는 듯이 게걸거렸다. 그럴 즈음에 그의 머리엔 또 새로운 광명이 비쳤나니, 그것은 '이러구 갈 게 아니라 이 근처를 빙빙 돌며 차 오기를 기다리면 또 손님을 태우게 되는지도 몰라.'라는 생각이었다. 오늘 운수가 괴상하게도 좋으니까 그런 요행이 또 한 번 없으리라고 누가 보증하랴. 꼬리를 굴리는 행운이 꼭 자기를 기다리고 있다고 내기를 해도 좋을 만한 믿음을 얻게 되었다. 그렇다고 정거장 인력거꾼의 등쌀이 무서우니 정거장 앞에 섰을 수는 없었다. 그래 그는 이전에도 여러 번 해 본 일이라 바로 정거장 앞 전차 정류장에서 조금 떨어지게, 사람 다니는 길과 전찻길 틈에 인력거를 세워 놓고 자기는 그 근처를 빙빙 돌며 형세를 관망하기로 하였다. 얼마 만에 기차는 왔고 수십 명이나 되는 손이 정류장으로 쏟아져 나왔다. 그중에서 손님을 물색하는 김 첨지의 눈엔 양머리에 뒤축 높은 구두를 신고 망토까지 두른 기생 퇴물인 듯, 난봉 여학생인 듯한 여편네의 모양이 띄었다. 그는 슬근슬근 그 여자의 곁으로 다가들었다.

"아씨, 인력거 아니 타시랍시오?"

그 여학생인지 뭔지가 한참은 매우 태깔을 빼며 입술을 꼭 다문 채 김 첨지를 거들떠보지도 않았다. 김 첨지는 구걸하는 거지나 무엇같이 연해 연방 그의 기색을 살피며,

"아씨, 정거장 애들보담 아주 싸게 모셔다 드리겠습니다. 댁이 어디신가요."

하고, 추근추근하게도 그 여자의 들고 있는 일본식 버들 고리짝에 제 손을 대었다.

"왜 이리, 남 귀치않게."

소리를 벽력같이 지르고는 돌아선다. 김 첨지는 어렵쇼 하고 물러섰다. 전차는 왔다. 김 첨지는 원망스럽게 전차 타는 이를 노리고 있었다. 그러나 그의 예감은 틀리지 않았다. 전차가 빡빡하게 사람을 싣고 움직이기 시작하였을 제 타고 남은 손 하나가 있었다. 굉장하게 큰 가방을 들고 있는 걸 보면 아마 붐비는 차 안에 짐이 크다 하여 차장에게 밀려 내려온 눈치였다. 김 첨지는 대어 섰다.

"인력거를 타시랍시오."

한동안 값으로 승강이를 하다가 육십 전에 인사동까지 태워다 주기로 하였다. 인력거가 무거워지매 그의 몸은 이상하게도 가벼워졌고 그리고 또 인력거가 가벼워지니 몸은 다시금 무거워졌건만 이번에는 마음조차 초조해 온다. 집의 광경이 자꾸 눈앞에 어른거리어 인제 요행을 바랄 여유도 없었다. 나무 등걸이나 무엇 같고 제 것 같지도 않은 다리를 연해 꾸짖으며 질팡갈팡 뛰는 수밖에 없었다. 저놈의 인력거꾼이 저렇게 술이 취해 가지고 이 진 땅에 어찌 가노, 라고 길 가는 사람이

걱정을 하리만큼 그의 걸음은 황급하였다. 흐리고 비 오는 하늘은 어둠침침하게 벌써 황혼에 가까운 듯하다. 창경원 앞까지 다다라서야 그는 턱에 닿은 숨을 돌리고 걸음도 늦추 잡았다. 한 걸음 두 걸음 집이 가까워 올수록 그의 마음조차 괴상하게 누그러웠다. 그런데 이 누그러움은 안심에서 오는 게 아니요, 자기를 덮친 무서운 불행을 빈틈없이 알게 될 때가 박두한 것을 두려워하는 마음에서 오는 것이다. 그는 불행에 다닥치기 전 시간을 얼마쯤이라도 늘리려고 버르적거렸다. 기적에 가까운 벌이를 하였다는 기쁨을 할 수 있으면 오래 지니고 싶었다. 그는 두리번두리번 사면을 살피었다. 그 모양은 마치 자기 집——곧 불행을 향하고 달려가는 제 다리를 제 힘으로는 도저히 어찌할 수 없으니 누구든지 나를 좀 잡아다고, 구해다고 하는 듯하였다.

그럴 즈음에 마침 길가 선술집에서 그의 친구 치삼이가 나온다. 그의 우글우글 살찐 얼굴에 주홍이 덧는 듯, 온 턱과 뺨을 시커멓게 구레나룻이 덮었거늘, 노르탱탱한 얼굴이 바짝 말라서 여기저기 고랑이 패고 수염도 있대야 턱밑에만 마치 솔잎 송이를 거꾸로 붙여 놓은 듯한 김 첨지의 풍채하고는 기이한 대상을 짓고 있었다.

"여보게 김 첨지, 자네 문안 들어갔다 오는 모양일세그려. 돈 많이 벌었을 테니 한 잔 빨리게."

뚱뚱보는 말라깽이를 보던 맡에 부르짖었다. 그 목소리는 몸짓과 딴판으로 연하고 싹싹하였다. 김 첨지는 이 친구를 만난 게 어떻게 반가운지 몰랐다. 자기를 살려준 은인이나 무엇

같이 고맙기도 하였다.

"자네는 벌써 한잔한 모양일세그려. 자네도 오늘 재미가 좋아 보이."

하고, 김 첨지는 얼굴을 펴서 웃었다.

"압다, 재미 안 좋다고 술 못 먹을 낸가. 그런데 여보게 자네 왼몸이 어째 물독에 빠진 새앙쥐 같은가? 어서 이리 들어와 말리게."

선술집은 훈훈하고 뜨뜻하였다. 추어탕을 끓이는 솥뚜껑을 열 적마다 뭉게뭉게 떠오르는 흰 김, 석쇠에서 뻐지짓뻐지짓 구워지는 너비아니 구이며, 제육이며 간이며 콩팥이며 빈대떡……. 이 너저분하게 늘어놓인 안주 탁자에 김 첨지는 갑자기 속이 쓰려서 견딜 수 없었다. 마음대로 할 양이면 거기 있는 모든 먹음 먹이를 모조리 깡그리 집어삼켜도 시원치 않았다. 하되 배고픈 이는 우선 분량 많은 빈대떡 두 개를 쪼이기도 하고 추어탕을 한 그릇 청하였다. 주린 창자는 음식맛을 보더니 더욱더욱 비어지며 자꾸자꾸 들이라 들이라 하였다. 순식간에 두부와 미꾸리 든 국 한 그릇을 그냥 물같이 들이켜고 말았다. 셋째 그릇을 받아들었을 제 데우던 막걸리 곱배기 두 잔이 더웠다. 치삼이와 같이 마시자 원원이 비었던 속이라 찌르르 하고 창자에 퍼지며 얼굴이 화끈거렸다. 눌러 곱배기 한 잔을 또 마셨다. 김 첨지의 눈은 벌써 개개 풀리기 시작하였다. 석쇠에 얹힌 떡 두 개를 숭덩숭덩 썰어서 볼을 불룩거리며 또 곱배기 두 잔을 부어라 하였다.

치삼은 의아한 듯이 김 첨지를 보며,

"여보게 또 붓다니, 벌써 우리가 넉 잔씩 먹었네, 돈이 사십 전일세."

라고 주의시켰다.

"아따 이놈아, 사십 전이 그리 끔찍하냐. 오늘 내가 돈을 막 벌었어. 참 오늘 운수가 좋았느니."

"그래 얼마를 벌었단 말인가?"

"삼십 원을 벌었어, 삼십 원을! 이런 젠장맞을 술을 왜 안 부어…… 괜찮다 괜찮다, 막 먹어도 상관이 없어. 오늘 돈 산더미같이 벌었는데."

"어, 이 사람 취했군. 그만두세."

"이놈아, 이걸 먹고 취할 내냐, 어서 더 먹어."

하고는 치삼의 귀를 잡아채며 취한 이는 부르짖었다.

그리고 술을 붓는 열다섯 살 됨직한 중대가리에게로 달려들며,

"이놈 오라질 놈, 왜 술을 붓지 않어."

라고, 야단을 쳤다. 중대가리는 히히 웃고 치삼을 보며 문의하는 듯이 눈짓을 하였다. 주정꾼이 눈치를 알아보고 화를 버럭 내며,

"에미를 붙을 이 오라질 놈들 같으니, 이놈 내가 돈이 없을 줄 알고."

하자마자 허리춤을 흠칫흠칫 하더니 일 원짜리 한 장을 꺼내어 중대가리 앞에 펄쩍 집어던졌다. 그 사품에 몇 푼 은전이 잘그랑 하며 떨어진다.

"여보게 돈 떨어졌네, 돈을 막 끼었나."

이런 말을 하며 일변 돈을 줍는다. 김 첨지는 취한 중에도 돈의 거처를 살피는 듯이 눈을 크게 떠서 땅을 내려다보다가 불시에 제 하는 짓이 너무 더럽다는 듯이 고개를 소스라치자 더욱 성을 내며,

"봐라 봐! 이 더러운 놈들아, 내가 돈이 없나, 다리 뼈다귀를 꺾어 놓을 놈들 같으니."

하고 치삼의 주워 주는 돈을 받아,

"이 원수엣돈! 이 육시를 할 돈!"

하면서, 팔매질을 친다. 벽에 맞아 떨어진 돈은 다시 술 끓이는 양푼에 떨어지며 정당한 매를 맞는다는 듯이 쨍 하고 울었다.

곱배기 두 잔은 또 부어질 겨를도 없이 말려 가고 말았다. 김 첨지는 입술과 수염에 붙은 술을 빨아들이고 나서 매우 만족한 듯이 그 솔잎 송이 수염을 쓰다듬으며,

"또 부어, 또 부어."

라고, 외쳤다. 또 한 잔 먹고 나서 김 첨지는 치삼의 어깨를 치며 문득 껄껄 웃는다. 그 웃음소리가 어떻게 컸는지 술집에 있는 이의 눈은 모두 김 첨지에게로 몰리었다. 웃는 이는 더욱 웃으며,

"여보게 치삼이 내 우스운 이야기 하나 할까. 오늘 손을 태우고 정거장에까지 가지 않았겠나."

"그래서?"

"갔다가 그저 오기가 안됐네그려, 그래 전차 정류장에서 어름어름하며 손님 하나를 태울 궁리를 하지 않았나. 거기 마침

마나님이신지 여학생이신지──요새야, 어디 논다니와 아가씨를 구별할 수가 있던가──망토를 잡수시고 비를 맞고 서 있겠지. 슬근슬근 가까이 가서 인력거 타시랍시오 하고 손가방을 받으랴니까 내 손을 탁 뿌리치고 홱 돌아서더니만 '왜 남을 이렇게 귀찮게 굴어!' 그 소리야말로 꾀꼬리 소리지, 허허!"

김 첨지는 교묘하게도 정말 꾀꼬리 같은 소리를 내었다. 모든 사람은 일시에 웃었다.

"빌어먹을 깍쟁이 같은 년, 누가 저를 어쩌나, '왜 남을 귀찮게 굴어!' 어이구 소리가 처신도 없지, 허허!"

웃음소리들은 높아졌다. 그러나 그 웃음소리들이 사라지기 전에 김 첨지는 훌쩍훌쩍 울기 시작하였다.

치삼은 어이없이 주정뱅이를 바라보며,

"금방 웃고 지랄을 하더니 우는 건 또 무슨 일인가?"

김 첨지는 연해 코를 들이마시며,

"우리 마누라가 죽었다네."

"뭐, 마누라가 죽다니, 언제?"

"이놈아 언제는. 오늘이지."

"에끼 미친놈. 거짓말 마라."

"거짓말은 왜, 참말로 죽었어, 참말로…… 마누라 시체를 집에 뻐들쳐 놓고 내가 죽일 놈이야."

하고 김 첨지는 엉엉 소리를 내어 운다.

치삼은 흥이 조금 깨어지는 얼굴로,

"원 이 사람이 참말을 하나 거짓말을 하나. 그러면 집으로 가세, 가."

하고 우는 이의 팔을 잡아당기었다.

치삼의 끄는 손을 뿌리치더니 김 첨지는 눈물이 글썽글썽한 눈으로 싱그레 웃는다.

"죽기는 누가 죽어."

하고 득의가 양양.

"죽기는 왜 죽어, 생때같이 살아만 있단다. 그 오라질 년이 밥을 죽이지. 인제 나한테 속았다."

하고 어린애 모양으로 손뼉을 치며 웃는다.

"이 사람이 정말 미쳤단 말인가. 나도 아주먼네가 앓는단 말은 들었는데."

하고 치삼이도, 어느 불안을 느끼는 듯이 김 첨지에게 또 돌아가라고 권하였다.

"안 죽었어, 안 죽었대도 그래!"

김 첨지는 화증을 내며 확신 있게 소리를 질렀으되 그 소리엔 안 죽은 것을 믿으려고 애쓰는 가락이 있었다. 기어이 일 원어치를 채워서 곱배기 한 잔씩 더 먹고 나왔다. 궂은 비는 의연히 추적추적 내린다.

김 첨지는 취중에도 설렁탕을 사 가지고 집에 다다랐다. 집이라 해도 물론 셋집이요 또 집 전체를 세든 게 아니라 안과 뚝 떨어진 행랑방 한 간을 빌려 든 것인데 물을 길어 대고 한 달에 일 원씩 내는 터다. 만일 김 첨지가 주기를 띠지 않았던들 한 발을 대문에 들여놓았을 제 그곳을 지배하는 무시무시한 정적(靜寂)——폭풍우가 지나간 뒤의 바다 같은 정적에 다리가 떨렸으리라. 쿨룩거리는 기침소리도 들을 수 없다. 그르렁거리는 숨소리조차 들을 수 없다. 다만 이 무덤 같은 침묵을 깨뜨리는——깨뜨린다느니보다 한층 더 침묵을 깊게 하고 불길하게 하는 빡빡 하는 그윽한 소리, 어린애의 젖 빠는 소리가 날 뿐이다. 만일 청각(聽覺)이 예민한 이 같으면 그 빡빡 소리는 빨 따름이요, 꿀떡꿀떡 하고 젖 넘어가는 소리가 없으니 빈 젖을 빤다는 것도 짐작할는지 모르리라.

혹은 김 첨지도 이 불길한 침묵을 짐작했는지도 모른다. 그렇지 않으면 대문에 들어서자마자 전에 없이,

"이 난장맞을 년, 남편이 들어오는데 나와 보지도 않아, 이 오라질 년!"

이라고 고함을 친 게 수상하다. 이 고함이야말로 제 몸을 엄습해 오는 무시무시한 증을 쫓아버리려는 허장성세인 까닭이다.

하여간 김 첨지는 방문을 왈칵 열었다. 구역을 나게 하는 추기——떨어진 삿자리 밑에서 나온 먼짓내, 빨지 않은 기저귀에서 나는 똥내와 오줌내, 가지각색 때가 켜켜이 앉은 옷내, 병인의 담 썩은 내가 섞인 추기가 무던 김 첨지의 코를 찔렀다.

방 안에 들어서며 설렁탕을 한구석에 놓을 사이도 없이 주정꾼은 목청을 있는 대로 다 내어 호통을 쳤다.

"이런 오라질 년 주야장천(晝夜長川) 누워만 있으면 제일이야! 남편이 와도 일어나지를 못해!"

라는 소리와 함께 발길로 누운 이의 다리를 몹시 찼다. 그러나 발길에 채이는 건 사람의 살이 아니고 나무 등걸과 같은

느낌이 있었다. 이때에 빽빽 소리가 응아 소리로 변하였다. 개
똥이가 물었던 젖을 빼어놓고 운다. 운대도 온 얼굴을 찡그려
붙여서, 운다는 표정을 할 뿐이다. 응아 소리도 입에서 나는
게 아니고 마치 뱃속에서 나는 듯하였다. 울다가 울다가 목도
잠겼고 또 울기조차 시진(澌盡)한 것 같다.

발로 차도 그 보람이 없는 걸 보자 남편은 아내의 머리맡으
로 달려들어 그야말로 까치집 같은 환자의 머리를 꺼들어 흔
들며,

"이년아 말을 해, 말을! 입이 붙었어, 이 오라질 년!"

"……"

"으응, 이것 봐, 아무 말이 없네."

"……"

"이년아, 죽었단 말이냐, 왜 말이 없어."

"……"

"으응. 또 대답이 없네, 정말 죽었나보이."

이러다가 누운 이의 흰창을 덮은, 위로 치뜬 눈을 알아보자
마자,

"이 눈깔! 이 눈깔! 왜 나를 바라보지 못하고 천장만 보느
냐, 응?"

하는, 말 끝엔 목이 메었다. 그러자 산 사람의 눈에서 떨어
진 닭의 똥 같은 눈물이 죽은 이의 뻣뻣한 얼굴을 어룽어룽
적시었다. 문득 김 첨지는 미칠 듯이 제 얼굴을 죽은 이의 얼
굴에 한데 비비 대며 중얼거렸다.

"설렁탕을 사다 놓았는데 왜 먹지를 못하니, 왜 먹지를 못하

니…… 괴상하게도 오늘은! 운수가 좋더니만…….”

《개벽(開闢)》 1924. 6

이광수

1892. 2. 1. ~ ?

●

무명

1892년 평북 정주에서 가난한 소작농의 가정에서 태어났다.

전국을 휩쓴 콜레라로 부모를 한꺼번에 여의었으며 (1902), 여동생을 친척에 맡기고 고향을 떠났다. 친일 단체 일진회의 추천으로 일본에 유학, 메이지 학원 중학부와 와세다 대학 철학과에서 수학하였다.

1917년 한국 최초의 근대 장편소설 「무정」을 《매일신보》에 연재하였다. 1919년에는 「조선청년독립단선언서」를 기초하고 상해로 탈출, 상해임정 기관지 《독립신문》 주간으로 활동하였다. 1921년 귀국하여 《동아일보》, 《조선일보》 등에서 재직했으며, 1937년에는 '수양동우회' 사건으로 안창호 등과 함께 투옥되기도 했다. 이때부터 본격적으로 친일 행위로 기울어져 친일 어용 단체인 조선문인협회 회장(1939)을 역임했고, 가야마 미쓰로(香山光郞)로 창씨개명했다. 광복 후에는 친일의 비난을 받아 은거하며 문필 활동을 계속하였으나, 반민법(1949)에 의해 구속

되었다가 병보석되었다.

6·25 때 납북되어 위협, 설유를 받았으나 북한에 협력을 거부하자 북경대 조선어 강좌 강사로 보내어졌다. 그러나, 북경대 문 앞에서 차에 내리자마자 졸도, 사망하였다.

대표작으로 「무정」(단편), 「무정」(장편), 「어린 벗에게」, 「소년의 비애」, 「방황」, 「재생」, 「흙」, 「사랑」, 「유정」, 「원효대사」, 「옥수수」, 「할멈」, 「민족개조론」, 「춘원시가집」, 「삼인시가집」, 「금강산 유기」, 「문학과 평론」, 「수필과 시가」 등이 있다.

무명

입감한 지 사흘째 되는 날, 나는 병감으로 보냄이 되었다. 병감이라야 따로 떨어진 건물이 아니고, 감방 한편 끝에 있는 방들이었다. 내가 들어간 곳은 일방이라는 방으로, 서쪽 맨 끝방이었다. 나를 데리고 온 간수가 문을 잠그고 간 뒤에 얼굴 희고, 눈 맑수그레한 간병부가 날더러,

"앉으시거나, 누시거나 자유예요. 가만가만히 말씀도 해도 괜찮아요. 말소리가 크면 간수한테 걱정 들어요."

하고 이르고는 내 번호를 따라서 자리를 정해주고는 가버렸다. 나는 간병부에게 고개를 숙여 고맙다는 뜻을 표하고 나보다 먼저 들어와 있는 두 사람을 향하여 고개를 숙여서 인사를 하였다.

이때에 바로 내 곁에 있는 사람이 옛날 조선식으로 내 팔목

을 잡으며,

"아이고 진상이시오. 나 윤○○이에요."

하고 곁방에까지 들릴 만한 큰 소리로 외쳤다.

나도 그를 알아보았다. 그는 C경찰서 유치장에서 십여 일이
나 나와 함께 있다가 나보다 먼저 송국된 사람이다. 그는 빼빼
마르고 목소리만 크고 말끝마다 ○대가리라는 말을 쓰기 때
문에 같은 방 사람들에게 ○대가리라는 별명을 듣고 놀림감
이 되던 사람이다. 나는 이러한 기억이 날 때에 터지려는 웃
음을 억제하기가 매우 어려웠다. 윤씨는 옛날 조선 선비들이
가지던 자세와 태도로 대단히 점잖게 내가 입감된 것을 걱정
하고 또 곁에 있는 '민'이라는 껍질과 뼈만 남은 노인에게 여
러 가지 칭찬하는 말로 나를 소개하고 난 뒤에 퍼렁 미결수
옷 앞자락을 벌려서 배와 다리를 온통 내어놓고 손가락으로
발등과 정강이도 찔러보고 두 손으로 뱃가죽을 잡아당겨 보
면서,

"이거 보세요. 이렇게 전신이 부었어요. 근일에 좀 내린 것
이 이 꼴이오. 일동 팔방에 있을 때에는 이보다도 더 했는디."

전라도 사투리로 제 병 증세를 길다랗게 설명하였다.

그는 마치 자기가 의사보다 더 잘 자기의 병 증세를 아는
것같이. 그리고 의사는 도저히 자기의 병을 모르므로 자기는
죽어 나갈 수밖에 없노라고 자탄하였다.

윤씨 자신의 진단과 처방에 의하건댄, 몸이 부은 것은 죽을
먹기 때문이오, 열이 나고 기침이 나고 설사가 나는 것은 원통
한 죄명을 썼기 때문에 일어나는 화기라고 단언하고, 이 병을

고치자면 옥에서 나가서 고기와 술을 잘 먹는 수밖에 없다고 중언부언한 뒤에, 자기를 죽이는 것은 그의 공범들과 의사 때문이라고 눈을 흘기면서 소리를 질렀다.

윤씨의 죄라는 것은 현모(玄某), 임모(林某) 하는 자들이 공모하고 김모(金某)의 토지를 김모 모르게 어떤 대금업자에게 저당하고 삼만여 원의 돈을 얻어 쓴 것이라는데, 윤은 이 공문서 사문서 위조에 쓰는 도장을 파 준 것이라고 한다. 그는,

"현가 놈은 내가 모르고, 임가 놈으로 말하면 나와 절친한 친고닝게, 우리는 친고 위해서는 사생을 가리지 않는 성품이닝게, 정말 우리는 친고 위해서는 목숨을 아니 아끼는 사람이닝게, 도장을 파 주었지라오. 그래서 진상도 아시다시피 내가 돈을 한 푼이나 먹었능기오? 현가 놈, 임가 놈 저희들끼리 수만 원 돈을 다 처먹고, 윤○○이 무슨 죄란 말이야?"

하고 뽐내었다.

그러나 윤의 이 말은 내게 하는 말이 아니요, 여태까지 한 방에 있던 '민'더러 들으라는 말인 줄 나는 알았다. 왜 그런고 하면 경찰서 유치장에 있을 때에도 첫날은 지금 이 말과 같이 뽐내더니마는 형사실에 들어가서 두어 시간 겪을 것을 겪고 두 어깨가 축 늘어져서 나오던 날 저녁에 그는 이 일이 성사되는 날에는 육천 원 보수를 받기로 언약이 있었던 것이며, 정작 성사된 뒤에는 현가와 임가는 윤이 새긴 도장은 잘 되지를 아니하여서 쓰질 못하고, 서울서 다시 도장을 새겨서 썼노라고 하며 돈 삼십 원을 주고 하룻밤 술을 먹이고 창기 집에 재워 주고 하였다는 말을, 이를 갈면서 고백하였다. 생각건대는 병

감에 같이 있는 민씨에게는 자기가 무죄하다는 말밖에 아니 하였던 것이 불의에 내가 들어오매 그 뒷수습을 하노라고 예방선으로 이런 소리를 하는 것이라고 나는 생각하고 또 한 번 웃음을 억제하였다.

껍질과 뼈만 남은 민씨는 밤낮 되풀이하던 소리라는 듯이 윤이 열심으로 떠드는 말을 일부러 안 듣는 양을 보이며 해골과 같은 제 손가락을 들여다보고 앉았다가 끙 하고 일어나서 똥통으로 올라간다.

"또, 똥질이야."

하고 윤은 소리를 꽥 지른다.

"저는 누구만 못한가?"

하고 민은 끙끙 안간힘을 쓴다.

똥통은 바로 민의 머리맡에 놓여 있는데 볼 때마다 칠 아니한 관을 연상케 하였다. 그 위에 해골이 다 된 민이 올라앉아서 끙끙대는 것이 퍽이나 비참하게 보였다. 윤은 그 가늘고 날카로운 눈으로 민의 앙상한 목덜미를 흘겨보며,

"진상요. 글쎄 저것이 타작을 한 팔십 석이나 받는다는디, 또 장남 한 자식이 있다는디, 그런데두 저렇게 제 애비, 제 서방이 다 죽게 되어두, 어리친 강아지 새끼 하나 면회도 아니 온단 말씀이지라오. 옷 한 가지, 벤또 한 그릇 차입하는 일도 없고. 나는 집이나 멀지. 인제 보아. 내가 편지를 했으닝게. 그래도 내 당숙이 돈 삼십 원 하나는 보내 줄 게요. 내 당숙이 면장이요. 그런디 저것은 집이 시흥이라는디 그래, 계집년 자식새끼 얼씬도 안 해야 옳담? 흥, 그래도 성이 민가라고 양반

자랑은 허지. 민가문 다 양반이여? 서방도 모르고 애비도 모르는 것이 무슨 빌어먹다 죽을 양반이여?"

윤이 이런 악담을 하여도 민은 들은 체 못 들은 체. 이제는 끙끙 소리도 아니하고 멀거니 앉아 있는 것이 마치 똥통에서 내려오기를 잊어버린 것 같았다.

민의 대답 없는 것이 더 화가 나는 듯이 윤은 벌떡 일어나더니 똥통 곁으로 가서 손가락으로 민의 옆구리를 꾹 찌르며,

"글쎄, 내가 무어랬어? 요대로 있다가는 죽고 만다닝게. 먹은 게 있어야 똥이 나오지. 그까짓 쌀뜨물 같은 미음 한 모금씩 얻어먹는 것이 오줌이나 될 것이 있어? 어서 내 말대로 집에다 기별을 해서, 돈을 갖다가 우유도 사먹고 달걀도 사 먹고 그래요. 돈은 다 두었다가 무엇 하자닝게여? 애비가 죽어가도 면회도 아니 오는 자식 녀석에게 물려줄 양으로? 흥, 흥. 옳지, 열아홉 살 먹은 계집이 젊은 서방 얻어서 재미있게 살라고?"

하고 민의 비위를 박박 긁는다.

민도 더 참을 수 없던지,

"글쎄, 웬 걱정이야? 나는 자네 악담과 그 독살스러운 눈깔딱지만 안 보게 되었으면 좀 살겠네. 말을 해도 할 말이 다 있지, 남의 아내를 왜 거들어? 그러니까 시골 상것이란 헐 수 없단 말이지."

이런 말을 하면서도 민은 그렇게 성낸 모양조차 보이지 아니한다. 그 움펑눈이 독기를 띠면서도 또한 침착한 천품을 보이는 것이었다.

그후에도 날마다 몇 차례씩 윤은 민에게 같은 소리로 그를 박박 긁었다. 민은 그 소리가 듣기 싫으면 눈을 감고 자는 체를 하거나, 그렇지 아니하면 유리창으로 내다보이는 여름 하늘의 구름이 나는 것을 언제까지나 바라보고 있었다. 이렇게 민이 침착하면 침착할수록 윤은 더욱 기를 내어서 악담을 퍼부었다.

그리고 그 끝에는 반드시 열아홉 살 된 민의 아내를 거들었다. 이것이 윤이 민의 기를 올리려 하는 최후 수단이었으니 민은 아내의 말만 나면 양미간을 찡기며 한두 마디 불쾌한 소리를 던졌다.

윤이 아무리 민을 긁어도 민이 못 들은 체하고 도무지 반항이 없으면 윤은 나를 향하여 민의 험구를 하는 것이 버릇이었다. 도무지 민이 의사가 이르는 말을 아니 듣는다는 말, 먹으라는 약도 아니 먹는다는 둥, 천하에 깍쟁이라는 둥, 민의 코끝이 빨간 것이 죽을 때가 가까워서 회가 동하는 것이라는 둥, 민의 아내에게는 벌써 어떤 젊은 놈팡이가 붙었으리라는 둥, 한량 없이 이런 소리를 하였다. 그러다가 제가 졸리거나 밥이 들어오거나 해야 말을 끊었다. 마치 윤은 먹고, 민을 못 견디게 굴고, 똥질하고, 자고, 이 네 가지만을 위해서 살아가는 사람인 것 같았다. 또 한 가지 있다면 그것은 자기의 병타령과 공범에 대한 원망이었다. 어찌했으나 윤의 입은 잠시도 다물고 있을 새는 없었고, 쟁쟁하는 그 목소리는 가끔 간수의 꾸지람을 받으면서도 간수가 돌아선 뒤에는 곧 그 쟁쟁거리는 목소리로 간수에게 또 욕을 퍼부었다.

나는 윤 때문에 도무지 맘이 편안하기가 어려웠다. 윤의 말은 마디마디 이상하게 사람의 신경을 자극하였다. 민에게 하는 악담이라든지, 밥을 대할 때에 나오는 형무소에 대한 악담, 의사, 간병부, 간수, 자기 공범, 무릇 그의 입에 오르는 사람은 모조리 악담을 받는데, 말들이 칼끝같이, 바늘끝같이 나의 약한 신경을 찔렀다. 내가 가장 원하는 것은 마음에 아무 생각도 없이 가만히 누워 있는 것인데, 윤은 내게 이러한 기회를 허락지 아니하였다. 그가 재재거리는 말이 끝이 나서 '인제 살아났다.' 하고 눈을 좀 감으면 윤은 코를 골기 시작하였다. 그는 두 다리를 벌리고, 배를 내어놓고, 베개를 목에다 걸고, 눈을 반쯤 뜨고 그러고는 코를 골고, 입으로 불고, 이따금 격격 숨이 막히는 소리를 하고 그렇지 아니하면 백일해 기침과 같은 기침을 하고 차라리 그 잔소리를 듣던 것이 나은 것 같았다. 그럴 때면 흔히 민이,

"어떻게 생긴 자식인지 깨어서도 사람을 못 견디게 굴고, 잠이 들어도 사람을 못 견디게 굴어."

하고 중얼거릴 때에는 나도 픽 웃지 않을 수가 없었다.

"저 배 가리워. 십오 호, 저 배 가리워. 사타구니 가리우고, 웬 낮잠을 저렇게 자? 낮잠을 저렇게 자니까 밤에는 똥통만 타고 앉아서 다른 사람을 못 견디게 굴지."

하고 순회하는 간수가 소리를 지르면 윤은,

"자기는 누가 자거디오?"

하고 배와 사타구니를 쓸며,

"이렇게 화기가 떠서, 열기가 떠서, 더워서 그러오!"

그러고는 옷자락을 잠깐 여미었다가 간수가 가 버리면 윤은 간수 섰던 자리를 그 독한 눈으로 흘겨보며,

"왜 나를 그렇게 못 먹어 해?"

하고는 다시 옷자락을 열어젖힌다.

민이 의분심에 못 이기는 듯이,

"왜, 간수 말이 옳지. 배때기를 내놓고 자빠져 자니까 밤낮 똥질을 하지. 자네 비위에는 옳은 말도 다 악담으로 들리나 봐. 또 그게 무에야, 밤낮 사타구니를 내놓고 자빠졌으니?"

그래도 윤은 내게 대해서는 끔찍이 친절하였다. 내가 몸을 움직이지 못하는 병인 것을 안다고 하여서, 그는 내가 할 일을 많이 대신해 주었다.

"무슨 일이 있으면 내게 말씀하시란게요. 왜 일어나시능기오?"

하고 내가 움직일 때에는 번번이 나를 아끼는 말을 하여 주었다. 내가 사식 차입이 들어오기 전, 윤은 제가 먹는 죽과 내 밥과 바꾸어 먹기를 주장하였다. 그는,

"글쎄 이 좁쌀 절반, 콩 절반. 이것을 진상이 잡수신다는 것이 말이 되능기오?"

하고 굳이 내 밥을 빼앗고, 제 죽을 내 앞에 밀어 놓았다. 나는 그 뜻이 고마웠으나, 첫째로는 법을 어기는 것이 내 뜻에 맞지 아니하고, 둘째로는 의사가 죽을 먹으라고 명령한 환자에게 밥을 먹이는 것이 죄스러워 끝내 사양하였다. 윤과 내가 이렇게 서로 다투는 것을 보고 민은 미음 양재기를 앞에 놓고, 입맛이 없어서 입에 대일 생각도 아니하면서,

"글쎄 이 사람아. 그 쥐똥 냄새 나는 멀건 죽 국물이 무엇이 그리 좋은 게라고 진상에게 권하나? 진상, 어서 그 진지를 잡수시오. 그래도 콩밥 한 덩이가 죽보다는 낫지요."

하면 윤은 민을 흘겨보며,

"어서 저 먹을 거나 처먹어. 그래두 먹어야 사는 게여."

하고 억지로 내 조밥을 빼앗아 먹기를 시작한다. 나는 양심에 법을 어긴다는 가책을 받으면서도 윤의 정성을 물리치는 것이 미안해서 죽 국물을 한 모금만 마시고 속이 불편하다는 핑계로 자리에 와서 누워 버린다.

윤은 내 밥과 제 죽을 다 먹어 버리는 모양이다. 민도 미음을 두어 모금 마시고는 자리에 돌아와 눕건마는 윤은 밥덩이를 들고 창 밑에 서서 연해 간수가 오는가 아니 오는가를 바라보면서 입소리 요란하게 밥과 국을 먹고 있다.

민은 입맛을 쩍쩍 다시며,

"그저 좋은 배갈에 육회를 한 그릇 먹었으면 살 것 같은데."

하고 잠깐 쉬었다가, 또 한 번,

"좋은 배갈을 한 잔 먹었으면 요 속에 맺힌 것이 확 풀려 버릴 것 같은데."

하고 중얼거린다.

밥과 죽을 다 먹고 나서 물을 벌컥벌컥 들이켜던 윤은,

"흥, 게다가 또 육회여? 멀건 미음두 안 내리는 배때기에 육회를 먹어? 금방 뒤어지게. 그렇지 않아도 코끝이 빨간데. 벌써 회가 동했어. 그렇게 되구 안 죽는 법이 있나?"

하며 밥그릇을 부시고 있다. 콧물이 흐르면 윤은 손등으로

도 씻지 아니하고 세 손가락을 모아서 마치 버려지나 떼어 버리는 것같이 콧물을 집어서 아무 데나 홱 뿌리고 그 손으로 밥그릇을 부신다. 그러다가 기침이 나기 시작하면 고개를 돌리려 하지도 아니하고 개수통에, 밥그릇에, 더 가까이 고개를 숙여 가며 기침을 한다. 그래도 우리 세 사람 중에는 자기가 그중 몸이 성하다고 해서 밥을 받아들이는 것이나, 밥그릇을 부시는 것이나 다 제가 맡아서 하였고, 또 자기는 이러한 일에 대해서 썩 잘하는 줄로 믿고 있는 모양이었다. 더구나 아침이 끝나고 '벤키 준비' 하는 구령이 나서 똥통을 들어낼 때면 사실상 우리 셋 중에는 윤밖에 그 일을 할 사람이 없었다. 그는 끙끙거리고 똥통을 들어낼 때마다 민을 원망하였다. 민이 밤낮 똥질을 하기 때문에 이렇게 똥통이 무겁다는 불평이다. 그러면 민은,

"글쎄 이 사람아, 내가, 하루에 미음 한 공기도 다 못 먹는 사람이 오줌똥을 누기로 얼마나 누겠나? 자네야말로 죽두 두 그릇, 국두 두 그릇, 냉수도 두 주전자씩이나 처먹고는 밤새도록 똥통을 타고 앉아서 남 잠도 못 자게 하지."

하는 민의 말은 내가 보기에도 옳았다. 더구나 내게 사식 차입이 돌아온 뒤로부터는 윤은 번번이 내가 먹다가 남긴 밥과 반찬을 다 먹어 버리기 때문에 그의 소화 불량은 더욱 심하게 되었다. 과식을 하기 때문에 조갈증이 나서 수없이 물을 퍼먹고, 그러고는 하루에, 많은 날은 스무 차례나 똥질을 하였다. 그러면서도 자기 말은,

"똥이 나와 주어야지. 꼬챙이로 파내기나 하면 나올까? 허

기야 먹는 것이 있어야 똥이 나오지."

이렇게 하루에도 몇 차례씩 혹은 민을 보고 혹은 나를 보고 자탄하였다.

윤의 병은 점점 악화하였다. 그것은 확실히 과식하는 것이한 원인이 되는 것이 분명하였다.

나는 내가 사식 차입을 먹기 때문에 윤의 병이 더해 가는 것을 퍽 괴롭게 생각하여서, 이제부터는 내가 먹고 남은 것을 윤에게 주지 아니하리라고 결심하고 나 먹을 것을 다 먹고 나서는 윤의 손이 오기 전에 벤또 그릇을 창틀 위에 갖다 놓았다. 그리고 나는 부드러운 말로 윤을 향하여,

"그렇게 잡수시다가는 큰일나십니다. 내가 어저께는 세어 보니까 스물네 번이나 설사를 하십디다. 또 그 위에 열이 오르는 것도 너무 잡수시기 때문인가 하는데요."

하고 간절히 말하였으나 그는 듣지 아니하고 창틀에 놓은 벤토를 집어다가 먹었다.

나는 중대한 결심을 하지 아니할 수 없었다. 그것은 내가 사식을 끊어 버리는 것이었다. 그래서 나는 저녁 한 때만 사식을 먹고 아침과 점심은 관식을 먹기로 하였다. 나는 아무쪼록 영양분을 섭취하지 아니하면 아니 될 병자이기 때문에 이것은 적지 아니한 고통이었으나 나로 해서 곁의 사람이 법을 범하고, 병이 덧치게 하는 것은 차마 못할 일이었다. 민도 내가 사식을 끊은 까닭을 알고 두어 번 윤의 주책없음을 책망하였으나, 윤은 도리어 내가 사식을 끊은 것이 저를 미워하여서 나 하는 것같이 나를 원망하였다. 더구나 윤의 아들에게서 현

금 삼 원 차입이 와서 우유니 사식을 사먹게 되고 지리가미도 사서 쓰게 된 뒤로부터는 내게 대한 태도가 심히 냉냉하게 되었다. 예전에는 내가 충고하는 말이면 '선생님 말씀이 옳아요.' 하고 순순히 듣던 것이 이제는 나를 향해서도 눈을 흘기게 되었다.

윤은 아들이 보낸 삼 원 중에서 수건과 비누와 지리가미를 샀다.

"붓빙 고오규.(물건 사라.)"

하는 날은 한 주일에 한 번밖에 없었고, 물건을 주문한 후에 그 물건이 올 때까지는 한 주일 내지 십여 일이 걸렸다. 윤은 자기가 주문한 물건이 오는 것이 늦다고 하여 날마다 하루에도 몇 차례씩 형무소 당국의 태만함을 책망하였다. 그러다가 물건이 들어온 날 윤은 수건과 비누와 지리가미를 받아서 이리 뒤적 저리 뒤적하면서,

"글쎄 이걸 수건이라고 가져와? 망할 자식들 같으니. 걸레 감도 못 되는걸. 비누는 또 이게 다 무어여, 워디 향내 하나 나나?"

하고 큰소리로 불평을 하였다.

민이, 아니꼬와 못 견디는 듯이 입맛을 몇 번 다시더니,

"글쎄 이 사람아. 자네네 집에서 언제 그런 수건과 비누를 써 보았단 말인가? 그 돈 삼 원 가지고 밥술이나 사 먹을 게지, 비누 수건은 왜 사? 자네나 내나 그 상판대기에 비누는 발라서 무엇 하자는 게구, 또 여기서 주는 수건이면 고만이지 타월 수건을 해서 무엇 하자는 게야? 자네가 그따위로 소견머리

없이 살림을 하니까 평생에 가난 껍질을 못 벗어 놓지."

이렇게 책망하였다.

윤은 그날부터 세수할 때에만은 제 비누를 썼다. 그러나 수건을 빨 때라든지 발을 씻을 때에는 웬일인지 여전히 내 비누를 쓰고 있었다.

윤은 수건 거는 줄에 제 타월 수건이 걸리고, 비누와 잇솔과 치마분이 있고, 이불 밑에 지리가미가 있고, 조석으로 차입 밥과 우유가 들어오는 동안 심히 호기가 있었다. 그는 부채도 하나 샀다. 그 부채가 내 부채 모양으로 합죽선이 아닌 것을 하루에도 몇 번씩 원망하였으나 그는 허리를 쭉 뻗고 고개를 제치고 부채를 딱딱거리며 도사리고 앉아서, 그가 좋아하는 양반 상놈 타령이며, 공범 원망이며, 형무소 공격이며, 민에 대한 책망이며, 이런 것을 가장 점잖게 하였다.

윤은 이 삼 원어치 차입 때문에 자기의 지위가 대단히 높아지는 것을 느끼는 모양이었다. 간수를 보고도 이제는 겁낼 필요가 없이, '나도 차입을 먹노라'고 호기를 부렸다.

윤이 차입을 먹게 됨에 나도 십여 일 끊었던 사식 차입을 받게 되었다. 윤과 나와 두 사람만은 노긋노긋한 흰밥에 생선이며 고기를 먹으면서, 민 혼자만이 미음 국물을 마시고 앉았는 것이 차마 볼 수 없었다. 민은 미음 국물을 앞에 놓고는 연해 나와 내 밥그릇을 바라보는 것 같고 또 침을 꿀떡꿀떡 삼키는 모양이 보였다. 노긋노긋한 흰밥, 이것이 이 세상에서 가장 귀하고 고마운 것일 줄은 감옥에 들어와 본 사람이라야 알 것이다. 밥의 하얀 빛, 그 향기, 젓갈로 집고 입에 넣어 씹을 때에 그 촉각. 그 맛. 이것은 천지간에 있는 모든 물건 가운데 가장 귀한 것이라고 느끼지 아니할 수 없었다. 쌀밥, 이러한 말까지도 신기한 거룩한 음향을 가진 것같이 느껴졌다. 이렇게 밥의 고마움을 느낄 때에 합장하고 하늘을 우러러,

'모든 중생으로 하여금 밥의 즐거움을 골고루 받게 하소서?'

하고 빌지 아니할 사람이 있을까? 이때에 나는 형무소의 법도 잊어버리고, 민의 병도 잊어버리고 지리가미에 한 숟갈쯤 되는 밥덩어리를 덜어서,

"꼭꼭 씹어 잡수세요."

하고 민에게 주었다. 민은 그것을 받아서 입에 넣었다. 그의 몸에는 경련이 일어나는 것 같고 그의 눈에는 눈물이 글썽글썽 하는 것 같음은 내 마음 탓일까?

민은 종이에 붙은 밥 알갱이를 하나 안 남기고 다 뜯어서 먹고,

"참 꿀같이 달게 먹었습니다. 어쩌면 그렇게도 맛이 있을까? 지금 죽어도 한이 없을 것 같습니다."

하고 더 먹고 싶어 하는 모양 같으나 나는 더 주지 아니하고 그릇에 밥을 좀 펀겨서 내어놓았다. 윤은 제 것을 다 먹고 나서 내가 펀긴 것까지 마저 휘몰아 넣었다.

윤의 삼 원어치 차입은 일주일이 못 되어 끊어지고 말았다. 윤의 당숙 되는 면장에게서 오리라고 윤이 장담하던 삼십 원은 오지 아니하였다. 윤이 노 말하기를 자기가 옥에서 죽으면 자기 당숙이 아니 올 수 없고 오면은 자기의 장례를 아니 지낼 수 없으니 그러면 적어도 삼십 원은 들 것이라 죽은 뒤에

삼십 원을 쓰는 것보다 살아서 삼십 원을 보내어 먹고 싶은 것을 먹으면, 자기가 죽지 아니할 터이니 당숙이 면장의 신분으로 형무소까지 올 필요도 없고, 또 설사 자기가 옥에서 죽더라도 이왕 장례비 삼십 원을 받아 먹었으니 친족에게 폐를 끼치지 아니하고 형무소에서 화장을 할 터인즉, 지금 삼십 원을 청구하는 것이 부당한 일이 아니라고, 이렇게 면장 당숙에게 편지를 하였으므로 반드시 삼십 원은 오리라는 것이었다.

나도 윤의 당숙 되는 면장이 윤의 이론을 믿어서 돈 삼십 원을 보내어 주기를 진실로 바랐다. 더구나 윤의 사식 차입이 끊어짐으로부터 내가 먹다가 남긴 밥과 윤과 민이 다투게 되매 그러하였다. 내가 민에게 밥 한 숟갈 준 것이 빌미가 됨인지, 민은 끼니때마다 밥 한 숟가락을 내게 청하였고, 그럴 때마다 윤은 민에게 욕설을 퍼붓고 심하면 밥그릇을 둘러 엎었다. 한번은 윤과 민과 사이에 큰 싸움이 일어나서 차마 입에 담지 못할 욕설을 서로 주고받고 하였다. 그때에 마침 간수가 지나가다가 두 사람이 싸우는 소리를 듣고 윤을 나무랐다. 간수가 간 뒤에 윤은 자기가 간수에게 꾸지람 들은 것이 민 때문이라고 하여 더욱 민을 못 견디게 굴었다. 그 방법은 여전히 며칠 안 있으면 죽으리라는 둥, 열아홉 살 된 민의 아내가 벌써 어떤 젊은 놈하고 붙었으리라는 둥, 민의 아들들은 개돼지만도 못한 놈들이라는 둥, 악담이었다.

나는 다시 사식을 중지하여 달라고 간수에게 청하였다.

그러나 내가 사식을 중지하는 것으로 두 사람의 감정을 완화할 수는 없었다. 별로 말이 없던 민도 내가 사식을 중지한 뒤로부터는 윤에게 지지 않게 악담을 하였다.

"요놈, 요 좀도적놈. 그래, 백주에 남의 땅을 빼앗아 먹겠다고 재판소 도장을 위조를 해? 고 도장 파던 손목쟁이가 썩어 문드러지지 않을 줄 알고."

이렇게 민이 윤을 공격하면 윤은,

"남의 집에 불 논 놈은 어떻고? 그 사람이 밉거든 차라리 칼을 가지고 가서 그 사람만 찔러 죽일 게지, 그래, 그 집 식구는 다 태워 죽이고 저는 죄를 면하잔 말이지? 너 같은 놈은 자식 새끼까지 다 잡아먹어야 해! 네 자식 녀석들이 살아남으면 또 남의 집에 불을 놓겠거든."

이렇게 대꾸를 하였다.

하루는 간수가 우리 방문을 열어젖히고,

"구십구호."

하고 불렀다. 구십구호를 십오호로 잘못 들었는지, 윤이 벌떡 일어나며,

"네, 내게 편지 왔능기오?"

하였다. 윤은 당숙 면장의 편지를 간절히 기다리는 마음에 구십구호를 십오호로 잘못 들은 모양이다.

"네가 구십구호냐?"

하고 간수는 소리를 질렀다.

정작 구십구호인 민은 나를 부를 자가 천지에 어디 있으랴 하는 듯이 그 옴팡눈으로 팔월 하늘의 흰 구름을 바라보고 누워 있었다.

"구십구호 귀먹었니?"

하는 소리와,

"이건 눈 뜨고 꿈을 꾸고 있는 셈인가? 단토상이 부르시는 소리도 못 들어?"

하고 윤이 옆구리를 찌르는 바람에 민은 비로소 누운 대로 고개를 제쳐서 문을 열고 섰는 간수를 바라보았다.

"구십구호, 네 물건 다 가지고 이리 나와!"

그제야 민은 정신이 드는 듯이 일어나 앉으며,

"우리 집으로 내어 보내 주세요?"

하고, 그 해골 같은 얼굴에 숨길 수 없는 기쁜 빛이 드러난다.

"어서 나오라면 나와. 나와 보면 알지."

"우리 집에서 면회하러 왔어요."

하고 민의 얼굴에 나타났던 기쁨은 반 이상이나 스러져버린다.

간수 뒤에 있던 키 큰 간병부가,

"전방이에요, 전방. 어서 그 약병이랑 다 들고 나와요."

하는 말에 민은 약병과 수건과 제가 베고 있던 베개를 들고 지척거리고 문을 향하여 나간다. 민은 전방이라는 뜻을 알아들었는지 분명치 아니하였다. 간병부가,

"베개는 두고 나와요. 요 웃방으로 가는게요."

하는 말에 비로소 민은 자기가 어디로 끌려가는지 알아차린 모양이어서 힘없이 베개를 내어던지고 잠깐 기쁨으로 빛나던 얼굴이 다시 해골같이 되어서 나가 버리고 말았다. 다음 방인 이 방에 문 열리는 소리가 나고 또 문이 닫히고 짤깍 하고 쇠 잠그는 소리가 들렸다. 나는 민이 처음 보는 사람들 틈

에 어리둥절하여 누울 자리를 찾는 모양을 눈앞에 그려 보았다.

"에잇, 고 자식 잘 나간다. 젠장, 더러워서 견딜 수가 있나? 목욕이란 한 번도 안 했으닝게. 아침에 세수하고 양치질하는 것 보셨능기오? 어떻게 생긴 자식인지 새옷을 갈아입으래도 싫다는고만."

하고 일변 민이 내어 버리고 간 베개를 자기 베개 밑에 넣으며 떠나간 민의 험구를 계속한다.──

"민가가 왜 불을 놓았는지 진상 아시능기오? 성이 민가기때문에 그랬던지. 서울 민○○ 대감네 마름 노릇을 수십 년 했지라오. 진상도 보시는 바와 같이 자식이 저렇게 독종으로 깍정이로 생겼으닝게 그 밑에 작인들이 배겨날 게요? 팔십 석이나 타작을 한다는 것도 작인들의 등을 쳐먹은 게지 무엇잉게라오? 그래 작인들이 원망이 생겨서 지주 집에 등장을 갔더라나요. 그래서 작년에 마름을 떼였던 말이오. 그리고 김 무엇인가 한 사람이 마름이 났는데요, 민가 녀석은 제 마름을 뗀 것이 새로 마름이 된 김가 때문이라고 해서 금년 음력 설날에 어디서 만났더라나. 만나서 욕지거리를 하고 한바탕 싸우고, 그러고는 요 뱅충맞은 것이 분해서 그날 밤중에 김가 집에 불을 놨던 말야. 마침 설날 밤이라, 밤이 깊도록 동네 사람들이 놀러 다니다가 불이야! 소리를 쳐서 얼른 잡았기에 망정이지 하마터면 김가네 집 식구가 죄다 타 죽을 뻔하지 않았능기오?"

하고 방화죄가 어떻게 흉악한 죄인 것을 한바탕 연설을 할 즈음에 간병부가 오는 것을 보고 말을 뚝 끊는다. 그것은 간병부도 방화범인 까닭이었다.

간병부가 다녀간 뒤에 윤은 계속하여 그 간병부들의 방화한 죄상을 또 한바탕 설명하고 나서,

"모두 흉악한 놈들이지요. 남의 집에 불을 놓다니! 그런 놈들은 씨알머리도 없이 없애 버려야 하는기라오."

하고 심히 세상을 개탄하는 듯이 길게 한숨을 쉰다.

일방에 윤과 나와 단 둘이 있게 되어서부터는 큰 소리가 날 필요가 없었다. 밤이면 우리 방에 들어와 자는 간병부가 윤을 윤 서방이라고 부른다고 해서 윤이 대단히 불평하였으나 간병부의 감정을 상하는 것이 이롭지 못한 줄을 잘 아는 윤은 간병부와 정면 충돌을 하는 일은 별로 없고 다만 낮에 나하고만 있을 때에,

"서울 말로는 무슨 서방이라고 부르는 말이 높은 말잉기오? 우리 전라도서는 나많은 사람 보고 무슨 서방이라고 하면 머슴이나 하인이나 부르는 소리랑기오."

하고 곁눈으로 나를 바라본다. 나는 그가 묻는 뜻을 알았으므로 대답하기가 심히 거북살스러워서 잠깐 주저하다가,

"글쎄 서방님이라고 하는 것만 못하겠지요."

하고 웃었다. 윤은 그제야 자신을 얻은 듯이,

"그야 우리 전라도에서도 서방님이라고 하면사 대접하는 말이지요. 글쎄, 진상도 보시다시피 저 간병부 놈이 언필칭 날더러 윤 서방, 윤 서방 하니 그래, 그놈의 자식은 제 애비나 아재비더러도 무슨 서방 무슨 서방 할 텐가? 나이로 따져도 내가

제 애비 뻘은 되렷다. 어 고약한 놈 같으니.”

하고 그 앞에 책망받을 사람이 섰기나 한 것처럼 뽐낸다.

윤씨는 윤 서방이라는 말이 대단히 분한 모양이어서 어떤 날 저녁엔 간병부가 들어올 때에도 눈만 흘겨보고 잘 다녀왔느냐 하는 늘 하던 인사도 아니하는 적도 있었다. 그러다가 하루 저녁에는 또 ‘윤 서방’이라고 간병부가 부른 것을 기회로 마침내 정면 충돌이 일어나고 말았다. 윤이,

“댁은 나를 무어로 보고 윤 서방이라고 부르오?”

하는 정식 항의에 간병부가 뜻밖인 듯이 눈을 크게 뜨고 한참이나 윤을 바라보고 앉았더니, 허허 하고 경멸하는 웃음을 웃으면서,

“그럼 댁더러 무어라고 부르라는 말이오? 댁의 직업이 도장쟁이니, 도장쟁이라고 부르라는 말이오? 죄명이 사기니 사기쟁이라고 부르라는 말이오? 밤낮 똥질만 하니 윤똥질이라고 부르라는 말이오? 옳지 윤 선생이라고 불러 줄까? 왜 되지 못하게 이 모양이야? 윤 서방이라고 불러 주면 고마운 줄이나 알지. 낮살을 먹었으면 몇 살이나 더 먹었길래. 괜스리 그러다가는 윤가 놈이라고 부를걸.”

하고 주먹으로 삿대질을 한다.

윤은 처음에 있던 호기도 다 없어지고 그만 수그러지고 말았다. 간병부는 민 영감 모양으로 만만치 않은 것도 있거니와 간병부하고 싸운 댔자 결국은 약 한 봉지 얻어먹기도 어려운 줄을 깨달은 것이었다.

윤은 침묵하고 있건마는 간병부는 누워 잘 때에까지도 공

격을 중지하지 아니하였다.

이튿날 아침, 진찰도 다 끝나고 난 뒤에 우리 방에 있는 키 큰 간병부는 다음 방에 있는 간병부를 데리고 와서,

"흥, 저 양반이, 내가 윤 서방이라고 부른다고 아주 대노하셨다나."

하며 턱으로 윤을 가리키는 것을 보고 키 작은 간병부가,

"여보! 윤 서방. 어디 고개 좀 이리 돌리오. 그럼 무어라고 부르리까, 윤 동지라고 부를까 윤 선달이 어떨꼬? 막 싸구려 판이니 어디 그중에서 맘에 드는 것을 고르시유."

하고 놀려먹는다.

윤은 눈을 깜박깜박하고 도무지 아무 대답이 없었다.

본래 간병부에게 호감을 못 주던 윤은 윤 서방 사건이 있은 뒤부터 더욱 미움을 받았다. 심심하면 두 간병부가 와서 여러 가지 별명을 부르면서 윤을 놀려 먹었고, 간병부들이 간 뒤에는 윤은 나를 향하여,

"두 놈이 옥 속에서 썩어져라."

하고 악담을 퍼부었다.

이렇게 윤이 불쾌한 그날 그날을 보낼 때에 더욱 불쾌한 일 하나가 생겼다. 그것은 정이라는 역시 사기범으로 일동 팔방에서 윤하고 같이 있던 사람이 설사병으로 우리 감방에 들어온 것이었다. 나는 윤에게서 정씨의 말을 여러 번 들었다. 설사를 하면서도 우유니 달걀이니 하고 막 처먹는다는 둥, 한다는 소리가 모두 거짓말뿐이라는 둥, 자기가 아무리 타일러도 말을 듣지 않는 꼭 막힌 놈이라는 둥, 이러한 비평을 하는 것

을 여러 번 들었다. 하루는 윤하고 나하고 운동을 나갔다가 들어와 보니 웬 키가 커다랗고 얼굴이 허연 사람이 똥통을 타고 앉아서 싱글싱글 웃고 있었다. 윤은 대단히 못마땅한 듯이 나를 돌아보고 입을 삐죽하고 나서 자리에 앉아서 부채를 딱딱거리면서,

"데이상 입대까지 설사가 안 막혔능기오? 사람이란 친구가 충고하는 옳은 말은 들어야 하는 법이어. 일동 팔방에 있을 때에 내가 그만큼이나 음식을 삼가라고 말 안했거디? 그런데 내가 병감에 온 지가 벌써 석 달이나 되는디 아직도 설사여?"

하고 똥통에 올라앉은 사람을 흘겨본다. 윤의 이 말에 나는 그가 윤이 늘 말하던 정씨인 줄을 알았다.

똥통에서 내려온 정씨는 윤의 말을 탓하지 않는, 지어서 하는 듯한 태도로,

"인상, 우리 이거 얼마만이오? 그래 아직도 예심중이시오?"

하고 얼굴 전체가 다 웃음이 되는 듯이 싱글벙글하며 윤의 손을 잡는다. 그러고 나서는 내게 앉은 절을 하며,

"제 성명은 정홍태올시다. 얼마나 고생이 되십니까?"

하고 대단히 구변이 좋았다. 나는 그의 말의 발음으로 보아 그가 평안도 사람으로 서울 말을 배운 사람인 줄을 알았다. 그러나 저녁에 인천 사는 간병부와 인사할 때에는 자기도 고향이 인천이라 하였고, 다음에 강원도 철원 사는 간병부와 인사를 할 때에는 자기 고향이 철원이라 하였고, 또 그다음에 평양 사람 죄수가 들어와서 인사하게 된 때에는 자기 고향은 평양이라고 하였다. 그때에 곁에 있던 윤이 정을 흘겨보며,

"왜 또 해주도 고향이라고 아니했소? 대체 고향이 몇이나 되능기오?"

이렇게 오금을 박은 일이 있었다. 정은 한두 달 살아 본 데면 그 지방 사람을 만날 때마다 고향이라고 하는 모양이었다.

정은 우리 방에 오는 길로,

"이거 방이 더러워 쓰겠느냐?"

고 벗어붙이고 마룻바닥이며 식기며를 걸레질을 하고 또 자리 밑을 떠들어 보고는

"이거 대체 소제라고는 안하고 사셨군? 이거 더러워 쓸 수가 있나?"

하고 방을 소제하기를 주장하였다.

"그 너무 혼자 깨끗한 체하지 마시오. 어디 그 수선에 정신 차리겠능기오?"

하고 윤은 돗자리 떨어내는 것을 반대하였다. 여기서부터 윤과 정의 의견 충돌이 시작되었다.

저녁밥 먹을 때가 되어 정이 일어나 물을 받는 것까지는 참았으나, 밥과 국을 받으려고 할 때에는 윤이 벌떡 일어나 정을 떼밀치고 기어이 제가 받고야 말았다. 창 옆에서 음식을 받아들이는 것은 감방 안에서는 큰 권리로 여기는 것이었다.

정은 윤에게 떼밀치어 머쓱해 물러서면서,

"그렇게 사람을 떼밀 거야 무엇이오? 그러니깐으루 간 데마다 인심을 잃지. 나 같은 사람과는 아무렇게 해도 관계치 않소마는 다른 사람 보고는 그리 마시오. 뺨 맞지오, 뺨 맞아요."

하고 나를 돌아보며 싱그레 웃었다. 그것은 마치 자기는 그

만한 일에 성을 내는 사람이 아니라는 것을 보이려 함인 것 같으나 그의 눈에는 속일 수 없이 분한 빛이 나타났다.

밥을 먹는 동안 폭풍우 전의 침묵이 계속되었으나 밥이 끝나고 먹은 그릇을 설거지 할 때에 또 충돌이 일어났다. 윤이 사타구니를 내어놓고 있다는 것과 제 그릇을 먼저 씻고 나서 내 그릇과 정의 그릇을 씻는다는 것과 개수통에 입을 대고 기침을 한다는 이유로 정은 윤을 책망하고 윤이 씻어 놓은 제 밥그릇을 주전자의 물로 다시 씻어서 윤의 밥그릇에 닿지 않도록 따로 포개 놓았다. 윤은 정더러,

"여보 당신은 당신 생각만 하고 다른 사람 생각은 못 하오? 그 주전자 물을 다 써 버리면 밤에는 무엇을 먹고 아침에 네 식구가 세수는 무엇으로 한다는 말이오? 사람이란 다른 사람 생각을 해야 쓰는 거여."

하고 공격하였으나 정은 못 들은 체하고 주전자 물을 거진 다 써서 제 밥그릇과 국그릇과 젓가락을 한껏 정하게 씻고 있었던 것이다.

이 모양으로 윤과 정과의 충돌은 그칠 사이가 없었다. 그러나 정은 간병부와 내게 대해서는 아첨에 가까우리만치 공손하였다. 더구나 그가 농업이나, 광업이나, 한방 의술이나 신의술이나 심지어 법률까지도 모르는 것이 없었고, 또 구변이 좋아서 이야기를 썩 잘하기 때문에 간병부들은 그를 크게 환영하였다.

이렇게 잠깐 동안에 간병부들의 환심을 샀기 때문에 처음에는 한 그릇씩 받아야 할 죽이나 국을 두 그릇씩도 받고, 또

소화약이나 고약이나 이러한 약도 가외로 더 얻을 수가 있었다. 정이 싱글싱글 웃으며 졸라 대면 간병부들은 여간한 것은 거절하지 아니하였다. 그리고 이따금 밥을 한 덩이씩 가외로 얻어서 맛날 듯한 것을 젓가락으로 휘저어서 골라 먹고 그리고 남은 찌꺼기를 행주에다가 싸고 소금을 치고 그러고는 그것을 떡 반죽하는 듯이 이겨서 떡을 만들어서는 요리로 한 입, 조리로 한 입 맛남 직한 데는 다 뜯어먹고, 그리고 나머지를 싸두었다가 밤에 자러 들어온 간병부에게 주고는 크게 생색을 내었다. 한 번은 정이 조밥으로 떡을 만들어 나를 돌아보고,

"간병부 녀석들은 이렇게 좀 먹여야 합니다. 이따금 달걀도 사주고 우유도 사주면 좋아하지요. 젊은 녀석들이 밤낮 굶주리고 있거든요. 이렇게 녹여 놓아야 말을 잘 듣는단 말이야요. 간병부와 틀렸다가는 해가 많습니다. 그녀석들이 제가 미워하는 사람의 일은 좋지 못하게 간수들한테 일러바치거든요."

하면서 이겨진 떡을 요모조모 떼어먹는다.

"여보, 그게 무에요? 데이 상은 간병부를 대할 때 십 년 만에 만나는 아저씨나 대한 듯이 살이라도 베여 먹일 듯이 아첨을 하다가 간병부가 나가기만 하면 언필칭 이녀석 저녀석 하니 사람이 그렇게 표리가 부동해서는 못 쓰는 게여. 우리는 그런 사람은 아니여든. 대해 앉아서도 할 말은 하고 안 할 말은 안 하지. 사내 대장부가 그렇게 간사를 부려서는 못쓰는 게여? 또 여보, 당신이 떡을 해 주겠거든 숫밥으로 해 주는 게지 당신 입에 들어왔다, 나갔다 하던 젓가락으로 휘저어서 밥 알

갱이마다 당신의 더러운 침을 발라가지고, 그리고 먹다가 먹기가 싫으닝게 남을 주고 생색을 낸다? 그런 일을 해선 못 쓰는 게여. 남 주고도 죄받는 일이어든. 당신 하는 일이 모두 그렇단 말여. 정말 간병부를 주고 싶거든 당신 돈으로 달걀 한 개라도 사서 주어. 흥, 공으로 밥 먹어서 실컷 처먹고, 먹기가 싫으닝게 남을 주고 생색을 낸다──웃기는 왜 웃소, 싱글벙글? 그래 내가 그른 말 해? 옳은 말은 들어 두어요. 사람 되려거든. 나, 그 당신 싱글싱글 웃는 거 보면 느글느글해서 배창수가 다 나오려 든다닝게. 웃긴 왜 웃어? 무엇이 좋다고 웃는 게여?"

이렇게 윤은 정을 몰아세웠다.

정은 어이없는 듯이 듣고만 앉았더니,

"내가 할 소리를 당신이 하는구려? 그 배때기나 가리고 앉아요."

그날 저녁이었다. 간병부가 하루 일이 끝이 나서 빨가벗고 뛰어들어왔다. 정은,

"아이, 오늘 얼마나 고생스러우셨어요? 그래도 하루가 지나가면 그만큼 나가실 날이 가까운 것 아니오? 그걸로나 위로를 삼으셔야지. 그까짓 한 삼사 년 잠깐 갑니다. 아 참, 백호하고 무슨 말다툼을 하시던 모양이던데."

이 모양으로 아주 친절하게 위로하는 말을 하였다. 백호라는 것은 다음 방에 있는 키 작은 간병부의 번호이다. 나도 '이놈 저놈' 하며 둘이서 싸우는 소리를 아까 들었다.

간병부는 감빛 기결수 옷을 입고 제자리에 앉으면서,

"고놈의 자식을 찢어 죽이려다가 참았지요. 아니꼬운 자식 같으니. 제가 무어길래? 제나 내나 다 마찬가지 전중이고 다 마찬가지 간병부지. 흥, 제놈이 나보다 며칠이나 먼저 왔다고 나를 명령을 하려 들어 쥐새끼 같은 놈 같으니. 나이로 말해도 내가 제 형뻘은 되고, 세상에 있을 때에 사회적 지위로 보더래도 나는 면서기까지 지낸 사람인데. 제 따위, 한 자요 두 자요 하던 놈과 같은 줄 알고? 요놈의 자식, 내가 오늘은 참 았지마는 다시 한번만 고따위로 주둥아리를 놀려 봐? 고놈의 아가리를 찢어 놓고 다릿마댕이를 분질러 놀걸. 우리는 목에 칼이 들어오더라도 할 말은 하고, 할 일은 하고야 마는 사람이든!"

하고 곁방에 있는 '백호'라는 간병부에게 들리라 하는 말로 남은 분풀이를 하였다. 정은 간병부에게 동정하는 듯이 혀를 여러 번 차고 나서,

"쩟쩟. 아 참으셔요. 신상 체면을 보셔야지, 고까짓 어린애 녀석하고 무얼 말다툼을 하세요. 아이 나쁜 녀석! 고녀석 눈 깔 딱지하고 주둥아리하고 독살스럽게도 생겨먹었지. 방정은 고게 또 무슨 방정이야? 고녀석 인제 또 옥에서 나가는 날로 또 뉘 집에 불 놓고 들어올걸. 원, 고녀석, 글쎄 남의 집에 불을 놓다니?"

간병부는 정의 마지막 말에 눈이 동그레지며,

"그래, 나도 남의 집에 불 놓았어. 그랬으니 어떻단 말이어? 당신같이 남의 돈을 속여 먹는 것은 괜찮고, 남의 집에 불 놓는 것만 나쁘단 말이오? 원, 별 아니꼬운 소리를 다 듣겠네. 여

보, 그래 내가 불을 놓았으니 어떡 허란 말이오? 웃기는 싱글싱글 왜 웃어? 그래 백호나 내가 남의 집에 불을 놓았으니 어떡 허란 말이야?"

하고 정에게 향하여 상앗대질을 하였다.

정의 얼굴은 빨개졌다. 정은 모처럼 간병부의 비위를 맞추려고 하던 것이 그만 탈선이 되어서 이 봉변을 당하게 된 것이었다. 그러나 정의 얼굴에는 다시 웃음이 떠돌면서,

"아니 내 말이 어디 그런 말이오? 신상이 오해시지."

하고 변명하려는 것을 간병부는,

"오해? 육회가 어떠우?"

"아니 그런 말이 아니라, 신상도 불을 놓으셨지마는 신상은 술이 취해서 술김에 놓으신 것이어든. 그 술김이 아니면 신상이 어디 불 놓으실 양반이오? 신상이 우락부락해서 홧김에 때려 죽인다면 몰라도 천성이 대장부다우시니까 사기나 방화나 그런 죄는 안 지을 것이란 말이오! 그저 애매하게 방화죄를 지셨다는 말씀이지요. 내 말이 그 말이거든. 그런데 말이오. 저 백호, 그녀석이야말로 정신이 말짱해서 불을 논 것이 아니오? 그게 정말 방화죄거든. 내 말이 그 말씀이야, 인제 알아들으셨어요?"

정은 제 말에 심이라는 간병부의 분이 풀린 것을 보고,

"자, 이거나 잡수세요."

하며 밥그릇 통 속에 감추어 두었던 조밥 떡을 내어 팔을 길다랗게 늘여서 간병부에게 준다.

"날마다 이거 미안해서 어떻게 하오?"

하고 간병부는 그 떡을 받았다.

간병부가 잠깐 일어나서 간수가 오나, 아니 오나를 엿보고 난 뒤에 그 떡을 한 입 베어 물었다.

아까부터 간병부와 정과의 언쟁을 흥미있는 눈으로 흘끗흘끗 곁눈질하던 윤이,

"아뿔싸, 신상, 그것 잡숫지 마시오."

하고 말만으로도 부족하여 손까지 살래살래 흔들었다.

간병부는 꺼림칙한 듯이 떡을 입에 문 채로,

"왜요?"

하며 제자리에 와 앉는다. 간병부 다음에 내가 누워 있고, 그다음에 정, 그다음에 윤, 우리들의 자리 순서는 이러하였다. 윤은 점잖게 도사리고 앉아서 부채를 딱딱 하며,

"내가 말라면 마슈. 내가 언제 거짓말했거디? 우리는 목에 칼이 오더라도 바른 말만 하는 사람이어든."

그러는 동안에 간병부는 입에 베어 물었던 떡을 삼켜 버린다. 그리고 그 나머지를 지리가미에 싸서 등뒤에 놓으면서,

"아니, 어째 먹지 말란 말이오?"

"그건 그리 아실 것 무엇 있소? 자시면 좋지 못하겠으닝게 먹지 말랑게지."

"아이 말해요. 우리는 속이 갑갑해서 그렇게 변죽만 울리는 소리를 듣고는 가슴에 불이 일어나서 못 견디어."

이때에 정이 매우 불쾌한 얼굴로,

"신상, 그 미친 소리 듣지 마시오. 어서 잡수세요. 내가 신상께 설마 못 잡수실 것을 드릴라구?"

하였건마는 간병부는 정의 말만으로 안심이 안 되는 모양 이어서,

"윤 서방, 어서 말씀하시오."

하고 약간 노기를 띤 언성으로 재차 묻는다.

"그렇게 아시고 싶을 건 무엇 있어서? 그저 부정한 것으로만 아시라닝게. 내가 신상께 해로운 말씀 할 사람은 아니닝게."

"아따, 그 아가리 좀 못 닥쳐?"

하고 정이 참다 못해 벌떡 일어나서 윤을 흘겨본다.

윤은 까딱 아니하고 여전히 몸을 좌우로 흔들흔들하면서,

"당신네 평안도서는 사람의 입을 아가리라고 하는지 모르 겠소마는, 우리네 전라도서는 점잖은 사람이 그런 소리는 아 니하오. 종교가 노릇을 이십 년이나 했다는 양반이 그 무슨 말버릇이란 말이오? 종교가 노릇을 이십 년이나 했길래도 남 먹으라고 주는 음식에 침만 발라 주었지, 십 년만 했으면 코 발라줄 뻔했소그려? 내가 아까 그러지 않아도 이르지 않았거 디? 사람에게 먹을 것을 주려거든 숫으로 덜어서 주는 법이 어. 침 묻은 젓가락으로 휘저어 가면서 맛날 듯한 노란 좁쌀 은 죄다 골라 먹고 콩도 이것 집었다가 놓고, 저것 집었다가 놓고, 입을 댔다가 놓고, 노르스름한 놈은 죄다 골라 먹고, 그 러고는 퍼렇게 뜬 좁쌀, 썩은 콩만 남겨서 제 밥그릇, 죽그릇, 젓가락 다 씻은 개숫물에 행주를 축여 가지고는 코 묻은 손 으로 주물럭주물럭해서 떡이라고 만들어 가지고 그런 뒤에도 요모조모 맛날 듯싶은 데는 다 떼어먹고 그것을 남겼다가 사 람을 먹으라고 주니, 벼락이 무섭지 않어? 그런 것은 남을 주

고도 벌을 받는 법이라고 내가 그만큼 일렀단 말이어. 우리는
남의 험담은 도무지 싫어하는 사람이닝게 이런 말도 안 하려
고 했거든. 신상, 내 어디 처음에야 말했가디? 저 진상도 증인
이어. 내가 그만큼 옳은 말로 타일렀고, 또 덮어 주었으면 평
안도 상것이 '고맙습니다' 하는 말은 못할 망정 잠자코나 있어
야 할 게지. 사람이란 그렇게 뻔뻔해서는 못 쓰는 게여."

윤의 말에 정은 어쩔 줄을 모르고 얼굴만 푸르락누르락 하
더니 얼른 다시 기막히고 우습다는 표정을 하며,

"참 기가 막히오. 어쩌면 그렇게 빤빤스럽게도 거짓말을 꾸
며 대오? 내가 밥에 모래와 쥐똥, 썩은 콩, 티검불 이런 걸 고
르느라고 젓가락으로 밥을 저었지, 그래 내가 어떻게 보면 저
먹다 남은 찌꺼기를 신상더러 자시라고 할 사람 같아 보여? 앗
으우, 앗으우. 그렇게 거짓말을 꾸며대면 혓바닥 잘린다고 했
어. 신상, 아예 그 미친 소리 듣지 마시고 잡수시우. 내 말이
거짓말이면 마른 하늘에 벼락을 맞겠소!"

하고 할 말 다했다는 듯이 자리에 눕는다. 정이 맹세하는
것을 듣고 머리가 쭈뼛함을 깨달았다.

어쩌면 그렇게 영절스럽게 곁에다가 증인을 둘씩이나 두고
도 벼락맞을 맹세까지 할 수가 있을까? 사람의 마음이란 헤
아릴 수 없이 무서운 것이라고 깊이 깊이 느껴졌다. 내가 설마
나서서 증거야 서랴? 정은 이렇게 내 성격을 판단하고서 맘놓
고 이렇게 꾸며 대인 것이다. 나는,

(윤씨 말은 옳소, 정씨 말은 거짓말이오.)

이렇게 말할 용기가 없었다. 내게 이러한 용기 없는 것을 정

이 뻔히 들여다본 것이다. 윤도 정의 엄청난 거짓말에 기가 막힌 듯이 아무 말도 없이 딴데만 바라보고 앉아 있었다. 간병부는 사건의 진상을 내게서나 알리는 듯이 가만히 누워 있는 내 얼굴을 들여다보고 있었다. 내게 직접 말로 묻기는 어려운 모양이다. 내게서 아무 말이 없음을 보고 간병부는 슬그머니 떡을 집어서 정의 머리맡에 밀어 놓으며,

"옜소, 데이 상이나 잡수시오. 나 두 분 더 쌈 시키고 싶지 않소."

하고는 쩝쩝 입맛을 다신다. 나는 속으로 참 잘한다 하고 간병부의 지혜로운 판단에 탄복하였다.

그러나 이 사건은 정이 윤에게 대한 깊은 원한을 맺히게 한 원인이었다. 윤이 기침을 하면 저쪽으로 고개를 돌리라는 둥, 입을 막고 하라는 둥, 캥캥 하는 소리를 좀 작게 하라는 둥, 소갈머리가 고약하니깐 잘 때까지도 사람을 못 견디게 군다는 둥, 부채를 딱딱거리지 마라, 핼끔핼끔 곁눈질하는 것 보기 싫다, 이 모양으로 일일이 윤의 오금을 박았다. 윤도 지지 않고 정을 해댔으나, 입심으론 도저히 정의 적수가 아닐뿐더러, 성미가 급한 사람이라 매양 윤이 곯아떨어지는 것 같았다. 코를 골기로 말하면 정도 윤에게 지지 아니하였다. 더구나 정은 이가 뻐드러지고 입술이 뒤둥그러져서 코를 골기에는 십상이었지마는, 그래도 정은, 자기는 코를 곯지 않노라고 언명하였다. 워낙 잠이 많은 윤은 정이 코를 고는 줄을 모르는 모양이었다. 간병부도 목침에 머리만 붙이면 잠이 드는 사람이므로, 정과 윤이 코를 고는 데에 희생이 되는 사람은 잠이 잘 들지

를 못하는 나뿐이었다. 윤은 소프라노로, 정은 바리톤으로 코를 곯아대면 언제까지든지 눈을 뜨고 창을 통하여 보이는 하늘의 별을 바라보고 있을 수밖에 없었다. 더구나 정은 윤의 입김이 싫다 하여 꼭 내 편으로 고개를 향하고 자고, 나는 반듯이밖에는 누울 수 없는 병자이기 때문에 정은 내 왼편 귀에다가 코를 곯아 넣었다. 위 확장병으로 위 속에서 음식이 썩는 정의 입김은 실로 참을 수 없으리만큼 냄새가 고약한데, 이 입김을 후끈후끈 밤새도록 내 왼편 뺨에 불어 붙였다. 나는 속으로 정이 반듯이 누워 주었으면 하였으나 차마 그 말을 못하였다. 나는 이것을 향기로운 냄새로 생각해 보라, 이렇게 힘도 써보았다. 만일 그 입김이 아름다운 젊은 여자의 입김이라면 내가 불쾌하게 여기지 아니할 것이 아닌가? 아름다운 젊은 여자의 뱃속엔들 똥은 없으며 썩은 음식은 없으랴? 모두 평등이 아니냐? 이러한 생각으로 코 고는 소리와 냄새 나는 입김을 잊어버릴 공부를 해 보았으나 공부가 그렇게 일조일석에 될 리가 만무하였다. 정더러 좀 돌아 누워 달랄까 이런 생각을 하고는 또 하였다. 뒷절에서 울려오는 목탁 소리가 들릴 때까지 잠을 이루지 못하는 날이 많았다. 새벽 목탁 소리가 나면 아침 세 시 반이다. 딱딱딱 하는 새벽 목탁소리는 퍽이나 사람의 맘을 맑게 하는 힘이 있다.

"원컨대는 이 종소리 법계에 고루 퍼져지이다."

한다든지.

"일체 중생이 바로 깨달음을 얻어지이다."

하는 새벽 종소리 구절이 언제나 생각키었다. 인생이 괴로움의 바다요, 불붙는 집이라면, 감옥은 그중에도 가장 괴로운 데다. 게다가 옥중에서 병까지 들어서 병감에 한정 없이 뒹구는 것은 이 괴로움의 세 겹 괴로움이다. 이 괴로운 중생들이 서로서로 괴로워함을 볼 때에 중생의 업보는 '헤여 알기 어려워라' 한 말씀을 다시금 생각하지 아니할 수 없었다.

새벽 목탁 소리를 듣고 나서 잠이 좀 들만 하면, 윤과 정은 번갈아 똥통에 오르기를 시작하고, 더구나 제 생각만 하지 남의 생각이라고는 전연 하지 아니하는 정은 제가 흐뭇이 자고 난 것만 생각하고, 소리를 내어서 책을 읽거나, 또는 남들이 일어나기 전에 먼저 마음대로 물을 쓸 작정으로 세수를 하고, 전신에 냉수 마찰을 하고, 그러고는 운동이 잘 된다 하여 걸레질을 치고, 이 모양으로 수선을 떨어서 도무지 잠이 들 수가 없었다. 정은 기침 시간 전에 이런 짓을 하다가 간수에게 들켜서 여러 번 꾸지람을 받았지마는 그래도 막무가내였다.

떡 사건이 일어난 이튿날 키 작은 간병부가 우리 방 앞에 와서 누구를 향하여 하는 말인지 모르게 키 큰 간병부의 흉을 보기 시작했다. 그것은 어저께 싸움에 관한 이야기였다.

"키다리가 어저께 무어라고 해요? 꽤 분해하지요? 그놈 미친 놈이지, 내게 대들어서 무슨 이를 보겠다고. 밥이라도 더 얻어먹고 상표라도 하나 타 보려거든 내 눈밖에 나고는 어림도 없지, 간수나 부장이나 내 말을 믿지 제 말을 믿겠어요? 그런 줄도 모르고 걸핏하면 대든단 말야. 건방진 자식 같으니! 제가 아무리 지랄을 하기로니 내가 눈이나 깜짝할 사람이오? 가만히 내버려 두지, 이따금 빡빡 긁어서 약을 올려놓고는 가만히 두고 보지. 그러면 똥구멍 찔린 소 모양으로, 저 혼자 영각을 하고 날치지, 목이 다 쉬도록 저 혼자 떠들다가 좀 잠잠하게 되면 내가 또 듣기 싫은 소리를 한 마디 해서 빡빡 긁어 놓지. 그러면 또 길길이 뛰면서 악을 고래고래 쓰지. 그러고는 가만히 내버려 두지. 그러면 제가 어쩔 테야? 제가 아무러기로 손찌검은 못 터이지? 그러다가 간수나 부장한테 들키면 경을 제가 치지."

하고 매우 고소한 듯이 웃는다. 아마 키 큰 간병부는 본감에 심부름을 가고 없는 모양이었다.

"참, 구호(키 큰 간병부)는 미련퉁이야. 글쎄 햐쿠고 상하고 다투다니 말이 되나? 햐쿠고 상은 주임이신데, 주임의 명령에 복종을 해야지."

이것은 정의 말이다.

"사뭇 소라닝게. 경우를 타일러야 알아듣기나 하거디? 밤낮 면서기 당기던 게나 내세우지. 햐쿠고 상도 퍽이나 속이 상하실 게요?"

이것은 윤의 말이다.

"무얼 할 줄이나 아나요? 아무것도 모르지. 게다가 홀게가 늦고 게을러빠지고, 눈치는 없고……."

이것은 키 작은 간병부의 말.

"그렇고말고요. 내가 다 아는 걸. 일이야 햐꾸고오 상이 다 하시지. 규고 상이야 무얼 하거디? 게다가 뽐내기는 경치게 뽐내지―."

이것은 윤의 말이다.

"그까짓 녀석 간수한테 말해서 쫓아보내지? 나도 밑에 많은 사람을 부려봤지마는 손 안 맞는 사람을 어떻게 부리오? 나 같으면 사흘 안에 내쫓아 버리겠소."

이것은 정의 말이다.

"그렇기로 인정 간에 그럴 수도 없고 나만 꾹꾹 참으면 고만이라고 여태껏 참아 왔지요. 그렇지만 또 한 번 그런 버르장머리를 해봐. 이번엔 내가 가만 두지 않을걸."

이것은 키 작은 간병부의 말이다. 이때에 키 큰 간병부가 약병과 약봉지를 가지고 왔다. 키 작은 간병부는,

"아마 오늘 전방을 하시게 될까 보오."

하고 우리 방으로 장질부사 환자가 하나 오기 때문에 우리들은 다음 방으로 옮아가게 되었으니, 준비를 해 두라는 말을 하고 무슨 바쁜 일이나 있는 듯이 가 버리고 말았다. 키 큰 간병부는 '윤 참봉', '정 주사', 이 모양으로 농담삼아 이름을 불러가며 병에 든 물약과 종이 주머니에 든 가루약을 쇠창살 틈으로 들여보낸다.

윤은 약을 받을 때마다 늘 하는 소리로,

"이깟놈의 약 암만 먹어도 낫거디? 좋은 한약을 서너 첩 먹었으면 금시에 열이 내리고 기침도 안 나고 부기도 빠지겠지만……."

하며 일어나서 약을 받아가지고 돌아와 앉는다.

다음에는 정이 일어나서 창살 틈으로 바짝 다가서서 물약과 가루약을 받아들고 물러서려 할 때에 키 큰 간병부가 약봉지 하나를 정에게 더 주며,

"이거 내가 먹는다고 비리발괄을 해서 얻어 온 게요. 애껴 먹어요. 많이만 먹으면 되는 줄 알고 다른 사람 사흘에 먹을 것을 하루에 다 먹어 버리니 어떻게 해? 그 약을 누가 이루 댄 단 말이오?"

"그러니깐 고맙단 말씀이지오. 규고 상, 나 그 알코올 좀 얻어 주슈. 이번에 좀 많이 줘요. 그냥 알콜은 좀 얻을 수 없나? 그냥 알콜 한 고뿌 얻어 주시오그려, 사회에 나가면 내가 그 신세 잊어버릴 사람은 아니오."

"이건 누굴 경을 치울 양으로 그런 소리를 하오?"

"아따 그 햐쿠고는 살랑살랑 오는 것만 봐도 몸에 소름이 쪽쪽 끼쳐. 제가 무언데 제 형님뻘이나 되는 규고 상을 그렇게 몰아세워? 나 같으면 가만 두지 않을 테야?"

"흥, 주먹을 대면 고 쥐새끼 같은 놈 어스러지긴 하겠구?"

정이 이렇게 키 큰 간병부에게 아첨하는 것을 보고 있던 윤이,

"규고 상이 용하게 참으시거든. 그 악담을 내가 옆에서 들어도 이가 갈리건만——용하게 참으셔——성미가 그렇게 괄괄하신 이가 용하게 참으시거든!"

하고 깊이 감복하는 듯이 혀를 찬다.

얼마 뒤에 키 큰 간병부는 알콜 솜을 한 움큼 가져다가,

"세 분이 노나 쓰시오."

하고 들이민다. 정이 부리나케 일어나서,

"아리가도오고자이마쓰."

하고는 그 솜을 받아서 우선 코에 대고 한참 맡아 본 뒤에

알콜이 제일 많이 먹은 듯한 데로 삼분의 이쯤 떼어서 제가 가지고, 그리고 나머지 삼분의 일을 둘에 갈라서 윤과 나에게 줄 줄 알았더니, 그것을 또 삼분에 갈라서 그중에 한 분은 윤을 주고, 한 분은 나를 주고, 나머지 한 분을 또 둘에 갈라서 한 분은 큰 솜 뭉텅이에 넣어서 유지로 꽁꽁 싸 놓고 나머지 한 분으로 얼굴을 닦고 손을 닦고 머리를 닦고 발바닥까지 닦아서는 내어 버린다. 그는 알콜 솜을 이렇게 많이 얻어서 유지에 싸두고는 하루에도 몇 번씩 얼굴과 손과 모가지를 닦는데, 그것은 살결이 곱고 부드러워지게 하기 위함이라고 한다.

저녁을 먹고 나서 전방을 할 줄 알았더니 거진 다 저녁때가 되어서 키 작고 통통한 간수가 와서 철컥 하고 문을 열어젖히며,

"덴보오, 덴보오!"

하고 소리를 친다. 그 뒤로 키 작은 간병부가 와서,

"전방이오, 전방."

하고 통역을 한다. 정이 제 베개와 알루미늄 밥그릇을 싸 가지고 가려는 것을,

"안 돼, 안 돼."

하고 간수가 소리를 질러서 아까운 듯이 도로 내어놓고 간신히 겨우 알콜 솜 뭉텅이만은 간수 못 보는 데 집어넣고, 우리는 주렁주렁 용수를 쓰고 방에서 나와서 다음 방으로 들어갔다. 철컥 하고 문이 도로 잠겼다. 아랫목에는 민이 우리가 들어오는 것을 보고 어린애 모양으로 방글방글 웃고 앉아 있었다. 서로 떠난 지 이십 여일 동안에 민은 무섭게 수척하였

다. 얼굴에는 두 눈만 있는 것 같고 그 눈도 자유로 돌지를 못하는 것 같았다. 두 무릎 위에 늘인 팔과 손에는 혈관만이 불룩불룩 솟아 있고 정강이는 무르팍 밑보다도 발목이 더 굵었다. 저러고 어떻게 목숨이 붙어 있나 하고 나는 이 해골과 같은 민을 보면서,

"요새는 무얼 잡수세요?"

하고 큰 소리로 물었다. 그의 귀가 여간한 소리는 듣지 못할 것같이 생각됐던 까닭이다.

민은 머리맡에 삼분의 이쯤 남은 우유 병을 가리키면서,

"서울 있는 매부가 돈 오 원을 차입을 해서 날마다 우유 한 병씩 사 먹지요. 그것도 한 모금 먹으면 더 넘어가지를 않아요. 맛은 고소하건만 목구멍에 넘어를 가야지, 내 매부가 부자지요. 한 칠백 석 하고 잘 살아요. 나가기만 하면 매부네 집에 가 있을 텐데, 사랑도 널찍하고 좋지요. 그래도 누이가 있으니깐, 매부도 사람이 좋구요. 육회도 해 먹고 배갈도 한 잔씩 따뜻하게 데워 먹고, 살아날 것도 같구먼!"

이런 소리를 하고 있었다. 그는 매부가 부자라는 것을 자랑하기 위해서 이런 말을 하는 모양이었다.

또 민의 바로 곁에 자리를 잡게 된 윤은 부채를 딱딱거리며

"그래도 매부는 좀 사람인 모양이지? 집에선 아직도 아무 소식이 없단 말여? 이봐, 내 말대로 하라닝게. 간수장한테 면회를 청하고 집에 있는 세간을 다 팔아서 먹구픈 것 사 먹기도 하고, 변호사를 대어서 보석 청원도 해요. 저렇게 송장이 다 된 것을 보석을 안 시킬 리가 있나? 인제는 광대뼈꺼정 빨

갈다닝게. 저렇게 되면 한 달을 못 간다 말이어. 서방이 다 죽게 돼도 모르는 체하는 열아홉 살 먹은 계집년을 천 냥을 남겨 주겠다고, 또 그까짓 자식새끼, 나 같으면 모가지를 비틀어 빼어 버릴 테야! 저 봐. 할딱할딱 하는 게 숨이 목구멍에서만 나와, 다 죽었어, 다 죽었어."

하고 앙잘거린다.

"글쎄, 이 자식아 오래간만에 만났거든 그래도 좀 어떠냐 말이나 묻는 게지. 그저 댓바람에 악담이야? 네 녀석의 악담을 며칠 안 들어서 맘이 좀 편안하더니 또 요길 왔어? 너도 손발이 통통 분 게 며칠 살 것 같지 못하다. 아이고 제발 그 악담 좀 말아라."

민은 이렇게 말하고 한숨을 쉬고는 자리에 눕는다.

이 방에는 민 외에 강이라고 하는 키 커다랗고 건장한 청년 하나가 아랫배에 붕대를 감고 벽에 기대어 앉아 있었다. 나중에 들으니 그는 어떤 신문 지국 기자로서, 과부 며느리와 추한 관계가 있다는 부자 하나를 공갈을 해서 돈 천육백 원을 빼앗아 먹은 죄로 붙들려 온 사람이라고 하며, 대단히 성미가 괄괄하고 비위에 거슬리는 일은 참지를 못하는 사람이 되어서, 가끔 윤과 정을 몰아세웠다. 윤이 민을 못 견디게 굴면 반드시 윤을 책망하였고, 정이 윤을 못 견디게 굴면 또 정을 몰아세웠다. 정과 윤은 강을 향하여 이를 갈았으나 강은 두 사람을 깍쟁이같이 멸시하였다. 윤 다음에 정이 눕고, 정의 곁에 강이 눕고, 강 다음에 내가 눕게 된 관계로 강과 정과가 충돌할 기회가 자연 많아졌다. 강은 전문학교까지 졸업한 사람이기 때문에 지식이 상당하여서 정이 아는 체하는 소리를 할 때마다 사정없이 오금을 박았다.

"어디서 한 마디 두 마디 주워들은 소리를 가지고 아는 체하고 지절대오? 시골 구석에서 무식한 농민들 속여 먹던 버르장머리를 아무 데서나 하려 들어? 싱글벙글하는 당신 상판대기에 나는 거짓말쟁이오 하고 뚜렷이 써붙였어. 인젠 낫살도 마흔댓 살 먹었으니 죽기 전에 사람 구실을 좀 해 보지. 맥이의학은 무슨 의학을 아노라고 걸핏하면 남에게 약처방을 하오? 다른 사기는 다 해 먹더라도 잘 알지도 못하는 의원 노릇일랑 아예 말어. 침도 아노라, 한방의도 양의도 아노라, 그렇게 아는 사람이 어디 있어? 당신이 그따위로 사람을 많이 속여 먹었으니 배때기가 온전할 수가 있나? 욕심은 많아서 한 끼에 두 사람 세 사람 먹을 것을 처먹고는 약을 처먹어, 물을 처먹어, 그리고 방귀질, 또 똥질, 트림질, 게다가 자꾸 토하기까지 하니 그놈의 냄새에 곁에 사람이 살 수가 있나? 그렇게 처먹고 밥주머니가 늘어나지 않어? 게다가 한다는 소리가 밤낮 거짓말—싱글벙글 웃기는 왜 웃어? 누가 이쁘다는 게야? 알콜 솜으로 문지르기만 하면 상판대기가 예뻐지는 줄 아슈? 그 알콜 솜도 나랏돈이오. 당신네 집에서 언제 제 돈 가지고 알콜 한 병 사 왔어? 벌써 꼬락서니가 생전 사람 구실 해 보기는 틀렸소마는, 제발 나 보는 데서만은 그 주둥아리 좀 닥치고 있어요."

강은 자기보다 근 이십 년이나 나이 많은 정을 이렇게 몰아세웠다.

한번은 점심 때에 자반 며루치 한 그릇이 들어왔다. 이것은 온 방 안에 있는 사람들이 골고루 나누어 먹으라는 것이다. 며루치라야 성한 것은 한 개도 없고, 꼬랑지, 대가리 모두가 부스러진 것뿐이요, 게다가 짚 검불이며, 막대기며, 별의별 것이 다 섞여 있는 것들이나, 그래도 감옥에서는 한 주일에 한 번이나 두 주일에 한 번밖에는 못 얻어먹는 별미여서, 이러한 반찬이 들어오는 날은 모두들 생일이나 명절을 당한 것처럼 기뻐하였다. 정은 여전히 밥 받아들이는 일을 맡았기 때문에 이 며루치 그릇을 받아서 젓가락으로 뒤적거리며 살이 많은 것을 골라서 제 그릇에 먼저 덜어 놓고, 대가리와 꼬랑지만을 다른 네 사람을 위하여 내어놓았다. 내가 보기에도 정이 가진 것은 절반은 다 못 되어도 삼분의 일은 훨씬 넘었다. 그러나 정의 눈에는 그것이 며루치 전체의 오분지 일로 보인 모양이었다.

나는 강의 입에서 반드시 벼락이 내릴 것을 예기하고, 그것을 완화해 볼 양으로 정더러,

"여보시오. 며루치가 고르게 분배되지 않은 모양이니 다시 분배를 하시오."

하였으나, 정은 자기 그릇에 담았던 며루치 속에서 그 중 맛없을 만한 것 서너 개를 골라서 이쪽 그릇에 덜어 놓을 뿐이었다. 그러고는 대단히 맛나는 듯이 제 그릇의 며루치를 집어먹는데, 그것도 그중 맛나 보이는 것을 골라서 먼저 먹었다.

민은 아무 욕심도 없는 듯이 쌀 뜨물 같은 미음을 한 모금 마시고는 놓고, 또 한 모금 마시고는 놓고 할 뿐이요, 며루치

에 대해서는 아무 관심도 없는 모양이었으나, 윤은 못마땅한 듯이 연해 정을 곁눈으로 흘겨보면서 그래도 며루치를 골라 먹고 있었다. 강만은 며루치에는 젓가락을 대어 보지도 않고, 조밥 한 덩이를 다 먹고 나더니만은 며루치 그릇을 들어서 정의 그릇에 쏟아 버렸다. 나도 웬일인지 며루치에는 젓가락을 대지 아니하였다.

정은 고개를 번쩍 들어 강을 바라보며,

"왜, 며루치 좋아 안 하셔요?"

"우린 좋아 아니해요. 두었다 저녁에 자시오."

하고 강은 아무 말 없이 물을 먹고는 제자리에 가서 드러누웠다. 나는 강의 속에 무슨 생각이 났는지 몰라 우습기도 하고 궁금하기도 하였다.

정은 역시 강의 속이 무서운 모양이었으나, 다섯 사람이 먹을 며루치를, 게다가 소금 절반이라고 할 만한 며루치를 거진 다 먹고 조금 남은 것을 저녁에 먹는다고 라디에이터 밑에 감추어 두었다.

정은 대단히 만족한 듯이 싱글싱글 웃으며 제자리에 와 드러누웠다. 그러더니 얼마 아니해서 코를 골았다. 식곤증이 난 모양이라고 나는 생각하였다. 아무리 위장이 튼튼한 장정 일꾼이라도 자반 며루치 한 사발을 다 먹고 무사히 내릴 리는 없을 것 같았다. 강도 그 눈치를 알았는지 배에 붕대를 끌러 놓고 부채로 수술한 자리에 바람을 넣으면서 픽픽 웃고 앉았더니, 문득 일어나서 물주전자 있는 자리에 와서 그것을 들어 흔들어 보고 그러고는 뚜껑을 열어 보았다. 강은 나와 윤에게 물을 한 잔씩 따라서 권하고, 그러고는 자기가 두 보시기나 마시고 그 나머지로는 수건을 빨아서 제 배를 훔치고, 그러고는 물 한 방울도 없는 주전자를 마룻바닥에 내어던지듯이 덜컥 놓고는 제자리에 돌아와 앉았다.

강이 하는 양을 보고 앉았던 윤은,

"강 선생, 그것 잘하셨소. 흥, 이제 잠만 깨면 목구멍에 불이 일어날 것이닝게."

하고는 주전자 뚜껑을 열어 물이 한 방울도 아니 남은 것을 보고 제자리에 돌아와 앉는다.

정은 숨이 막힐 듯이 코를 골더니 한 시간쯤 지나서 눈을 번쩍 뜨며 일어나는 길로 주전자 앞으로 달려갔다. 그러나 주전자에 물이 한 방울도 없는 것을 보고 와락 화를 내어 주전자를 내동댕이를 치고 윤을 흘겨보면서,

"그래, 물을 한 방울도 안 남기고 자신단 말이오? 내가 아까 물이 있는 걸 보고 잤는데── 그렇게 남의 생각을 아니하고 제 욕심만 채우니겐두루 밤낮 똥질을 하지."

하고 트집을 잡는다.

"뉘가 할 소리야? 그게 춘치자명이라는 것이여."

하고 윤은 점잔을 뺀다.

"물은 내가 다 먹었소."

하고 강이 나앉는다.

"며루치는 댁이 다 먹었으니, 우리는 물로나 배를 채워야 아니하오? 며루치도 혼자 다 먹고 물도 혼자 다 먹었으면 속이 시원하겠소?"

정은 아무 말도 아니하였다. 그러나, 목이 말라 죽을 지경인 모양이었다. 그는 누웠다 앉았다 도무지 자리를 잡지 못하였다. 그가 가끔 일어나서 철창으로 복도를 바라보는 것은 간병부더러 물을 청하려는 것인 듯하였다. 그러나 간병부는 어디 갔는지 좀체로 보이지 아니하였고, 그동안에 간수와 부장이 두어 번 지나갔으나, 차마 물 달라는 말은 나오지 않는 모양이었다. 그동안이 퍽 오래 지난 것 같았다. 이때에 키 작은 간병부가 왔다. 정은 주전자를 들고 일어나서 창으로 마주 가며,

"햐쿠고 상, 여기 물 좀 주세요. 도무지 무엇을 먹지를 못하니깐두루 헛헛증이 나고, 목이 말라서. 물이 한 방울도 없구먼요."

하고 얼굴 전체가 웃음이 되어 아첨하는 빛을 보인다.

"여기를 어딘 줄 아슈! 감옥살이를 일 년이나 해도 감옥소 규칙도 몰라? 저녁때 아니고 무슨 물이 있단 말이오?"

백호는 이렇게 웃어 버린다. 정은 주전자를 높이 들어 흔들며,

"그러니까 청이지요. 목마른 사람에게 물 한 잔 주는 것도 급수 공덕이라는 말을 못 들으셨어요? 한 잔만 주세요. 수통에서 얼른 길어 오면 안 되오?"

"그렇게 배도 곯아 보고, 목도 좀 말라 보아야 합니다. 남의 돈 공으로 먹으려다가 붙들려 왔으면 그만한 고생도 안 해?"

하고 말하다가 간수 오는 것을 봄인지, 간병부는 얼른 가버리고 만다. 정은 머쓱해서 주전자를 방바닥에 놓고 자리에 와 앉는다. 옆방 장질부사 환자의 간호를 하고 있는 키 큰 간병부

가 통행 금지하는 줄 저편에서 고개를 갸웃하여 우리들이 있는 방을 들여다보며,

"정 주사, 물 좀 줄까? 얼음냉수 좀 줄까?"

하고 환자 머리 식히는 얼음 주머니에 넣던 얼음 조각을 한 줌 들어 보인다. 정은 벌떡 일어나서 창 밑으로 가며,

"규고 상, 그거 한 덩이만 던져 주슈."

하고 손을 내민다.

"이건 왜 이래? 장질부사 무섭지 않어? 내 손에 장질부사 균이 득시글득시글 한다나."

"아따, 그 소독물에 좀 씻어서 한 덩어리만 던져 주세요. 아주 목이 타는 것 같구려. 그렇잖으면 이 주전자에다가 물 한 국이만 넣어 주세요. 아주 가슴에 불이 인다니깐."

"아까 들으니까 며루치를 혼자 자시는 모양입디다그려. 그걸 그냥 새겨야지 물을 먹으면 다 오줌으로 나가지 않우? 그냥 새겨야 얼굴이 반드르해진단 말야."

그리고 키 큰 간병부는 새끼손가락만 한 얼음 한 덩이를 정을 향하고 집어 던졌으나 그것이 하필 쇠 창살에 맞고 복도에 떨어져 버리고 말았다. 그러고는 키 큰 간병부는 얼음 주머니를 가지고 방으로 들어가 버렸다.

정은 제자리에 돌아와 고개를 숙이고 앉았다.

"소금을 자슈. 체한 데는 소금을 먹어야 하는 게야."

이것은 강의 처방이었다. 정은 원망스러운 듯이 강을 한번 힐끔 돌아보고는 입맛을 다셨다.

"저 타구에 물이 좀 있지 않어? 양추물은 남의 세 갑절 쓰

지? 그게 저 타구에 있지 않아? 그거라도 마시지."

이것은 윤의 말이었다.

"아까 짠 것을 너무 자십디다. 속도 좋지 않은 이가 그렇게 자시고 무사할 리가 있소?"

하고 민이 자기 머리맡에 놓았던 반쯤 남은 우유 병을 정에게 주었다.

"이거라도 자셔 보슈."

"고맙습니다. 그저 병환이 하루바삐 나으시고 무죄가 되어서 나갑소사."

하고 정은 정말 합장하여 민에게 절을 하고 나서 그 우유병을 단숨에 들이켰다.

"사람들이 그래서는 못 쓰는 것이오. 남을 위할 줄을 알아야 쓰는 게지. 남을 괴롭게 하고 비웃고 하면 천벌을 받는 법이오. 하느님이 다 내려다보시고 계시거든!"

정은 이렇게 한바탕 설교를 하고 다시는 물 얻어먹을 생각도 못 하고 누워 버리고 말았다.

"당신이 사람은 아니오. 너무 처먹어서 목이 갈한 데다가 또 우유를 먹으면 어떡하자는 말이오? 흥, 뱃속에서 야단이 나겠수. 탐욕이 많으면 그런 법입니다. 저 먹을 만큼만 먹으면 배탈이 왜 난단 말이오? 그저 이건 들여라 들여라니 당신 그러다가는 장위가 아주 결단이 나서 나중엔 미음도 못 먹게 되오! 알긴 경치게 많이 알면서 왜 제 몸 돌아볼 줄만은 몰라? 그러고는 남더러 천벌을 받는다고. 인제 오늘 밤중쯤 되면 당신이야말로 천벌받는 것을 내가 볼걸."

강은 이렇게 빈정대었다.

이러는 동안에 또 저녁 먹을 때가 되었다. 저녁 한때만은 사식을 먹는 정은 분명히 저녁을 굶어야 옳을 것이건만, 받아 놓고 보니 하얀 밥과 섭산적과 자반 고등어와 쇠꼬리 국과를 그냥 내어놓을 수 없는 모양이었다.

"저녁을랑 좀 적게 자시지오?"

하는 내 말에 정은,

"내가 점심에 무얼 먹었다고 그러십니까? 왜 다들 나를 철 없는 어린애로 아슈?"

하고 화를 내었다.

정은 저녁 차입을 다 먹고 점심에 남겼던 머루치도 다 핥아 먹고, 그렇게도 그립던 물을 세 보시기나 벌컥벌컥 마셨다.

'시우신(취침)' 하는 소리에 우리들은 다 자리에 누워서 잠을 기다리고 있었다. 정은 대단히 속이 거북한 모양이어서 두어 번이나 소금을 먹고는 물을 마셨다. 그러고도 내 약봉지에 남은 소화약을 세 봉지나 달래서 다 먹었다.

옆방에 옮아온 장질부사 환자는 연해 앓는 소리와 헛소리를 하고 있었다. 집으로 보내어 달라고 소리를 지르고 아주머니 아주머니 하고 목을 놓아 울기도 하였다. 이 젊은 장질부사 환자의 앓는 소리에 자극이 되어서 좀체로 잠이 들지 아니하였다. 내 곁에 누운 간병부는 그 환자에 대하여 내 귀에 대고 이렇게 설명하였다.

"저 사람이 ○전 출신이라는데, 지금 스물일곱 살이래요. 황금정에 가게를 내고 장사를 하다가 그만 밑져서 화재 보험을 타 먹을 양으로 불을 놓았다나요. 그래 검사한테 십 년 구형을 받았대요. 십 년 구형을 받고는 법정에서 졸도를 했다고요. 의사의 말이 살기가 어렵다는 걸요. 집엔 부모도 없고, 형수 손에 길리었다고요. 그래서 저렇게 아주머니만 찾아요. 사람은 괜찮은데 어쩌다가 나 모양으로 불놓을 생각이 났는지.”

장질부사 환자는 여전히 아주머니를 찾고 있었다.

정은 밤에 세 번이나 일어나서 토하였다. 방 안에는 며루치 비린내나는 시큼한 냄새가 가득 찼다. 윤과 강은 이거 어디 살겠느냐고 정에게 핀잔을 주었으나 정은 대꾸할 기운도 없는 모양인지 토하는 일이 끝나고는 배멀미 하는 사람 모양으로 비틀비틀 제자리에 돌아와 쓰러져 버렸다. 이것이 빌미가 되어서 정은 이틀이나 사흘 만에 한 번씩 토하는 증세가 생겼는데, 그래도 정은 여전히 끼니때마다 두 사람 먹을 것을 먹었고, 그러면서도 토할 때에 간수한테 들키면 아무것도 먹은 것은 없는데 저절로 뱃속에 물이 생겨서 이렇게 토하노라고 변명을 하였다. 그러고는 우리들을 향하면서도,

“글쎄, 조화 아니야요? 아무것도 먹은 것이 없는데 이렇게 물이 한 타구씩 배에 고인단 말이야요. 나를 이 주일만 놓아주면 약을 먹어서 단박에 고칠 수 있건마는.”

이렇게 아무도 믿지 아니하는 소리를 지껄이는 것이었다.

민의 모양이 시간시간 글러지는 양이 눈에 뜨였다. 요새 며칠째는 윤이 아무리 긁적거려도 한 마디의 대꾸도 아니하였고, 똥통에서 내려오다가도 두어 번이나 뒹굴었다. 그는 눈알도 굴리지 못하는 것 같고 입도 다물 기운이 없는 것 같았다.

우리는 밤에 자다가도 가끔 그가 숨이 남았나 하고 고개를 쳐들어 바라보게 되었다. 그래도 어떤 때에는 흰 밥이 먹고 싶다고 한 숟가락을 얻어서 입에 물고 어물어물하다가 도로 뱉으며,

"인제는 밥도 무슨 맛인지 모르겠어. 배갈이나 한 잔 먹으면 어떨지?"

하고 심히 비감한 빛을 보였다. 민은 하루에 미음 두어 숟갈, 물 두어 모금만으로 목숨을 부지하고 있었다. 하루는 의무과장이 와서 진찰을 하고 복막에서 고름을 빼어 보고 나가더니, 이삼 일 지나서 취침 시간이 지난 뒤에 보석이 되어 나갔다. 그래도 집으로 나간단 말이 기뻐서, 그는 벙글벙글 웃으면서 보퉁이를 들고 비틀비틀 걸어 나갔다.

"흥, 저거 인제 나가는 길로 뒈지네."

하고 윤이 코웃음을 하였다. 얼마 있다가 민을 부축하고 나갔던 간병부가 들어와서,

"곧잘 걸어요. 곧잘 걸어나가요. 펄펄 날뛰던데!"

하고 웃었다.

"나도 보석이나 나갔으면 살아날 텐데."

하고 정이 통통 부은 얼굴에 싱글싱글 웃으면서 입맛을 다셨다.

"내가 무어라고 했어? 코끝이 그렇게 빨개지고는 못 산다닝게. 그리고 성미가 고 따위로 생겨 먹고 병이 낫거디? 의사가 하는 건 죽어라 하고 안 하거든. 약을 먹으라니 약을 처먹나. 그건 무가내닝게."

윤은 이런 소리를 하였다.

"흥, 똥 묻은 개가 겨 묻은 개 흉본다. 댁이 누구 흉을 보아? 밤낮 똥질을 하면서도 자꾸 처먹고."

이것은 정이 윤을 나무라는 것이었다.

"허허허허. 참 입들이 보배요. 남이 재게 할 소리를 제가 남에게 하고 있다니까. 아아 참."

이것은 강이 정을 보고 하는 소리였다.

민이 보석으로 나가던 날 밤, 내가 한 잠을 자고 무슨 소리에 놀라 깨었을 때에, 나는 곁방 장질부사 환자가 방금 운명하는 중임을 깨달았다. 끙끙 소리와 함께 목에 가래 끓는 소리가 고요한 새벽 공기를 울려오는 것이었다. 그 방에 있는 간병부도 잠이 든 모양이어서 앓는 사람의 숨 모으는 소리뿐이요, 도무지 통 인기척이 없었다. 나는 내 곁에서 자는 간병부를 깨워서 이 뜻을 알렸다. 간병부는 간수를 부르고, 간수는 비상경보 하는 벨을 눌러서 간수부장이며 간수장이 달려오고, 얼마 있다가 의사가 달려왔다. 그러나 의사가 주사를 놓고 간 뒤 반 시간이 못 하여 장질부사 환자는 마침내 죽어 버렸다.

이튿날 아침에 죽은 청년의 시체가 그 방에서 나가는 것을 우리는 엿보았다. 붕대로 싸맨 얼굴을 아니 보이나 길다란 검은 머리카락이 비죽이 내어민 것이 처량하였다. 그는 머리를 무척 아낀 모양이어서 감옥에 들어온 지 여러 달이 되도록 머리를 남겨 둔 것이었다. 아직 장가도 아니 든 청년이니 머리에 향내 나는 포마드를 발라 산뜻하게 갈라붙이고 면도를 곱게 하고, 얼굴에 파우다를 바르고 나섰을 법도 한 일이었다. 그는 인생 향락의 밑천을 얻을 양으로 장사를 시작하였다가 실패하자 돈에 대한 탐욕은 마침내 제 집에 불을 놓아 화재 보험금을 사기하리라는 생각까지 내게 하였고, 탐욕으로 원인을 하고 이 큰 죄악에서 오는 당연한 결과로 경찰서 유치장을 거쳐 감옥살이를 하다가, 믿지 못할 인생을 끝마감한 것이다. 나는 그가 어느 날 밤에 불을 놓을 결심을 하던 양을 상상하다가, 이왕 죽어 버린 불쌍한 젊은 혼에게 대하여 미안한 생각이 나서, 뒷문으로 나가는 그의 시체를 향하여 합장하고 고개를 숙였다. 그 시체의 뒤에는 그가 헛소리까지 부르던 아주머니가 그 남편과 함께 눈물을 씻으며 소리 없이 따라가는 것이 보였다. 그를 간호하던 키 큰 간병부 말이, 그는 죽기 전 이삼 일 동안은 정신만 들면 예수교식으로 기도를 올렸다고 하며 또 잠꼬대 모양으로 하느님 하느님 하고 부르고 예수의 십자가의 공로로 이 죄인을 용서하여 달라고 중얼거리더라고 한다. 그는 본래 예수교의 가정에서 자라서, 중학교나 전문학교를 다 교회 학교에서 마쳤다고 한다. 생각건대는, 재물이 풍성함으로 사는 것이 아니라는 예수의 말씀이 잘 믿어지지 아니하여 돈에서 세상 영화를 구하려는 데몬의 유혹에 걸렸다가 거진 다 죽게 된 때에야 본심에 돌아간 모양이었다.

이날은 날이 심히 덥고 볕이 잘 나서, 죽은 사람의 방에 있던 돗자리와 매트리스와 이불과 베개와를 우리가 일광욕하는 마당에 내어 널었다. 그 베개가 촉촉히 젖은 것은 죽은 사람이 마지막으로 흘린 땀인 모양이었다. 입에다가 가제 마스

크를 대고 시체가 있던 방을 치우고 소독하던 키 큰 간병부는 크레졸 물에다가 손과 팔뚝을 빡빡 문지르며,

"이런 제에길, 보름 동안이나 잠 못 자고 애쓴 공로가 어디 있나? 팔자가 사나우니깐 내 어머니 임종도 못 한 녀석이 엉뚱한 다른 사람의 임종을 다 했지. 허허."

하고 웃었다.

그 청년이 죽어 나간 뒤로부터 며칠 동안 윤이나 정이나 내나 대단히 침울하였다.

윤의 기침은 점점 더하고 열도 오후면 삼십팔 도 칠 부가량이나 올라갔다. 그는 기침을 하고는 지리가미에 담을 뱉아서 아무데나 내어 버리고, 열이 올라갈 때면 혼몽해서 잠을 자다가는 깨기만 하면 냉수를 퍼먹었다. 담을 함부로 뱉지 말고 타구에 뱉으라고 정도 말하고 나도 말하였지마는 그는 종시 듣지 아니하고 내 자리 밑에 넣은 지리가미를 제 마음대로 집어다가는 하루에도 사오십 장씩이나 담을 뱉어서 내어던지고 그가 기침이 나서 누에 모양으로 고개를 내어 두르며 캑캑 기침을 할 때에 곁에 누웠던 정이 윤더러 고개를 저쪽으로 돌리고 기침을 하라고 소리를 지르면, 윤은 심사로 더욱 정의 얼굴을 향하고 캑캑거렸다.

"내가 펫병인 줄 아나, 왜? 내 기침은 펫병 기침은 아니여. 내 기침이야 깨끗하지. 당신 왝왝 돌리는 게나 좀 말어, 제발—."

하고 윤은 도리어 정에게 핀잔을 주었다.

정은 마침내 간병부를 보고 윤이 기침이 대단한 것과, 함부로 담을 뱉으니, 그 담에 균이 있나 없나 검사해야 될 것을 주

장하였다.

"검사해 보아, 검사해 보아. 내가 폣병일 줄 알고? 내가 이래 뵈어도 철골이더던. 이게 해수 기침이지 폣병 기침은 아녀."

하고 윤은 정을 흘겨보았다. 그 문제로 해서 그날 온종일 윤과 정은 으르렁거리고 있다가 그 이튿날 아침 진찰 시간에 정은 의사와 간병부가 있는 자리에서, 윤이 기침이 심하고 담을 많이 뱉고 또 아무데나 함부로 뱉는 것을 말하여 의사의 주의를 끌고 윤에게 망신을 주었다. 방에 돌아오는 길로 윤은 정을 향하여,

"댁이 나와 무슨 원수야? 댁이 끼니때마다 밥을 속여, 베개를 셋씩이나 베여, 밤마다 토해 이런 소리를 내가 간수 보고 하면 댁이 경칠 줄 몰라? 임자가 그따위 개도 안 먹을 소갈머리를 가졌으닝게 처먹는 게 똥구멍으로 나갈 게 아가리로 나오는 게야. 댁의 상판대기를 보아요. 누렇게 들뜬 것이, 저러고 안 죽는 법 있어? 누가 요기서 먼저 죽어 나가나 내기할까?"

하고 대들었다.

담 검사한 결과는 그로부터 사흘 후에 알려졌다. 키 작은 간병부의 말이, 플라스 플라스 열 십 자가 세 개가 적혔더라고 한다. 윤은 멀거니 간병부와 나를 번갈아 쳐다보며,

"플라스 플라스는 무어고, 열 십 자 세 개는 무어여?"

하고 근심스럽게 물었다.

"폣병 버러지가 득시글득시글 한단 말여."

하고 정이 가로맡아 대답을 하였다.

"당신더러 묻는 말 아니여."

하고 정에게 핀잔을 주고 나서, 윤은,

"내 담에 아무것도 없지라오? 열 십 자 세 개란 무어여?"

하고 간병부를 쳐다본다.

간병부는 빙그레 웃으며,

"괜찮아요. 담에 무엇이 있는지야 의사가 알지 내가 알아요?"

하고는 가 버리고 말았다.

정이 제자리를 윤의 자리에서 댓치나 떨어지게 내 쪽으로 당기어 깔고,

"저 담벼락 쪽으로 바짝 다가서 누워요. 기침할 때에는 담벼락을 향하고, 담을랑 타구에 뱉고. 사람의 말 주릴하게도 안 듣네. 당신 담에 말이오. 폐결핵 균이 말이야. 펫병 벌레가 말이야, 대단히 많단 말이우. 열 십 자가 하나면 좀 있단 말이고, 열 십 자가 둘이면 많이 있단 말이고, 열 십 자가 셋이면 대단히 많이 있단 말이야. 인제 알아들었수? 그러니깐두루 말이야, 다른 사람 생각을 좀 해서 함부로 담을 뱉지 말란 말이오."

하는 말을 듣고 윤의 얼굴을 해쓱해지며,

내게,

"진상 그게 정말인 게오?"

하고 묻는 소리가 떨렸다. 나는,

"내일 의사가 무어라고 말씀하겠지요."

할 뿐이고 그 이상 더 할 말이 없었다.

다 저녁때가 되어서 키 작은 간병부가 와서,

"윤 서방! 전방이오 전방. 좋겠소, 널찍한 방에 혼자 맡아 가

지고 정 서방하고 쌈도 안 하고. 인제 잘됐지. 어서 짐이나 차려요."

하고, 말하니 윤은 자리에 벌떡 일어나 앉으며, 간병부를 눈흘겨 보면서,

"여보, 그래 댁은 나와 무슨 웬수란 말이오? 내 담을 갖다가 검사를 시키고, 그리고 나를 사람 죽은 방에 혼자 가 있게 해? 날더러 죽으란 말이지? 난 그 방 안 가오. 어디 어떤 놈이 와서 나를 그 방으로 끌어가나 볼라오? 내가 그놈과 사생결단을 할 터이닝게. 그래 이 따위 입으로 똥 싸는 더러운 병자는 가만 두고, 나 같은 말짱한 사람을 그래 사람 죽은 방으로 혼자 가래? 햐쿠고 상 나를 사람 죽은 방으로 보내고 그래 댁이 앙화를 안 받을 듯싶소?"

하고 악을 썼다.

"왜 날 더러 그러오? 내가 당신을 어디로 보내고 말고 하오? 또 제가 전염병이 있으면 가란 말 없어도 다른 사람 없는 데로 가는 게지, 다른 사람들까지 병을 묻혀 놓을려고? 심사가 그래서는 못써. 죽을 날이 가깝거든 맘을 좀 착하게 먹어. 이건 무슨 툭명이야?"

간병부는 이렇게 말하고 코웃음을 웃으며 가 버린다.

간병부가 간 뒤에는 윤은 정에게 원망하는 말을 퍼부었다. 제 담 검사를 정이 주장하였다는 것이다. 그는 정이 죽어 나가는 것을 맹세코 제 눈으로 보겠다고 장담하고, 또 만일 불행히 제가 먼저 죽으면 죽은 귀신이라도 정에게 원수를 갚을 것을 선언하였다. 정은 아무 말도 아니하고 고소한 듯이 싱글

벙글 웃기만 하고 있더니,

"흥, 그리 마오. 당신이 그런 안한 맘을 가졌으니깐두루 그런 악한 병을 앓게 되는 게유. 당신이야말로 민 영감을 그렇게 못 견디게 굴었으니깐두루 민 영감 죽은 귀신이 지금 와서 원수를 갚는 게야. 흥 내가 왜 죽어? 나는 말짱하게 살아나갈걸. 나는 얼마 아니면 공판이야. 공판만 되면 무죄야. 이건 왜 이러오?"

하고 드러누워서 소리를 내어 불경 책을 읽기 시작한다.

정은 교회사를 면회하고 무량수경을 얻어다가 읽기 시작한 지가 벌써 이 주일이나 되었다. 그는 순 한문 경문의 뜻을 알아볼 만한 학문의 힘이 없는 모양이었으니 이렇게도 토를 달아보고 저렇게도 토를 달아 보면서 그래도 부지런히 읽었고, 가끔 가다가 제가 깨달았다고 하는 구절을 장한 듯이 곁에 사람에게 설명조차 하였다. 그는 곁방에서도 다 들리리만큼 큰소리로 서당에서 아이들이 글 읽는 모양으로 낭독을 하였고, 취침 시간 후이거나 기상 시간 전이거나 곁에 사람이야 자거나 말거나 제 맘만 내키면 그것을 읽었다. 한번은 지나가던 간수가 소리를 내지 말라고 꾸중할 때에 그는 의기양양하게 자기가 읽는 것은 불경이라고 대답하였다. 그가 때때로 설명하는 것을 들으면 무량수경 속에 있는 뜻을 대충은 아는 모양이었으나, 그는 그것을 실행에 옮길 생각은 아니하는 것 같아서 불행에 옮길 생각은 아니하는 것 같아서 불경을 읽은 지 이 주일이 넘어도 남을 위한다는 생각은 조금도 나는 것 같지 아니하였다. 한번은 윤이,

"흥, 그래도 죽어서 좋은 데는 가고 싶어서, 경을 읽기만 하면 되는 줄 알구. 행실을 고쳐야 하는 게여?"

하고 빈정대일 때에 옆에서 강이,

"그러지 마시오. 그 양반 평생 첨으로 좋은 일 하는 게요. 입으로 읽기만 하여도 내생 내내생쯤은 부처님 힘으로 좀 나아지겠지."

이렇게 대꾸를 하였다.

"앗으우. 불경 읽는 사람을 곁에서 그렇게 비방들을 하면 지옥에를 간다고 했어."

이렇게 뽐내고 정은 왕왕 소리를 내어 읽었다. 사람 죽은 방으로 간다는 걱정으로 자못 맘이 편안치 못한 윤이 글 읽는 소리에 더욱 화를 내는 모양이어서, 몇 번 입을 비쭉비쭉 하더니,

"듣기 싫어! 다른 사람 생각도 좀 해야지. 제발 소리 좀 내지 말아요."

하는 것을 정은 들은 체 만 체하고 소리를 더 높여서 몇 줄을 더 읽고는 책을 덮어 놓는다. 윤은 누운 대로 고개를 돌려서 내 편을 바라보며,

"진상요, 사람 죽은 방에 처음 들어가 자면 그 사람도 죽는 게 아닝게오?"

하고 내 의견을 묻는다.

"사람 안 죽은 아랫목이 어디 있어요? 병원에선 금시에 죽어 나간 침대에 금시에 새 병자가 들어온답니다. 사람이 다 제 명이 있지요. 죽고 싶다고 죽어지는 것도 아니고, 더 살고 싶

다고 살아지는 것도 아니구요. 그렇게 겁을 집어 자시지 말고 맘 편안히 염불이나 하고 누워 계셔요."

나는 이것이 그에게 대하여 내가 말할 수 있는 마지막 기회인 상 싶어서, 일부러 일어나 앉아서 이 말을 하였다. 내가 한 말이 윤의 생각에 어떠한 반향을 일으켰는지 알 수 있기 전에 감방 문이 덜컥 열리며,

"쥬고고 뎀보오."

하는 간수의 명령이 내렸다. 간수의 곁에는 키 작은 간병부가 빙글빙글 웃고 서서,

"어서 나와요. 짐 다 가지고 나와요."

하고 소리를 쳤다. 윤은 자리 위에 벌떡 일어나 앉으며,

"단토상(간수님), 제 병이 펫병이 아닝기오. 제가 기침을 하지마는 그 기침은 깨끗한 기침이닝게——."

하고 되지도 아니한 변명을 하려다가, 마침내 어서 나오라는 호령에 잔뜩 독이 올라서 발발 떨면서 일호실로 전방을 하고 말았다. 윤이 혼자서 간수와 간병부에게 악담을 하는 소리와 자지러지게 하는 기침 소리가 들려왔다.

정은,

"에잇, 고것 잘 갔다. 무슨 사람이 그렇게 생겨 먹었는지. 사뭇 독사야 독사. 게다가 다른 사람 생각이란 영 할 줄 모르지. 아무데나 대고 기침을 하고, 아무데나 담을 뱉아버리고. 이거 대소독을 해야지. 쓸 수가 있나?"

하고 중얼거리면서 그래도 윤이 덮던 겹이불이 자기 것보다는 빛깔이 좀 새로운 것을 보고 얼른 제 것과 바꾸어 덮는다.

그리고 윤이 쓰던 알루미늄 밥그릇도 제 밥그릇과 포개 놓아서 다른 사람이 먼저 가질 것을 겁내는 빛을 보인다. 강이 물끄러미 이 모양을 보고 앉았다가,

"여보 방까지 소독을 해야 된다면서 앓던 사람의 이불과 식기를 쓰면 어쩔 작정이오? 당신은 남의 허물은 참 용하게 보는데, 윤씨더러 하던 소리를 당신더러 좀 해 보시오그려."

하고 핀잔을 준다.

정은 약간 부끄러운 빛을 보이며,

"이불을 내일 볕에 널고, 식기는 알콜 솜으로 잘 닦아서 소독을 하면 그만이지."

하고 또 고개를 흔들어 가며 소리를 내어서 불경책을 읽기를 시작한다.

정은 아마 불경을 읽는 것으로, 사후에 극락 세계로 가는 것보다도 재판에 무죄 되기를 바라는 모양이었다. 그러길래 그가 징역 일 년 반의 선고를 받고 와서는 불경을 읽는 것이 훨씬 덜 부지런하였고, 그래도 아주 불경 읽기를 그만두지 아니하는 것은 공소 공판을 위함인 듯하였다. 그렇게 자기는 무죄라고 장담하였고, 검사와 공범들까지도 자기에게는 동정을 가진다고 몇 번인지 모르게 뇌이고 뇌다가, 유죄 판결을 받고 와서는, 재판장이 야마시다 재판장이 아니고 나카무라인가 하는 변변치 못한 사람인 까닭이라고 단언하였다. 공소에서는 반드시 자기의 무죄가 판명되리라고, 공소의 불리함을 타이르는 간수에게 중언 설명하였다. 그는 수없이 억울하다는 소리를 하였고, 일 년 반 징역이라는 것을 두려워함이 아니라, 자

기의 일생의 명예를 위하여 끝까지 법정에서 다투지 아니하면 아니 된다고 비장한 어조로 말하였고, 자기 스스로도 제 말에 감격하는 모양이었다.

얼마 후에 징역 이 년의 판결을 받았다. 정이 강더러 아침 절반으로 공소하기를 권할 때에 강은,

"난 공소 안 할라오. 고등 교육까지 받은 녀석이 공갈 취재를 해 먹었으니 이 년 징역도 싸지요."

하였고, 그날 밤에 간수가 공소 여부를 물을 때에,

"후쿠자이시마스, 후쿠자이시마스. (복죄합니다.)"

하고 상소권을 포기하였다.

그리고 이튿날 아침에 그는 칠십이 넘은 아버지 어머니 걱정을 하면서, 복역 중에 새 사람이 될 것을 맹세하노라고 말하고 본 집으로 가고 말았다.

"자식. 싱겁기는."

하는 것이 정이 강을 보내고 나서 하는 비평이었다. 강이 정의 말에 여러번 핀잔을 주던 것이 가슴에 맺힌 모양이었다.

강이 상소권을 포기하고 선선히 복죄해 버린 것이 대조가 되어서, 정이 사기 취재를 한 사실이 확실하면서도 무죄를 주장하는 모양이 더욱 보기 흉하였다. 그래서 간수들이나 간병부들이나 정에게 대해서는 분명히 멸시하는 태도를 가지고 있었다. 게다가 정이 보석 청원을 쓴다고 편지 쓰는 방에 간 것을 보고 키 작은 간병부는 우리 방 창 밖에 와 서서,

"남의 것 사기해 먹는 놈들은 모두 염치가 없단 말이야. 땅도 없는 것을 있다고 속여서 계약금을 오천 원이나 받아서 제

가 천 원이나 떼어먹고도 글쎄 일 년 반 징역이 억울하다는구 먼. 흥, 게다가 또 보석 청원을 한다고? 저런 것은 검사도 미워 하고 형무소에서도 미워해서 다 죽게 되기 전에는 보석을 안 해 주어요."

이런 소리를 하였다. 그 이야기 솜씨와 아첨 잘하는 것으 로 간병부들의 환심을 샀던 것조차 잃어버리고, 건강은 갈수 록 쇠약하여지는 정의 모양은 심히 외롭고 가엾은 것 같았다. 윤이 전방한 지 아마 이십 일은 지나서 벌써 달리아 철도 거 의 지나고 국화꽃이 피기 시작한 어떤 날, 나는 정과 함께 감 옥 마당에 운동을 나갔다. 정은 사루마다 바람으로 달음박질 을 하고 있었으나, 몸을 움직일 수 없는 나는 모래 위에 엎드 려서 거진 다 쇠잔한 채송화꽃을 들여다보며 일광욕을 하고 있었다. 아침 저녁은 선들선들하고, 더구나 오늘 아침에는 늦 게 핀 코스모스조차 서리를 맞아 아주 후줄근하였건마는 오 정을 지난 빛은 따가울 지경이었다. 이때에 '진상!' 하고 부르 는 소리가 들렸다. 고개를 들어 돌아보니 일방 창으로 윤의 머 리가 쑥 나와 있었다. 그 얼굴은 누르스름하게 부어올라서 원 래 가느다란 눈이 더욱 가늘어졌다. 나는 약간 고개를 끄덕여 서 인사를 대신하였으나, 이것도 물론 법에 어그러지는 일이었 다. 파수 보는 간수에게 들키면 걱정을 들을 것은 물론이다.

"진상! 저는 꼭 죽게 됐는 게라. 이렇게 얼굴까지 퉁퉁 부었 능기라우. 어젯밤 꿈을 꾸닝게 제가 누런 굵은 베로 지은 제복 을 입고 굴건을 쓰고 종로로 돌아다니는 꿈을 꾸었지라오. 이 게 죽을 꿈이 아닝기오?"

하는 그 목소리는 눈물겹도록 부드러웠다.

그 이튿날이라고 생각한다. 또 나와 정이 운동을 하러 나가 있을 때에 전날과 같이 윤은 창으로 내다보며,

"당숙한테서 돈이 왔는디 달걀을 먹을 겡이오? 우유를 먹을 겡이오? 아무 걸 먹어도 도무지 내리지를 않는디."

하고 말하였다.

또 며칠 후에는,

"오늘 의사의 말이 절더러 집안에 부어서 죽은 사람이 없느냐고 묻는디요, 선친이 꼭 나 모양으로 부어서 돌아가셨는디."

이런 말을 하고 아주 절망하는 듯이 한숨을 쉬는 것이 보였다. 그러고 나서 정에게는 들리지 않기를 원하는 듯이 정이 저쪽 편으로 가는 때를 타서,

"염불을 뫼시려면 나무아미타불이라고만 하면 되능기요?"

하고 물었다. 나는 벌떡 일어나 앉으며 합장하고 약간 고개를 숙이고 나무아미타불 하고 한번 불러 뵈었다.

윤은 내가 하는 모양으로 합장을 하다가, 정이 앞에 오는 것을 보고 얼른 두 팔을 내려 버리고 말았다. 그리고 다시 정이 먼 곳으로 간 때를 타서,

"진상! 나무아미타불을 부르면 죽어서 분명히 지옥으로 안 가고 극락 세계로 가능기요?"

하고 그 가는 눈을 있는 대로 크게 떠서 나를 바라보았다. 나는 생전에 이렇게 중대한, 이렇게 책임 무거운 질문을 받아 본 일이 없었다. 기실 나 자신도 이 문제에 대하여 확실히 대답할 만한 자신이 없었건마는 이 경우에 나는 비록 거짓말

이 되더라도, 나 자신이 지옥으로 들어갈 죄인이 되더라도 주저할 수는 없었다. 나는 힘있게 고개를 서너 번 끄덕끄덕한 뒤에,

"정성으로 염불을 하세요. 부처님의 말씀이 거짓말 될 리가 있겠습니까?"

하고 내가 듣기에도 엄청나게 큰 목소리로 엄청나게 결정적으로 대답을 하였다.

윤은 수없이 고개를 끄덕끄덕하고 나를 향하여 크게 한 번 허리를 구부리고는 창에서 사라져 버리고 말았다.

이 일이 있은 뒤에 윤이 우유와 달걀을 주문하는 소리와 또 며칠 후에는 우유도 내리지 아니하니 그만두라는 소리가 들리고, 이 모양으로 어쩌다가 한 마디씩 그가 점점 쇠약하여 가는 것을 표시하는 말소리가 들렸을 뿐이요, 우리가 운동을 나가더라도 그가 창으로 우리를 내다보는 일은 없었다. 간병부의 말을 들건댄 그의 병 증세는 점점 악화하여 근일에는 열이 삼십구 도를 넘는다 하고, 의사도 인제는 절망이라고 해서 아마 미구에 보석이 되리라고 하였다.

어느 날 밤, 취침 시간이 지난 뒤에 퉁퉁 하고 복도로 사람들 다니는 소리가 나는 것을 듣고 창을 바라보고 있노라니, 뚱뚱한 부장과 얼굴 검은 간수가 어떤 회색 두루마기 입은 사람과 같이 윤이 있는 일방 문 밖에 서 있고 얼마 아니해서 흰 겹바지 저고리를 갈아입은 윤이 키 큰 간병부의 부축을 받아 나가는 것이 보였다. 키 작은 간병부는 창에 붙어 섰다가 자리에 와 드러누우며,

"그예, 보석으로 나가는군요, 나가더라도 한 달 넘기기가 어려우리라든데요."

하였다.

그 회색 두루마기를 입은 사람이 윤의 당숙 면장일 것은 말할 것도 없다.

"나도 보석이나 나갔으면!"

하고 정은 길게 한숨을 쉬었다.

내가 출옥한 뒤에 석 달이나 지나서 가출옥으로 나온 키 작은 간병부를 만나 들은 바에 의하면, 민도 죽고, 윤도 죽고, 강은 목수 일을 하고 있고, 정은 소화불량이 더욱 심하여진 데다가 신장염도 생기고 늑막염도 생겨서 중병 환자로 본감 병감에 가 있는데, 도저히 공판정에 나가 볼 가망이 없다고 한다.

《문장》 창간호 1939. 1

나도향

1902. 3. 30. ~ 1927. 8. 26.

●

물레방아

1902년 서울 청파동에서 출생했다.

배재고보를 졸업, 경성의전에 입학했다가 몰래 도일했으나 학비 송달이 없어 귀국, 경북 안동에서 1년간 보통학교 교원으로 근무했다. 이때 이곳을 무대로 중편 「청춘」을 썼으며, 1927년에 단행본으로 간행했다.

홍사용, 현진건, 이상화, 박종화 등과 함께 문예 동인지 《백조》를 발간하여 우리나라 신문학사상의 로맨티시즘 운동을 일으켰다. 연소한 작가라는 점에서 일약 문단의 총아가 되었으나 《백조》 동인 이후 감상주의를 극복하고 사실적인 경향으로 전환, 「물레방아」, 「벙어리 삼룡이」 등과 같은 완숙한 작품을 썼다. 1926년 재차 도일하여 수학의 뜻을 이루려 했으나 실패하고, 급성 폐렴으로 요절했다.

대표작으로 「청춘」, 「환희」, 「젊은이의 시절」, 「물레방아」, 「자기를 찾기 전」, 「뽕」, 「벙어리 삼룡이」 등이 있다.

물레방아

1

덜컹덜컹 홈통에 들었다가 다시 쏟아져 흐르는 물이 육중한 물레방아를 번쩍 쳐들었다가 쿵 하고 확 속으로 내던질 제 머슴들의 콧소리는 허연 계가루가 켜켜이 앉은 방앗간 속에서 청승스러웁게 들려나온다.

솰솰솰 구슬이 되었다가 은가루가 되고 대줄기같이 뻗치었다가 다시 쾅쾅 쏟아져 청룡이 되고 백룡이 되고 용솟음쳐 흐르는 물이 저쪽 산모퉁이를 십 리 놔두고 돌고 다시 이쪽 들복판을 오 리쯤 꿰뚫은 뒤에 이 방원(芳源)이가 사는 동리 앞 기슭을 스쳐 지나가는데 그 위에 물레방아가 놓여 있다.

물레방아에서 들여다보면 동북간으로 큼직한 마을이 있으니 이 마을에 가장 부자요 가장 세력 있는 사람으로 이름을 신치규(申治圭)라고 부른다. 이 방원이라는 사람은 그 집의 막실(幕室) 살이를 하여가며 그의 땅을 경작하여 자기 아내와 두 사람이 그날그날을 지내 간다.

　어떠한 가을밤 유난히 밝은 달이 고요한 이 촌을 한적하게 비추일 때 그 물레방앗간 옆에 어떠한 여자 하나와 어떤 남자 하나가 서서 이야기를 하는 소리가 들리었다.

　그 여자는 방원의 아내로 지금 나이가 스물두 살 한참 정열의 타는 가슴으로 가장 행복스러울 나이의 젊은 여자요 그 남자는 오십이 반이 넘어 인생으로서 살아올 길을 다 살고서 거의거의 쇠멸의 구렁이를 향하여 가는 늙은이다.

　그의 말소리는 마치 그 여자를 달래는 것같이 "얘 내 말이 조금도 그를 것이 없지? 쇤네 할멈에게도 자세한 말을 들었을 터이지만은 너 생각해 보아라. 네가 허락만 하면 무엇이든지 네가 허고 싶다는 것은 내가 전부 해 줄 터이란 말야. 그까짓 방원이 녀석하고 네가 몇백 년 살아야 언제든지 막실 구석을 면치 못할 터이니. 허허 사람이란 젊어서 호강해 보지 못하면 평생 호강 한번 하여 보지 못하고 죽을 것이 아니냐. 내가 말하는 거이 조금도 잘못하는 것이 없느니라! 대강 너의 말을 쇤네 할멈에게 듣기는 들었으나 그래도 너에게 한번 바로 대고 듣는 것만 못해서 이리로 만나자고 한 것이다. 너의 마음은 어떠냐? 어디 허허 내 앞이라고 조금도 어떻게 알지 말고 이야기해 봐 응?"

　이 늙은이는 두말할 것 없이 신치규다. 그는 탐욕스러운 눈으로 방원의 계집을 들여다보며 한 손으로 등을 두드린다.

　새침한 얼굴이 파르족족하고 기다란 눈썹과 검푸른 두 눈

가장자리에 예쁜 입 뾰로통한 뺨이며 콧날이 오똑한 데다가 후리후리한 키에 떡 벌어진 엉덩이가 아무리 보더라도 이지적 (理智的)인 동시에 또는 창부형(娼婦型)으로 생긴 여자이다.

계집은 아무 말이 없이 서서 짐짓 부끄러운 태를 지으며 미혹적인 웃음을 생긋 웃고는 고개를 돌이켰다. 그 웃음이 얼마나 짐승 같은 신치규의 만족을 사게 되었으며 또는 마음을 충동시켰는지 히끗히끗한 수염이 거의 계집의 뺨에 닿도록 더 가까이 와서

"응? 왜 대답이 없니? 부끄러워서 그러니 그렇게 부끄러워할 일은 아닌데."

하고 계집의 손을 잡으며

"손도 이렇게 예쁜 줄은 여태까지 몰랐구나. 참 분길 같다. 이렇게 얌전히 생긴 이가 방원 같은 천한 놈의 계집이 되어 일평생을 그대로 썩는다는 것은 너무 가엾고 아깝지 않으냐? 얘."

계집은 몸을 돌리려고 하지도 않고 영감이 하는 대로 내버려두며 눈으로 땅만 내려다보고 섰다가 가까스로 입을 떼는 듯하더니

"제 말야 모두 쇳네할멈이 여쭈었지요. 저에게는 너무 분수에 과한 말씀이니까요."

"원 천만의 소리를 다 하는구나. 그게 무슨 소리냐. 너도 알다시피 내가 너를 장난삼아 그러는 것도 아니겠고 후사(後嗣)가 없어 그러는 것이니까 네가 내 아들이나 하나 낳아 주렴. 그러면 내 것이 모두 네 것이 되지 않겠니. 자아 그러지 말고

오늘 허락을 하렴. 그러면 내일이라도 방원이란 놈을 내쫓고 너를 불러들일 터이니."

"어떻게 내쫓을 수가 있어요."

"허어 그것이 그리 어려울 것이 무엇이니. 내가 나가라는데 제가 나가지 않고 배길 줄 아니!"

"그렇지만 너무 과하지 않을까요?"

"무엇? 저런 생각을 하니까 네가 이 모양으로 여태까지 있었지. 어떻단 말이냐? 그런 것은 조금도 염려하지 말구 자! 또 네 서방에게 들킬라. 어서 들어가자."

"먼저 들어가세요."

"왜?"

"남이 보면 수상히 알 게요."

"무얼 나하고 가는데 수상히 알 게 무어야."

"어서 가자."

계집은 천천히 두어 걸음 따라가다가

"영감!"

하고 멈칫 하고 서 있다.

"왜 그러니?"

계집은 다시 말이 없이 서 있다가

"아니에요."

하고

"먼저 들어가세요."

하며 돌아선다. 영감이 간이 달아서 계집의 손을 잡으며

"가자. 집으로 들어가자."

그의 가슴은 두근거리는지 숨소리가 잦아진다. 계집은 손을 빼려 하며

"점잖으신 어른이 이게 무슨 짓이세요."

하면서도 그의 몸짓에는 모든 것을 허락한다는 뜻이 보였다. 영감은 계집의 몸을 끌어안더니 방앗간 뒤로 돌아 들어섰다. 계집은 영감의 가슴에 안기어서 정욕이 가득한 눈으로 그를 보면서,

"영감."

말 한마디 하고 침 한 번 삼키었다.

"영감이 거짓말은 안 하시지요."

"아니."

그의 말은 떨리었다. 계집은 영감의 팔을 한 손으로 잡고 또 한 손으로는 방앗간 속을 가리켰다.

"저리로 들어가세요."

영감과 계집은 방앗간에서 이삼십 분 후에 다시 나왔다.

2

사흘이 지난 뒤에 신치규는 방원이를 자기 집 사랑 마당 앞으로 불렀다.

"얘."

방원은 상전이라 고개를 숙이고

"예."

공손하게 대답을 하였다.

"네가 그간 내 집에서 정성스럽게 일을 한 것은 고마운 일이지만은……."

점잖과 '주짜'를 빼면서 신치규는 말을 꺼내었다. 방원의 가슴은 이 '만은'이라는 말 뒤에 이어질 말을 미리 깨달은 듯이 온 전신의 피가 가슴으로 모여드는 듯하더니 다시 터럭이라는 터럭은 전부 거꾸로 일어서는 듯하였다.

"오늘부터는 우리 집에 사정이 있어 그러니 내 집에 있지 말고 다른 곳에 좋은 곳을 찾아가 보아라."

아무 조건도 없다. 또는 이곳에서도 할말이 없다. 죽으라고 하면 죽은 시늉이라도 해야 하는 것이다. 주인은 돈 가지고 사람을 사고 팔 수도 있는 것이다.

방원은 가슴이 답답하였다. 자기 혼자 몸 같으면 어디 가서 어떻게 빌어먹더라도 살 수가 있지만은 사랑하는 아내를 구해 갈 길이 망연하다. 그는 고개를 굽히고 허리를 굽히고 나중에는 마음을 굽히어 사정도 하여 보고 애걸도 하여 보았다. 그러나 그것은 헛된 일이다. 주인의 마음은 쇠나 돌보다도 더 굳었다.

그는 하는 수 없이 자기 아내에게 그 이야기를 하였다. 그리고 아내더러 안부인 마님께 사정을 좀 하여 얼마간이라도 더 있게 하여달라고 하여보아라 하였다. 그러나 아내는 방원의 말을 들을 리가 없었다. 도리어

"그러면 어떻게 한단 말이오. 이제부터는 나를 어떻게 먹여 살릴 터이오?"

"너는 그렇게도 먹고살 수 없을까봐 겁이 나니?"

"겁이 나지 않고. 생각을 해 보구려. 인제는 꼼짝할 수 없이 죽지 않았소?"

"죽어?"

"그럼 임자가 나를 데리고 이곳까지 올 때에 무엇이라고 하였소. 어떻게 해서든지 너 하나야 먹여살리지 못하겠느냐고 하였지요."

"그래."

"그래 얼마나 나를 잘 먹여 살리고 나를 호강시켰소. 여태까지 이태나 되도록 끌고 돌아다닌다는 것이 남의 집 행랑이었지요?"

"애 그것을 네가 모르고 하는 말이냐? 내가 하려고 하지 않아서 그렇게 된 것이냐? 차차 살아가는 동안에 무슨 일이든지 생기겠지. 설마 요대로 늙어 죽기야 하겠니?"

"듣기 싫소! 뿔 떨어지면 구워먹지 어느 천년에."

방원이는 가뜩이나 내쫓기고 화가 나는데 계집까지 그리하니까 속에서 열화가 치밀어 올라왔다.

"이 육시를 하고도 남을 년! 왜 남의 마음을 글컹거리니."

"왜 사람에게 욕을 해!"

"이년아 욕 좀 하면 어떠냐."

"왜 욕을 해!"

계집이 얼굴이 노래지며 대든다.

"이년이 발악인가?"

"누가 발악야. 계집년 하나 건사 못 하는 위인이 계집 보고

욕만 하고 한 게 무엇야? 그래 은가락지 은비녀 한 벌 사 주어 보았어? 내가 임자 하자고 하는 대로 하지 않은 것은 없지!"

"이년아 은가락지 은비녀가 그렇게 갖고 싶으냐, 이 더러운 년아."

"무엇이 더러워. 너는 얼마나 정한 놈이냐!"

계집의 입 속에서는 '놈' 소리가 나오기 시작한다.

"이년 보게 누구더러 놈이래!"

하고 손길이 계집의 낭자를 휘어잡더니 그대로 집어 들고 두어 번 주먹으로 등줄기를 우리었다.

"이 주릿대를 안길 년!"

발길이 엉덩이를 두어 번 지르니까 계집은 그대로 거꾸러졌다가 다시 일어났다. 풀어 흐트린 머리가 치렁치렁 끌리고 쌀눅한 눈에는 독기가 섞이었다.

"왜 사람을 치니? 이놈! 죽여라 죽여. 어디 죽여 보아라. 이놈, 나 죽고 너 죽자!"

하고 달려드는 계집을 후려쳐서 거꾸러뜨리고서

"이년이 죽으려고 기를 쓰나!"

방원이가 계집을 치는 것은 그것이 주먹을 가지고 하는 일종의 농담이다. 그는 주먹이나 발길이 계집의 몸에 닿을 때 거기에 얻어맞는 계집의 살이 아픈 것보다 더 찌르르 하게 가슴 복판을 찌르는 아픔을 방원은 깨닫는 것이다. 홧김에 계집을 치는 것이 실상은 자기의 마음을 자기의 이빨로 물어뜯는 것이나 다름이 없는 것이다. 때리는 그에게는 몹시 애처로움이 있고 불쌍함이 있는 것이다. 그러나 자기의 화풀이를 받아

주는 사람은 아직까지도 계집밖에는 없었다. 제일 만만하다는 것보다도 가장 마음 놓고 화풀이할 수 있음이다. 싸움 한 뒤 하루가 못 되어 두 사람이 베개를 나란히 하고 서로 꼭 끼고 잘 때에는 그렇게 고맙고 그렇게 감격이 일어나는 위안이 또다시 없음이다. 계집을 치고 화풀이를 하고 난 뒤에 다시 가슴을 에이는 듯한 후회와 더 뜨거운 포옹으로 위로를 받을 그때에는 두 사람 아니라 방원에게는 그만큼 힘있고 뜨거운 믿음이 또다시 없는 까닭이다.

계집은 일부러 소리를 높여서 꺼이꺼이 운다.

온마을 사람이 거의 귀를 기울였으나

"응 또 사랑싸움을 하는군!"

하고 도리어 그 싸움을 부러워하였다. 옆집 젊은 것이 와서 싱글싱글 웃으면서 들여다보며

"인제 그만두라구."

하며 말리는 시늉을 한다. 동리 아이들만 마당 앞에 죽 늘어서서 눈들이 뚱그래서 구경들을 한다.

3

그날 저녁에 방원은 술이 얼근하여 돌아왔다. 아까 계집을 치던 마음은 어느덧 풀어지고 술에 흥분된 마음에 그는 계집의 품이 몹시 그리워져서 자기 아내에게 사과를 할 마음까지 생기었다. 본시 사람이 좋고 마음이 약하고 다정한 그는 무식

하게 자라난 까닭에 무지한 짓을 하기는 하나 그것은 결코 그의 성격을 말하는 무지함이 아니다.

그는 비척거리면서 집으로 향하는 길에 게슴츠레하게 풀린 눈을 스르르 내려감고 혼잣소리로

"빌어먹을 놈! 나가라면 나가지 무서운가? 제 집 아니면 살 곳이 없는 줄 아는 게로군! 흥 되지 않게 다 무엇이냐? 돈만 있으면 제일이냐? 이놈 네가 그러다가는 이 주먹맛을 언제든지 볼라. 그대로 곱게 뒈질 줄 아니?"

하고 개천 하나를 건너뛴 후에

"돈! 돈이 무엇이냐."

한참 생각하다가

"에후!"

한숨을 쉬고 나서

"돈이 사람 죽이는구나! 돈! 돈! 흥 사람 나고 돈 났지 돈 나고 사람 났니?"

또 징검다리를 비척비척하고 건넌 뒤에

"고 빌어먹을 년이 왜 고렇게 포달을 부려서 장부의 마음을 긁어놓아!"

그의 목소리에는 말할 수 없이 다정한 맛이 있었다. 그는 자기 계집을 생각하면 모든 불평이 스러지는 듯이 숙여든 고개를 쳐들어 하늘을 보면서

"허어 저도 고생은 고생이지."

하고 다시 고개를 숙인 후

"내가 너무해. 너무 그럴 게 아닌데."

그는 자기 집에 와서 문고리를 붙잡고 잡아 흔들면서

"얘! 자니! 자!"

그러나 대답이 없고 캄캄하다.

"이년이 어디를 갔어!"

그는 문짝을 깨어져라 하고 닫은 후에 다시 길거리로 나와 그 옆집으로 가서

"여보 아주머니! 우리 집 색시 어디 갔는지 보았소?"

밥들을 먹던 옆집 내외는

"어디서 또 취했소그려! 애어머니가 아까 머리 단장을 하더니 저 방아께로 갑디다."

"방아께로?"

"네."

"빌어먹을 년! 방아께로 무얼 먹으러 갔누!"

다시 혼자 방아를 향하여 가면서 혼자 중얼거린다.

그는 방앗간을 막 뒤로 돌아서자 신치규와 자기 아내가 방앗간에서 나오는 것을 보았다.

"아!"

그는 너무 뜻밖의 일이므로 아무 말도 하지 못하고 그대로 한참이나 멀거니 서서 바라보기만 하였다.

그의 눈에서는 쌍심지가 거꾸로 섰다. 열이 올라와서 마치 주홍을 칠한 듯이 그의 눈은 붉어지고 번개 같은 광채가 번득거리었다.

그는 한참이나 사지를 떨었다. 두 이가 서로 마주쳐서 달그럭달그럭 하여졌다. 그의 주먹은 부서질 것같이 단단히 쥐어

졌었다.

계집과 신치규는 방원이 와 선 것을 보고서 처음에는 조금 간담이 서늘하여졌으나 다시 태연하게 내려 앉혔다. 일이 이렇게 되었으매 할 대로 하라는 뜻이다.

방원이 달려들어서 계집의 팔목을 잡았다. 그리고 이를 악물고 부르르 떨었다.

"나는 네가 이럴 줄은 몰랐다."

계집은

"무얼 이럴 줄을 몰라?"

하며 파란 눈을 흘겨보더니

"나중에는 별꼴을 다 보겠네. 으레히 그럴 줄을 인제 알았나? 놔요! 왜 남의 팔을 잡고 요 모양야. 오늘부터는 나를 당신이 그리 함부로 하지를 못해요! 더러운 녀석 같으니! 계집이 싫다고 그러면 국으로 물러갈 일이지 이게 무슨 사내답지 못한 일이야! 놔요!"

팔을 뿌리쳤으나 분노가 전신에 가득 찬 그는 그렇게 쉽게 손을 놓지 않았다.

"얘? 네가 이것이 정말이냐?"

"정말이 아니구 비싼 밥 먹고 거짓말할까?"

"네가 참으로 환장을 하였구나?"

"아니 누구더러 환장을 했대? 원 기가 막혀 죽겠지! 놔요! 놔! 왜 추근추근하게 이 모양야? 놔!"

하고서 힘껏 뿌리치는 바람에 계집의 손이 쑥 빠졌다. 계집은 손목을 주무르면서 암상맞게 돌아섰다.

여태까지 이 꼴을 멀찍하니 서서 보고 있던 신치규는 두어 발자국 나서더니 기침 한 번을 서투르게 하고서

"애! 네가 술이 취하였으면 일쯕 들어가자든지 할 것이지 웬짓이냐? 네 눈깔에는 아무것도 보이는 것이 없단 말이냐? 너희 년놈이 싸우는 것은 너희 년놈이 어디든지 가서 할 일이지 여기 누가 있는지 없는지 보이는 것이 없어?"

짐짓 소리를 높여 호령을 하였다.

"에이 괘씸한 놈!"

눈깔을 부라리었다. 방원은 한참이나 쳐다보고서 말이 없었다. 생각대로 하면 한 주먹에 때려눕힐 것이지만은 그래도 그의 머릿속에는 아까까지의 상전이라는 관념이 남아 있었다. 번갯불같이 그 관념이 그의 입과 팔을 얽어 놓았다. 어려서부터 오늘날까지 남을 섬겨 보기만 한 그의 마음은 상전이라면 모두 두려워하는 성질이 깊이깊이 뿌리를 박아 놓았다. 그러나 오늘부터는 신치규가 자기의 상전도 아니요 자기가 신치규의 종도 아니다. 다만 똑같은 사람으로 서로 마주 섰을 뿐이다. 아니다. 지금부터는 신치규는 방원의 원수였다. 그의 간을 씹어 먹어도 오히려 나머지 한이 있는 원수다.

"똑바로 보면 어쩔 터이냐? 온세상이 망하려니까 별 해괴한 일이 다 많거든 어째 이놈아?"

"이놈아?"

방원은 한 걸음 들어섰다. 나무같이 힘센 다리가 성큼 하고 나설 때 신치규는 머리끝이 으쓱하였다. 쇠몽둥이 같은 두 주먹이 쑥 앞으로 닥칠 때 그의 가슴은 덜컥 내려앉았다.

"네 입에서 이놈아라는 소리가 나오니? 이 사지를 찢어발겨도 오히려 시원치 못할 놈아! 네가 내 계집을 뺏으려고 오늘 나더러 나가라고 그랬지?"

"어허 이거 그놈이 눈깔이 삐었군. 얘 나는 먼저 들어가겠다. 너는 네 서방하고 나중 들어오너라!"

신치규는 형세가 위험하니까 슬금슬금 꽁무니를 빼려고 돌아서서 들어가려 하니까 방원은 돌아서는 신치규의 멱살을 잔뜩 쥐어 한 팔로 바짝 쳐들고

"이놈 어디를 가? 네가 여태까지 맛을 몰랐구나?"

하며 한 번 집어쳐 땅바닥에다가 태질을 한 뒤에 그대로 타고 앉아서 목줄기를 누르니까 마치 뱀이 개구리 잡아먹을 적 모양으로 쌕쌕 소리가 나며 말 한마디도 하지 못한다.

"이놈 너 죽고 나 죽으면 그만 아니냐?"

하고 방원은 주먹으로 사정없이 닥치는 대로 디리 팬다. 나중에는 주먹이 부족하여 옆에 있는 무투 돌멩이를 집어서 죽어라 하고 내리친다. 그의 팔 그의 온몸에는 끓어오르는 분노가 극도에 달하자 사람의 가슴속에 본능적으로 숨어 있는 잔인성(殘忍性)이 조금도 남지 않고 그대로 나타났다. 그의 눈은 마치 펄떡펄떡 뛰는 미끼를 가로차고 앉은 승냥이나 이리와 같이 뜨거운 피를 보고야만 족하다는 듯이 무서웁게 번쩍거리었다. 그에게는 초자연(超自然)의 무서운 힘이 그의 팔과 다리에 올라왔다.

이 꼴을 보는 계집은 무서웠다. 끔찍끔찍한 일이 목전에 생길 것이다. 그의 맥이 풀린 다리는 마음대로 놓여지지 아니하

였다.

"아! 사람 살류! 사람 살류!"

적적한 밤중에 쓸쓸한 마을에는 처참한 여자의 목소리가 으스스하게 울리었다. 이 소리를 들은 방원은 더욱 힘을 주어서 눈을 딱 감고 죽어라 내리 짓쪟었다. 뼈가 돌에 맞는 소리가 살이 을크러지는 소리와 함께 퍽퍽 하였다. 피 묻은 돌이 여기저기 흩어지고 갈갈이 찢긴 옷에는 살점이 묻었다.

동리 편 쪽에서 수근수근하더니 구두소리가 나며 칼소리가 덜거덕거리었다. 방원의 머리에는 번갯불같이 무엇이 보이었다. 그는 손에 주먹을 쥐인 채 잠깐 정신을 차려 그쪽으로 귀를 기울였다.

"순검."

그는 신치규의 배를 타고 앉아서 순검의 구두소리를 듣고 비로소 자기가 무슨 짓을 하였는지 깨달았다.

그는 미친 사람처럼 일어났다. 그러고는 옆에 서서 벌벌 떠는 계집에게로 갔다.

"얘! 가자! 도망가자! 너하고 나하고 같이 가자! 자! 어서 어서!"

계집은 자기에게도 무슨 일이 있을까 하여 겁을 내어 도망을 하려 한다. 방원은 계집을 따라가며

"얘! 얘! 네가 이렇게도 나를 몰라주니? 내가 너를 어떻게 생각하는지 알지를 못하니? 자— 어서 도망가자. 어서어서 뒤에서 순검이 쫓아온다."

계집은 그대로 서서 종종걸음을 치며

"싫소! 임자나 가구려! 나는 싫어요 싫어!"

"가자! 웅! 가!"

그는 미친 사람처럼 계집의 팔을 붙잡고 떨었다. 그때 누구인지 그의 두 팔을 마치 형틀에 매다는 것같이 꽉 끼어안는 사람이 있었다.

"이놈아! 어디를 가?"

그는 뒤를 돌아보지 않고도 그가 누구인지 알았다. 그는 온전신에 맥이 풀리어 그대로 뒤로 자빠지려 할 때 어느덧 널판 같은 주먹이 그의 뺨을 사정없이 갈겼다.

"정신 차려!"

"예."

그는 무의식적으로 고개가 숙여지고 말소리가 공손하여졌다.

땅바닥에서는 신치규가 꿈지럭거리며 이리저리 뒹군다. 청승스러운 비명이 들린다.

방원은 포승지운 채 계집은 그대로 주재소로 끌려가고 신치규는 머슴들이 업어들였다.

4

석 달이 지났다. 상해죄로 감옥에서 복역을 하던 방원은 만기가 되어 출옥을 하였다. 그러나 신치규는 아무 일 없이 자기 집에서 치료하고 방원의 계집을 데려다 산다. 신치규는 온몸이 나은 뒤에 홀로 생각하였다.

'죽는 줄 알았더니 그래도 이렇게 살아 있으니!'

하고 얼굴에 흠이 진 곳을 만져 보며,

'오히려 그놈이 그렇게 한 것이 나에게는 다행이지. 얼굴이 아프기는 좀 하였으나! 허어.'

'어떻게 그놈을 떼어 버릴까 하고 그렇지 않아도 걱정을 하던 차에 잘되었지. 그놈 한 십 년 감옥에서 콩밥을 먹었으면 좋겠다.'

방원은 감옥 속에서 생각하기를 나가기만 하면 연놈을 죽여 버리고 제가 죽든지 무슨 요정을 내리라 하였다.

집에서 내여 쫓기고 계집까지 빼앗기고 그것을 생각하면 이가 갈리고 치가 떨리었다. 그것이 모두 자기가 돈 없는 탓인 것을 생각하매 더욱 분한 생각이 났다.

"에 더러운 년!"

그는 홍바지에 쇠사슬을 차고서 일을 할 때에도 가끔 침을 땅에다 뱉으면서 혼자 중얼거리었다.

"사람이 이러고서야 살아서 무엇하니. 멀쩡한 놈이 계집 빼앗기고 생으로 콩밥까지 먹으니……."

그가 감옥에서 나올 때에는 감옥소를 다시 한번 둘러보고 내가 여기서 마지막으로 목숨을 잃어버리든지 그렇지 않으면 내가 내 손으로 내 목을 찔러 죽든지 무슨 요정이 날 것을 생각하고 다시 온몸에 힘을 주고 쓸쓸한 웃음을 웃었다.

그는 이백 리나 되는 길을 걸어서 계집이 사는 촌에를 왔다.

그러나 아무도 그를 아는 척하는 사람이 없었다. 전에 친하게 지내던 사람들도 그를 보고 피해 갔다.

마치 문둥병자나 마찬가지 대우를 하였다. 감옥에서 나온 뒤로부터는 더욱 이 세상이 차디차졌다. 자기가 상상하던 것보다도 더 무정하여졌다. 그는 하는 수 없이 밤이 될 때까지 그 근처 산 속으로 돌아다니었다. 그래서 깊은 밤에 촌으로 내려왔다. 그는 그 방앗간을 다시 지나갔다. 석 달 전 생각이 났다. 자기가 여기서 잡혀갔다는 것을 생각할 때 더욱 억울하고 분한 생각이 치밀어 올라왔다. 그는 한참이나 거기 서서 그때 일을 생각하고 몸서리를 친 후에 다시 그런 집을 찾아갔다.

날이 몹시 추워지고 눈이 쌓였다. 옷은 입은 것이 가을에 입고 감옥에 들어갔던 그것이므로 살을 에이는 듯할 것이로되 그는 분한 생각과 흥분된 마음에 그것도 몰랐다.

'연놈을 모두 처치를 해 버려!?'

혼자 속으로 궁리를 하다가

'그렇지. 그까짓 것들은 살려두어 쓸데없는 인생들야.'

하면서 옆구리에 질른 기름한 단도를 다시 만져 보았다. 그는 감격스런 마음으로 그것을 쓰다듬었다.

그는 신치규의 집 울을 넘어 들어갔다. 그의 발은 전에 다닐 적같이 익숙하였다. 그는 사랑을 엿보고 다시 뒤로 돌아서 건넌방 창 밑에 와서 섰다. 귀를 기울였으나 아무 말도 들리지 않았다. 그는 손에 칼을 빼들었다. 그러고는 일부러 뒤 창문을 달각달각 흔들었다.

"그 뉘?"

하고 계집의 머리가 쑥 나오며 문이 열리었다. 그는 얼른 비켜섰다. 문은 다시 닫혀지고 계집은 들어갔다.

방원의 마음은 이상하게 동요가 되었다. 어여쁜 계집의 목소리가 오래간만에 귀에 들릴 때 마치 자기가 감옥에서 꿈을 꿀 적 모양으로 요염하고도 황홀하게 그의 마음을 꼬이는 것 같았다. 그는 꿈속에 다시 만난 것 같고 오래간만에 그를 만나 보매 모든 결심은 얼음같이 녹는 듯하였다. 그래도 계집이 설마 나를 영영 잊어버리랴 하고 옛날의 정리를 생각할 때 그것이 거짓말이 아니고 무엇이랴는 생각이 났다.

아무리 자기를 감옥에까지 가게 하였다 하더라도 그는 감히 칼을 들어 죽이려는 용기가 단번에 나지 않아서 주저하기를 시작하였다.

'아니다. 다시 한 번만 물어보자?'

그는 들었던 칼을 다시 잡고 생각하였다.

'거짓말이다 거짓말이다! 그럴 리가 없다.'

그는 반신반의하였다.

'그렇다, 한번만 다시 물어보고 죽이든 살리든 하자!'

그는 다시 문을 달각달각하였다. 계집은 이번에 다시 문을 열고 사면을 둘러보더니 헌 짚신짝을 신고 나왔다.

"뉘요?"

그는 방원이 서 있는 집 모퉁이를 돌아서려 할 때

"내다!"

하고 입을 틀어막고 칼을 가슴에 대었다.

"떠들면 죽어!"

방원은 계집의 입을 수건으로 틀어막고 결박을 한 후 들쳐 업고서 번개같이 달음질하였다. 그는 어느 결에 계집을 업어다가 물레방아 앞에 내려놓은 후 결박을 풀었다. 그리고 한숨을 쉬었다.

"나를 모르겠니?"

캄캄한 그믐 밤에 얼굴을 바짝 계집의 코앞에 들이대었다. 계집은 얼굴을 자세히 보더니

"아!"

소리를 지르더니 뒤로 물러섰다.

"조금도 놀랄 것이 없다. 오늘 네가 내 말을 들으면 살려 줄 것이요 그렇지 않으면 이것야?"

하고 시퍼런 칼을 들이대었다. 계집은 다시 태연하게

"말요? 임자의 말을 들을 것 같으면 벌써 들었지요 여태까지 있겠소? 임자도 남의 마음을 알지요. 임자와 나와 이 년 전에 이곳으로 도망해 올 적에도 전남편이 나를 죽이겠다고 칼로 허리를 찔러 그 흠이 있는 것을 날마다 밤에 당신이 어루만지었지요? 내가 그까짓 칼쯤을 무서워서 나 하고 싶은 짓을 못한단 말이오. 힝 이게 무슨 비겁한 짓이오, 사내자식이. 자! 찌르려거든 찔러 보아요, 자 자!"

계집은 두 가슴을 벌리고 대들었다. 방원은 너무 계집의 태도가 대담하므로 들었던 칼이 도리어 뒤로 움슬할 만큼 기가 막혔다. 그는 무의식적으로,

"정말이냐?"

하고 한 걸음 더 가까이 나섰다.

"정말이 아니고? 내가 비록 여자이지만은 당신같이 겁쟁이는 아니라오! 이것이 도무지 무엇이오?"

계집은 그래도 두려웠던지 방원의 손에 든 칼을 뿌리쳐 땅에 떨어뜨리었다.

이 칼이 땅에 떨어지자 방원은 여태까지 용사와 같이 보이던 계집이 몹시 비겁스럽고 더러워 보이어 다시 칼을 집어들고 덤비었다.

"예! 간사한 년! 어쩔 터이냐? 나하고 당장에 멀리멀리 가지 않을 터이냐? 자아 가자!"

그는 눈물이 어린 눈으로 타일러보기도 하고 간청도 하여보았다.

"자아 어서 옛날과 같이 나하고 멀리멀리 도망을 가자! 나는 참으로 나의 칼로 너를 죽일 수도 없다!"

계집의 눈에는 다시 독이 올라왔다. 광채가 어두운 밤에 번개같이 번쩍거리어,

"싫어요. 나는 죽으면 죽었지 가기는 싫어요. 이제 나는 그만 그렇게 구차하고 천한 생활을 다시 하기는 싫어요. 그만 물렸어요."

"너의 입으로 정말 그런 말이 나오느냐? 너는 나를 우리 고향에 다시 돌아가지도 못하게 만들어놓고 나의 모든 것을 다 잃어버리게 한 후에도 나중에는 세상에서 지옥이라고 하는 감옥소에까지 가게 하였지! 그러고도 나의 맨 마지막 원을 들어주지 않을 터이냐?"

"나는 언제든지 당신 손에 죽을 것까지도 알고 있소! 자! 오늘 죽으나 내일 죽으나 언제든지 죽기는 일반, 이렇게 된 이상 나를 죽이시오!"

"정말이냐? 정말야?"

"정말요!"

계집은 결심한 뜻을 나타내었다. 방원의 손은 떨리었다. 그리고 그는 눈을 꽉 감고

"에 여우 같은 년!"

하고 칼끝을 계집의 옆구리를 향하고 힘껏 내밀었다. 계집은 이를 악물고

"사람 죽인다!"

소리 한 번에 그 자리에 거꾸러졌다. 칼자루를 든 손이 피가 몰리는 바람에 우르르 떨리더니 피가 새어 나왔다. 방원은 그 칼을 빼어들더니 계집 위에 거꾸러져서 가슴을 찌르고 절명하여 버리었다.

《조선문단》제11호. 1925. 8

최서해

1901. 1. 21. ~ 1932. 7. 9.

●

홍염(紅焰)

본명은 학송(鶴松)이며 함북 성진에서 태어났다. 아버지에게서 한문을 배웠으며, 성진보통학교 5학년 중퇴가 그의 학력의 전부이다.

17세 때 어머니와 함께 간도로 떠났으며, 그곳에서 방랑하면서 은돌장이, 삯김매기, 꼴베기, 두부장수 등을 하여 호구를 하는 비참한 생활을 하였다. 이때의 상황은 고국을 등지고 간도로 살 길을 찾아 나섰던 빈농의 현실을 그린 단편 「탈출기」(1925)에 잘 나타나 있다.

1920년 무렵에 결혼했으며 귀국하여 어느 정거장의 노동자가 되었다. 1925년 방인근이 발행하는《조선문단》사에 입사하고, 카프조직에 가담하여 경향파적인 문제작을 발표했다. 그는 스스로 프로 문학을 한다고 자처하지 않았으며, 자신의 체험을 그대로 표현하여 신경향 문학의 한 시기를 그은 작가가 되었다.《현대평론》,《중외일보》기자,《매일신보》학예부장을 역임하였고, 위문 협착증으로 의전병원에서 사망하였다.

대표작으로 「탈출기」, 「박돌의 죽음」, 「큰물 진 뒤」, 「홍염」 등이
있다.

홍염(紅焰)

1

겨울은 이 가난한── 백두산 서북편 서간도 한 귀퉁이에 있는 이 가난한 촌락 '빼허[白河]'에도 찾아들었다. 겨울이 찾아들면 조그마한 강을 앞에 끼고 큰 산을 등진 '빼허'는 쓸쓸히 눈 속에 묻히어서 차디찬 좁은 하늘을 치어다보게 된다.

눈보라는 북국의 특색이라 '빼허'의 겨울에도 그러한 특색이 있다. 이것이 빼허의 생령들을 괴롭게 하는 것이다.

오늘도 눈보라가 친다.

북극의 얼음 세계나 거쳐 오는 듯한 차디찬 바람이 우 하고 몰려오는 때면 산봉우리와 엉성한 가지 끝에 쌓였던 눈들이 한꺼번에 휘날려서 이 좁은 산골은 뿌연 눈안개 속에 들게 된다. 어떤 때는 강골바람에 빙판에 덮였던 눈이 산봉우리로 불리게 된다. 이렇게 교대적으로 산봉우리의 눈이 들로 내리고 빙판의 눈이 산봉우리로 올리 달려서 서로 엇바뀌는 때면 그런 대로 관계치 않으나 하늬[天風]와 강바람이 한꺼번에 불어서 강으로부터 올리 달른 눈과 봉오리로부터 내리 달른 눈이 서로 부닥치고 어우러지게 되면 눈보라와 바람 소리에 빼허의 좁은 골짜기는 터질 듯한 동요를 받는다.

등진 산과 앞으로 낀 강 사이에 게딱지처럼 끼여 있는 것이 이 빼허의 촌락이다. 통틀어서 다섯 호밖에 되지 않는 집이나마 밭을 따라서 이리저리 흩어져 있다. 모두 커다란 나무를 찍어다가 우물 정(井) 자로 틀을 짜 지은 집인데 여기 사람들은 이것을 '귀틀집'이라 한다. 지붕은 대개 조짚이요 혹은 나무 껍질로도 예었다. 그 꼴은 마치 우리 내지(간도서는 조선을 내지라 한다.)의 거름집[堆肥舍]과 같다. 심하게 말하는 이는 도야지 굴과 같다고 한다.

이것이 남부여대로 서간도 산골을 찾아들어서 사는 조선 사람의 집들이다. 빼허의 집들은 그러한 좋은 표본이다.

험악한 강산 세찬 바람과 뿌연 눈보라 속에 게딱지처럼 붙어서 위태위태구 침묵을 지키고 있는 그 모든 집에도 언제든지──공도(公道)가 위대한 공도가 어그러지지 않으면 언제든지 꼭 한때는 따뜻한 봄볕이 지내리라. 그러나 이렇게 눈발이 날리고 바람이 우지짖으면 그 어설궂은 집 속에 의지 없이 들어박힌 넋들은 자기네로도 알 수 없는 공포에 몸을 부르르 떨게 된다.

이렇게 몹시 춥고 두려운 날 아침에 문 서방은 집을 나섰다. 산산히 흐트러진 머리카락을 뿌연 상투에 휘휘 걷어 감고 수건으로 이마를 질끈 동인 위에 까맣게 그으른 대팻밥모자를 끈 달아 썼다. 부대처럼 특특한 토수래(베실을 삶아서 짠 것이다) 바지 저고리는 언제 입은 것인지 뚫어지고 흙투성이 되었는데 바람에 흩날린다.

"문 서뱅이 발써 갔소?"

문 서방은 짚신에 들막을 단단히 하고 마당에 내려서려다가 부르는 소리에 머리를 돌렸다. 펄쩍 문을 열면서 때가 찌덕찌덕한 늙은 얼굴을 내미는 것은 한 관청(韓官廳 ── 관청은 직함)이었다.

"왜 그러시우?"

경기말씨가 그저 남아 있는 문 서방은 한 발로 마당을 밟고 한 발로 흙마루를 밟은 채 한 관청을 보았다.

"엑 바름두! 저 엑 흑……"

한 관청은 몰아치는 바람이 아츠러운지 연방 흑흑 느끼면서 ──

"저 일절 욕을 마오! 그게…… 엑 윗전바름이 이런구 그게 되놈인데 부모두 모르는 되놈[胡人]인데……"

하는 양은 경험 있는 늙은 사람의 말을 깊이 들으라는 어조이다.

"나는 또 무슨 말씀이라구! 아 그놈이 이번두 그러면 그저 둔단 말이오?"

문 서방의 소리는 좀 분개하였다.

눈을 몰아치는 바람은 또 몹시 마당으로 몰아들었다. 그 판에 문 서방은 바람을 등지고 돌아서고 한 관청의 머리는 창문

안으로 자라목처럼 움츠러들었다.

"글쎄 이 늙은 것 말을 듣소! 그놈이 제 가새비(장인)를 잘 알겠소! 흥……."

한 관청은 함경도 사투리로 뇌이면서 다시 머리를 내밀었다.

"염려 마슈! 좋게 하죠."

문 서방은 더 들을 말 없다는 듯이 바람을 안고 획 돌아섰다.

"그새 무슨 일이나 없을까?"

밭 가운데로 눈을 헤갈면서 나가던 문 서방은 주춤하고 돌아다보면서 혼자 뇌었다.

눈보라 때문에 눈도 뜰 수 없거니와 지척을 분간할 수 없이 되어서 집은커녕 산도 보이지 않았다.

"그새 무슨 일이 나려구!"

그는 또 이렇게 혼자 뇌이고 저고리 섶을 단단히 여미면서 강가로 내려가다가 발을 돌려서 언덕길로 올라섰다. 강어름을 타고 가는 것이 빠르지만 바람이 심하면 빙판에서 걷기가 거북하여 언덕길을 취하였다. 하 다니는 길이니 짐작으로 걷지 눈에 묻히어서 길이 보이지 않았다.

언덕길로 올라서니 바람은 더 심하였다. 우와 하고 가슴을 치어서 뒤로 휘뜩 자빠질 것은 고사하고 눈발이 아츠럽게 낯을 치어서 눈도 뜰 수 없고 숨도 바로 쉴 수 없었다. 뻣뻣하여 가는 사지에 억지로 힘을 주어 가면서 이를 악물고 두 마루턱이나 넘어서 '달리소' 강가에 이르니 가슴에서는 잔나비 뛰노는 것 같고 등골에는 땀이 흘렀다. 그는 서리가 뿌연 수염을 썻으면서 빙판을 건너갔다. 빙판에는 개가죽 모자 개가죽 바지에 커다란 '올레(신)'를 신은 중국 파리(썰마)꾼들이 기다란 채찍을 휘휘 두르면서,

"뚜—어, 뚜—어, 딱딱."

하고 말을 몰아간다.

"꺼울리 날취(저 조선 거지 어디 가나)?"

중국 파리꾼들은 문 서방을 보면서 욕을 하였으나 문 서방은 허둥허둥 빙판을 건너서 높다란 바위 모롱이를 지나 언덕에 올라섰다.

여기가 문 서방이 목적하고 온 '달리소'라는 땅이다. 이 땅 주인은 인[殷]가라는 중국 사람인데 그 '인'가는 문 서방의 사위이다. 저편 밭 가운데 굵은 나무로 울타리를 한 것이 인가의 집이다. 그 밖으로 오륙 호나 되는 게딱지 같은 귀틀집은 지팡사리[小作人]하는 조선 사람들의 집이다. 문 서방은 바위 모롱이를 돌아 언덕에 오르니 산이 서북을 가리어서 바람이 좀 잠직하야 좀 푸근한 느낌을 받았으나 점점 인가—사위의 집 용마루가 보이고 울타리가 보이고 그 좌우의 같은 조선 사람의 집이 보이니 스스로 다리가 움츠러지면서 걸음이 떠지었다.

'엑 더러운 놈! 되놈[胡人]에게 딸 팔아먹은 놈!'

그것은 자기 스스로 한 일은 아니지만 어디선지 이런 소리가 귀청을 징징 치는 것 같은 동시에 개기름이 번지르하여 핏발이 올올한 눈을 흉악하게 굴리는 인가—사위의 꼴이 언뜻 눈앞에 떠올라서 그는 발끝을 돌릴까 말까 하고 주저거렸

다. 그러다가도,

"여보 룡네(딸의 이름)가 왔소? 룡네 좀 데려다 주구려!"

하고 죽어 가는 아내의 애원하던 소리가 귓가에 울려서 다시 앞을 향하였다.

"이게 문 서뱅이! 또 딸집을 찾아가옵느마?"

머리를 수굿하고 걷던 문 서방은 불의의 모욕이나 받은 듯이 어깨를 툭 떨어뜨리면서 머리를 들었다. 그것은 길 옆에서 돼지 우리를 치던 지팡 사리꾼의 한 사람이었다.

"네! 아아니……."

문 서방은 대답도 아니요 변명도 아닌 이러한 말을 하고는 얼른얼른 인가의 집으로 향하였다. 온 동네가 모두 나서서 자기의 뒤를 비웃는 듯해서 곁눈질도 못 하였다.

여기는 서북이 가리어서 뻬허처럼 바람이 심치 않았다. 흐릿하나마 볕도 엷게 흘렀다.

2

"여보! 저 인가가 또 오는구려!"

가을볕이 쨍쨍한 마당에서 '깨'를 털던 아내는 남편 문 서방을 보면서 근심스럽게 말하였다.

"오면 어쩌누? 와도 하는 수 없지!"

뒤줏간 앞에서 옥수수 껍질을 발르던 문 서방은 기탄 없이 말하였다.

"엑 그 단련을 또 어찌 받겠소?"

"참 되놈이란 오랑캐……."

"여보 여기 왔소."

문 서방의 높은 소리를 주의 시키던 아내는 뒤춧간 저편을 보면서

"아 오셨소!"

하고 어색한 웃음을 웃었다.

"에 왔소! 장귀즈(주인) 있소?"

지주 인가는 어설픈 웃음을 지으면서 마당에 들어서다가 뒤춧간 앞에 앉은 문 서방을 보더니

"응 저기 있소!"

하고 손가락질을 하면서 그 앞에 가 수캐처럼 쭈그리고 앉았다.

서천에 기운 태양은 인가의 이마에 번지르르 흘렀다.

"어디 갔다 오슈?"

문 서방은 의연히 옥수수를 발르면서 하기 싫은 말처럼 힘없이 끄집어 내었다.

"문 서방! 그래 오레두 비들(빚을) 모 가프갰소?"

인가는 문 서방 말과는 딴전을 치면서 담뱃대를 쌈지에 넣는다.

"허허 어제두 말했지만 글쎄 곡식이 안 된 거 어떡하오?"

"안 돼! 안 돼! 곡식이 자르되고 모 되구 내가 아르오? 오늘은 바다가지구야 가갰소!"

인가는 담배를 피우면서 버티려는 수작인지 땅에 펑덩 들

어앉았다.

"내년에는 꼭 갚아 드릴게 올만 참아 주오! 장구재(주인)도 알지만 흉년이 되어서 되지두 않은 이것(곡식)을 모두 드리면 우리는 어떻게 겨울을 나라우 응! ······자 내년에는 꼭 하하."

인가를 보면서 넋이 없는 웃음을 치는 문 서방의 눈에는 애원하는 빛이 흘렀다.

"안 되우! 안 돼! 퉁퉁(모다)듸 주! 모두두 만히 만히 보족이오!"

"부족이 돼두 하는 수 없지 글쎄 뻔히 보시면서 어떡하란 말이오! 흉."

"어째 어부소! 응 늬듸 어째 어부소 마리해! 울리 쌀리듸, 울리 소금이듸, 울리 강냉이듸······ 늬듸 이비(그는 입을 가리키면서)듸 안 먹어? 어째 어부소? 응?"

인가는 낯빛이 검으락 푸르락 해서 소리를 고래고래 질렀다. 문 서방은 더 말이 나오지 않았다.

언제나 이놈의 소작인 노릇을 면하여 볼까? 경기도서도 소작인 십 년에 겨죽만 먹다가 그것도 자유롭지 못하여 남부여대로 딸 하나 앞세우고 이 서간도로 찾아들었더니 여기서도 그네를 맞아주는 것은 지팡사리[小作人]였다. 이름만 달랐지 역시 소작인이다. 들어오는 해에는 풍년이었으나 늦게 들어와서 얼마 심지 못하였고 그 이듬해에는 흉년으로 말미암아 일 년 내 꾸어먹은 것도 있거니와 소작료도 못 갚아서 인가에게 매까지 맞고 금년으로 미뤘더니 금년에도 흉년이 졌다. 다른 사람들도 빚을 지지 않은 바가 아니로되 유독히 문 서방을 조르는 것은 음흉한 인가의 가슴속에 문 서방의 딸 룡녜(금년 열일곱)가 걸린 까닭이었다. 문 서방은 벌써 그 눈치를 알아챘으나 차마 양심이 허락지 않았다. 인가의 욕심만 채우면 밭 맥(1맥은 10일경(日耕), 1일경은 약 1,000평)이나 단단히 생겨서 한평생 기탄이 없을 것을 모르지는 않지만 무남독녀로 고이 기른 딸을 되놈에게 주기는 머리에 벼락이 내릴 것 같아서 죽으면 그저 굶어 죽었지 차마 할 수 없었다. 그는 그런 것 저런 것 생각할 때마다 도리어 내지(조선)——쪼들려도 나서 자란 자기 고향에서 쪼들리던 옛날이——삼 년 전의 그 옛날이 그리웠다. 그러나 그것도 한 꿈이었다. 그 꿈이 실현되기에는 그네의 경제적 기초가 너무도 어줄이 없었다. 빈 마음만 흐르는 구름에 부쳐서 내지로 보낼 뿐이었다.

"엇재서 대다비 어부소 웅? 그래 울리 비듸듸 안가파? 창우니! 빠피야. (이놈 껍질 벗긴다.)"

인가는 담뱃대를 꽁무니에 지르면서 일어나 앉더니 팔을 거둔다. 그것을 본 문 서방 아내는 낯빛이 파랗게 질려서 부들부들 떨면서 이편만 본다. 문 서방도 낯빛이 까맣게 죽었다.

"자 그러면 금년 농사는 온통 드리지요!"

문 서방의 목소리는 힘없이 떨렸다. 마치 종아리채를 든 초학훈장의 앞에 엎드린 어린애의 소리처럼…….

"부요우(싫어)…… 통통듸…… 모모 모두 우리 가저가두 보미(옥수수) 쓰단(四石), 쌔옌(소금) 얼씨진(二十斤), 쑈미(조쌀)듸 빠단(八石)듸 유아(있다)…… 늬듸 자리 알라잇소! 그거 안 줘?"

검붉은 인가의 뺨은 성난 두꺼비 배처럼 불떡불떡하였다.

"나머지는 내년에 갚지요!"

문 서방은 머리를 뚝 떨어뜨렸다.

"슴마(무엇?) 창우니 빠피야!"

인가의 억세인 손은 문 서방의 멱살을 잡았다. 문 서방은 가만히 받았다. 정신이 아찔하였다.

"에구! 장구재…… 흙응…… 장구재…… 제발 살려 줍쇼! 제발 살려 주시면 뼈를 팔아서라두 갚겠습니다. 장구재 제발!"

문 서방의 아내는 부들부들 떨면서 인가의 팔에 달렸다. 그의 애걸하는 소리는 벌써 울음에 떨렸다.

"내 보미 워듸 소금이 낼라! 아니 줘소? 아니 젓소? 어 어째니 젓소?"

인가의 주먹은 문 서방의 귓벽에 울렸다.

"아이구!"

문 서방은 땅에 쓰러졌다.

"엑 에구…… 응응응…… 에구 장구재 제발 제제…… 흙 제발 사살려 줍소…… 응응…….'

쓰러지는 문 서방을 붙잡듯 아내는 인가를 보면서 땅에 엎드려서 손을 부빈다.

"이 상느므샛지(상놈의 자식)…… 늬듸 로포(아내) 워듸(내가) 가저가!"

하고 인가는 문 서방을 차더니 엎드려서 손이야 발이야 비는 문 서방의 아내의 손목을 잡아끌었다.

"늬듸 울리지비가! 오눌리부터 늬듸 울리에미네(아내)!"

"장구재…… 제발…… 에이구 응응…….'

"에구 엄마!"

집안에서 바느질하던 룡녜가 내달았다. 인가는 문 서방의 아내를 사정없이 끌고 자기 집으로 향한다.

"나를 잡아가라! 나를!"

쓰러졌던 문 서방은 인가의 팔을 잡았다.

"타마나!"

하는 소리와 같이 인가의 발길은 문 서방의 불거름으로 들어갔다. 문 서방은 거꾸러졌다.

"아이구 어머니! 왜 울 어머니를 잡아가오? 응응…… 흑!"

룡녜는 어머니의 팔목을 잡은 중국인의 손을 물어뜯었다. 룡녜를 본 인가는 문 서방 아내는 놓고 문 서방의 딸 룡녜를 잡았다.

"이 개새끼야! 이것 놔라…… 응응 흑…… 아이구 아버지…… 엄마!"

억세인 장정 인가에게 티끌같이 끌려가는 연연한 처녀는 몸부림을 하면서 발악을 하였다.

"룡녜야! 에이구 우리 룡녜야!"

"에이구 응…… 너를 이 땅에 데리구 와서 개같은 놈에게……."

문 서방의 내외는 허둥지둥 달려갔다.

낯빛이 파랗게 질린 흰옷 입은 사람들은 죽 나와서 섰건마는 모두 시체같이 서 있을 뿐이었다. 여편네 몇몇은 치맛자락으로 눈물을 씻었다.

의연히 제 걸음을 재촉하는 볕은 서산에 뉘엿뉘엿하였다. 앞 강으로 올라오는 찬바람은 스르르 스쳐 가는데 석양에 돌아가는 까마귀 울음은 의지 없는 사람의 넋을 호소하는 듯 처량하였다.

"에구 룡녜야! 부모를 못 만나서 네 몸을 망치는구나! 에구 이놈에 돈이 우리를 죽이는구나!"

문 서방의 내외는 그 밤을 인가의 집 울타리 밖에서 새웠다. 누구 하나 들여다보지도 않는데 인가의 집에서 내놓은 개들은 두 내외를 잡아먹을 듯이 짖으며 덤벼들었다.

이리하여 룡녜는 영영 인가의 손에 들어갔다. 며칠 후에 인가는 지금 문 서방이 있는 빼허에 땅날갈이나 있는 것을 문 서방에게 주어서 그리로 이사시켰다. 문 서방은 별별 욕과 애원을 하였으나 나중에 인가는 자기집 일꾼들을 불러서 억지로 몰아내었다. 이리하여 문 서방은 차마 생목숨을 끊기 어려워서 원수가 주는 땅을 파먹게 되었다. 그것이 작년 가을이었다. 그 뒤로 인가는 절대 룡녜를 밖으로 내보내지 않을 뿐만 아니라 그 어버이 되는 문 서방 내외에게도 보이지 않았다.

"룡녜는 매일 밥도 안 먹고 어머니 아버지만 부르고 운다."

하는 희미한 소식을 인가의 집에 가까이 드나드는 중국인들에게서 들을 때마다 문 서방은 가슴을 치고 그 아내는 피를 토하였다.

이리하여 문 서방의 아내는 늦은 여름부터 아주 병석에 드러누웠다. 그는 병석에서 매일 룡녜만 부르고 룡녜만 보여달라고 졸랐다. 그래서 문 서방은 벌써 세 번이나 인가를 찾아가서 말했으나 효과가 없었다.

이번까지 가면 네 번째다. 이번이 어떻게 성사가 될는지?

(간도 있는 중국인들은 조선 여자를 빼앗아가든지 좋게 사가더라도 밖에 내보내지도 않고 그 부모에게까지 흔히 면회를 거절한다. 중국인은 의심이 많아서 그런다고 들었다.)

3

문 서방은 울긋불긋한 채필로 '관운장'과 '장비'를 무섭게 그려붙인 인가의 집 대문 앞에 섰다. 문 밖에서 뼈다귀를 핥던 얼룩개 한 마리가 웡웡 짖으면서 달려들더니 이 구석 저 구석으로서 개 무리가 우 하고 덤벼들었다. 어떤 놈은 으르릉으르고, 어떤 놈은 꼬리를 뒷다리 사이에 바싹 끼면서 금방 물듯이 송곳 같은 이빨을 악물었고, 어떤 놈은 대어들었다가는 뒷걸음을 치고 뒷걸음을 쳤다가는 대어들면서 산천이 무너지게 짖고, 어떤 놈은 소리도 없이 코만 실룩실룩하면서 달려들었다. 그 여러 놈들이 문 서방을 가운데 놓고 죽 돌아서서 각각 제 재주대로 날뛴다. 그렇지 않아도 지금 개 때문에 대문 밖에서 기웃거리던 문 서방은 이 사면초가를 어떻게 막으면 좋을지 몰랐다. 이러는 판에 한 마리가 획 들어와서 문 서방의 바짓가랑이를 물었다.

"으악…… 꺼우듸!(개를!)"

문 서방은 소리를 치면서 돌멩이를 찾노라고 엎드리는 것을 보더니 개들은 일시에 뒤로 물러났으나 다시 덤벼들었다.

"창우니 타마나가비!(상소리다!)"

안에서 개가죽 모자를 쓰고 뛰어나오는 일꾼은 기다란 호 밋자루를 두르면서 개를 쫓았다. 개들은 몰려가면서도 몹시 짖었다.

문 서방은 조짚 수수깡이가 지저분이 널려 있는 마당을 지나서 왼편 일꾼들 있는 방문으로 들어갔다. 누릿하고 퀴퀴한 더운 기운이 후끈 낯을 스칠 때 얼었던 두 눈은 뿌연 더운 안개에 스르르 흐리어서 어디가 어딘지 잘 분간할 수 없었다.

"윈따야 랠라마!(문 영감 오셨소!)"

'캉(구들)'에서 지껄이던 중국인 중에서 누군지 첫인사를 붙였다.

"에헤 랠라 장구재(주인) 유?(있소?)"

문 서방은 어색한 웃음을 지었다. 얼었던 몸은 차츰 녹고 흐리었던 눈앞도 점점 밝아졌다.

"쌍캉바!(구들로 올라오시오!)"

구들 위에서 나는 틱틱한 소리는 인가였다. 그는 일꾼들과 무슨 의논을 하던 판인가? 지껄이던 일꾼들은 고요히 앉아서 담배를 피우면서 호기심에 번득이는 눈을 인가와 문 서방에게 보내었다.

어느 천년에 지은 집인지? 거미줄이 얼키설키 서린 천장과 벽은 아궁이 속같이 검은데 벽에 붙여놓은 삼국풍진도(三國風塵圖)며 춘야도리원도(春夜桃李園圖)는 이리저리 찢기고 그을렸다. 그을음과 담배 연기에 싸여서 눈만 반작반작하는 무리들은 아귀도(餓鬼道)를 생각게 한다. 문 서방은 무시무시한 기분에 몸을 부르르 떨었다.

"추앤바!(담배 잡수시오!)"

인가는 웬일인지 서투른 대로 곧잘 하던 조선 말은 하지 않고 알아도 못 듣는 중국 말을 쓰면서 담뱃대를 문 서방 앞에 내밀었다.

"여보 장구재! 우리 로포(아내)가 딸(룡녀)을 못 봐서 죽겠으니 좀 보여 주, 응……."

문 서방은 담뱃대를 받으면서 또 전처럼 애걸하였다. 인가는 이마를 찡그리면서 볼을 불렀다.

"저게(아내) 마지막 죽어 가는데 철천지한이나 풀어야 하잖겠소 응! 한 번만 보여 주! 어서 그리우! 내가 룡녀를 만나면 꾀일까 봐…… 그럴 리 있소! 이렇게 된 밧자에…… 한 번만…… 낯이나…… 저 죽어 가는 제 에미 낯이나 한 번 보게 해 주! 네 제발……."

"안 돼우! 보내지 모 하겠소! 우리 집이 문 밖에 로포(아내——룡녀를 가리키는 말) 나갔소 재미어부소." 배짱을 부리는 인가의 모양은 마치 전당포 주인과 같은 점이 있었다. 문 서방의 가슴은 죄였다 아쉽고 안타깝고 슬픔이 어울어지더니 분한 생각이 났다. 부뚜막에 놓인 낫을 들어서 인가의 배를 왁 긁어 놓고 싶었으나 아직도 행여나 하는 바람과 삶에 대한 애착심이 그 분을 제어하였다.

"그러지 말고 제발 보여주오! 그러면 내 아내를 데리구 올까? 아니 바람을 쏘여서는…… 엑 죽어두 원이나 끄고 죽게 내가 데리고 올게 낯만 슬쩍 보여 주오…… 네…… 흑…… 끅 제발……."

이십 년 가까이 손 끝에서 자기 힘으로 기른 자기 딸을 억지로 빼앗긴 것도 원통하거든 그나마 자유로 볼 수도 없이 되는 것을 생각하니…… 더구나 그 우악한 인가에게 가슴과 배를 사정없이 눌리이는 연연한 딸의 버둑거리는 그림자가 눈앞에 언뜻하여 가슴이 꽉 막히고 사지가 부르르 떨리면서 주먹이 쥐어졌다. 그러나 뒤따라 병석의 아내가 떠오를 때 그의 주먹은 풀리고 머리는 숙여졌다.

　"넬리 또 왓소 이얘기 하오! 오늘리듸 울리듸 일이듸 푸푸듸! 만히 잇소!"

　인가는 문 서방을 어서 가라는 듯이 자기 먼저 캉(구들)에서 내려섰다.

　"제발 그러지 말구! 으흑 흑…… 제제…… 제발 단 한 번만이라두 낯만…… 으흑흑웅!"

　문 서방은 인가를 따라서 밖으로 나오면서 울었다. 등뒤에서는 웃음소리가 들렸다. 그러나 그 웃음 소리는 이때의 문 서방에게는 아무러한 자극도 주지 못하였다.

　"자 이게 적지만!"

　마당에 한참이나 서서 무엇을 생각하던 인가는 백조짜리 관체(官帖──돈) 석 장을 문 서방의 손에 쥐여 줬다. 문 서방은 받지 않으려고 하였다. 더러운 놈의 더러운 돈을 받지 않으려 하였다. 그러나 지금 부쳐 먹는 밭도 인가의 밭이다. 잠깐 사이 분과 설움에 어리어서 퇴기던 돈은──돈 힘은 굶고 헐벗은 문 서방을 누르지 않을 수 없었다. 그는 못 이기는 것처럼 삼백 조를 받아 놓고 힘없이 나오다가,

'저 속에는 룡녜가 있으려니?'

생각하면서 바른편에 놓인 조그마한 집을 바라볼 때 자기도 모르게 발길이 도로 돌아졌다. 마치 거기서는 룡녜가 울면서 자기를 부르는 것 같았다. 그러나 인가는 문 서방을 문 밖에 내보내고 문을 닫아 잠갔다.

문 밖에 나서니 천지가 아득하였다. 발길이 돌아가지 않았다. 사생을 다투는 아내를 생각하면 아니 가지는 못할 일이고 이 울타리 속에는 룡녜가 있거니 생각하면 눈길이 다시금 울타리로 갔다.

그가 바위 모롱이 빙판에 올 때까지 개들은 쫓아나와 짖었다. 그는 제 분김에 한 마리 때려잡는다고 얼른 돌멩이를 집어들었다가 작년 가을에 어떤 조선 사람이 어떤 중국 사람의 개를 때려 죽이고 그 사람이 주인에게 총 맞아 죽은 일이 생각나서 들었던 돌멩이를 헛뿌렸다.

돋아 떨어지는 겨울 해는 어느새 강 건너 봉우리 엉성한 가지 끝에 걸렸다. 바람은 좀 자고 날씨는 맑으나 의연히 추워서 수염에는 우물가처럼 얼음보쿠지 졌다.

4

눈옷 입은 산봉우리 나뭇가지 끝에 남았던 붉은 석양볕이 스르르 자취를 감추고 먼 동쪽 하늘가에 차디찬 연자줏빛이 싸르르 돌더니 그마저 스러지고 쌀쌀한 하늘에 찬 별들이 내려다보게 되면서부터 어둑한 황혼빛이 '빼허'의 좁은 골에 흘러들어서 게딱지 같은 집 속까지 흐리기 시작하였다.

까만 서까래가 드러난 수수깡 천장에는 그을린 거미줄이 흐늘흐늘 수없이 드리우고 빈대 죽인 자리는 수묵으로 댓잎[竹葉]을 그린 듯이 흙벽에 빈 틈이 없는데 먼지가 수북한 구들에는 구름깔개(참나무를 엷게 밀어서 결은 자리)를 깔아 놓았다. 가마 저편 바당(부엌)에는 장작개비가 흩어져 있고 아궁이에는 발간 불이 훨훨 붙는다.

뜨끈뜨끈한 부뚜막에는 문 서방의 아내가 누더기 이불에 싸여 누웠고 문 앞과 윗목에는 이웃집 사람들이 모여 앉았는데 지금 막 '달리소' 인가의 집에서 돌아온 문 서방은 신음하는 아내의 가슴에 손을 얹고 앉았다.

등꽂이에 켜놓은 등(삼대에 겨를 올려서 불 켜는 것)불은 환하게 이 실내의 이 모든 사람을 비추었다.

"룡녜야! 룡녜야! 룡녜야!"

고요히 누웠던 문 서방의 아내는 마지막 소리를 좀 크게 질렀다. 문 서방은 아내의 가슴을 지근히 눌렀다.

"에구? 우리 룡녜! 우리 룡녜를 데려다주구려!"

그는 눈을 번쩍 뜨면서 몸을 흔들었다.

"여보 왜 이리우. 룡녜가 지금 와요! 금방 올걸!"

어린애를 어리듯하면서 땀때가 께저분한 아내의 얼굴을 내려다보는 문 서방의 눈은 흐리었다.

"에구 몹쓸놈(인가)두! 저런 거 모르는 체하는가? 쳇!"

윗목에 앉은 늙은 부인은 함경도 사투리로 구슬피 뇌었다.

"허 그러게 되놈[胡人]이라지! 그놈들게 인륜(人倫)이 있소?"

문 앞에 앉았던 한 관청은 받아쳤다.

"룡녜야! 룡녜야! 흥 저기 저기 룡녜가 오네!"

문 서방의 아내는 쑥 꺼진 두 눈을 모듭떠서 천장을 뚫어지게 보면서 보기에 아츠러운 웃음을 웃었다.

"어듸? 아직은 안 오! 여보 왜 이리우? 정신을 채리우 웅!"

문 서방의 목소리는 떨렸다.

"저기 엑…… 룡…… 룡녜……"

그는 눈을 더 크게 뜨고 두 뺨의 근육을 경련적으로 움직이면서 번쩍 일어났다. 문 서방은 아내의 허리를 안았다. 그는 또 정신에 착각을 일으켰는지? 창문을 바라보고 뛰어나가려고 하면서—

"룡녜냐! 룡녜 룡녜…… 저 저기 저기 룡녜가 있네! 룡녜야 어듸 가니? 룡녜야! 네 어듸 가느냐? 으응!"

고함을 치고 눈물 없는 울음을 우는 그의 눈에서는 파란 불빛이 번쩍하였다. 좌중은 모진 짐승의 앞에나 앉은 듯이 모두 숨을 죽이고 손을 틀었다. 문 서방은 전신의 힘을 내어서 아내의 허리를 안았다.

"하하하(그는 이상한 소리를 내어 웃다가 다시 성을 잔뜩 내면서)…… 룡녜! 룡녜가 저리로 가는구나! 으응…… 저놈이 저놈이 웬놈이냐?"

하면서 한참 이를 악물고 창문을 노려보더니—

"저 저…… 이놈아! 우리 룡녜를 놓아라! 저 되놈이 저 되놈이 룡녜를 잡아가네! 이놈 놔라! 이놈 모가지를 빼놓을 이이!"

그의 눈앞에는 룡녜를 인가에게 빼앗기던 그때가 떠올랐는 지? 이를 뿍 갈면서 몸을 번쩍 일어 창문을 향하고 내달았다.

"여보 정신을 차리오! 여보 왜 이러우? 아이구! 웅!"

쫓아나가면서 아내의 허리를 안아서 뒤로 끌어들이는 문 서방의 소리는 눈물에 젖었다.

"이놈아! 이게 웬 놈이 남을 붙잡니? 웅으윽!"

그는 두 손으로 남편의 가슴을 밀다가도 달려들어서 남편 의 어깨를 물어뜯으면서——

"이것 놔라! 에구 룡녜야 저게 웬 놈이…… 에구구…… 저 놈이 룡녜를 깔고 앉네!"

하고 몸부림을 탕탕 하는 그의 눈에는 핏발이 서고 낯빛은 파랗게 질렸다.

이때 한 관청 곁에 앉았던 젊은 사람은 얼른 일어나서 문 서방을 조력하였다. 끌어들이려거니 뛰어나가려거니 하여 밀 치고 당기는 판에 등꽂이가 넘어져서 등불이 펄렁 죽어버렸 다. 방 안은 갑자기 깜깜하여지자 창문만 희슥하였다.

"조심들 하라니! 엑 불두."

한 관청은 등대를 화로에 대이고 푸푸 불면서 툭턱툭턱 하 는 사람들게 주의를 시켰다. 불은 번쩍 하고 켜졌다.

'우와 쏴—— 스르륵'

문을 치는 바람소리가 요란하였다.

"엑 또 바람이 나는 게로군! 날씨두 폐릅(괴상)다."

한 관청은 이렇게 뇌이면서 등꽂이에 등대를 꽂고 몸부림 하는 문 서방 내외와 젊은 사람을 피하여 앉았다.

"이것 놓아주오! 아이구! 우리 룡녜가 죽소! 저 흉한 되놈에게 깔려서…… 엑 저저저…… 저것 봐라! 이놈 네 이놈아! 에이구 룡녜야! 룡녜야! 사람 살려 주오! (소리를 더욱 높여서) 우리 룡녜를 살려 주! 웅으윽 에엑 끅……."

그는 마지막으로 오장육부가 쏟아지게 소리를 지르다가 검붉은 핏덩어리를 왈칵 토하면서 앞으로 꺼꾸러지었다.

"으윽!"

"응 끔찍두 한게!"

하면서 여러 사람들은 거꾸러진 문 서방의 아내 앞에 모여들었다.

"여보! 여보소! 아이구 정신 좀……."

떨려나오는 문 서방의 소리는 절반이나 울음으로 변하였다.

거불거불하는 등불 속에 검붉은 피를 한 말이나 토하고 쓰러진 그는 낯이 파랗게 되어서 숨결이 없었다.

"허! 잡신(雜神)이 붙었는가? 으흠 웅! 으흠 웅! 각황제방 심미기, 두우열로구슬벽……."

여러 사람들과 같이 문 서방의 아내를 부뚜막에 고요히 뉘여 놓은 한 관청은 귀신을 쫓는 경문이라고 발음도 바로 못하는 이십팔 수를 줄줄줄 읽었다.

"으웅웅…… 흑흑…… 여여보!"

문 서방의 목메인 울음을 받는 그 아내는 한 관청의 서투른 경문 소리를 듣는지 마는지? 손발은 점점 식어 가고 낯은 파랗게 질렸는데 무엇을 보려고 애쓰던 눈만은 멀거니 뜨고 그저 무엇인지 노리고 있다. 경문을 읽던 한 관청은,

"엑 인저는 늙어 가는 사람이 울기는? 우지 마오! 이내(곧) 살아날 거!"

하고 문 서방을 나무라면서 문 서방의 아내 앞에 다가앉더니 주머니에서 은동침(어느 때에 얻어둔 것인지?)을 내어서 문 서방 아내의 인중(人中)을 꾹 찔렀다. 그러나 점점 식어가는 그는 이마도 찡그리지 않았다. 다시 콧구멍에 손을 대어 보았으나 숨결은 없었다.

바람은 우우 쏴 하고 문에 눈을 들이치었다. 여러 사람은 약속이나 한 듯이 두려운 빛을 띤 눈으로 창을 바라보았다.

"으응 에이구! 여보! 끝끝내 룡녜를 못 보구 죽었구려……잉 잉…… 흑!"

문 서방은 울기 시작하였다. 그 울음소리는 고요한 방 안 불빛 속에 바람소리와 함께 처량하게 흘렀다.

"에구 못된 놈(인가)두 있는게!"

"에구 참 불쌍하게두!"

"흥 우리두 다 그 신세지!"

무시무시한 기분에 싸여서 낯빛이 푸르러가는 여러 사람들은 각각 한마디씩 뇌었다. 그 소리는 모두 갈 데 없는 신세를 호소하는 듯하게 구슬프고 힘 없었다.

5

문 서방의 아내가 죽던 그 이튿날 밤이었다. 그날 밤에도 바람이 몹시 불었다. 그 바람은 강바람이어서 서북에 둘리인 산 때문에 좁한 바람은 움찍도 못하던 달리소(문 서방의 사위 인가의 땅)까지 범하였다. 서북으로 산을 등지고 앞으로 강 건너 높은 절벽을 대하여 강골밖에 터진 데 없는 달리소는 강바람이 들어차면 빠질 데는 없고 바람과 바람이 부닥쳐서 흔히 회오리바람이 일게 된다. 이날 밤에도 그 모양으로 달리소에는 회오리바람이 일어서 낟가리가 날리고 지붕이 날리고 산천이 울려서 혼돈이 배판할 때 빙세게나 트는 듯한 판이라 사람은커녕 개와 돼지도 굴 속에서 꿈쩍 못 하였다.

밤이 썩 깊어서였다.

차디찬 별들이 총총한 하늘 아래, 우렁찬 바람에 휘날리는 눈발을 무릅쓰고 달리소 앞강 빙판을 건너서 달리소 언덕으로 올라가는 그림자가 있다. 모진 바람이 스치는 때마다 혹은 엎드리고 혹은 우뚝 서기도 하면서 바삐바삐 가던 그 그림자는 게딱지 같은 지팡사리 집 근처에서부터 무엇을 꺼리는지 좌우를 슬밋슬밋 보면서 자취를 숨기고 걸음을 느리게 하여 저편으로 돌아가 인가의 집 높은 울타리 뒤로 돌아간다.

"으르릉 웡웡!"

하자 어느 구석으로선지 개가 한 마리 두 마리 세 마리 뒤이어 나와서 짖으면서 그 그림자를 쫓아간다. 그 개소리는 처량한 바람 소리 속에 싸여 흘러서 건너편 산을 즈르릉 즈르릉 울렸다.

"꽝! 꽝꽝!"

인가의 집에서는 개짖음에 흥우재(마적)나 몰아오는가 믿었던지 헛총질을 네댓 방이나 하였다. 그 소리도 산천을 울렸다. 그 바람에 슬근슬근 가던 그림자는 휙 돌아서서 손에 들었던 보자기를 개 앞에 던졌다. 보자기는 터지면서 둥글둥글한 것이 우르르 쏟아졌다. 짖으면서 달려오던 개들은 짖음을 그치고 거기 모여들어서 서로 물고 뜯고 뺏어서 먹는다. 그러는 사이에 그림자는 인가의 울타리 뒤에 산같이 쌓아 놓은 보리짚 더미에 가서 성냥을 쭉 긋더니 뒷산으로 올리달른다.

처음에는 바람 속에서 판득판득하던 불이 삽시간에 그 산같은 보리짚 더미에 붙었다.

"휘쓰!(불이야!)"

하는 고함과 같이 사람의 소리는 요란하였다. 모진 바람에 하늘하늘 일어서는 불길은 어느새 보리짚 더미를 살라 버리고 울타리를 살라 버리고 울타리 안에 있는 집에 옮았다.

"푸우 우르르르르 쏴아……."

동풍이 몹시 이는 때면 불기둥은 서편으로, 서풍이 몹시 부는 때면 불기둥은 동으로 쓸려서 모진 소리를 치고 검은 연기를 뿜다가도 동서풍이 어울치면 축늉[火神]의 붉은 혓발은 하늘하늘 염염이 타올라서 차디찬 별—억만 년 변함이 없을 듯하던 별까지 녹아내릴 것같이 검은 연기는 하늘을 덮고 붉은 빛은 깜깜하던 골짜기에 차흘러서 어둠을 기회로 모여들었던 요귀(天鬼)를 몰아내는 것 같다. 불을 질러놓고 뒷숲속에 앉아서 내려다보던 그 그림자—딸과 아내를 잃은 문 서방은,

"하하하!"

시원스럽게 웃고 가슴을 만지면서 한 손으로 꽁무니에 찼

던 도끼를 만져 보았다.

일동리 사람들과 인가의 집 일꾼들은 불 붙는 데 모여들었으나 모두 어쩔 줄을 모르고 떠들고 덤비면서 달려가고 달려올 뿐이었다.

그러는 사이에 울타리는 물론 울타리 속에 엉큼하게 서 있던 큰 집 두 채도 반이나 타서 쓰러졌다.

이런 불 속으로부터 여러 사람이 오고 가는 밭 가운데로 튀어나가는 두 그림자가 있었다. 하나는 커단 장정이요 하나는 작은 여자이다. 뒷산 숲에서 이것을 보던 문 서방은 그 두 그림자를 향하고 내리뛰었다. 그는 천방지방 내리뛰었다. 독살이 잔뜩 올라서 불빛에 번쩍이는 그의 눈에는 이 두 그림자밖에는 아무것도 보이지 않았다.

"으윽 끅!"

문 서방이 여러 사람을 헤치고 두 그림자 앞에 가 섰을 때, 앞에 섰던 장정의 그림자는 땅에 거꾸러졌다. 그때는 벌써 문 서방의 손에 쥐였던 도끼가 장정 '인가'의 머리에 박혔다. 도끼를 놓은 문 서방의 품에는 어린 여자의 그림자가 안겼다. 룡녜가…….

그 바람에 모여 섰던 사람들은 혹은 허둥지둥 뛰어 버리고 혹은 뒤로 자빠져서 부르르 떨었다. 룡녜도 거꾸러지는 것을 안았다.

"룡녜야! 놀라지 마라! 나다! 아버지다! 룡녜야!"

문 서방은 딸을 품에 안으니 이때까지 악만 찼던 가슴이 스르르 풀리면서 독살이 올랐던 눈에서 뜨거운 눈물이 떨어졌다. 이렇게 슬픈 중에도 그의 마음은 기쁘고 시원하였다. 하늘과 땅을 주어도 그 기쁨을 바꿀 것 같지 않았다.

그 기쁨! 그 기쁨은 딸을 안은 기쁨만이 아니었다. 작다고 믿었던 자기의 힘이 철통 같은 성벽을 무너뜨리고 자기의 요구를 채울 때 사람은 무한한 기쁨과 충동을 받는다.

불길은——그 붉은 불길은 의연히 모든 것을 태워 버릴 것처럼 하늘하늘 올랐다.

《조선문단》 제18호 1927. 1

김유정

1908. 1. 11. ~ 1937. 3. 29.

●

동백꽃
만무방

강원도 춘천에서 태어났다.

1916년부터 약 4년간 한문을 수업하고, 휘문고보를 거쳐 연희전문 문과를 다니다가 더 배울 것이 없다는 이유로 중퇴하였다. 그 후 전국을 방랑하다가 일확천금을 꿈꾸고 금광에 몰두하기도 했다.

소설 「소낙비」가 《조선일보》 신춘문예에, 「노다지」가 《중외일보》에 각각 당선하여 데뷔하였다. 일찍 부모를 여의고 고독과 빈곤 속에서 자라난 데다가 심한 폐결핵 때문에 자신이 고백한 바와 같이 우울이 성격화되었으며, 스무 살 때 자기보다 1년 위인 기생을 짝사랑했고, 죽을 때까지 3, 4명의 여인을 짝사랑하여 그의 우울한 성격을 더욱 우울하게 만들었다.

서른 살에 요절할 때까지 불과 이 년 동안 근 30편의 단편을 발표하여 문학 정열이 비상함을 보여 주었다. 그의 소설의 대부분은 농촌을 무대로 하며, 그들의 물욕, 정욕, 생활 풍속의 단면 등을 현실주의적으로 그린 것이다.

대표작으로 「소낙비」, 「금 따는 콩밭」, 「봄·봄」, 「만무방」, 「동백꽃」, 「따라지」 등이 있다.

동백꽃

오늘도 또 우리 수탉이 막 쪼이었다. 내가 점심을 먹고 나무를 하러 갈 양으로 나올 때였다. 산으로 올라서려니까 등뒤에서 푸드득, 푸드득, 하고 닭의 횃소리가 야단이다. 깜짝 놀라며 고개를 돌려 보니 아니나 다르랴 두 놈이 또 얼리었다.

점순네 수탉(대강이가 크고 똑 오소리같이 실팍하게 생긴 놈)이 덩저리 적은 우리 수탉을 함부로 해내는 것이다. 그것도 그냥 해내는 것이 아니라 푸드득, 하고 면두를 쪼고 물러섰다가 좀 사이를 두고 또 푸드득, 하고 모가지를 쪼았다. 이렇게 멋을 부려가며 여지없이 닦아 놓는다. 그러면 이 못생긴 것은 쪼일 적마다 주둥이로 땅을 받으며 그 비명이 킥, 킥, 할 뿐이다. 물론 미처 아물지도 않은 면두를 또 쪼여 붉은 선혈은 뚝 뚝 떨어진다.

이걸 가만히 내려다보자니 내 대강이가 터져서 피가 흐르는 것같이 두 눈에서 불이 버쩍 난다. 대뜸 지게막대기를 메고 달겨들어 점순네 닭을 후려칠까 하다가 생각을 고쳐먹고 헛매질로 떼어만 놓았다.

이번에도 점순이가 싸움을 붙여 났을 것이다. 바짝 바짝 내 기를 올리느라고 그랬음에 틀림없을 것이다. 고놈의 계집애가 요새로 들어서서 왜 나를 못 먹겠다고 고렇게 아르릉거리는지 모른다.

나흘 전 감자쪼간만 하더라도 나는 저에게 조금도 잘못한 것은 없다.

계집애가 나물을 캐러 가면 갔지 남 울타리 엮는데 쌩이질을 하는 것은 다 뭐냐. 그것도 발소리를 죽여 가지고 등뒤로 살며시 와서,

"얘! 너 혼자만 일하니?" 하고 긴치 않은 수작을 하는 것이다.

어제까지도 저와 나는 이야기도 잘 않고 서로 만나도 본 척만 척하고 이렇게 점잖게 지내던 터이련만 오늘로 갑작스리 대견해졌음은 웬일인가. 항차 망아지만 한 계집애가 남 일하는 놈보구──.

"그럼 혼자 하지 뗴루 하디?"

내가 이렇게 내뱉는 소리를 하니까

"너 일하기 좋니?"

또는

"한여름이나 되거든 하지 벌써 울타리를 하니?"

잔소리를 두루 늘어놓다가 남이 들을까 봐 손으로 입을 틀

어막고는 그 속에서 깔깔거린다. 별로 우스울 것도 없는데 날씨가 풀리더니 이놈의 계집애가 미쳤나 하고 의심하였다. 게다가 조금 뒤에는 제 집께를 할금할금 돌아다보더니 행주치마의 속으로 꼈던 바른손을 뽑아서 나의 턱 밑으로 불쑥 내미는 것이다. 언제 구웠는지 아직도 더운 김이 홱 끼치는 굵은 감자 세 개가 손에 뿌듯이 쥐였다.

"느 집엔 이거 없지?" 하고 생색 있는 큰소리를 하고는 제가 준 것을 남이 알면은 큰일 날 테니 여기서 얼른 먹어 버리란다. 그리고 또 하는 소리가

"너 봄감자가 맛있단다."

"난 감자 안 먹는다, 니나 먹어라."

나는 고개도 돌리려고 않고 일하던 손으로 그 감자를 도로 어깨 너머로 쑥 밀어 버렸다.

그랬더니 그래도 가는 기색이 없고 뿐만 아니라 쌔근쌔근 하고 심상치 않게 숨소리가 점점 거칠어진다. 이건 또 뭐야, 싶어서 그때에야 비로소 돌아다보니 나는 참으로 놀랐다. 우리가 이 동리에 들어온 것은 근 삼 년째 되어 오지만 여지껏 가무잡잡한 점순이의 얼굴이 이렇게까지 홍당무처럼 새빨개진 법이 없었다. 게다가 눈에 독을 올리고 한참 나를 요렇게 쏘아보더니 나중에는 눈물까지 어리는 것이 아니냐. 그리고 바구니를 다시 집어들더니 이를 꼭 악물고는 엎어질 듯 자빠질 듯 논둑으로 힝하게 달아나는 것이다.

어쩌다 동리 어른이

"너 얼른 시집을 가야지?" 하고 웃으면

"염려 마셔유 갈 때 되면 어련히 갈라구——."

이렇게 천연덕스리 받는 점순이였다. 본시 부끄럼을 타는 계집애도 아니거니와 또한 분하다고 눈에 눈물을 보일 얼병이도 아니다. 분하면 차라리 나의 등어리를 바구니로 한 번 모지게 후려 쌔리고 달아날지언정.

그런데 고약한 그 꼴을 하고 가더니 그뒤로는 나를 보면 잡아먹으려고 기를 복복 쓰는 것이다.

설혹 주는 감자를 안 받아먹은 것이 실례라 하면 주면 그냥 주었지 "느 집엔 이거 없지?"는 다 뭐냐. 그렇잖아도 즈이는 마름이고 우리는 그 손에서 배재를 얻어 땅을 부치므로 일상 굽신거린다. 우리가 이 마을에 처음 들어와 집이 없어서 곤란으로 지날 제 집터를 빌리고 그 위에 집을 또 짓도록 마련해 준 것도 점순네의 호의였다. 그리고 우리 어머니 아버지도 농사 때 양식이 딸리면 점순네한테 가서 부지런히 꾸어다 먹으면서 인품 그런 집은 다시 없으리라고 침이 마르도록 칭찬하고 하는 것이다. 그러면서도 열일곱씩이나 된 것들이 수군수군하고 붙어 다니면 동리의 소문이 사납다고 주의를 시켜 준 것도 또 어머니였다. 왜냐하면 내가 점순이하고 일을 저질렀다가는 점순네가 노할 것이고 그러면 우리는 땅도 떨어지고 집도 내쫓기고 하지 않으면 안 되는 까닭이었다.

그런데 이놈의 계집애가 까닭없이 기를 복복 쓰며 나를 말려 죽이려고 드는 것이다.

눈물을 흘리고 간 그다음 날 저녁나절이었다. 나무를 한 짐 잔뜩 지고 산을 내려오려니까 어디서 닭이 죽는 소리를 친다.

이거 뉘 집에서 닭을 잡나, 하고 점순네 울 뒤로 돌아오다가 나는 고만 두 눈이 뚱그래졌다. 점순이가 저희 집 봉당에 홀로 걸터앉았는데 아 이게 치마 앞에다 우리 씨암탉을 꼭 붙들어 놓고는

"이놈의 닭! 죽어라 죽어라!"

요렇게 암팡스리 패 주는 것이 아닌가. 그것도 대가리나 치면 모른다마는 아주 알도 못 낳으라고 그 볼기짝께를 주먹으로 콕콕 쥐어박는 것이다.

나는 눈에 쌍심지가 오르고 사지가 부르르 떨렸으나 사방을 한번 휘돌아보고야 그제서 점순이 집에 아무도 없음을 알았다. 잡은 참 지게막대기를 들어 울타리의 중툭을 후려치며

"이놈의 계집애! 남의 닭 알 못 낳으라고 그러니?" 하고 소리를 빽 질렀다.

그러나 점순이는 조금도 놀라는 기색이 없고 그대로 의젓이 앉아서 제 닭 가지고 하듯이 또 죽어라, 죽어라, 하고 패는 것이다. 이걸 보면 내가 산에서 내려올 때를 겨냥해 가지고 미리부터 닭을 잡아 가지고 있다가 내 보란 듯이 내 앞에 쥐지르고 있음이 확실하다.

그러나 나는 그렇다고 남의 집에 뛰어들어가 계집애하고 싸울 수도 없는 노릇이고 형편이 썩 불리함을 알았다. 그래 닭이 맞을 적마다 지게막대기로 울타리나 후려칠 수밖에 별 도리가 없다. 왜냐하면 울타리를 치면 칠수록 울섶이 물러앉으며 뼈대만 남기 때문이다. 허나 아무리 생각하여도 나만 밑지는 노릇이다.

"아 이년아! 남의 닭 아주 죽일 터이냐?"

내가 도끼눈을 뜨고 다시 꽥 호령을 하니까 그제서야 울타리께로 쪼르르 오더니 울 밖에 섰는 나의 머리를 겨누고 닭을 내팽개친다.

"에이 더럽다! 더럽다!"

"더러운 걸 널더러 입때 끼고 있으랬니? 망할 계집애년 같으니!" 하고 나도 더럽단 듯이 울타리께를 힝하게 돌아내리며 약이 오를 대로 다 올랐다. 라고 하는 것은 암탉이 풍기는 서슬에 나의 이마빼기에다 물찍똥을 찍 깔겼는데 그걸 본다면 알집만 터졌을 뿐만 아니라 골병이 단단히 든 듯싶다.

그리고 나의 등뒤를 향하여 나에게만 들릴 듯 말 듯한 음성으로

"이 바보 녀석아!"

"얘! 너 배냇병신이지?"

그만도 좋으련만

"얘! 너 느 아버지가 고자라지?"

"뭐? 울 아버지가 그래 고자야?" 할 양으로 열벙거지가 나서 고개를 홱 돌려 바라봤더니 그때까지 울타리 위에 나와 있어야 할 점순이의 대가리가 어디 갔는지 보이지를 않는다. 그러다 돌아서서 오자면 아까에 한 욕을 울 밖으로 또 퍼붓는 것이다. 욕을 이토록 먹어 가면서도 대거리 한마디 못하는 걸 생각하니 돌부리에 채키어 발톱 밑이 터지는 것도 모를 만치 분하고 급기에는 두 눈에 눈물까지 불끈 내솟는다.

그러나 점순이의 침해는 이것뿐이 아니다.

사람들이 없으면 틈틈이 저희 집 수탉을 몰고 와서 우리 수탉과 싸움을 붙여 놓는다. 저희 집 수탉은 썩 험상궂게 생기고 싸움이라면 회를 치는 고로 으레 이길 것을 알기 때문이다. 그래서 툭하면 우리 수탉이 면두며 눈깔이 피로 흐드르하게 되도록 해 놓는다. 어떤 때에는 우리 수탉이 나오지를 않으니까 요놈의 계집애가 모이를 쥐고 와서 꼬여 내다가 싸움을 붙인다.

이렇게 되면 나도 다른 배채를 차리지 않을 수 없다. 하루는 우리 수탉을 붙들어 가지고 넌지시 장독께로 갔다. 싸움닭에게 고추장을 먹이면 병든 황소가 살모사를 먹고 용을 쓰는 것처럼 기운이 뻗친다 한다. 장독에서 고추장 한 접시를 떠서 닭의 주둥아리께로 들이밀고 먹여 보았다. 닭도 고추장에 맛을 들였는지 거스르지 않고 거진 반 접시턱이나 곧잘 먹는다.

그리고 먹고 금세는 용을 못 쓸 터이므로 얼마쯤 기운이 돌도록 헷속에다 가두어 두었다.

밭에 두엄을 두어 짐 져내고 나서 쉴 참에 그 닭을 안고 밖으로 나왔다. 마침 밖에는 아무도 없고 점순이만 저희 울 안에서 헌옷을 뜯는지 혹은 솜을 터는지 웅크리고 앉아서 일을 할 뿐이다.

나는 점순네 수탉이 노는 밭으로 가서 닭을 내려놓고 가만히 맥을 보았다. 두 닭은 여전히 얼리어 싸움을 하는데 처음에는 아무 보람이 없다. 멋지게 쪼는 바람에 우리 닭은 또 피를 흘리고 그러면서도 날갯죽지만 푸드득, 푸드득, 하고 올라 뛰고 뛰고 할 뿐으로 제법 한번 쪼아 보지도 못한다.

그러나 한번은 어쩐 일인지 용을 쓰고 펄쩍 뛰더니 발톱으로 눈을 하비고 내려오며 면두를 쪼았다. 큰 닭도 여기에는 놀랐는지 뒤로 멈씰 하며 물러난다. 이 기회를 타서 작은 우리 수탉이 또 날쌔게 덤벼들어 다시 면두를 쪼니 그제서는 감때사나운 그 대강이에서도 피가 흐르지 않을 수 없다.

옳다 알았다 고추장만 먹이면은 되는구나, 하고 나는 속으로 아주 쟁그러워 죽겠다. 그때에는 뜻밖에 내가 닭싸움을 붙여놓는 데 놀라서 울 밖으로 내다보고 섰던 점순이도 입맛이 쓴지 살을 찌푸렸다.

나는 두 손으로 볼기짝을 두드리며 연방

"잘한다! 잘한다!" 하고 신이 머리끝까지 뻗치었다.

그러나 얼마 되지 않아서 나는 넋이 풀리어 기둥같이 묵묵히 서 있게 되었다. 왜냐하면 큰 닭이 한번 쪼인 앙갚음으로 호들갑스리 연거푸 쪼는 서슬에 우리 수탉은 찔끔 못하고 막곯는다. 이걸 보고서 이번에는 점순이가 깔깔거리고 되도록 이쪽에서 많이 들으라고 웃는 것이다.

나는 보다못하여 덤벼들어서 우리 수탉을 붙들어 가지고 도로 집으로 들어왔다. 고추장을 좀더 먹였더라면 좋았을걸 너무 급하게 싸움을 붙인 것이 퍽 후회가 난다. 장독께로 돌아와서 다시 턱 밑에 고추장을 들이댔다. 흥분으로 말미암아 그런지 당최 먹질 않는다. 나는 하릴없이 닭을 반듯이 눕히고 그 입에다 궐련 물부리를 물리었다. 그리고 고추장 물을 타서 그 구멍으로 조금씩 들이부었다. 닭은 좀 괴로운지 킥킥 하고 재채기를 하는 모양이나 그러나 당장의 괴로움은 매일같이 피를 흘리는 데 델 게 아니라고 생각하였다.

그러나 한 두어 종지기가량 고추장 물을 먹이고 나서는 나는 고만 풀이 죽었다. 싱싱하던 닭이 왜 그런지 고개를 살며시 뒤틀고는 손아귀에서 뻐들어지는 것이 아닌가. 아버지가 볼까봐서 얼른 홰에다 감추어 두었더니 오늘 아침에서야 겨우 정신이 든 모양 같다.

그랬던 걸 이렇게 오다 보니까 또 싸움을 붙여 놨으니 이 망할 계집애가 필연 우리 집에 아무도 없는 틈을 타서 제가 들어와 홰에서 꺼내 가지고 나간 것이 분명하다.

나는 다시 닭을 잡아다 가두고 염려는 스러우나 그렇다고 산에 나무를 하러 가지 않을 수도 없는 형편이었다.

소나무 삭정이를 따며 가만히 생각해 보니 암만해도 고년의 목쟁이를 돌려 놓고 싶다. 이번에 내려가면 망할 년 등줄기를 한 번 되게 후려치겠다, 하고 싱둥겅둥 나무를 지고는 부리나케 내려왔다.

거지반 집께 다 내려와서 나는 호들기 소리를 듣고 발이 딱 멈추었다. 산기슭에 널려 있는 굵은 바윗돌 틈에 노란 동백꽃이 소보록하니 깔리었다. 그 틈에 끼어앉아서 점순이가 청승맞게스리 호들기를 불고 있는 것이다. 그보다 더 놀란 것은 그 앞에서 또 푸드득, 푸드득, 하고 들리는 닭의 횃소리다. 필연코 요년이 나의 약을 올리느라고 또 닭을 집어내다가 내가 내려올 길목에다 싸움을 시켜 놓고 저는 그 앞에 앉아서 천연스레 호들기를 불고 있음에 틀림없으리라.

나는 약이 오를 대로 올라서 두 눈에서 불과 함께 눈물이 퍽 쏟아졌다. 나무지게도 벗어 놓을 사이도 없이 그대로 내동 댕이치고는 지게막대기를 뻗치고 허둥지둥 달려들었다.

가까이 와보니 과연 나의 짐작대로 우리 수탉이 피를 흘리고 거의 빈사지경에 이르렀다. 닭도 닭이려니와 그러함에도 불구하고 눈 하나 깜짝 없이 그대로 앉아서 호들기만 부는 그 꼴에 더욱 치가 떨린다. 동리에서도 소문이 났거니와 나도 한 때는 걱실걱실이 일 잘하고 얼굴 이쁜 계집애인 줄 알았더니 시방 보니까 그 눈깔이 꼭 여우 새끼 같다.

나는 대뜸 달려들어서 나도 모르는 사이에 큰 수탉을 단매로 때려엎었다. 닭은 푹 엎어진 채 대리 하나 꼼짝 못 하고 그대로 죽어 버렸다. 그리고 나는 멍하니 섰다가 점순이가 매섭게 눈을 홉뜨고 닥치는 바람에 뒤로 벌렁 나자빠졌다.

"이놈아! 너 왜 남의 닭을 때려죽이니?"

"그럼 어때?" 하고 일어나다가

"뭐 이 자식아! 뉘 집 닭인데?" 하고 복장을 떼미는 바람에 다시 벌렁 자빠졌다. 그러고 나서 가만히 생각을 하니 분하기도 하고 무안도 스럽고 또 한편 일을 저질렀으니 인젠 땅이 떨어지고 집도 내쫓기고 해야 되는지 모른다.

나는 비슬비슬 일어나며 소맷자락으로 눈을 가리고는 얼김에 엉, 하고 울음을 놓았다. 그러다 점순이가 앞으로 다가와서

"그럼 너 이담부터 안 그럴 테냐?" 하고 물을 때에야 비로소 살 길을 찾은 듯싶었다. 나는 눈물을 우선 씻고 뭘 안 그러는지 명색도 모르건만

"그래!" 하고 무턱대고 대답하였다.

"요담부터 또 그래봐라. 내 자꾸 못 살게 굴 테니?"

"그래그래 인젠 안 그럴 테야!"

"닭 죽은 건 염려 마라, 내 안 이를 테니."

그리고 뭣에 떠다 밀렸는지 나의 어깨를 짚은 채 그대로 픽 쓰러진다. 그 바람에 나의 몸뚱이도 겹쳐서 쓰러지며 한창 피어 흐드러진 노란 동백꽃 속으로 폭 파묻혀 버렸다.

알싸한 그리고 향긋한 그 내음새에 나는 땅이 꺼지는 듯이 온 정신이 고만 아찔하였다.

"너 말 말아?"

"그래!"

조금 있더니 요 아래서

"점순아! 점순아! 이년이 바느질을 하다 말구 어딜 갔어?" 하고 어딜 갔다 온 듯싶은 그 어머니가 역정이 대단히 났다.

점순이가 겁을 잔뜩 집어먹고 꽃 밑을 살금살금 기어서 산 아래로 내려간 다음 나는 바위를 끼고 엉금엉금 기어서 산 위로 치빼지 않을 수 없었다.

《조광(朝光)》 1936. 5.

만무방

산골에, 가을은 무르녹았다.

아름드리 노송은 빽빽이 늘어박혔다. 무거운 송낙을 머리에 쓰고 건들건들. 새새이 끼인 도토리, 맷, 돌배, 갈잎들은 울긋불긋. 잔디를 적시며 맑은 샘이 쫄쫄거린다. 산토끼 두 놈은 한가로이 마주 앉아 그 물을 할짝거리고. 이따금 정신이 나는 듯 가랑잎은 부수수, 하고 떨린다. 산산한 산들바람, 귀여운 들국화는 그 품에 새뜩새뜩 넘논다. 흙내와 함께 향긋한 땅김이 코를 찌른다. 요놈은 싸리버섯, 요놈은 잎 썩은 내 또 요놈은 송이 ─ 아니, 아니 가시넝쿨 속에 숨은 박하풀 냄새로군.

응칠이는 뒷짐을 딱 지고 어정어정 노닌다. 유유히 다리를 옮겨 놓으며 이 나무 저 나무 사이로 호아든다. 코는 공중에서 벌렸다 오므렸다, 연실 이러며 훅, 훅. 구붓한 한 송목 밑에 이르자 그는 발을 멈춘다. 이번에는 지면에 코를 얕게 갖다 대이고 한 바퀴 비잉, 나물 끼고 돌았다.

"아하, 요놈이로군!"

썩은 솔잎에 덮이어 흙이 봉곳이 돋아 올랐다.

그는 손가락을 꾸짖으며 정성스레 살살 헤쳐본다. 과연 귀여운 송이. 망할 녀석, 조금만 더 나오지. 그걸 뚝 따들곤, 뒷짐을 지고 다시 어슬렁어슬렁, 가끔 선하품은 터진다. 그럴 적마다 두 팔을 떡 벌리곤 먼 하늘을 바라보고 늘어지게도 기지개를 늘인다.

때는 한창 바쁠 추수 때이다. 농군 치고 송이파적 나올 놈은 생겨나도 않았으리라. 하나 그는 꼭 해야만 할 일이 없었다. 싫으면 하고 말면 말고 그저 그뿐. 그러함에는 먹을 것이 더럭 있느냐면 있기는커녕 붙여먹을 농토조차 없는, 계집도 없고 집도 없고 자식 없고. 방은 있대야 남의 곁방이요 잠은 새우잠이요. 하지만 오늘 아침만 해도 한 친구가 찾아와서 벼를 털 텐데 일 좀 와 해 달라는 걸 마다하였다. 몇 푼 바람에 그까짓 걸 누가 하느냐. 보다는 송이가 좋았다. 왜냐면 이 땅 삼천리 강산에 늘어놓인 곡식이 말짱 뉘 것이람. 먼저 먹는 놈이 임자 아니야. 먹다 갈릴 만치 그토록 양식을 쌓아 두고 일이다 무슨 난장맞을 일이람. 걸리지 않도록 먹을 궁리나 할 게지. 하기는 그도 한 세 번이나 걸려서 구메밥으로 사관을 틀었다. 마는 결국 제 밥상 위에 올라앉은 제 몫도 자칫하면 먹다 걸리긴 매일반—.

올라갈수록 덤불은 우거졌다. 머루며 다래, 칡, 게다 이름

모를 잡초. 이것들이 위아래로 이리저리 서리어 좀체 길을 내지 않는다. 그는 잔디길로만 돌았다. 넙적다리가 벌죽이는 찢어진 고이 자락을 아끼며 조심조심 사려 딛는다. 손에는 칡으로 엮어 들은 일곱 개 송이. 늙은 소나무마다 가선 두리번거린다. 사냥개 모양으로 코로 쿡, 쿠, 내를 한다. 이것도 송이 같고 저것도 송이. 어떤 게 알짜 송인지 분간을 모른다. 토끼 똥이 소보록한데 갈잎이 한 잎 뚝 떨어졌다. 그 잎을 살며시 들어 보니 송이 대가리가 불쑥 올라왔다. 매우 큰 송인 듯. 그는 반색하여 그 앞에 무릎을 털썩 꿇었다. 그리고 그 위에 두 손을 내들며 열 손가락을 다 펴들었다. 가만가만히 살살 흙을 헤쳐 본다. 주먹만 한 송이가 나타난다. 얘 이놈 크구나. 손바닥 위에 따올려 놓고는 한참 들여다보며 싱글벙글한다. 우중충한 구석으로 바위는 벽같이 깎아 질렀다. 그 중툭을 얽어 나간 칡잎에서는 물이 쪼록쪼록, 흘러내린다. 인삼이 썩어 내리는 약수라 한다. 그는 돌 위에 걸터앉으며 또 한번 하품을 하였다. 간밤 쓸데없는 노름에 밤을 팬 것이 몹시 나른하였다. 다사로운 햇발이 숲을 새어든다. 다람쥐가 솔방울을 떨어뜨리며. 어여쁜 할미새는 앞에서 얼씬거리고. 동리에서는 타작을 하느라고 와글거린다. 흥겨워 외치는 목성, 그걸 억누르고 공중에 응, 응, 진동하는 벼 터는 기계 소리. 맞은편 산 속에서 어린 목동들의 노래는 처량히 울려온다. 산 속에 묻힌 마을의 전경을 멀리 바라보다가 그는 눈을 찌긋 하며 다시 한번 하품을 뽑는다. 이 웬놈의 하품일까. 생각해 보니 어제 저녁부터 여지껏 창자가 곯림든 것이다. 불현듯 송이 꾸러미에서 그중

크고 먹음직한 놈을 하나 뽑아들었다.

응칠이는 그 송이를 물에 써억써억 부벼서는 떡 벌어진 대가리부터 걸삼스리 덥석 물어 떼었다. 그리고 넓적한 입이 움질움질 씹는다. 혀가 녹을 듯이 만질만질하고 향기로운 그 맛. 이렇게 훌륭한 놈을 입맛만 다시고 못 먹다니. 문득 옛추억이 혀 끝에 뱅뱅 돈다. 이놈을 맛보는 것도 참 근자의 일이다. 감불생심이지 어디 냄새나 똑똑히 맡아 보리. 산 속으로 쏘다니다 백판 못 따기도 하려니와 더러 딴다는 놈은 행여 상할까 봐 손도 못 대게 하고 집에 나려다 모으고 모으고 하는 것이다. 그러나 요행히 한 꾸러미가 차면 금시로 장에 가져다 판다. 이틀 사흘씩 공친 거로되 잘하면 사십 전 못 받으면 이십오 전. 저녁거리를 기다리는 아내를 생각하며 좁쌀 서너 되를 손에 사들고 어두운 고개치를 터덜터덜 올라오는 건 좋으나 이 신세를 뭣에 쓰나, 하고 보면 을프냥궂기가 짝이 없겠고──이까짓 걸 못 먹어 그래 홧김에 또 한 놈을 뽑아들고 이번에 물에 흙도 씻을 새 없이 그대로 덥석거린다. 그러나 다른 놈들도 별수 없으렷다. 이 산골이 송이의 본고향이로되 아마 일 년에 한 개조차 먹는 놈이 드물리라.

──흠, 썩어진 두상들!

그는 폭넓은 얼굴을 이그리며 남이나 들으란 듯이 이렇게 비웃는다. 썩었다, 함은 데생겼다 모멸하는 그의 언투이었다. 먹다 나머지 송이 꽁댕이를 바로 자랑스러히 입에다 치뜨리곤 트림을 섞어가며 우물거린다.

송이가 두 개가 들어가니 인제는 더 먹을 재미가 없다. 뭔가 좀 든든한 걸 먹었으면 좋겠는데. 떡, 국수, 말고기, 개고기, 돼지고기, 그렇지 않으면 쇠고기냐. 아따 궁한 판이니 아무거나 있으면 속중으로 여러 가질 먹으며 시름 없이 앉았다. 그는 눈꼴이 슬그머니 돌아간다. 웬놈의 닭인지 암탉 한 마리가 조 아래 무덤 앞에서 뺑뺑 맨다. 골골거리며 감도는 걸 보매 아마 알자리를 보는 맥이라. 그는 돌에서 궁둥이를 들었다. 낮은 하늘로 외면하여 못 본 척하고 닭을 향하여 저켠으로 넓직이 돌아내린다. 그러나 무덤까지 왔을 때 몸을 돌리며

"후, 후, 후, 이 자식이 어딜 가 후——."

두 팔을 벌리고 쫓아간다. 산꼭대기로 치모니 닭은 허둥지둥 갈 길을 모른다. 요리 매낀 조리 매낀, 꼬꼬댁거리며 속만 태울 뿐. 그러나 바위 틈에 끼어 왁살스러운 그 주먹에 모가지가 둘로 나기에는 불과 몇 분 못 걸렸다.

그는 으슥한 숲속으로 찾아들었다. 닭의 껍질을 홀랑 까고서 두 다리를 들고 찢으니 배창이 옆구리로 꾀진다. 그놈을 긁어 뽑아서 껍질과 한데 뭉치어 흙에 묻어 버린다.

고기가 생기고 보니 연하여 나느니 막걸리 생각. 이걸 부글부글 끓여놓고 한 사발 떡 켰으면 똑 좋을 텐데 제——기. 응칠이의 고기는 어디 떨어졌는지 술집까지 못 가는 고기였다. 아무려나 고기 먹고 술 먹고 거꾸론 못 먹느냐. 그는 닭의 가슴패기를 입에 뒤려내고 쭉 쭉 찢어가며 먹기 시작한다. 쫄깃쫄깃한 놈이 제법 맛이 들었다. 가슴을 먹고 넓적다리 볼기짝을 먹고 거반 반쪽을 다 해내고 나니 어쩐지 맛이 좀 적었다. 결국 음식이란 양념을 해야 하는군.

수풀 속으로 그냥 내던지고 그는 설렁설렁 내려온다. 솔숲을 빠져 화전께로 내리려 할 제 별안간 등뒤에서

"여보게 거 응칠이 아닌가!"

고개를 돌려보니 대장간 하는 성팔이가 작달막한 체수에 들갑작거리며 고개를 넘어온다. 그런데 무슨 긴한 일이나 있는지 부리나케 달겨들더니

"자네 응고개 논의 벼 없어진 것 아나?"

응칠이는 고만 가슴이 덜컥 내려앉았다. 이 바쁜 때 농군의 몸으로 응고개까지 앨 써 갈 놈도 없으려니와 또한 하필 절 보고 벼의 없어짐을 말하는 것이 여간 심상치 않은 일이었다.

잡담 제하고 응칠이는

"자넨 어째서 응고개까지 갔던가?" 하고 대담스리도 그 눈을 쏘아보았다. 그러나 성팔이는 조금도 겁먹는 기색 없이

"아 어쩌다 지났지 뭘 그래."

하며 도리어 얼레발을 치고 덤비는 수작이다. 고얀 놈, 응칠이는 입때 다녀야 동무를 팔아 배를 채우는 그런 비열한 짓은 안한다. 낯을 붉히자 눈에 물이 보이며

"어쩌다 지났다?"

응칠이가 이 동리에 들어온 것은 어느덧 달이 넘었다. 인제는 물릴 때도 되었고 좀 떠 보고자 생각은 간절하나 아우의 일로 말미암아 망설거리는 중이었다.

그는 오라는 데는 없어도 갈 데는 많았다. 산으로 들로 해변으로 발부리 놓이는 곳이 즉 가는 곳이었다.

그러나 저물면은 그대로 쓰러진다. 남의 방앗간이고 헛간이

고 혹은 강가, 시새장. 물론 수가 좋으면 괴때기 위에서 밤을 편히 잘 적도 있었다. 이렇게 하여 강원도 어수룩한 산골로 이리 넘고 저리 넘고 못 간 데 별로 없이 유람 겸 편답하였다.

그는 한구석에 머물러 있음은 가슴이 답답할 만큼 되우 괴로웠다.

그렇다고 응칠이가 번시라영마직성이냐 하면 그런 것도 아니다. 그도 오 년 전에는 사랑하는 아내가 있었고 아들이 있었고 집도 있었고 그때야 어딜 하루라고 집을 떨어져 보았으랴. 밤마다 아내와 마주 앉으면 어찌하면 이 살림이 좀 늘어 볼까 불어 볼까, 애간장을 태우며 같은 궁리를 되하고 되하였다. 마는 별 뾰족한 수는 없었다. 농사는 열심히 하는 것 같은데 알고 보면 남는 건 겨우 남의 빚뿐. 이러다가는 결말엔 봉변을 면치 못할 것이다. 하루는 밤이 깊어서 코를 골며 자는 아내를 깨웠다. 밖에 나아가 우리의 세간이 몇 개나 되는지 세어 보라 하였다. 그리고 저는 벼루에 먹을 갈아 붓에 찍어 들었다. 벽을 바른 신문지는 누렇게 끄을렀다. 그 위에다 아내가 불러주는 물목대로 일일이 내려 적었다. 독이 세 개, 호미가 둘, 낫이 하나, 로부터 밥사발, 젓가락집이 석 단까지 그 담에는 제가 빚을 얻어 온 데, 그 사람들의 이름을 쪽 적어 놓았다. 금액은 제각기 그 아래다 달아 놓고. 그 옆으론 조금 사이를 떼어 역시 조선문으로 나의 소유는 이것밖에 없노라. 나는 오십사 원을 갚을 길이 없으매 죄진 몸이라 도망하니 그대들은 아예 싸울 게 아니겠고 서로 의논하여 억울치 않도록 분배하여 가기 바라노라 하는 의미의 성명서를 벽에 남기자 안으로 문들을 걸어닫고 울타리 밑구멍으로 세 식구 빠져나왔다.

이것이 응칠이가 팔자를 고치던 첫날이었다.

그들 부부는 돌아다니며 밥을 빌었다. 아내가 빌어다 남편에게, 남편이 빌어다 아내에게. 그러자 어느 날 밤 아내의 얼굴이 썩 슬픈 빛이었다. 눈보라는 살을 여인다. 다 쓰러져 가는 물방앗간 한구석에서 섬을 두르고 언내에게 젖을 먹이며 떨고 있더니 여보게유, 하고 고개를 돌린다. 왜, 하니까 그 말이 이러다간 우리도 고생일뿐더러 첫째 언내를 잡겠수, 그러니 서로 갈립시다 하는 것이다. 하긴 그럴 법한 말이다. 쥐뿔도 없는 것들이 붙어 다닌댔자 별 수는 없다. 그보다는 서로 갈리어 제맘대로 빌어먹는 것이 오히려 가뜬하리라. 그는 선뜻 응락하였다. 아내의 말대로 개가를 해 가서 젖먹이나 잘 키우고 몸 성히 있으면 혹 연분이 닿아 다시 만날지도 모르니깐 마지막으로 아내와 같이 땅바닥에 나란히 누워 하룻밤을 떨고 나서 날이 훤해지자 그는 툭툭 털고 일어섰다.

매팔자란 응칠이의 팔자이겠다.

그는 버젓이 게트림으로 길을 걸어야 걸릴 것은 하나도 없다. 논 맬 걱정도, 호포 바칠 걱정도, 빚 갚을 걱정, 아내 걱정, 또는 굶을 걱정도. 호동그라니 털고 나서니 팔자 중에는 아주 상팔자다. 먹고만 싶으면 돼지고, 닭이고, 개고, 언제나 옆을 떠날 새 없겠지 그리고 돈, 돈도──

그러나 주재소는 그를 노려보았다. 툭하면 오라, 가라, 하는데 학질이었다. 어느 동리고 가 있다가 불행히 일만 나면 누구보다도 그부터 붙들려간다. 왜냐면 그는 전과 4범이었다.

처음에는 도박으로 다음엔 절도로 또 그 담에도 절도로, 절
도로——

그러나 이번 멀리 아우를 방문함은 생활이 궁하여 근대러
왔다거나 혹은 일을 해 보러 온 것은 결코 아니었다. 혈족이라
곤 단 하나의 동생이요 또한 오래 못 본지라 때없이 그리웠다.
그래 모처럼 찾아온 것이 뜻밖에 덜컥 일을 만났다.

지금까지 논의 벼가 서 있다면 그것은 성한 사람의 짓이라
안 할 것이다.

응오는 응고개 논의 벼를 여태 베지 않았다. 물론 응오가
베어야 할 것이나 누가 듣든지 그 형 응칠이를 먼저 의심하리
라. 그럼 여기에 따르는 모든 책임을 응칠이가 혼자 지지 않으
면 안 될 것이다.

응오는 진실한 농군이었다. 나이 서른하나로 무던히 철났다
하고 동리에서 쳐 주는 모범 청년이었다. 그런데 벼를 베지 않
는다. 남은 다들 거둬들였고 털기까지 하련만 그는 벨 생각조
차 않는 것이다.

지주라든 혹은 그에게 장리를 놓은 김 참판이든 뻔질 찾아
와 벼를 베라 독촉하였다.

"얼른 털어서 낼 건 내야지."

하면 그 대답은

"계집이 죽게 됐는데 벼는 다 뭐지유——."

하고 한결같이 내뱉는 소리뿐이었다.

하기는 응오의 아내가 지금 기지사경이매 틈은 없었다 하
더라도 돈이 놀아서 약을 못 쓰는 이판이니 진시 벼라도 털어

야 할 것이다.

그러면 왜 안 털었던가——

그것은 작년 응오와 같이 지주 문전에서 타작을 하던 친구라면 묻지는 않으리라. 한 해 동안 애를 졸이며 홑자식 모양으로 알뜰히 가꾸던 그 벼를 거둬들임은 기쁨에 틀림없었다. 꼭 두새벽부터 엣, 엣, 하며 괴로움을 모른다. 그러나 캄캄하도록 털고 나서 지주에게 도지를 제하고, 장리쌀을 제하고 색초를 제하고 보니 남는 것은 등줄기를 흐르는 식은땀이 있을 따름. 그것은 슬프다 하니보다 끝없이 부끄러웠다. 같이 털어 주던 동무들이 빤히 보고 섰는데 빈 지게로 덜렁거리며 집으로 들어오는 건 진정 열적기 짝이 없는 노릇이었다. 참다 참다 응오는 눈에 눈물이 흘렀던 것이다.

가뜩한데 엎치고 덮치더라고 올에는 고나마 흉작이었다. 샛바람과 비에 벼는 깨깨 배틀렸다. 이놈을 가을하다간 먹을 게 남지 않음은 물론이요 빚도 다 못 가릴 모양. 에라 빌어먹을 거. 너들끼리 캐다 먹든 말든 멋대로 하여라, 하고 내던져 두지 않을 수 없다. 벼를 거뒀다고 말만 하면 빚쟁이들은 우——몰려들 거니깐——.

응칠이의 죄목은 여기에서도 또렷이 드러난다. 국으로 가만만 있었으면 좋은 걸 이 사품에 뛰어들어 지주의 뺨을 제법 갈긴 것이 응칠이었다.

처음에야 그럴 작정이 아니었다. 그는 여러 곳 물을 마신 이만치 어지간히 속이 튄 건달이었다. 지주를 만나 까놓고 썩 좋은 소리로 의논하였다. 올 농사는 반실이니 도지도 좀 감해 주는 게 어떠냐고. 그러나 지주는 암말 없이 고개를 모로 흔들었다. 정 이러면 하여튼 일년 품은 빼야 할 테니 나는 그놈에다 불을 질르겠수, 하여도 잠자코 웅치 않는다. 지주로 보면 자기로도 그 벼는 넉넉히 거둬들일 수는 있다. 마는 한번 버릇을 잘못해 놓으면 여느 작인까지 행실을 버릴까 염려하여 겉으로 독촉만 하고 있는 터이었다. 실상이야 고까짓 벼쯤 있어도 그만 없어도 그만——그 심보를 눈치채고 웅칠이는 화를 벌컥 낸 것만은 좋으나, 저도 모르고 대뜸 주먹뺨이 들어갔던 것이다.

이렇게 문제 중에 있는 벼인데 귀신의 놀음 같은 변괴가 생겼다. 다시 말하면 벼가 없어졌다. 그것도 병들어 쓰러진 쭉쟁이는 제쳐 놓고 무얼로 그랬는지 말짱 이삭만 따 갔다. 그 면적으로 어림하면 아마 한 댓 말가량은 될는지——.

웅칠이가 아침 일찍이 그 논께로 노닐자 이걸 발견하고 기가 막혔다. 누굴 성가시게 할려고 그러는지. 산 속에 파묻힌 논이라 아직은 본 사람이 없는 모양 같다. 하나 동리에 이 소문이 퍼지기만 하면 저는 어느 모로 보든 혐의를 받아 폐는 좋이 입어야 될 것이다.

웅칠이는 송이도 송이려니와 실상은 궁리에 바빴다. 속중으로 지목할 만한 놈을 여럿 들어 보았으나 이렇다 짚을 만한 증거가 없다. 어쩌면 재성이나 성팔이 이 둘 중의 짓이리라, 하고 결국 이렇게 생각던 것도 웅칠이가 아니면 안 될 것이다.

원수는 외나무 다리에서 만났다.

웅칠이는 저의 짐작이 들어맞음을 알고 당장에 일을 낼 듯이 성팔이의 눈을 들이 노렸다.

성팔이는 신이 나서 떠들다가 그 눈총에 어이가 질리어 그만 벙벙하였다. 그리고 얼굴이 핼쑥하여 마주 대고 쳐다보더니

"그래 자네 왜 그렇게 노하나. 지내다보니간 그렇길래 일테면 자네 보고 얘기지 뭐……."

하고 뒷갈망을 못하여 우물쭈물한다.

"노하긴 누가 노해—."

응칠이는 뻐팅겼던 몸에 좀더 힘을 올리며

"응고개를 어째 갔더냐 말이지?"

"놀러 갔다 오는 길인데 우연히……."

"놀러 갔다. 거기가 노는 덴가?"

"글쎄 그렇게까지 물을 게 뭔가, 난 응고개 아니라 서울은 못 갈 사람인가."

하다가 성팔이는 속이 타는지 코로 흐응, 하고 날숨을 길게 뽑는다.

이렇게 나오는 데는 더 물을 필요가 없었다. 성팔이란 놈도 여간내기가 아니요 구장네 솥인가 뭔가 떼다 먹고 한번 다녀온 놈이었다. 많이 사귀지는 못했으나 동리 평판이 그놈과 같이 다니다가는 엉뚱한 일 만난다 한다. 이번에 응칠이 저 역시 그 섭수에 걸렸음을 알고

"그야 응고개라고 못 갈 리 없을 테—."

하고 한번 엇먹다 그러나 자네도 아다시피 거 어디야, 거기 바로 길이 있다든지, 사람 사는 동리라면 혹 모른다 하지마는 성한 사람이야 응고개엘 뭘 먹으러 가나, 그렇지 자네야 심심

하니까, 하고 앞을 꽉 눌러 등을 떠본다. 여기에는 대답 없고 성팔이는 덤덤히 쳐다만 본다. 무엇을 생각했는가 한참 있더니 호주머니에서 단풍갑을 꺼낸다. 우선 제가 한 개를 물고 또 하나를 뽑아 내대며

"궐련 하나 피우게."

매우 든직한 낯을 해 본인다.

이놈이 이에 밝기가 몹시 밝은 성팔이다. 턱없이 궐련 하나라도 선심을 쓸 궐자가 아니리라, 생각은 하였으나 그렇다고 예까지 부르대는 건 도리어 저의 처지가 불리하다. 그것은 짜정 그 손에 넘는 짓이니

"야 웬 궐련은 이래——."

하고 슬쩍 눙치며

"성냥 있겠나?"

일부러 불까지 거대게 하였다.

응칠이에게 액을 떠넘기어 이용하려는 그 야심을 생각하면 곧 달겨들어 다리를 꺾어놔야 옳을 것이다. 그러나 이 마당에 떠들어 대고 보면 저는 드러누워 침 뱉기. 결국 도적은 뒤로 잡지 앞에서 얼르는 법이 아니다. 동리에 소문이 퍼질 것만 두려워하며

"여보게 자네가 했건 내가 했건 간."

하고 과연 정다히 그 등을 툭 치고 나서

"우리 둘만 알고 동리에 말은 내지 말게."

하다가 성팔이가 이 말에 되우 놀라며 눈을 말똥말똥 뜨니

"그까짓 벼쯤 먹으면 어떤가!"

하고 껄껄 웃어 버린다.

성팔이는 한 굽 접히어 말문이 메였는지 얼떨하여 입맛만 다신다.

"아예 말은 내지 말게, 응 알지—."

하고 다시 다질 때에야 겨우 주저주저 입을 열어

"내야 무슨 말을…… 그건 염려 말게."

하더니 비실비실 몸을 돌리어 저 갈 길을 내걷는다. 그러나 저 앞고개까지 가는 동안에 두 번이나 돌아다보며 이쪽을 살 피고 한 것만은 사실이었다.

응칠이는 그 꼴을 이윽히 바라보고 입 안으로 죽일 놈, 하였다. 아무리 도적이라도 같은 동료에게 제 죄를 넘겨씌우려 함은 도저히 의리가 아니다.

그건 그렇다 치고 응오가 더 딱하지 않은가. 기껏 힘들여 지어 놓았다 남 좋은 일 한 것을 안다면 눈이 뒤집힐 일이겠다.

이래서야 어디 이웃을 믿어 보겠는가—.

확적히 증거만 있어 이놈을 잡으면 대번에 요절을 내리라 결심하고 응칠이는 침을 탁 뱉어 던지고 산을 내려온다.

그런데 그놈의 행태로 가늠보면 응칠이 저만치는 때가 못 벗은 도적이다. 어느 미친 놈이 논두렁에까지 가새를 들고 오 는가. 격식도 모르는 푸뚱이가. 그럴려면 바로 조낭가리나 수 수나까지 말이지. 그 속에 들어앉아 가새로 속닥거려야 들릴 리도 없고 일도 편하고. 두 포대고 세 포대고 마음껏 딸 수도 있다. 그러다 틈 보고 집으로 나르면 그만이지만 누가 논의 벼 를 다. 그렇게도 벼에 걸신이 들렸다면 바로 남의 집 머슴으로 들어가 한 달포 동안 주인 앞에 얼렁거리는 건이어니와 신용을 얻어 났다가 주는 옷이나 얻어입고 다들 잠 들거든 벼 섬이나 두둑히 짊어 메고 덜렁거리면 그뿐이다. 이건 맥도 모르는 게 남도 못 살게 굴려고. 에——이 망할 자식도. 그는 분노에 살이 다 부들부들 떨리는 듯싶었다. 그러나 이런 좀도적이란 뽕이 나기 전에는 바짝 물고 덤비는 법이었다. 오늘밤에는 요놈을 지켰다 꼭 붙들어가지고 정강이를 분질러 놓으리라, 밥을 먹고는 태연히 막걸리 한 사발을 껄떡껄떡 들이켜자,

"커——, 가을이 되니깐 맛이 행결 낫군——."

그는 주먹으로 입가를 쓱쓱 홈친 다음 송이 꾸림에서 세 개를 뽑는다. 그리고 그걸 갈퀴같이 마른 주막 할머니 손에 내어주며

"엣수, 송이나 잡숫게유——."

하고 술값을 치렀으나

"아이 송이두 고놈참."

간사를 피는 것이 좀 시쁜 모양이다. 제만은 한 개에 삼 전씩 치더라도 구 전밖에 안 되니깐——.

응칠이는 슬며시 화가 나서 그 얼굴을 유심히 들여다보았다. 움푹 들어간 볼때기에 저건 또 왜 저리 멋없이 불거졌는지 툭 나온 광대뼈하고 치마 아래로 남실거리는 발가락은 자칫 잘못 보면 황새 발목이니 이건 언제 잡아갈랴구 남겨 두는 거야——보면 볼수록 하나 이쁜 데가 없다. 한두 번 먹은 것두 아니요 언젠간 울타리께 풀을 베 주고 술사발이나 얻어먹은 적도 있었다. 고렇게 야멸차게 따질 건 뭔가. 그는 눈살을 흘

낏 맞히고는 하나를 더 꺼내어

"엣수 또 하나 잡숫게유—."

내던져주곤 댓돌에 가래침을 탁 뱉았다.

그제야 식성이 좀 풀리는지 그 가축으로 웃으며

"아이그 이거 자꾸 줌 어떻게—."

"어떻게긴, 자꾸 살찌게유—."

하고 한마디 툭 쏘고 일어서다가 무엇을 생각함인지 다시 툇마루에 주저앉았다.

"그런데 참 요즘 성팔이 보셨수?"

"아—니, 당최 볼 수가 없더구먼."

"술두 안 먹으러 와유?"

"안 와—."

하고는 입 속으로 뭐라고 종잘거리며 의아한 낯을 들더니

"왜, 또 뭐 일이……?"

"아니유, 본 지가 하 오래니깐—."

응칠이는 말끝을 얼버무리고 고개를 돌리어 한데를 바라본다. 벌써 점심 때가 되었는지 닭들이 요란히 울어댄다. 논둑의 미루나무는 부 하고 또 부, 하고 잎이 날리며 팔랑팔랑 하늘로 올라간다.

"성팔이가 이 말에서 얼마나 살았지유?"

"글쎄—, 재작년 가을이지 아마."

하고 장죽을 빡빡 빨더니

"근데 또 떠난대든걸, 홍천인가 어디 즈 성님한테로 간대."

하고 그게 옳지 여기서 뭘 하느냐. 대장간이라구 일이나 많

으면 모르거니와 밤낮 파리만 날리는걸. 그보다는 즈 형이 크게 농사를 짓는대니 그뒤나 자들어 주고 국으로 얻어먹는 게 신상에 편하겠지. 그래 불일간 처자식을 데리고 아마 떠나리라고 하고,

"농군은 그저 농사를 지야 돼."

"낼 술 먹으러 또 오지유—."

간단히 인사만 하고 응칠이는 다시 일어났다.

주막을 나서니 옷깃을 스치는 개운한 바람이다. 밭 둔덕의 대추는 척척 늘어진다. 머지않아 겨울은 또 오렷다. 그는 응오의 집을 바라보며 그간 죽었는지 궁금하였다.

응오는 봉당에 걸터앉았다. 그 앞 화로에는 약이 바글바글 끓는다. 그는 정신없이 들여다보고 앉았다.

우중충한 방에서는 아내의 가쁜 숨소리가 들린다. 색, 색 하다가 아이구, 하고는 까우러지게 콜룩거린다. 가래가 치밀어 몹시 괴로운 모양—뽑아 줄 사이가 없이 풀들은 뜰에 엉겼다. 흙이 드러난 지붕에서 망초가 휘어청휘어청. 바람은 가끔 찾아와 싸리문을 흔든다. 그럴 적마다 문은 을씨년스럽게 삐—꺽 삐—꺽. 이웃의 발발이는 부엌에서 한창 바쁘게 달그락거린다. 마는 아침에 아내에게 먹이고 남은 조죽밖에야. 아니 그것도 참 남편마저 긁었으니 사발에 붙은 찌꺼기뿐이리라—.

"거, 다 졸았나부다."

응칠이는 약이란 너무 졸면 못 쓰니 고만 짜 먹어라, 하였다. 약이라야 어제 저녁 울 뒤에서 옭아들인 구렁이지만—.

그러나 응오는 듣고도 흘렸는지 혹은 못 들었는지 잠자코 고개도 안 든다.

"엣다. 송이 맛이나 봐라."

하고 형이 손을 내밀 제야 겨우 시선을 들었으나 술이 거나한 그 얼굴을 거북상스리 훑어본다. 그리고 송이를 고맙지 않게 받아 방으로 치뜨리고는

"이거나 먹어."

하다가

"뭐?"

소리를 크게 질렀다. 그래도 잘 들리지 않으므로

"뭐야 뭐야, 좀 똑똑히 하라니깐?"

하고 골피를 찌푸린다.

그러나 아내는 손짓만으로 무슨 소린지 알 수가 없다. 음성으로 치느니보다 종이 부비는 소리랄지, 그걸 듣기에는 지척도 멀었다.

가만히 보다 응칠이는 제가 다 불안하여

"뭐 보겠다는 게 아니냐!"

"그럼 그렇다 말이 있어야지."

남편은 이내 짜증을 내이며 몸을 일으킨다. 병약한 아내의 음성이 날로 변하여 감을 시방 안 것도 아니런만——그는 방바닥에 늘어져 꼬치꼬치 마른 반 송장을 조심히 일으키어 등에 업었다.

울 밖 밭머리에 잿간은 놓였다. 머리가 눌릴 만치 납작한 갑갑한 굴속이다. 게다 거미줄은 예제없이 엉키었다. 부춧돌 위

226

에 내려놓으니 아내는 벽을 의지하여 웅크리고 앉는다. 그리고 남편은 눈을 멀뚱멀뚱 뜨고 지키고 섰는 것이다.

이 꼴들을 멀거니 바라보다 응칠이는 마뜩지 않게 코를 횅, 풀며 입맛을 다시었다. 응오의 짓이 어리석고 울화가 터져서이다. 요즘 응오가 형에게 잘 말도 않고 왜 어뜩비뜩하는지 그 속은 응칠이도 모르는 바 아닐 것이다.

응오가 이 아내를 찾아올 때 꼭 삼 년간을 머슴을 살았다. 그처럼 먹고 싶던 술 한 잔 못 먹었고 그처럼 침을 삼키던 그 개고기 한 메 물론 못 샀다. 그리고 사경을 받는 대로 꼭꼭 장리를 놓았으니 후일 선채로 썼던 것이다. 이렇게까지 근사를 모아 얻은 계집이련만 단 두 해가 못 가서 이 꼴이 되고 말았다.

그러나 이 병이 무슨 병인지 도시 모른다. 의원에게 한 번이라도 변변히 보여 본 적이 없다. 혹 안다는 사람의 말인즉 뇌점이니 어렵다 하였다. 돈만 있다면이야 뇌점이고 염병이고 알 바가 못 될 거로되 사나흘 전 거리로 쫓아 나오며,

"성님."

하고 팔을 챌 적에는 응오도 어지간히 급한 모양이었다.

"왜?"

응칠이가 몸을 돌리니 허둥지둥 그 말이, 인제는 별 도리가 없다. 있다면 꼭 한 가지가 남았으니 그것은 엊그저께 산신을 부리는 노인이 이 마을에 오지 않았는가. 그 도인이 응오를 특히 동정하여 십오 원만 들여 산치성을 올리면 씻은 듯이 낫게 해 주리라는데,

"성님은 언제나 돈 만들 수 있지유?"

"거 안 된다. 치성드려 날 병이 그냥 안 낫겠니."

하여 여전히 딱 떼이고 그렇게 내 뭐래던 예전에 계집 다 내버리고 날 따라 나서랬지, 하고

"그래 농군의 살림이란 제 목 매기라지!"

그러나 아우가 아무 말 없이 몸을 홱 돌리어 집으로 들어갈 제 응칠이는 속으로 또 괜한 소리를 했구나, 하였다.

응오는 도로 아내를 업어다 방에 뉘였다. 약은 다 졸았다. 물이 식기 전 짜야 할 것이다. 식기를 기다려 약 사발을 입에 대어 주니 아내는 군말없이 그 구렁이 물을 껄떡껄떡 들이마신다.

응칠이는 마당에 우두커니 앉았다. 사람의 목숨이란 과연 중하군, 하였다. 그러나 계집이라는 저 물건이 그렇게 떼기 어렵도록 중할까, 하니 암만 해도 알 수 없고

"너 참 요 건너 성팔이 알지?"

"……"

"너허구 친하냐?"

"……"

"성이 뭐래는데 거 대답 좀 하렴."

하고 소리를 빽 질러도 아우는 대답은 말고 고개도 안 든다.

그러나 응칠이는 하늘을 처다보고 트림만 끄윽, 하고 말았다. 술기가 코를 콱 콱 찔러야 할 터인데 이건 풋김치 냄새만 코밑에서 뱅뱅 돈다. 공짜 김치만 퍼먹을 게 아니라 한 잔 더 했더면 좋았을걸. 그는 일어서서 대를 허리에 꽂고 궁둥이의

흙을 털었다. 벼 도적맞은 이야기를 할까, 하다가 아서라 가뜩이나 울상이 속이 쓰릴 것이다. 그보다는 이놈을 잡아놓고 낭중 히짜를 뽑는 것이 점잖겠지—

그는 문 밖으로 나와 버렸다.

답답한 아우의 살림을 보니 역 답답하던 제 살림이 연상되고 가슴이 두 몫 답답하였다.

이런 때에는 무가 십상이다. 사실 하느님이 무를 마련해 낸 것은 참으로 은혜로운 일이다. 맥맥할 때 한 개를 썹고 보면 끌꺽 하고 쿡 치는 그 맛이 좋고 남의 무 밭에 들어가 하나를 쑥 뽑으니 가락무. 이 키, 이거 오늘 운수대통이로군. 내던지고 그 담 놈을 뽑아들고 개울로 내려온다. 물에 쓰윽 닦아서는 꽁지는 이로 베어 던지고 어썩 깨물어붙인다.

개울 둔덕에 포플러는 호젓하게도 매출이 컸다. 자갈돌은 그 밑에 옹기종기 모였다. 가생이로 잔디가 소보록하다. 응칠이는 나가자빠져 마을을 건너다보며 눈을 멀뚱멀뚱 굴리고 누웠다. 산에 삥삥 둘리어 숨이 콕 막힐 듯한 그 마을—

아리랑 아리랑 아라리요
아리랑 띄여라 노다가세
증기차는 가자고 왼고동 트는데
정든 님 품 안고 낙누낙누
아리랑 아리랑 아라리요
아리랑 띄여라 노다가세
낼 갈지 모레 갈지 내 모르는데

옥씨기 강낭이는 심어 뭐하리

아리랑 아리랑 아라리요

아리랑 띄여라…….

그는 콧노래를 이렇게 흥얼거리다 갑작스리 강릉이 그리웠다. 펄펄 뛰는 생선이 좋고 아침 햇발에 비끼어 힘차게 출렁거리는 그 물결이 좋고. 이까짓 둠 구석에서 쪼들리는 데 대다니. 그래도 저희 딴은 무어 농사 좀 지었답시고 약을 복복 쓰며 잘도 떠들어 댄다. 하지만 그런 중에도 어디인가 형언치 못할 쓸쓸함이 떠돌지 않는 것도 아니다. 삼십여 년 전 술을 빚어놓고 쇠를 울리고 흥에 질리어 어깨춤을 덩실거리고 이러던 가을과는 저 딴쪽이다. 가을이 오면 기쁨에 넘쳐야 될 시골이 점점 살기만 띠어 옴은 웬일일고. 이렇게 보면 재작년 가을 어느 밤 산중에서 낫으로 사람을 찍어죽인 강도가 문득 머리에 떠오른다. 장을 보고 오는 농군을 농군이 죽였다. 그것도 많으나 되었으면 모르되 빼앗은 것이 한껏 동전 네 닢에 수수 일곱 되. 게다 흔적이 탄로날까 하여 낫으로 그 얼굴의 껍질을 벗기고 조깃대강이 이기듯 끔찍하게 남기고 조긴 망나니다. 흉악한 자식. 그 잘량한 돈 사 전에 나 같으면 가여워 덧돈을 주고라도 왔으리라. 이번 놈은 그따위 깍따귀나 아닐는지 할 때 찬 김과 아울러 치미는 소름에 머리 끝이 다 쭈뼛하였다. 그간 아우의 농사를 대신 돌봐 주기에 이럭저럭 날이 늦었다. 오늘밤에는 이놈을 다리를 꺾어 놓고 내일쯤은 봐서 설렁설렁 뜨는 것이 옳은 일이겠다. 이 산을 넘을까 저 산을 넘을까 주저거리며 속으로 점을 치다가 슬그머니 코를 곯아 올린다.

밤이 내리니 만물은 고요히 잠이 든다. 검푸른 하늘에 산봉우리는 울퉁불퉁 물결을 치고 흐릿한 눈으로 별은 떴다. 그러다 구름떼가 몰려 닥치면 캄캄한 절벽이 된다. 또한 마을 한복판에는 거친 바람이 오락가락 쓸쓸히 궁글고 이따금 코를 찌름은, 후련한 산사 내음새. 북쪽 산 밑 미루나무에 싸여 주막이 있는데 유달리 불이 반짝인다. 노세, 노세, 젊어서 놀아. 노랫소리는 나직나직 한산히 흘러온다. 아마 벼를 뒷심대고 외상이리라——

응칠이는 잠자코 벌떡 일어나 바깥으로 나섰다. 그리고 다 나와서야 그 집 친구에게 눈치를 안 채이도록

"내 잠깐 다녀옴세——."

"어딜 가나?"

친구는 웬 영문을 몰라서 빤히 치어다보다 밤이 이렇게 늦었으니 나갈 생각 말고 어여 이리 들어와 자라 하였다. 기껏 둘이 앉아서 개코쥐코 떠들다가 갑자기 일어서니깐 꽤 이상한 모양이었다.

"건너말 가 담배 한 봉 사 올라구."

"담배 여깃는데 또 사 뭐하나?"

친구는 호주머니에서 구지 히연봉을 꺼내어 손에 들어 보이더니

"이리 들어와 섬이나 좀 처 주게."

"아 참 깜빡……."

하고 응칠이는 미안스러운 낯으로 뒤통수를 긁적긁적한다.

하기는 섬을 좀 쳐 달라구 며칠째 당부하는 걸 노름에 몸이 팔리어 고만 잊고 잊고 했던 것이다. 먹고 자고 이렇게 신세를 지면서 이건 썩 안됐다, 생각은 했지마는

"내 곧 다녀올걸 뭐……."

어정쩡하게 한마디 남기고 그 집을 뒤에 남긴다. 그러나 이 친구는

"그럼 곧 다녀오게—."

하고 때를 재치는 법은 없었다. 언제나 여일같이

"그럼 잘 다녀오게—."

이렇게 그 신상만 편하기를 비는 것이다.

응칠이는 모든 사람이 저에게 그 어떤 경의를 갖고 대하는 것을 가끔 느끼고 어깨가 으쓱거린다. 백판 모르던 사람도 데리고 앉아서 몇 번 말만 좀 하면 대번 구부러진다. 그렇게 장한 것인지 그 일을 하다가, 그 일이라야 도적질이지만, 들어가 욕보던 이야기를 하면 그들은 눈을 커다랗게 뜨고

"아이구, 그걸 어떻게 당하셨수!"

하고 적이 놀라면서도

"그래 그 돈은 어떻게 했수?"

"또 그랠 생각이 납띄까유?"

"참 우리 같은 농군에 대면 호강살이유!"

하고들 한편 썩 부러운 모양이었다. 저들도 그와 같이 진탕 먹고 살고는 싶으나 주변없어 못하는 그 울분에서 그런 이야기만 들어도 다소 위안이 되는 것이다. 응칠이는 이걸 잘 알고 그 누구를 논에다 거꾸로 박아 놓고 달아나다가 붙들리어 경

치던 이야기를 부지런히 하며

"자네들은 안적 멀었네 멀었어——."

하고 흰소리를 치면 그들은, 옳다는 뜻이겠지, 묵묵히 고개만 끄덕끄덕하며 속없이 술을 사주고 담배를 사 주고 하는 것이다.

그런데 이번 벼를 훔쳐간 놈은 응칠이를 마구 넘보는 모양 같다.

이렇게 생각하면 응칠이는 더욱 괘씸하였다. 그는 물푸레 몽둥이를 벗삼아 논둑길을 질러서 산으로 올라간다.

이슥한 그믐은 칠야——

길은 어둡고 흐릿한 언저리만 눈앞에 아물거린다.

그 논까지 칠 마장은 느긋하리라. 이 마을을 벗어나는 어구에 고개 하나를 넘는다. 또 하나를 넘는다. 그러면 그 담 고개와 고개 사이에 수목이 울창한 산 중턱을 비껴대고 몇 마지기의 논이 놓였다. 응오의 논은 그 중의 하나였다. 길에서 썩 들어앉은 곳이라 잘 뵈도 않는다. 동리에 그런 소문이 안 났을 때에는 천행으로 본 놈이 없을 것이나 반드시 성팔이의 성행임에는——

응칠이는 공동묘지의 첫 고개를 넘었다. 그리고 다음 고개의 마루턱을 올라섰을 때 다리가 주춤하였다. 저 왼편 높은 산고랑에서 불이 반짝하다 꺼진다. 짐승 불로는 너무 흐리고—— 아——하, 이놈들이 또 왔군. 그는 가던 길을 옆으로 새었다. 더듬더듬 나뭇가지를 짚으며 큰 산으로 올라탄다. 바위는 미끌리어 내리며 발등을 찧는다. 딸기 가시에 종아리는 따갑고 엉금엉금 기어서 바위를 끼고 감돈다.

산, 거반 꼭대기에 바위와 바위가 어깨를 겯고 움쑥 들어간 굴이 있다. 풀들은 뻗치어 굴 문을 막는다.

그 속에 돌아앉아서 다섯 놈이 머리들을 맞대고 수군거린다. 불빛이 샐까 염려다. 남폿불을 앞이 달아 놓고 몸들을 바싹바싹 여미어 가리운다.

"어서 후딱후딱 쳐, 갑갑해서 온——."

"이번엔 누가 빠지나?"

"이 사람이지 뭘 그래."

"다시 섞어, 어서 이따위 수작이야."

하고 한 놈이 골을 내이고 화투를 빼앗아 제 손으로 섞다가 깜짝 놀란다. 그리고 버썩 대드는 응칠이를 벙벙히 치어다보며 얼떨한다.

그들은 응칠이가 오는 것을 완고척히 싫어하는 눈치이었다. 이런 애송이 노름판인데 응칠이를 들였다는 맥을 못 쓸 것이다. 속으로는 매우 꺼렸다마는 그렇다고 응칠이의 비위를 건드림은 더욱 좋지 못하므로——

"아, 응칠인가 어서 들어오게."

하고 선웃음을 치는 놈에

"난 올 듯하게, 자넬 기다렸지."

하며 어수대는 놈.

"하여튼 한 케 떠 보세."

이놈들은 손을 잡아들이며 썩들 환영이었다.

응칠이는 그 속으로 들어서며 무서운 눈으로 좌중을 한 번

훑어보았다.

그런데 재성이도 그 틈에 끼여 있는 것이 아닌가. 사나흘 전만 해도 응칠이더러 먹을 양식이 없으니 돈 좀 취하라던 놈이. 의심이 부썩 일었다. 도적이란 흔히 이런 노름판에서 씨가 퍼진다. 그 옆으로 기호도 앉았다. 이놈은 며칠 전 제 계집을 팔았다. 그 돈으로 영동 가서 장사를 하겠다던 놈이 노름을 왔다. 제깟 주제에 딸 듯싶은가. 하나는 용구. 농사엔 힘 안 쓰고 노름에 몸이 달았다. 시키는 부역도 안 나온다고 동리에서 손도를 맞은 놈이다. 그리고 남의 집 머슴 녀석. 뽐을 내이고 멋없이 점잔을 피우는 중늙은이 상투쟁이. 이 물건은 어서 날라왔는지 보도 못하던 놈이다. 체 이것들이 뭘 한다구——

응칠이는 기호의 등을 꾹 찔러가지고 밖으로 나왔다.

외딴 곳으로 데리고 와서

"자네 돈 좀 없겠나?"

하고 돌아서다가

"웬걸 돈이 어디……."

눈치만 남고 어름어름하니

"아내와 갈렸다지, 그 돈 다 뭣했나?"

"아 이 사람아 빚 갚았지—."

기호는 눈을 내려깔며 매우 거북한 모양이다.

오른편 엄지로 한 코를 밀고 홍 하고 내풀더니 이번 빚에 졸리어 죽을 뻔했네 하고 묻지 않은 발 까지 엃어서 설대로 등어리를 긁죽긁죽한다.

그러나 응칠이는 속으로 이놈 하였다.

응칠이는 실눈을 뜨고 기호를 유심히 쏘아 주었더니

"꼭 사 원 남았네."

하고 선뜻 알리고

"빚 갚고 뭣하고 흐지부지 녹았어——."

어색하게도 혼자말로 우물쭈물 웃어 버린다.

응칠이는 퉁명스러이

"나 이 원만 최게."

하고 손을 내대다 그대로 잘 듣지 않으매

"따서 둘이 나눌 테야, 누가 떼먹나——."

하고 소리가 한번 빽 아니 나올 수 없다.

이 말에야 기호도 비로소 안심한 듯, 저고리 섶을 쳐들고 홈착거리다 주뼛주뼛 꺼내 놓는다. 딴은 응칠이의 솜씨이면 낙짜는 없을 것이다. 설혹 재간이 모자라 잃는다면 우격이라도 도로 몰아갈 게니깐——

"나두 한 케 떠 보세."

응칠이는 우좌스리 굴로 기어든다. 그 콧등에는 자신 있는 그리고 흡족한 미소가 떠오른다. 사실이지 노름만치 그를 행복하게 하는 건 다시 없었다. 슬프다가도 화투나 투전장을 손에 들면 공연스레 어깨가 으쓱거리고 아무리 일이 바빠도 노름판은 옆에 못 두고 지난다. 그는 이놈 저놈의 눈치를 스을쩍 한 번 훑고

"두 패루 너느지?"

응칠이는 재성이와 용구를 데리고 한 옆으로 비켜앉았다. 그리고 신바람이 나서 화투를 섞다가 손을 따악 짚으며

"튀전이래지 이깐 화투는 하튼 뭘 할 텐가 녹빼낀가, 켤 텐가?"

"약단이나 그저 보지—."

사방은 매섭게 조용하였다. 바위 위에서 혹 바람에 모래 구르는 소리뿐이다. 어쩌다

"엣다 봐라."

하고 화투짝이 쩔꺽, 한다. 그러곤 다시 쥐죽은듯 잠잠하다.

그들은 이욕에 몸이 달아서 이야기구 뭐구 할 여지가 없다. 행여 속지나 않는가, 하얀 눈들이 빨개서 서로 독을 올린다. 어떤 놈이 뜯는 놈이고 어떤 놈이 뜯기는 놈인지 영문 모른다.

응칠이가 한 장을 내던지고 명월공산을 보기 좋게 떡 젖혀 놓으니

"이거 왜 수짜질이야."

용구가 골을 벌컥 내이며 치어다본다.

"뭐가?"

"뭐라니, 아 이 공산 자네 밑에서 빼내지 않았나?"

"봤으면 그만이지 그렇게 노할 건 또 뭔가—."

응칠이는 어설피 입맛을 쩍쩍 다시다

"그럼 이번엔 파토지?"

하고 손의 화토를 땅에 내던지며 껄껄 웃어 버린다.

이때 한 옆에서 별안간

"이 자식 죽인다—."

악을 쓰는 것이니 모두들 놀라며 시선을 몬다. 머슴이 마주 앉은 상투의 뺨을 갈겼다. 말인즉 매주 다섯 끗을 엎어쳤

다, 고.

허나 정말은 돈을 잃은 것이 분한 것이다. 이 돈이 무슨 돈이냐 하면 일년 품을 팔은 피 묻은 사경이다. 이런 돈을 송두리 먹다니—

"이 자식 너는 야마시꾼이지 돈 내라."

멱살을 움켜 잡고 다시 두 번을 때린다.

"허, 이눔이 왜 이래누, 어른을 몰라 보구."

상투는 책상다리를 잡숫고 허리를 쓰윽 펴드니 점잖이 호령한다. 자식뻘 되는 놈에게 뺨을 맞는 건 말이 좀 덜 된다. 약이 올라서 곧 일을 칠듯이 엉덩이를 번쩍 들었으나 그러나 그대로 주저앉고 말았다. 악에 바짝 받친 놈을 건드렸다는 결국 이쪽이 손해다. 더럽단 듯이 허허, 웃고

"버릇없는 놈 다 봤고!"

하고 꾸짖은 것은 잘됐으나 기어이 어이쿠, 하고 그 자리에 푹 엎어진다. 이마가 터져서 피는 흘렀다. 어느 틈엔가 돌멩이가 날아와 이마의 가죽을 터친 것이다.

응칠이는 싱글거리며 굴을 나섰다. 공연스레 쑥스럽게 일이나 벌어지면 성가신 노릇이다. 그리고 돈 백이나 될 줄 알았더니 다 봐야 한 사십 원 될까 말까 그걸 바라고 어느 놈이 앉았는가—

그가 딴 것은 본밑을 알라 구 원하고 팔십 전이다. 기호에게 오 원을 내주고

"자, 반이 넘네, 자네 계집 잃고 돈 잃고 호강이겠네."

농담으로 비웃어 던지고는 숲으로 설렁설렁 내려온다.

"여보게 자네에게 청이 있네."

재성이 목이 말라서 바득바득 따라온다. 그 청이란 묻지 않아도 알 수 있었다. 저에게 돈을 다 빼앗기곤 구문이겠지. 시치미를 딱 떼고 나갈 길만 걷는다.

"여보게 응칠이, 아 내 말 좀 들어——."

그제서는 팔을 잡아나꾸며 살려 달라 한다. 돈을 좀 늘일까, 하고 벼 열 말을 팔아 해 보았다더니 다 잃었다고. 당장 먹을 게 없어 죽을 지경이니 노름 밑천이나 하게 몇 푼 달라는 것이다. 그러나 벼를 털었으면 거저 먹을 게지 어줍지않게 노름은——

"그런 걸 왜 너보고 하랬어?"

하고 돌아서며 소리를 빽 지르다가 가만히 보니 눈에 눈물이 글썽하다. 잠자코 돈 이 원을 꺼내 주었다.

응칠이는 돌에 앉아서 팔짱을 끼고 덜덜 떨고 있다.

사방은 뺑—— 돌리어 나무에 둘러싸였다. 거무튀튀한 그 형상이 헐없이 무슨 도깨비 같다. 바람이 불 적마다 쏴—— 하고 음충맞게 건들거린다. 어느 때에는 쩩, 쩩, 하고 목을 따는지 비명도 울린다.

그는 가끔 뒤를 돌아보았다. 별일은 없을 줄 아나 호옥 뭐가 덤벼들지도 모른다. 서낭당은 바로 등뒤다. 족제빈지 뭔지, 요동통에 돌이 무너지며 바시락, 바시락, 한다. 그 소리가 묘—— 하게도 등줄기를 쪼옥 긁는다. 어두운 꿈속이다. 하늘에서 이슬은 내리어 옷깃을 축인다. 공포도 공포려니와 냉기로 하여 좀체로 견딜 수가 없었다.

산골은 산신까지도 주렷스렷다. 아들 낳아 달라고 떡 갖다 바칠 이 없을 테니까. 이놈의 영감님 홧김에 덥석 달겨들면. 앞뒤를 다시 한번 휘돌아본 다음 설대를 뽑는다. 그리고 오금 팽이로 불을 가리고는 한 대 뻑뻑 피워 물었다. 논은 여남은 칸 떨어져 고 아래 누웠다. 일심정기를 다하여 나무 틈으로 뚫어보고 앉았다. 그러나 땅에 대를 털려니까 풀숲이 이상스러히 흔들린다. 뱀, 뱀이 아닌가. 구시월 뱀이라니 물리면 고만이다. 자리를 옮겨앉으며 손으로 입을 막고 하품을 터친다.

아마 두어 시간은 더 넘었으리라. 이놈이 필연코 올 텐데 안 오니 이 또 무슨 조활까. 이 짓이란 소문이 나기 전에 한번 더 와보는 것이 원칙이다. 잠을 못 자서 눈이 뻑뻑한 것이 제물에 슬금슬금 감긴다. 이를 악물고 눈을 뒵쓰면 이번에는 허리가 노글거린다. 속은 쓰리고 골치는 때리고, 불꽃 같은 노기가 불끈 일어서 몸을 옥죄인다. 이놈의 다리를 못 꺾어 놔도 애비 없는 후레자식이겠다.

닭들이 세 홰를 운다. 멀—리 산을 넘어오는 그 음향이 퍽은 서글프다. 큰 비를 몰아드는지 검은 구름이 잔뜩 끼인다. 하긴 지금도 빗방울이 뚝, 뚝, 떨어진다.

그때 논둑에서 희끄무레한 허깨비 같은 것이 얼씬거린다. 정신을 빤짝 차렸다. 영락없이 성팔이, 재성이, 그들 중의 한 놈이리라. 이 고생을 시키는 그놈! 이가 북북 갈리고 어깨가 다 식식거린다. 몽둥이를 잔뜩 우려 쥐었다. 그리고 벌떡 일어나서 나무 줄기를 끼고 조심조심 돌아내린다. 하나 도랑쯤 내려오다가 그는 멈씰 하여 몸을 뒤로 물렸다. 늑대 두 놈이 짝을 짓고 이편 산에서 저편 산으로 설렁설렁 건너가는 길이었다. 빌어먹을 늑대, 이것까지 말썽이람. 이마의 식은땀을 씻으며 도로 제자리로 돌아온다. 어쩌면 이번 이놈도 재작년 강도짝이나 안 될는지. 급시로 불길한 예감이 뒤통수를 탁 치고 지나간다.

그는 옷깃을 여미며 한 대를 더 붙였다. 돌연히 풍세는 심하여진다. 산골짜기로 몰아드는 억센 놈이 가끔 발광이다. 다시금 더르르 몸을 떨었다. 가을은 왜 이 지경인지 여기에서 밤 새울 생각을 하니 기가 찼다.

얼마나 되었는지 몸을 좀 녹이고자 일어나 서성서성할 때였다. 논으로 다가오는 희미한 그림자를 분명히 두 눈으로 보았다. 그러고 보니 피로구, 한고이구 다 딴소리다. 고개를 내대고 딱 버티고 서서 눈에 쌍심지를 올린다.

흰 그림자는 어느 틈엔가 어둠 속에 사라져 보이지 않는다. 그리고 다시 나올 줄을 모른다. 바람 소리만 웽, 웽, 칠 뿐이다. 다시 암흑 속이 된다. 확실히 벼를 훔치러 논 속으로 들어갔을 것이다. 여깽이 같은 놈이 궂은 날씨를 기화삼아 맘껏 하겠지. 의리 없는 썩은 자식, 격장에서 같이 굶는 터에—— 오냐 대거리만 있어라. 이를 한번 부욱 갈아붙이고 차츰차츰 논께로 내려온다.

응칠이는 논께로 바특이 내려서서 소나무에 몸을 착 붙였다. 섣불리 서둘다간 낮의 횡액을 입을지도 모른다. 다 훔쳐 가지고 나올 때만 기다린다. 몽둥이는 잔뜩 힘을 올린다.

한 식경쯤 지났을까, 도적은 다시 나타난다. 논둑에 머리만 내놓고 사면을 두리번거리더니 그제서 기어 나온다. 얼굴에는 눈만 내놓고 수건인지 뭔지 형겊이 가리었다. 봇짐을 등에 짊어메고는 허리를 구붓이 뺑소니를 놓는다. 그러자 응칠이가 날쌔게 달겨들며

"이 자식, 남의 벼를 훔쳐 가니—."

하고 대포처럼 고함을 지르니 논둑으로 그대로 데굴데굴 굴러서 떨어진다. 얼결에 호되게 놀란 모양이었다.

응칠이는 덤벼들어 우선 허리께를 내려 조겼다. 어이쿠쿠, 쿠 하고 처참한 비명이다. 이 소리에 귀가 뻔쩍 뜨이어 그 고개를 들고 팔부터 벗겨보았다. 그러나 너무나 어이가 없었음인지 시선을 치걷으며 그 자리에 우두망찰한다.

그것은 무서운 침묵이었다. 살뚱맞은 바람만 공중에서 북새를 논다.

한참을 신음하다 도적은 일어나더니

"성님까지 이렇게 못 살게 굴기유?"

제법 눈을 부라리며 몸을 홱 돌린다. 그리고 느끼며 울음이 복받친다. 봇짐도 내버린 채

"내 것 내가 먹는데 누가 뭐래?"

하고 데퉁스러히 내뱉고는 비틀비틀 논 저쪽으로 없어진다.

형은 너무 꿈속 같아서 멍하니 섰을 뿐이다. 그러나 얼마 지나서 한 손으로 그 봇짐을 들어 본다. 가뿐하니 끽 말가웃이나 될는지. 이까짓 걸 요렇게까지 해 가려는 그 심정은 실로 알 수 없다. 벼를 논에다 도로 털어 버렸다. 그리고 아내의 치마이겠지, 검은 보자기를 척척 개서 들었다. 내 걸 내가 먹는

다— 그야 이를 말이랴, 허나 내 걸 내가 훔쳐야 할 그 운명도 얄궂거니와 형을 배반하고 이 짓을 벌인 아우도 아우이렸다. 에—이 고얀 놈, 할 제 보를 적시는 것은 눈물이다. 그는 주먹으로 눈을 쓱 부비고 머리에 번쩍 떠오르는 것이 있으니 두레두레한 황소의 눈깔. 시오 리를 남쪽 산속으로 들어가면 어느 집 바깥 뜰에 밤마다 늘 매여 있는 투실투실한 그 황소. 아무렇게 따지던 칠십 원은 갈 데 없으리라. 그는 부리나케 아우의 뒤를 밟았다.

공동묘지까지 거반 왔을 때에야 가까스로 만났다. 아우의 등을 탁 치며

"얘, 존 수 있다, 네 원대로 돈을 해 줄게 나하구 잠깐 다녀오자."

씩씩한 어조로 기쁘도록 달랬다. 그러나 아우는 입 하나 열려하지 않고 그대로 실쭉하였다. 뿐만 아니라 어깨 위에 올려놓은 형의 손을 부질없단 듯이 몸으로 털어 버린다. 그리고 삐익 달아난다. 이걸 보니 하 엄청이 나고 기가 콱 막히었다.

"이눔아!"

하고 악에 받치어

"명색이 성이라며?"

대뜸 몽둥이는 들어가 그 볼기짝을 후려갈겼다. 아우는 모로 몸을 꺾더니 시나브로 찌그러진다. 대미처 앞 정강이를 때렸다, 등을 팼다, 일지 못할 만치 매는 내리었다. 체면을 불구하고 땅에 엎드리어 엉엉 울도록 매는 내리었다.

홧김에 하긴 했으되 그 꼴을 보니 또한 마음이 편할 수 없

다. 침을 퇴 뱉어 던지곤 팔짜 드신 놈이 그저 그러지 별 수 있
나. 쓰러진 아우를 일으키어 등에 업고 일어섰다. 언제나 철이
날는지 딱한 일이었다. 속 썩는 한숨을 후— 하고 내뿜는다.
그리고 어청어청 고개를 묵묵히 내려온다.

《조선일보》 1935. 7. 17-30

채만식

1902. 6. 17. ~ 1950. 6. 17.

●

맹 순사(孟巡査)
치숙(痴叔)

1902년 전북 옥구에서 출생하였다.

경성 중앙고보를 졸업하고 일본 와세다대학 영문과를 중퇴하였다.

귀국 후, 《동아일보》, 《조선일보》, 《개벽》사 기자를 역임하였다. 오랜 기자 생활을 그만두고 개성으로 이사한 후, 창작보다는 마작 등의 잡기로 일제 치하의 암울한 상황을 달랬다.

1932년 무렵부터는 카프에 직접 참여한 일은 없으나 이 시대를 전후하여 동반자적 작품을 발표하였다. 무엇보다도 그의 작가적 위치를 확고히 하게 된 것은 「레디메이드 인생」(1934), 「인텔리와 빈대떡」(1934) 등의 풍자적인 작품을 발표하기 시작한 이후였다. 1935년부터는 본격적으로 풍자 문학을 쓰기 시작한다.

빈곤한 생활 속에서도 사과 궤짝을 책상 대용으로 쓰는 등, 문학 의욕이 왕성했으나, 폐결핵의 악화로 49세의 나이로 영면에 들었다.

대표작으로 「레디메이드 인생」, 「치숙」, 「탁류」, 「태평천하」, 「패배자의 무덤」, 「이런 남매」, 「가죽 버선」 등이 있다.

맹 순사(孟巡査)

맹 순사가 동양의 대현이라는 맹자님과 어떤 혈통의 관계
가 있는지 없는지, 또 우리나라 명재상 맹고불이 맹 정승과는
몇 대손이나 되는지, 혹은 아무것도 안 되는지, 그런 것은 상
고하여 보지 못하였다.

"칼자루 십 년에, 집안 여편네 유똥치마 하나 못해 준 주변
에, 헐 말이 무슨 헐 말이우?"

증왕의 순사 아낙에 세 가지 특색이 있으니, 가로되 언변
좋은 것, 가로되 건방진 것, 가로되 옷 호사하는 것이라고. 실
로 이 계집의 허영으로 인하여, 순사들이 얼마나 더 악착히
'순사질'을 하였음인고. 맹 순사의 아낙 서분이도 미상불 언변
좋고, 똑똑하고(즉 객관적으로 바꾸어치면 건방지고) 하기로는

좀처럼 남에게 질 생각이 없으나, 오직 옷 호사 한 가지만은 어엿이 고개를 들 자신이 와락 없었다. 천하에 순사의 아낙 되어 옷 호사를 못 하다니, 유감이 깊을지매, 자못 동정스런 노릇이었다.

그러나, 서분이가 순사의 아낙으로 옷 호사에 자신이 없다는 것이 결단코 서분이 스스로의 무능한 소치거나 과실이거나 한 것은 아니었다. 그 소위 칼자루 십 년에——실상은 팔 년이었다——팔 년 순사에, 집안 여편네 유똥치마 한 벌도 해 주지 못할 지경으로, 남편 맹 순사란 위인이 지지리 주변머리가 없었기 때문이었다.

8·15 바로 후에 칼을 풀어놓았고, 그래서 시방은 순사 적이라는 것이 이미 옛말같이 된 터이지만, 그러니 놓친 찬스를 두고두고, 심하여는 임종하는 자리에까지 내내 미련겨워하기를 마지아니하는 것이 항용 아녀자의 넓지 못한 속……. 해서 오늘 아침만 하여도 하찮은 일로 시초가 되어, 쫑쫑대고 생동거리고 하던 끝에 필경은 나오는 것이 그 유똥치마의 푸념이요 주변 없음의 공박이요 하였던 것이었었다.

"거, 옷은 그대지 많이씩 장만해 무얼 하는구? 입구 벗을거면 고만 아냐? 난 참, 여자들 그러는 속 모르겠드라."

부드럽고 조용한 말씨다. 이와 정반대로 서분이의 음성은 높고 가시 같다.

"입구 벗을 옷이 어덨어? 날 언제 옷 해줬길래, 옷 많이 씩이냐는 건구?"

"아니, 해필 임자가 옷이 많다는 게 아니라, 보통 여자들이 말야."

"넉살두 좋으이. 날 같으믄 입이 꽝우리 구멍이래두 헐 말 없겠네. 바보, 빈충이, 천치."

"못난 남편 싫여?"

"쫄 게 어딨어?"

"그럼, 갈릴까?"

"제발 좀."

"허!"

"아주 신물이 나요."

"그러든지, 순살 도루 댕기든지."

"집안 여편네 옷 한 가지 어엿이 못 채려 내놓는 사내가 무슨 사내값에 가는고."

"그러니깐 도루 순사 댕겨서, 유똥치마두 해 주구, 깜장 낙타 두루마기두 해 주구 양단저구리두 해 주구, 백금시계두 사주구⋯⋯."

"그 따위 주변에 순살 두 번 아냐 골백 번 댕겨 보지. 유똥치마커녕 거지치마 한 감 얻어들이나."

"허허허허. 나물 먹고 물 마시고 팔을 베고 누웠으니, 대장부 살림살이 이만하면 넉넉하고나, 이런 노래 들어 보지 못했어?"

"정신 차려요 괜히. 인전 돈도 몇 푼 남은 거 없구, 무얼 가지구 살림은 해 나가랄 텐구? 낼모레믄 쌀 남구(나무) 들여와야 해요."

"나두 걱정야말루 그 걱정이로세."

그러면서 맹 순사는, 식후에 피워물었던 담배를 재떨이에 비비고는, 출입할 채비를 차리려고 푸스스 일어선다.

흐렸던 하늘이, 부슬부슬 가을비가 내리기 시작한다.

서분이는 올해 스물다섯, 새파란 젊은 색시였다. 열일곱에, 서른 살 난 맹 순사의 후취로 시집을 왔었다. 맹 순사는 그 전해에 상처를 하였었다.

서분이는 그의 호릿하고 가냘픈 외형대로, 성질도 날카로웠다.

이른바 신경질이요 요망스런 부류의 여자였다.

성질은 그러한 데다 겸하여 나이 많은 남편의 황차 후취요 하니, 응석을 삼아서도 남편한테 포달을 떨고, 볶아 대고, 버르장머리없이 굴고 하염즉은 한 노릇이었다. 맹 순사는 그것을 잘 받아 주고. 맹 순사는 나이 서른여덟이었다. 열세 살이나 어린 아낙이 딸자식 같아서 더욱 귀여웠다. 자식이고 계집이고 간에 귀여우면, 흉이 흉이 아니요, 흉도 이쁜 법이었다.

맹 순사는 내일모레가 사십이다. 사람이 나이 사십이 되느라면, 속이 대개는 썩을 대로 썩고, 모나던 성질이 둥그러지고 하여, 감정 생활이 누그러지는 것이 보통이었다. 이 나이가 시키는 외에 맹 순사는 타고난 천품이 본시도 유한 인물이었다. 웬만한 일에는 성 같은 것이 나지를 아니하였다. 남에게다 나의 의견이나 고집을 굳이 세우려들 줄을 몰랐다. 그러고 싶지도 않고, 그래지지도 않거니와, 그럴 필요를 느끼지도 아니하였다. 좋게 말하면 원만이요, 사실대로 말하면 반편스럽고 지조없고 무능이요 하였다.

아무튼 그런 성질의 그런 남편이고 보매, 아낙이 아무리 포달을 떨고 볶아대고 구박을 하여도, 좀처럼 맞서서 언성을 높여 탄하고 싸우고 하는 법이 없었다. 아낙은 기를 쓰고 싸우자고 대들어도, 시종여일하게 한 목소리 한 낯으로 순순히 대거리를 하고 할 따름이었다.

"좌우간, 내가 그만침이나 청백했기 망정이지, 다른 동간들 당했단 소리 들었지? 누구는 맞아 죽구, 누구는 집에다 불을 지르구, 누구는 팔대리가 부러지구."

푸스스 일어서다가, 비 오는 뜰을 이윽히 내어다보면서, 맹순사는 곰곰이 그렇게 아낙을 타이르듯 한다. 서분이에게는, 그러나 그런 소리가 다 말 같지도 아니한 소리요 억지엣 발명이었다.

"흥, 가네모도 상은 그렇게 들이 긁어먹구두, 되려 승찰해서 부장이 된 건 어떡허구?"

"며칠 가나."

"그렇게만 생각허믄 뱃속은 무척 편하겠수. 여주루 내려갔던 기노시다 상넨, 이살 해 오는데, 재봉틀이 인장표루다 손틀 발틀 두 개에, 방안 짐이 여덟 개에, 옷이 옥상옷만 도랑꾸루 열다섯 도랑꾸(트럭)드래요. 그리구두 서울루 뻐젓이 와서 기계방아 사 놓구 돈벌이만 잘 허믄서, 활개 펴고 삽디다. 죽길 어째 죽으며, 팔대리가 부러질 팔대린 어딨어?"

"그런 게 글쎄 다 불한당질루 장만한 거 아냐?"

"뱃속에서 꼬록 소리가 나두, 만날 청백야?"

"아무렴, 사람이 청백하면, 가난해두 두려울 게 없는 법야, 헴."

맹 순사는 마침내 양복장 문을 연다. 연방 청백을 뇌던 끝에, 이 양복장을 보자니 얼굴이 간지러웠다. 유치장 간수로 있을 때에, 가구장사 하나가 경제범으로 들어와 있었는데, 서분이가 쪽지 한 장을 그에게다 주어 달라고 졸랐다. 못 이기는 체하고 전해 주었다. 그런 지 이틀 만에 이 양복장이 방 윗목에 가 처억 놓여진 것을 보았으나, 그는 내력을 물으려고 아니하였다.

양복점 안에서 떼어 입은 대마직 국민복은 양복장보다도 조금 더 청백 순사를 얼굴 간지럽게 하였다.

작년 초가을, 좋지 못한 풍문이 들리는 파출소 건너편의 양복점에서 맞추어 입은 것이었다. 공정가격 32원 각순데, 양복을 찾아들고는, 지갑을 꺼내는 체하면서

"얼마죠?"

하고 물었다. 지갑에는 돈이라야 3원밖에 없었다.

양복점 주인은, 원 천만에 말씀을 다 하신다면서, 어서 가시라고 등을 밀어내었다.

이 양복장이나 양복은 한 예에 불과하고, 팔 년 동안 순사를 다니면서, 그중에서도 통제경제가 강화된 이삼 년, 육십몇 원이라는 월급으로는 도저히 지탱해 나갈 수 없는 생활을 뇌물받는 것으로써 보태어 나왔다. 몇십 원씩, 돈 백 원씩 쥐여 주는 것을, 사양하다가 못 이기는 체 받아 넣기 얼말는지 모른다. 자청해 주는 것을 따담기만 한 것이 아니라, 아쉴 때면 그럴싸한 사람을 찾아가서

"수히 갚을 테니 백 원만……."

하고 가져다 쓰기도 여러 번이었다.

술대접을 받기는 실로 부지기수였다. 쌀, 나무, 고기, 생선, 술 모두 다 그립지는 아니할 만큼 들어도 오고, 청해다 먹기도 하고 하였다. 못해 주었네 못해 주었네 하여도, 아낙의 옷감도 여러 번 얻어다 준 것이었었다. 공교로이 그 유똥치마만은 기회가 없고서 8·15가 덜컥 달려들고 말았지만.

이렇게 그는 작은 것이나마 뇌물을 먹지 아니한 것이 아니면서도, 스스로 청백하였노라고 팔분의 자신이 있었다. 맹 순사의 생각엔 양복 벌이나 빼앗아 입고, 돈이나 몇십 원, 돈 백 원 받아쓰고, 쌀 나무며 찬거리나 조금씩 얻어먹고, 술대접이나 받고 하는 것은 아무나 예사로 하는 일이 아니요, 하여도 죄될 것이 없고, 따라서 독직이 되거나 죄가 되는 것이 아니었다. 그것이 적어도 독직이나 죄가 되자면, 몇만 원 집어먹고서 소위 팔자를 고친다는 둥, 허리띠를 푼다는 둥의 수준에 올라야 비로소 문제가 되는 것이었었다. 맹 순사는 몇만 원은커녕, 한번에 백 원 이상을 얻어먹어 본 적이 없었다. 그런고로 맹 순사는 스스로 청백타 하던 것이었었다.

주위의 동간들은 가만히 눈치를 보면, 열에 아홉은 들못들 못한 한몫을 보고 늘어져 만 원짜리 집을 사느니, 오십 석 추수의 땅을 양주에다 사 놓았느니, 상사회사를 꾸며 가지고 대주주가 되어 사직하고 나가느니 하였다. 맹 순사는, 나도 제발 그런 거리가 하나 걸렸으면…… 하다못해 집 한 채 살 거리라도 좀 걸렸으면…… 하고 초조와 더불어 연방 그런 구멍을 여

새겨 보았었다. 그러나 어인 일인지, 한 번도 걸리는 적이 없었다. 그래서 끝내야 쓰레기판만 뒤지다가, 소위 청백한 채로 칼을 풀어놓고 말았다.

큰 덩치를 먹을 욕심과 기대가 있기는 하였으나, 그 의사는 문제가 아니었다. 아무튼지 큰 것을 먹지 아니하였으니, 따라서 부자가 되지를 아니하였으니, 나는 청백하였노라, 이것이 맹 순사의 청백관이었다.

부슬비를 우산으로 가리면서, 맹 순사는 군정청 경찰학교로 향하였다. 품에는 진작부터 써 가지고 다니던 지원서와 이력서가 들어 있었다.

8·15 직후, 줄곧 누가 몽둥이로 후려갈기는 것만 같아서, 으슥한 골목을 지나느라면 시퍼런 단도가 옆구리를 푹 찌르는 것만 같아서, 예라 사람 감수하겠다고 칼을 풀어놓기는 하였었다. 그러나 그것이나마 직업을 잃고 나니, 하루하루 다가든다는 것이 반갑지 아니한 생활난이었다. 아까 아낙이 하던 말이 아니라도, 수중에 돈냥 있는 것은 거진 밑바닥이 보이고, 비로소 쌀 나무 들일 길이 막연할 판에 이르렀다.

세상은 돈도 흔하고, 일거리도 많고, 퍽이나 풍성풍성한 것 같았다. 그러나 순사밖에 다닐 줄 모르는 전 순사 맹아무에게는 그리 수월히 딴 직업이 천신되어지지를 아니하였다.

'배운 도적질이 그뿐이니 무가내하로다. 쯧, 세상도 새세상이니, 설마 어떠리.'

마침내 이렇게 단념 같은 결심을 하기에 이르렀던 것이었었다.

모자도 정복도 패검도 다 옛것이요, 완장 한 벌로써, 해방 조선의 새 순사가 된 맹 순사는 ××파출소로 가기 위하여 종로를 동쪽으로 걸었다. 팔 년이나 다닌 경험자라서, 그 경험을 증명할 만한 몇 마디 테스트를 하더니, 그 당장 채용을 하였고 ××경찰서로 배속을 시켰다. 그리고 이튿날 출근을 하였더니, ××파출소에 근무를 하라는 영이어서 시방 그리로 가고 있는 참이었었다.

옛날의 순사와 꼭같이 차리고 다녔건만 맹 순사는 웬일인지 우선 스스로가 위엄도 없고 신도 나는 줄을 모르겠고 하였다. 만나거나 지나치는 행인들의 동정이, 전처럼 조심하는 것 같은, 무서워하는 것 같은 기색이 없고, 그저 본숭만숭이었다. 더러는 다뿍 적의와 경멸의 눈초리로 흘겨보기까지 하였다.

함부로 체포도 아니하고, 위협도 아니하고, 뺨 같은 것은 물론 때리지 못하게 되었고 하니, 전보다 친근스러하고 안심한 얼굴로 대하고 하여야 할 것인데, 대체 웬일인지를 모르겠었다.

걸으면서 곰곰 생각하여 보았다.

'전에 많이들 행악을 했대서?'

정녕 그것인 성싶었다.

'애먼 사람, 불쌍한 사람한테 못할 짓도 많이 했지.'

'쯧, 지금 와서 푸대접 받아서 한무내하지.'

'화무십일홍이요, 달도 차면 기우는 법인데, 한때 잘들 해먹었느니 인제는 그 대갚음도 받아야겠지.'

무엇인지 모를 한숨이 절로 내쉬어졌다.

마침내 ××파출소에 당도하였다. 여기서 맹 순사는, 백성들이 순사를 멸시하는 눈으로 보는 연유를 또 한 가지 발견하여야 하였다.

뚜벅뚜벅 파출소 안으로 들어서는 소리에, 테이블에 엎드려 졸고 있다가 놀라 깨어, 고개를 번쩍 드는 동간…….

맹 순사는 무심결에

"아니, 네가 웬일이냐?"

하면서, 다시금 짯짯이 그를 바라다보았다.

노마.

볼때기에 있는 붉은 점이 아니더라면, 얼굴 같은 딴 사람인가 하였을 것이었다.

행랑아들 노마였다.

맹 순사는 금년 봄, 시방 사는 홍파동으로 이사해 오기까지 여섯 해를 눌러, 사직동 그 집에서 살았다. 그 행랑에 노마네가 전 주인 때부터 들어 있었고, 왼편 볼때기에 붉은 점이 박힌 노마는 열두 살이었다. 근처의 삼 년짜리 학원을 일 년에 작파하고서, 저무나 새나 우미관 앞에 가 놀다 간, 깃대도 받아 주고 삐라도 뿌려 주고 하는 것이 일이요, 집에 들어와서는 어멈 아범한테 매맞기가 일이요 하였다. 조금 더 자라더니, 우미관패에 들어가지고, 밤거리로 행패를 하고 다녔고, 사람을 치다 붙잡혀 간 것을 몇 차례 놓이게 하여 주기도 하였다.

노마는 계면쩍은 듯, 그러나 일변 반갑기도 한 듯, 싱글싱글

웃으면서

"이렇게 됐습니다, 나리. 많이 좀 가르쳐 줍쇼, 나리."

"동간끼리두 나린가, 이 사람."

나이가 시킴이리라. 맹 순사는 내색을 아니하고 소탈히 그러면서 같이 웃었다.

그러나 속으로는

'저런 것이 다 순사니, 수모도 받아 싸지.'

하였다.

무식하여서, 기록 같은 것을 죄다 대신 하여 주기가 성가시기는 하였으나, 그 대신 순 같은 것도 제가 다 돌고, 사사 심부름도 시원시원 하여 주고 하여서, 옛 노마를 부리는 양 실없이 해롭잖았다.

한 일 주일 노마 순사를 하인 삼아, 맹 순사는 편안한 영감 노릇을 하였다. 그러자 노마 순사가 다른 파출소로 옮아가고서, 새로 뽑힌 후임자가 오게 되었다.

'대체 누굴꼬?'

노마 때에 겪음이 있는지라, 이런 궁금한 생각을 하면서 신문을 보고 앉았는데, 철그럭 하더니

"안녕합쇼."

하는 소리와 더불어 한 장한이 척 들어섰다.

무심코 고개를 드는 순간 맹 순사는

"억!"

하고 놀라면서, 하마 뒤로 나가 자빠질 뻔하였다. 머리가 있는 대로 곤두서는 것 같고, 등에서는 식은땀이 흘렀다.

새 동간은 맹 순사를 더 잘 알아보았다. 그는 그 흉악한 상
호를 싱긋 웃으면서

"외나무다리서 만났구려?"

"……."

"금세 상성을 했나? 얼음판에 자빠진 황소 눈깔처럼, 눈만
끄머억 허구 앉아서…… 남이 인살 하면 대답을 해야 아니해?
적어두 새조선의 경관으루."

"평안허슈?"

"아무튼 지지리 오래 댕기는구려."

강봉세…… 살인강도, 무기징역수 강봉세였다.

재작년 맹 순사가 ××경찰서에서 유치장 간수를 볼 때에,
이 강봉세가 살인 강도질을 하고 붙잡혀 들어왔었다. 맹 순사
는 반년이나 그를 간수하였다. 그러느라고 아주 숙면이 되었
었다.

한번은 이런 일이 있었다.

유치장 안에서 담배를 달라고 야료를 하여서, 낮번을 하던
간수가 점심과 저녁을 굶겼다.

강봉세는 밤번으로 들어온 맹 순사더러 밥을 달라고 졸랐다.

조르다 조르다, 성이 나가지고는 이를 북북 갈면서

"오냐, 두고 보자. 사형을 아니 받구서 무기증역이래두 살다
가 요행 다시 세상 구경을 하게만 돼 봐라, 네놈의 배때긴 칼
루 폭 찌르면 꿰여지지 말란 법 있대드냐?"

하고 저주를 하는 것이었었다.

그러던 살인강도 강봉세였다.

맹 순사는 동간 강봉세가

"봐라 인석아."

하면서 패검을 뽑아 배를 폭 찌르는 것만, 폭 찌르는 것만 같아, 하루 종일 간이 콩만 하였다. 다시 순사가 된 것을 못내 후회하면서, 어서 시간이 되기만 기다렸다. 그 몇 시간이 하마 십 년 감수는 되는 것 같았다. 오후에 헐떡거리며 집으로 돌아온 맹 순사는, 정복 정모와 패검을 보따리에 싸 놓고 사직원을 썼다.

"그새, 벌써 사직예요?"

아낙 서분이가 구박이었다.

"괜히, 과부 아니 된 것만 천행으루 알아요."

"······?"

"사상범, 정치범만 석방을 하라니깐, 살인강도꺼정 말끔 다 풀어놨으니, 그놈들이 그래 심청이 그래야 옳담? 심청머리가 그리구서야 전쟁에 아니 져?"

"살인강도가 났어요."

"난 게 아니라, 들어왔드라우."

"뉘 집엘?"

"파출소루······ 칼 차구, 정복 정모 잡숫구."

"에구머니! 가짜 순사 말이죠?"

"흥, 뻐젓이 사령장꺼정 받은 진짜 순사드랍니다요. 당당헌 경찰학교 졸업생이시구."

"절 으쩌우? 그럼 인전 순사헌테두 맘 못 놓겠구려?"

"허기야 예전 순사라는 게 살인 강도허구 다를 게 있었나!

남의 재물 강제루 뺏어먹구, 생사람 죽이구 하긴 매일반였지."

1945. 12. 19

《백민(白民)》3·4호, 1946, 잘난 사람들, 1948

치숙(痴叔)

우리 아저씨 말이지요? 아따 저 거시기, 한참 당년에 무엇이나 그놈의 것, 사회주의라더냐 막덕이라더냐, 그걸 하다 징역 살고 나와서 폐병으로 시방 앓고 누웠는 우리 오촌 고모부 그 양반…….

머, 말두 마시오. 대체 사람이 어쩌면 글쎄…… 내 원!

신세 간데없지요.

자, 십 년 적공, 대학교까지 공부한 것 풀어먹지도 못했지요. 좋은 청춘 어영부영 다 보냈지요. 신분에는 전과자라는 붉은 도장 찍혔지요. 몸에는 몹쓸 병까지 들었지요.

이 신세를 해 가지굴랑은 굴 속 같은 오두막집 단칸 셋방 구석에서 사시장철 밤이나 낮이나 눈 따악 감고 드러누웠더군요.

재산이 어디 집터전인들 있을 턱이 있나요. 서발막대 내저어야 짚검불 하나 걸리는 것 없는 철빈인데.

우리 아주머니가, 그래도 그 아주머니가, 어질고 얌전해서 그 알량한 남편 양반 받드느라 삯바느질이야 남의 집 품빨래야 화장품 장사야 그 칙살스런 밥벌이를 해다가 겨우겨우 목구멍에 풀칠을 하지요.

어디루 대나 그 양반은 죽는 게 두루 좋은 일인데 죽지도 아니해요.

우리 아주머니가 불쌍해요. 아, 진작 한 나이라도 젊어서 팔자를 고치는 게 아니라, 무슨 놈의 우난 후분을 바라고 있다가 끝끝내 고생을 하는지.

근 이십 년 소박을 당했지요.

이십 년을 설운 청춘 한숨으로 보내고서 다 늦게야 송장 여대치게 생긴 그 양반을 그래도 남편이라고 모셔다가는 병수발 들랴 먹고 살랴, 애가 진하고 다니는 걸 보면 참말 가엾어요.

그게 무슨 죄다짐이람? 팔자 팔자 하지만 왜 팔자를 고치지를 못하고서 그래요. 우리 죄선 구식 부인네들은 다 문명을 못하고 깨지를 못해서 그러지.

그 양반이 한시바삐 죽기나 했으면 우리 아주머니는 차라리 신세 편하리다.

심덕 좋겠다 솜씨 얌전하겠다 하니, 어디 가선들 재갸 일신 몸 가누고 편안히 못 지내요?

가만 있자, 열여섯 살에 아저씨네 집으로 시집을 갔다니깐,

그게 내가 세 살 적이니 꼬박 열여덟 해로군. 열여덟 해면 이십 년 아니요.

그때 우리 아저씨 양반은 나이 어리기도 했지만, 공부를 한답시고 서울로 동경으로 십여 년이나 돌아다녔고, 조금 자라서 색시 재미를 알 만하니까는 누가 이쁘달까 봐 이혼하자고 아주머니를 친정으로 쫓고는 통히 불고를 하고……

공부를 다 마치고 오더니만, 그 담에는 그놈의 짓에 들입다 발광해 다니면서 명색 학생 출신이라는 딴 여편네를 얻어 살았지요. 그 여편네는 나도 몇 번 보았지만 쌍판대기라고 별반 출 수도 없이 생겼습디다. 그 인물로 남의 첩이야? 일색 소박은 있어도 박색 소박은 없다더니, 사실 소박맞은 우리 아주머니가 그 여편네게다 대면 월등 이뻤다우.

그래 그 뒤에, 그 양반은 필경 붙들려 가서 오 년이나 전중이를 살았지요. 그 동안에 아주머니는 시집이고 친정이고 모두 폭 망해서 의지가지 없이 됐지요.

그러니 어떻게 해요? 자칫하면 굶어 죽을 판인데.

할 수 없이 얻어먹고 살기도 해야 하려니와 또 아저씨 나오는 것도 기다려야 한다고 나를 반연삼아 서울로 올라왔더군요. 그게 그러니까 아저씨가 나오던 그 전해로군.

그때 내가 나이는 어려도 두루 납뛴 보람이 있어서 이내 구라다 상네 식모로 들어갔지요.

그 무렵에 참 내가 아주머니더러 여러 번 권면을 했지요. 그러지 말고 개가(改嫁)를 가라고. 글쎄 어린 소견에도 보기에 퍽 딱하고 민망합디다.

계제에 마침 또 좋은 자리가 있었고요. 미네 상이라고 미쓰꼬시 앞에서 빠나나 다다끼우리를 하는 인데 사람이 퍽 좋아요.

우리 집 다이쑈[主人]도 잘 알고 하는데, 그이가 늘 나더러 죄선 오깜 상하고 살았으면 좋겠다고, 중매 서 달라고 그래쌌어요.

돈은 모아 둔 게 없어도 다 벌어먹고 살 만하니까 그런 사람 만나서 살면 아주머니도 신세 편할 게 아니라구요?

그런 걸 글쎄 몇 번 말해도 흉한 소리 말라고 듣질 않는 걸 어떡하나요.

아무튼 그런 것 말고라도 참, 흰말이 아니라 이날 이때까지 내가 그 아주머니 뒤도 많이 보아주었다우. 또 나도 그럴 만한 은공이 없잖아 있구요.

내가 일곱 살에 부모를 잃었지요. 그러고 나서 의탁할 곳이 없게 됐는데 그때 마침 소박을 맞고 친정살이를 하는 그 아주머니가 나를 데려다가 길러 주었지요.

그때만 해도 그 집이 그다지 군색하게 지내진 않았으니깐요. 아주머니도 아주머니지만 종조할머니며 할아버지도 슬하에 딴 자손이 없어서 나를 퍽 귀애하겠지요.

열두 살까지 그 집에서 자랐군요.

사 년이나마 보통학교도 다녔고.

아마 모르면 몰라도 그 집안이 그렇게 치패하지만 않았으면 나도 그냥 붙어 있어서 시방쯤은 전문학교까지는 다녔으리다.

이런 은공이 있으니까 나도 그걸 저버리지 않고 그래서 내 깜냥에는 갚을 만큼 갚노라고 갚은 셈이지요.

하기야 요새도 간혹 아주머니가 찾아와서 양식 없다는 사정을 더러 하곤 하는데 실토정 말이지 좀 성가시기는 해요.

그러는 족족 그 수응을 하자면 내 일을 못하겠는걸. 그래 대개 잘라 떼기는 하지요.

그렇지만 그 밖에, 가령 양명절 때면 고깃근이라도 사 보낸다든지, 또 오며가며 들러서 이야기낱이라도 한다든지, 그런 건 결단코 범연히 하진 않으니까요.

아무튼 그래서 아주머니는 꼬박 일 년 동안 구라다 상네 집 오마니로 있으면서 월급 오 원씩 받는 걸 그대로 고스란히 저금을 하고, 또 틈틈이 삯바느질을 맡아다가 조금씩 벌어 보태고, 또 나올 무렵에 구라다 상네 양주가 퍽 기특하다고 돈 칠 원을 상급으로 주고, 그런 게 이럭저럭 돈 백 원이나 존존히 됐지요.

그 돈으로 방 한 칸 얻고 살림 나부랑이도 조금 장만하고 그래 놓고서 마침 그 알량꼴량한 서방님이 놓여나오니까 그리로 모셔들였지요.

놓여나오는 날 나도 가서 보았지만, 가막소 문 앞에 막 나서자 아주머니가 기다리고 있으니까 그래도 눈물이 핑 돌던데요.

전에 그렇게도 죽을 '동 살 동 모르고 좋아하던 첩년은 꼴도 안 뵈구요. 남의 첩년이란 건 다 그런 거지요 뭐.

우리 아저씨 양반은 혹시 그 여편네가 오지 않았나 하고 사방을 휘휘 둘러보던데요. 속이 그렇게 없다니까. 여편네는커녕 아주머니하구 나하구 그 외는 어리친 개새끼 한 마리 없더라.

그래 막 자동차에 올라타려다가 피를 토했지요. 나중에 들었지만 가막소 안에서 달포 전부터 토혈을 했다나 봐요.

그래 다 죽어 가는 반송장을 업어 오다시피 해다가 뉘여 놓고, 그날부터 아주머니는 불철주야로 할 짓 못할 짓 다 해 가면서 부스대고 납뛴 덕에 병도 차차로 차도가 있고, 그러더니 이제는 완구히 살아는 났지요. 뭐 참 시방은 용 꼴인걸요, 용 꼴.

부인네 정성이 무서운 겝디다.

꼬박 삼 년이군. 나 같으면 돌아가신 부모가 살아오신대도 그 짓 못해요.

자, 그러니 말이지요. 우리 아저씨라는 양반이 작히나 양심이 있고 다 그럴 양이면, 어허, 내가 어서 바삐 몸이 충실해져서 어서 바삐 돈을 벌어다가 저 아내를 편안히 거느리고 이 은공과 전날의 죄를 갚아야 하겠구나…… 이런 맘을 먹어야 할 게 아니라구요?

아주머니의 은공을 갚자면 발에 흙이 묻을세라 업고 다녀도 참 못다 갚지요.

그러고저러고 간에 자기도 이제는 속차려야지요. 하기야 속을 차려서 무얼 하재도 전과자니까 관리나 또 회사 같은 데는 들어가지 못하겠지만, 그야 자기가 저지른 일인 걸 누구를 원망할 일도 아니고, 그러니 막 벗어부치고 노동이라도 해야지요.

대학교 출신이 막벌이 노동이란 게 꼴 가관이지만 그래도 할 수 없지, 뭐.

그런 걸 보고 가만히 나를 생각하면, 만약 우리 종조할아버지네 집안이 그렇게 치패를 안해서 나도 전문학교를 졸업을 했으면, 혹시 우리 아저씨 모양이 됐을지도 모를 테니 차라리 공부 많이 않고서 이 길로 들어선 게 다행이다…… 이런 생각이 들어요.

사실 우리 아저씨 양반은 대학교까지 졸업하고도 이제는 기껏 해 먹을 거란 막벌이 노동밖에 없는데, 보통학교 사 년 겨우 다니고서도 시방 앞길이 훤히 트인 내게다 대면 고쓰카이만도 못하지요.

아, 그런데 글쎄 막벌이 노동을 하고 어쩌고 하기는커녕 조금 바시시 살아날 만하니까 이 주책꾸러기 양반이 무슨 맘보를 먹는고 하니, 내 참 기가 막혀!

아니, 그놈의 것하구는 무슨 대천지 원수가 졌단 말인지, 어쨌다고 그걸 끝끝내 하지 못해서 그 발광인고?

그러나마 그게 밥이 생기는 노릇이란 말인지? 명예를 얻는 노릇이란 말인. 필경은 붙잡혀 가서 징역 사는 놀음?

아마 그놈의 것이 아편하구 꼭 같은가 봐요. 그렇길래 한번 맛을 들이면 끊지를 못하지요?

그렇지만 실상 알고 보면 그게 그다지 재미가 난다거나 맛이 있다거나 그런 것도 아니더군 그래요. 부랑당패던데요. 하릴없이 부랑당팹디다.

저, 서양 어디선가, 일하기 싫어하는 게으름뱅이 몇 놈이 양지쪽에 모여 앉아서 놀고 먹을 궁리를 했더라나요. 우리 집 다이쇼가 다 자상하게 이야기를 해 줍디다.

게, 그 녀석들이 서로 구누를 하기를, 자, 이 세상에는 부자가 있고 가난한 사람이 있고 하니 그건 도무지 공평한 일이 아니다. 사람이란 건 이목구비하며 사지육신을 꼭같이 타고났는데, 누구는 부자로 잘살고 누구는 가난하다니 그게 될 말이냐. 그러니 부자가 가진 것을 우리 가난한 사람들하고 다 같이 고르게 나눠 먹어야 경우가 옳다.

야, 그거 옳은 말이다. 야, 그 말 좋다. 저, 나눠 먹자.

아, 이렇게 설도를 해 가지고 우 하니 들고 일어났다는군요.

아니, 그러니 그게 생 날부랑당 놈의 짓이 아니고 무어요?

사람이란 것은 제가끔 분지복이 있어서 기수를 잘 타고나든지 부지런하면 부자가 되는 법이요, 복록을 못 타고나든지 게으른 놈은 가난하게 사는 법이요, 다 이렇게 마련인데, 그거야말로 공평한 천리인 것을, 댑다 불공평하다니 될 말이오? 그러고서 억지로 남의 것을 뺏어 먹자고 들다니 그놈들이 부랑당이지 무어요.

짓이 부랑당 짓일 뿐 아니라, 또 만약에 그러기로 들면 게으른 놈은 점점 더 게으름만 부리고 쫓아다니면서 부자 사람네가 가진 것만 뺏어 먹을 테니 이 세상은 통으로 도적놈의 판이 될 게 아니오? 그나마, 부자 사람네가 모아 둔 걸 다 뺏기고 더는 못 먹여 내는 날이면 그때는 이 세상 망하는 날이 아니오?

저마다 남이 농사지어 놓으면 그걸 뺏어 먹으려고 일 않고 번둥번둥 놀 것이고, 남이 옷감 짜놓으면 그걸 뺏어다가 입으려고 번둥번둥 놀 것이고 그럴 테니 대체 곡식이며 옷감이며 그런 것이 다 어디서 나올 데가 있어야지요. 세상 망할밖에!

글쎄 그놈의 짓이 그렇게 세상 망쳐놀 장본인인 줄은 모르고서 가난한 놈들, 그 중에도 일하기 싫은 게으름뱅이들이 우선 당장 부자 사람네 것을 뺏어 먹는다니까 거기 혹해 가지골랑 너도 나도 와 하니 참섭을 했다는구려.

바로 저 아라사가 그랬대요.

그래서 아니나 다를까 농군들이 곡식을 안 만들기 때문에 사람이 수만 명씩 굶어 죽는다는구려. 빠안한 이치지 뭐.

우선 먹기는 곶감이 달다고 그 지랄들을 했다가 잘코사니야!

아 그런데, 그 못된 놈의 풍습이 삽시간에 동서양 각국 안간 데 없이 퍼져 가지골랑 한동안 내지에도 마구 굉장히 드세게 돌아다녔고, 내지가 그러니까 멋도 모르는 죄선 영감상들도 덩달아서 그 흉내를 냈다나요.

그렇지만 시방은 그새 나라에서 엄하게 밝히고 금하고 한 덕에 많이 너끔해졌고 그런 마음먹는 사람은 별반 없다나 봐요.

그럴 게지 글쎄. 아 해서 좋을 양이면야 나라에선들 왜 금하며 무슨 원수가 졌다고 붙잡아다가 징역을 살리나요.

좋고 유익한 것이면 나라에서 도리어 장려하고 잘할라치면 상급도 주고 그러잖아요.

활동사진이며 스모며 만자이며 또 왓쇼왓쇼랄지 세이레이 낭아시랄지 라디오체조랄지 이런 건 다 유익한 일이니까 나라에서 설도도 하고 그러잖아요.

나라라는 게 무언데? 그런 걸 다 잘 분간해서 이럴 건 이러고 저럴 건 저러라고 지시하고, 그 덕에 백성들은 제각기 제 분수대로 편안히 살도록 애써 주는 게 나라 아니오?

그놈의 것 사회주의만 하더라도 나라에서 금하질 않고 저희가 하는 대로 두어 두었어 보아? 시방쯤 세상이 무엇이 됐을지…….

다른 사람들도 낭패 본 사람이 많았겠지만 우선 나만 하더라도 글쎄 어쩔 뻔했어! 아무 일도 다 틀리고 뒤죽박죽이지.

내 이상과 계획은 이렇거든요.

우리 집 다이쇼가 나를 자별히 귀애하고 신용을 하니까 이제 한 십 년만 더 있으면 한밑천 들여서 따로 장사를 시켜 줄 그런 눈치거든요.

그러거들랑 그것을 언덕 삼아 가지고 나는 삼십 년 동안 예순 살 환갑까지만 장사를 해서 꼭 십만 원을 모을 작정이지요. 십만 원이면 죄선 부자로 쳐도 천석꾼이니, 머 떵떵거리고 살 게 아니라구요?

그리고 우리 다이쇼도 한 말이 있고 하니까 나는 내지인 규수한테로 장가를 들래요. 다이쇼가 다 알아서 얌전한 자리를 골라 중매까지 서 준다고 그랬어요. 내지 여자가 참 좋지요.

나는 죄선 여자는 거저 주어도 싫어요.

구식 여자는 얌전은 해도 무식해서 내지인하고 교제하는 데 안 됐고, 신식 여자는 식자나 들었다는 게 건방져서 못 쓰고, 도무지 그래서 죄선 여자는 신식이고 구식이고 다 제바리여요.

내지 여자가 참 좋지 뭐. 인물이 개개 일자로 이쁘겠다 얌전하겠다 상냥하겠다, 지식이 있어도 건방지지 않겠다, 좀이나 좋아!

그리고 내지 여자한테 장가만 드는 게 아니라 성명도 내지인 성명으로 갈고 집도 내지인 집에서 살고 옷도 내지 옷을 입고 밥도 내지식으로 먹고 아이들도 내지인 이름을 지어서 내지인 학교에 보내고…….

내지인 학교라야지 죄선 학교는 너절해서 아이들 버려 놓기나 꼭 알맞지요.

그리고 나도 죄선말은 싹 걷어치우고 국어만 쓰고요.

이렇게 다 생활 법식부터도 내지인처럼 해야만 돈도 내지인처럼 잘 모으게 되거든요.

내 이상이며 계획은 이래서 그 십만 원짜리 큰부자가 바로 내다뵈고, 그리로 난 길이 환하게 트이고 해서 나는 시방 열심으로 길을 가고 있는데, 글쎄 그 미쳐살미 든 놈들이 세상 망쳐버릴 사회주의를 하려 드니 내가 소름이 끼칠 게 아니라구요? 말만 들어도 끔찍하지!

세상이 망해서 뒤집히면 그래 나는 어쩌란 말인구? 아무것도 다 허사가 될 테니 그런 억울할 데가 있더람?

머 참, 우리 집 다이쇼 말이 일일이 지당해요.

여느 절도나 강도나 사기나 그런 죄는 도적이면 도적을 해가는 그 당장, 그 돈만 축을 내니까 오히려 죄가 가볍지만, 그놈의 것 사회주의인지 지랄인지는 온 세상을 뒤죽박죽을 만들어놓고 나라를 통째로 소란하게 하니까 도저히 용서할 수가 없대요.

용서라니! 나 같으면 그런 놈들은 모조리 쓸어다가 마구 그저 그냥……

그런 일을 생각하면, 털어놓고 말이지 우리 아저씬가 그 양반도 여간 불측스러 뵈질 않아요. 사실 아주머니만 아니면 내가 무슨 천주학이라고 나쁜 병까지 앓는 그 양반을 찾아다니나요. 죽는대도 코도 안 풀어 붙일걸.

그러나마 전자의 죄상을 다 회개를 하고 못된 마음은 씻어 버렸을새 말이지, 머 헌 개꼬리 삼 년이라더냐, 종시 그 모양인걸요.

그러니깐 그게 밉살머리스러워서 더러 들렀다가 혹시 마주 앉아도 위정 뼈끝 시린 소리나 내쏘아 주고 말을 다잡아 가지골랑 꼼짝 못 하게시리 몰아세우곤 하지요.

저번에도 한번 혼을 단단히 내 주었지요. 아, 그랬더니 아주머니더러 한다는 소리가, 그 녀석 사람 버렸더라고, 아무짝에고 못 쓰게 길이 들었더라고 그러더라나요.

내 원, 그 소리를 듣고 하도 어처구니가 없어서!

대체 사람도 유만부동이지 그 아저씨가 나더러 사람 버렸느니 아무짝에도 못 쓰게 길이 들었느니 하더라니, 원 입이 몇 개나 되면 그런 소리가 나오는 구멍도 있누?

죄선 벙어리가 다 말을 해도 나 같으면 할 말 없겠더구면서도, 하면 다 말인 줄 아나 봐?

이를테면 그게 명색 훈계 비슷한 거렷다? 내게다가 맞대 놓고 그런 소리를 하다가는 되잡혀서 혼이 날 테니까 슬며시 아주머니더러 이르란 요량이던 게지?

기가 막혀서……. 하느님이 사람의 콧구멍 두 개로 마련하기 참 다행이야.

글쎄 아무려면 내가 재갸처럼 다 공부는 못하고 남의 집 고소[小僧] 노릇으로 반토[番頭] 노릇으로 이렇게 굴러먹을 값에 이래 보여도 표창을 두 번이나 받은 모범 점원이요, 남들이 똑똑하고 재주 있고 얌전하다고 칭찬이 놀랍고, 앞길이 환히 트인 유망한 청년인데, 그래 재갸 눈에는 내가 버린 놈이고 아무짝에도 못 쓰게 길이 든 놈으로 보였단 말이지?

하하 오옳지! 거 참 그렇겠군. 재갸는 재갸 하는 짓이 옳으니까 남의 하는 짓은 다 글렀단 말이렷다?

그러니까 나도 재갸처럼 그놈의 것 사회주읜지 급살맞을 것인지나 하다가 징역이나 살고 전과자나 되고 폐병이나 앓고 다 그랬더라면 사람 버리지도 않고 아무짝에도 못 쓰게 길든 놈도 아니고 그럴 뻔했군 그래!

흥! 참……

제 밑 구린 줄 모르구서 남더러 어쩌구저쩌구 한다는 게 꼭 우리 아저씨 그 양반을 두고 이른 말인가 봐.

그날도 실상 이랬더라우. 혼을 내주었더니, 아주머니더러 그런 소리를 하더란 그날 말이오.

그날이 마침 내가 쉬는 날이길래 아주머니더러 할 이야기도 있고 해서 아침결에 좀 들렀더니, 아주머니는 남의 혼인집으로 바느질을 해 주러 갔다고 없고, 아저씨 양반만 여전히 아랫목에 가서 드러누웠어요.

그런데 보니깐, 어디서 모두 뒤져냈는지 머리맡에다가 헌 언문 잡지를 수북이 쌓아 놓고는 그걸 뒤져요.

그래 나도 심심 삼아 한 권 집어들고 떠들어 보았더니, 머 읽을 맛이 나야지요.

대체 죄선 사람들은 잡지 하나를 해도 어찌 모두 그 꼬락서니로 해 놓는지.

사진도 없지요, 망가도 없지요.

그러고는 맨판 까달스런 한문 글자로다가 처박아 놓으니 그걸 누구더러 보란 말인고?

더구나 우리 같은 놈은 언문도 그런 대로 뜯어보기는 보아도 읽기에 여간만 폐롭지가 않아요.

그러니 어려운 언문하고 까다로운 한문하고를 섞어서 쓴 글은 뜻을 몰라 못 보지요. 언문으로만 쓴 것은 소설 나부랑이인데 읽기가 힘이 들 뿐 아니라 또 죄선 사람이 쓴 소설이란 건 재미가 있어야죠. 나는 죄선 신문이나 죄선 잡지하구는 담 쌓고 남 된 지 오랜걸요.

잡지야 머 깅구나 쇼넨구라부 덮어 먹을 잡지가 있나요. 참 좋아요.

한문 글자마다 가나를 달아 놓았으니 어떤 대문을 척 펴들어도 술술 내리 읽고 뜻을 횅 하니 알 수가 있지요.

그리고 어떤 대문을 읽어도 유익한 교훈이나 재미나는 소설이지요.

소설 참 재미있어요. 그중에도 기쿠지캉 소설!…… 어쩌면 그렇게도 아기자기하고도 달콤하고도 재미가 있는지. 그리고 요시카와 에이치, 그이 소설은 진친바라바라하는 지다이모논데 마구 어깻바람이 나구요.

소설이 모두 그렇게 재미가 있지요. 만가가 많지요. 사진이 많지요. 그러고도 값은 좀 헐하나요. 15전이면 바로 고 전달치를 사볼 수 있고 보고 나서는 5전에 도로 파는데요.

잡지도 기왕 하려거든 그렇게나 해야지, 죄선 사람들은 제 엔장 큰소리는 곧잘 하더구면서도 잡지 하나 반반한 거 못 만들어내니!

그날도 글쎄 잡지가 그꼴이라 아예 글은 볼 멋도 없고 해서 혹시 만가나 사진이라도 있을까 하고 책장을 후르르 넘기느라니깐 마침 아저씨 이름이 있겠나요! 하도 신통해서 쓰윽 펴들고 보았더니 제목이 첫줄은 경제·사회…… 무엇 어쩌구 잔주를 달아 놨겠지요.

그것만 보아도 벌써 그럴듯해요. 경제는 아저씨가 대학교에서 경제를 배웠다니까 경제 속은 잘 알 것이고, 또 사회는, 그것 역시 사회주의를 했으니까 그 속도 잘 알 것이고, 그러니까 경제하고 사회주의하고 어떻게 서로 관계가 되는 것이며 어느 편이 옳다는 것이며 그런 소리를 썼을 게 분명해요.

머, 보나 안 보나 속이야 빠안하지요. 대학교까지 가설랑 경제를 배우고도 돈 모을 생각은 않고서 사회주의만 하고 다닌 양반이라 경제가 그르고 사회주의가 옳다고 우겨 댔을 게니까요.

아무렇든 아저씨가 쓴 글이라는 게 신기해서 좀 보아 볼 양으로 쓰윽 훑어봤지요. 그러나 웬걸 읽어 먹을 재주가 있나요.

글자는 아주 어려운 자만 아니면 대강 알기는 알겠는데, 붙여 보아야 대체 무슨 뜻인지를 알 수가 있어야지요.

속이 상하길래 읽어 보자던 건 작파하고서 아저씨를 좀 따잡고 몰아세울 양으로 그 대목을 차악 펴놨지요.

"아저씨?"

"왜 그러니?"

"아저씨가 여기다가 경제 무어라구 쓰구, 또 사회 무어라구 썼는데, 그러면 그게 경제를 하란 뜻이요, 사회주의를 하란 뜻이요?"

"뭐?"

못 알아듣고 뚜릿뚜릿해요. 재갸가 쓰고도 오래돼서 다 잊어버렸거나 혹시 내가 말을 너무 까다롭게 내기 때문에 썸뻑 대답이 안 나왔거나 그랬겠지요. 그래 다시 조곤조곤 따졌지요.

"아저씨…… 경제란 것은 돈 모아서 부자 되라는 거 아니오? 그런데 사회주의란 것은 모아 둔 부자 사람의 돈을 뺏어 쓰는 거 아니오?"

"이애가 시방!"

"아니, 들어 보세요."

"너, 그런 경제학, 그런 사회주의 어디서 배웠니?"

"배우나마나, 경제란 건 돈 많이 벌어서 애껴 쓰구 나머지 모아 두는 게 경제 아니오?"

"그건 보통, 경제한다는 뜻으루 쓰는 경제고, 경제학이니 경제적이니 하는 건 또 다르다."

"다를 게 무어요? 경제는 돈 모으는 것이고 그러니까 경제학이면 돈 모으는 학문이지요."

"아니란다. 혹시 이재학(理財學)이라면 돈 모으는 학문이라고 해도 근리할지 모르지만 경제학은 그런 게 아니란다."

"아니, 그렇다면 아저씨 대학교 잘못 다녔소. 경제 못 하는 경제학 공부를 오 년이나 했으니 그게 무어란 말이오? 아저씨가 대학교까지 다니면서 경제 공부를 하구두 왜 돈을 못 모으나 했더니, 인제 보니깐 공부를 잘못해서 그랬군요!"

"공부를 잘못했다? 허허. 그랬을는지도 모르겠다. 옳다, 네 말이 옳아!"

이거 봐요. 글쎄, 단박 꼼짝 못 하잖나. 암만 대학교를 다니고, 속에는 육조를 배포했어도 그렇다니깐 글쎄…….

"아저씨?"

"왜 그러니?"

"그러면 아저씨는 대학교를 다니면서 돈 모아 부자 되는 경제 공부를 한 게 아니라 모아 둔 부자 사람네 돈 뺏어 쓰는 사회주의 공부를 했으니 말이지요……."

"너는 사회주의가 무얼루 알구서 그러냐?"

"내가 그까짓 걸 몰라요?"

한바탕 주욱 설명을 했지요.

내 얼굴만 물끄러미 올려다보고 누웠더니 피쓱 한번 웃어요. 그러고는 그 양반이 하는 소리겠다요.

"그게 사회주의냐? 부랑당이지."

"아니, 그럼 아저씨두 사회주의가 부랑당인 줄은 아시는구려?"

"내가 언제 사회주의가 부랑당이랬니?"

"방금 그러잖었어요?"

"글쎄, 그건 사회주의가 아니라 부랑당이란 그 말이다."

"거 보시우! 사회주의란 것은 그렇게 날부랑당이어요. 아저씨두 그렇다구 하면서 아니래시오?"

"이애가 시방 입심 겨룸을 하재나!"

이거 봐요. 또 꼼짝 못 하지요? 다아 이래요 글쎄…….

"아저씨?"

"왜 그러니?"

"아저씨두 맘 달리 잡수시오."

"건 어떻게 하는 말이냐?"

"걱정 안 되시우?"

"나 같은 사람이 걱정이 무슨 걱정이냐? 나는 네가 걱정이더라."

"나는 머 버젓하게 요량이 있는걸요."

"어떻게?"

"이만저만한가요!"

또 한바탕 주욱 설명을 했지요. 이야기를 다 듣더니 그 양반 한다는 소리 좀 보아요.

"너두 딱한 사람이다!"

"왜요?"

"……."

"아니, 어째서 딱하다구 그러시우?"

"……."

"네? 아저씨?"

"……."

"아저씨?"

"왜 그래?"

"내가 딱하다구 그러셨지요?"

"아니다. 나 혼자 한 말이다."

"그래두……."

"이애?"

"네?"

"사람이란 것은 누구를 물론허구 말이다. 아첨하는 것같이 더러운 게 없느니라."

"아첨이오?"

"저, 위로는 제왕, 밑으로는 걸인, 그 모든 사람이 우선 시방 이 제도의 이 세상에서 말이다, 제가끔 제 분수대루 살아가는 데 있어서 말이다. 제 개성을 속여 가면서꺼정 생활에다가 아첨하는 것같이 더러운 것이 없고, 그런 사람같이 가련한 사람은 없느니라. 사람이란 건 밥 두 그릇이 하필 밥 한 그릇보다 더 배가 부른 건 아니니까."

"그건 무슨 뜻인데요?"

"네가 일본인 여자와 결혼을 해서 성명까지 갈고 모든 생활 법도를 일본화하겠다는 것이 말이다."

"네, 그게 좋잖아요?"

"그것이 말이다. 진실로 깊은 교양이나 어진 지혜의 판단에서 우러나온 것이라면 그도 모를 노릇이겠지. 그렇지만 나는 보매 네가 그런다는 것은 다른 뜻으로 그러는 것 같다."

"다른 뜻이라니요?"

"네 주인의 비위를 맞추고 이웃의 비위를 맞추고 하자고……."

"그야 물론이지요! 다이쇼의 신용을 받아야 하고, 이웃 내지인들하고도 좋게 지내야지요. 그래야 할 게 아니겠어요?"

"……."

"아저씨는 아직두 세상 물정을 모르시오. 나이는 나보담 많구 대학교 공부까지 했어도 일찌감치 고생살이를 한 나만큼 세상 물정은 모릅니다. 시방이 어느 세상인데 그러시우?"

"이애?"

"네?"

"네가 방금 세상 물정이랬지?"

"네."

"앞길이 환하니 트였다구 그랬지?"

"네."

"환갑까지 10만 원 모은다구 그랬지?"

"네."

"네가 말하는 세상 물정하구 내가 말하려는 세상 물정하구 내용이 다르기도 하지만, 세상 물정이란 건 그야말로 그리 만만한 게 아니다."

"네?"

"사람이란 건 제아무리 날구 뛰어도 이 세상에 형적 없이 그러나 세차게 주욱 흘러가는 힘, 그게 말하자면 세상 물정이겠는데, 결국 그것의 지배하에서 그것을 따라가지 별수가 없는 거다."

"네?"

"쉽게 말하면 계획이나 기회를 아무리 억지루 만들어 놓아도 결과가 뜻대루는 안 된단 말이다."

"젠장. 아저씨두······. 요전 킹구라는 잡지에두 보니까, 나뽀레옹이라는 서양 영웅이 그랬답디다. 기회는 제가 만든다구. 그리고 불가능이란 말은 바보의 사전에서나 찾을 글자라구요. 이 자꾸자꾸 계획하구 기회를 만들구 해서 분투 노력해 나가면 이 세상 일 안 되는 일이 어디 있나요? 한번 실패하거든 갑절 용기를 내가지구 다시 일어서지요. 칠전팔기 모르시오?"

"나폴레옹도 세상 물정에 순응할 때는 성공했어도 그것에 거스르다가 실패를 했더란다. 너는 칠전팔기해서 성공한 몇 사람만 보았지, 여덟 번 일어섰다가 아홉번째 가서 영영 쓰러지구는 다시 일지 못한 숱한 사람이 있는 건 모르는구나?"

"그래두 인제 두구보시우. 나는 천하 없어두 성공하구 말 테니······. 아저씨는 그래서 더구나 못 써요. 일 해 보기두 전에 안 될 줄로 낙심 먼저 하구······."

"하늘은 꼭 올라가 보구래야만 높은 줄 아니?"

원 마지막 가서는 할 소리가 없으니깐 동에도 닿지 않는 비유를 가져다 둘러대는 걸 보아요. 그게 어디 당한 말인구? 안 올라가보면 머 하늘 높은 줄 모를 천하 멍텅구리도 있을까?

그만 해 두려다가 심심하길래 또 말을 시켰지요.

"아저씨?"

"왜 그래?"

"아저씨는 인제 몸 다아 충실해지면 어떡허실려우?"

"무얼?"

"장차……."

"장차?"

"어떡허실 작정이세요?"

"작정이 새삼스럽게 무슨 작정이냐?"

"그럼 아저씨는 아무 작정 없이 살아가시우?"

"없기는?"

"있어요?"

"있잖구?"

"무언데요?"

"그새 지내 오던 대루……."

"그러면 저 거시기 무엇이냐 도루 또 그걸……?"

"그렇겠지."

"아저씨?"

"……."

"아저씨?"

"왜 그래?"

"인젠 그만두시우."

"그만두라구?"

"네."

"누가 심심소일루 그러는 줄 아느냐?"

"그렇잖구요?"

"······."

"아저씨?"

"······."

"아저씨?"

"왜 그래?"

"아저씨 올에 몇이지요?"

"서른셋."

"그러니 인제는 그만큼 해 두고 맘 잡어서 집안일 할 나이
두 아니오?"

"집안일은 해서 무얼 하나?"

"그렇기루 들면 그 짓은 해서 또 무얼 하나요?"

"무얼 하려구 하는 게 아니란다."

"그럼, 아무 희망이나 목적이 없으면서 그래요?"

"목적? 희망?"

"네."

"개인의 목적이나 희망은 문제가 다르니까····· 문제가 안
되니까······."

"원, 그런 법도 있나요?"

"법?"

"그럼요!"

"법이라······!"

"아저씨?"

"……"

"아저씨?"

"왜 그래?"

"아주머니가 고맙잖습니까?"

"고맙지."

"불쌍하지요?"

"불쌍? 그렇지 불쌍하다면 불쌍한 사람이지!"

"그런 줄은 아시느만?"

"알지."

"알면서 그러시우?"

"고생을 낙으로, 그 쓰라린 맛을 씹고 씹고 하면서 그것에 서 단맛을 알아내는 사람도 있느니라. 사람도 있는 게 아니라 사람마다 무슨 일에고 진정과 정신을 꼬박 거기다가만 쓰면 그렇게 되는 법이니라. 그러니까 그쯤 되면 그때는 고생이 낙 이지. 너희 아주머니만 두고 보더래도 고생이 고생이면서 고생 이 아니고 고생하는 게 낙이란다."

"그렇다고 아저씨는 그걸 다행히만 여기시우?"

"아니."

"그러거들랑 아저씨두 아주머니한테 그 은공을 더러는 갚 아야 옳을 게 아니오?"

"글쎄, 은공을 모르는 건 아니지만……"

"그러니 인제 병이나 확실히 다아 나신 뒤엘라컨……"

"바빠서 원……"

글쎄 이 한다는 소리 좀 보지요? 시치미 뚜욱 떼고 누워서 바쁘다는군요!

　사람 속 차릴 여망 없어요. 그저 어디로 대나 손톱만큼도 쓸모는 없고 남한테 사폐만 끼치고, 세상에 해독만 끼칠 사람이니, 머 하루바삐 죽어야 해요. 죽어야 하고, 또 죽어서 마땅해요. 그런데 글쎄 죽지를 않고 꼼지락꼼지락 도로 살아나니 성화라구는, 내······.

　　　　　《동아일보》, 1938. 3. 7-14, 잘난 사람들, 1948.

이상

1910 ~ 1937. 3

●

날개

1910년 서울에서 태어났다. 본명은 김해경(金海卿), 보성고보를 거쳐 경성고등공업 건축과를 졸업하였다.

졸업하던 해 총독부의 건축 기수가 되었으며, 조선건축회지의 표지 도안 현상 모집에 1등과 3등으로 당선되었다. 데뷔작으로 시 「이상한 가역반응」, 「파편의 경치」를 일본어로 《조선과 건축》지에 발표하였고, 서양화 「초상화」를 선전에 출품하여 입선하였다.

이후 객혈(喀血)로 퇴직하였고, 백천 온천으로 요양차 갔다가, 그곳에서 기생 금홍과 만났다. 귀경하여 종로 1가에 다방 '제비'를 열었고, 금홍과 동거하였다. 구인회 동인이 되어 시 「오감도(烏瞰圖)」를 이태준의 소개로 연재했으나, 난해시로서 일대 물의를 일으켜 독자들의 비난을 받고 중단했다. 우리나라 최초의 자의식이 강한 심리 소설 「날개」를 발표했다.

신경질적인 성격에다 숙환인 폐염을 지닌 그는 시대적, 지성적인 고민에서 의식적으로 자기 학대를 감행하여 무절제하고 빈곤한 생활의 저변을 헤매다가, 갱생을 뜻하고 일본 도쿄로 갔으나 이듬해 28세를 일기로 도쿄 대학 부속 병원에서 객사하였다.

대표작으로 소설 「날개」, 「봉별기」, 「종생기」, 「지주회시」, 시 「오감도」 등이 있다.

날개

　'박제가 되어버린 천재'를 아시오? 나는 유쾌하오. 이런 때
연애까지가 유쾌하오.

　육신이 흐느적흐느적하도록 피로했을 때만 정신이 은화처
럼 맑소. 니코틴이 내 횟배 앓는 뱃속으로 숨으면 머릿속에 의
례히 백지가 준비되는 법이오. 그 위에다 나는 위트와 패러독
스를 바둑 포석처럼 늘어놓소. 가공할 상식의 병이오.
　나는 또 여인과 생활을 설계하오. 연애기법에마저 서먹서먹
해진, 지성의 극치를 흘낏 들여다본 일이 있는 말하자면 일종
의 정신분일자(精神奔逸者) 말이오. 이런 여인의 반──그것은
온갖 것의 반이오──만을 영수(領受)하는 생활을 설계한다는
말이오. 그런 생활 속에 한 발만 들여놓고 흡사 두 개의 태양

처럼 마주 쳐다보면서 낄낄거리는 것이오. 나는 아마 어지간
히 인생의 제행(諸行)이 싱거워서 견딜 수가 없게끔 되고 그만
둔 모양이오. 굿바이.

굿바이. 그대는 이따금 그대가 제일 싫어하는 음식을 탐식
(貪食)하는 아이러니를 실천해 보는 것도 좋을 것 같소. 위트
와 패러독스…….

그대 자신을 위조하는 것도 할 만한 일이오. 그대의 작품은
한번도 본 일이 없는 기성품에 의하여 차라리 경편(輕便)하고
고매하리다.

19세기는 될 수 있거든 봉쇄하여 버리오. 도스토예프스키
정신이란 자칫하면 낭비인 것 같소, 유고를 불란서의 빵 한 조
각이라고는 누가 그랬는지 지언(至言)인 듯싶소. 그러나 인생
혹은 그 모형에 있어서 디테일 때문에 속는다거나 해서야 되
겠소. 화(禍)를 보지 마오. 부디 그대께 고하는 것이니…….

(테이프가 끊어지면 피가 나오. 상채기도 머지않아 완치될 줄 믿
소. 굿바이.)

감정은 어떤 포즈. (그 포즈의 소(素)만을 지적하는 것이 아
닌지나 모르겠소.) 그 포즈가 부동자세에까지 고도화할 때 감
정은 딱 공급을 정지합네다.

나는 내 비범한 발육을 회고하여 세상을 보는 안목을 규정
하였소.

여왕봉(女王蜂)과 미망인——세상의 하고많은 여인이 본질

적으로 이미 미망인 아닌 이가 있으리까? 아니! 여인의 전부
가 그 일상에 있어서 개개 '미망인'이라는 내 논리가 뜻밖에
도 여성에 대한 모독이 되오? 굿바이.

그 삼십삼번지라는 것이 구조가 흡사 유곽이라는 느낌이
없지 않다. 한 번지에 십팔 가구가 죽— 어깨를 맞대고 늘어
서서 창호가 똑같고 아궁지 모양이 똑같다. 게다가 각 가구에
사는 사람들이 송이송이 꽃과 같이 젊다. 해가 들지 않는다.
해가 드는 것을 그들이 모른 체하는 까닭이다. 턱살 밑에다 철
줄을 매고 얼룩진 이부자리를 널어 말린다는 핑계로 미닫이
에 해가 드는 것을 막아 버린다. 침침한 방 안에서 낮잠들을
잔다. 그들은 밤에는 잠을 자지 않나? 알 수 없다. 나는 밤이
나 낮이나 잠만 자느라고 그런 것은 알 길이 없다. 삼십삼번지
십팔 가구의 낮은 참 조용하다.

조용한 것은 낮뿐이다. 어둑어둑하면 그들은 이부자리를
걷어들인다. 전등불이 켜진 뒤의 십팔 가구는 낮보다 훨씬 화
려하다. 저무도록 미닫이 여닫는 소리가 잦다. 바빠진다. 여러
가지 냄새가 나기 시작한다. 비웃 굽는 냄새 탕고도란냄새 뜨
물냄새 비누냄새…….

그러나 이런 것들보다도 그들의 문패가 제일로 고개를 끄덕
이게 하는 것이다. 이 십팔 가구를 대표하는 대문이라는 것이
일각이 져서 외따로 떨어지기는 했으나 있다. 그러나 그것은
한 번도 닫힌 일이 없는 행길이나 마찬가지 대문인 것이다. 왼
갖 장사아치들은 하루 가운데 어느 시간에라도 이 대문을 통

하여 드나들 수가 있는 것이다. 이네들은 문간에서 두부를 사는 것이 아니라 미닫이만 열고 방에서 두부를 사는 것이다. 이렇게 생긴 삼십삼번지 대문에 그들 십팔 가구의 문패를 몰아다 붙이는 것은 의미가 없다. 그들은 어느 사이엔가 각 미닫이 위 백인당(百忍堂)이니 길상당(吉祥堂)이니 써붙인 한곁에다 문패를 붙이는 풍속을 가져 버렸다.

내 방 미닫이 위 한곁에 칼표딱지를 넷에다 낸 것만한 내—아니! 내 아내의 명함이 붙어 있는 것도 이 풍속을 좋은 것이 아닐 수 없다.

나는 그러나 그들의 아무와도 놀지 않는다. 놀지 않을 뿐만 아니라 인사도 않는다. 나는 내 아내와 인사하는 외에 누구와도 인사하고 싶지 않았다.

내 아내 외의 다른 사람과 인사를 하거나 놀거나 하는 것은 내 아내 낯을 보아 좋지 않은 일인 것만 같이 생각이 들었기 때문이다. 나는 이만큼까지 내 아내를 소중히 생각한 것이다.

내가 이렇게까지 내 아내를 소중히 생각한 까닭은 이 삼십삼번지 십팔 가구 가운데서 내 아내가 내 아내의 명함처럼 제일 작고 제일 아름다운 것을 안 까닭이다. 십팔 가구에 각기 벌러 들은 송이송이 꽃들 가운데서도 내 아내는 특히 아름다운 한 떨기의 꽃으로 이 함석 지붕 밑 볕 안 드는 지역에서 어디까지든지 찬란하였다. 따라서 그런 한 떨기 꽃을 지키고—아니 그 꽃에 매어 달려 사는 나라는 존재가 도무지 형

언할 수 없는 거북살스러운 존재가 아닐 수 없었던 것은 물론
이다.

　나는 어디까지든지 내 방이 — 집이 아니다. 집은 없
다—마음에 들었다. 방 안의 기온은 내 체온을 위하여 쾌적
하였고 방 안의 침침한 정도가 또한 내 안력을 위하여 쾌적하
였다. 나는 내 방 이상의 서늘한 방도 또 따뜻한 방도 희망하
지는 않았다. 이 이상으로 밝거나 이 이상으로 아늑한 방을
원하지 않았다. 내 방은 나 하나를 위하여 요만한 정도를 꾸
준히 지키는 것 같아 늘 내 방이 감사하였고 나는 또 이런 방
을 위하여 이 세상에 태어난 것만 같아서 즐거웠다.
　그러나 이것은 행복이라든가 불행이라든가 하는 것을 계산
하는 것은 아니었다. 말하자면 나는 내가 행복되다고도 생각
할 필요가 없었고 그렇다고 불행하다고도 생각할 필요가 없
었다. 그냥 그날그날을 그저 까닭없이 펀둥펀둥 게으르게만
있으면 만사는 그만이었던 것이다.
　내 몸과 마음에 옷처럼 잘 맞는 방 속에서 뒹굴면서 축 처
져 있는 것은 행복이니 불행이니 하는 그런 세속적인 계산을
떠난 가장 편리하고 안일한 말하자면 절대적인 상태인 것이
다. 나는 이런 상태가 좋았다.
　이 절대적인 내 방은 대문간에서 세어서 똑— 일곱째 칸
이다. 럭키세븐의 뜻이 없지 않다. 나는 이 일곱이라는 숫자를
훈장처럼 사랑하였다. 이런 이 방이 가운데 장지로 말미암아
두 칸으로 나뉘어 있었다는 그것이 내 운명의 상징이었던 것

을 누가 알랴?

　아랫방은 그래도 해가 든다. 아침결에 책보만한 해가 들었다가 오후에 손수건만 해지면서 나가 버린다. 해가 영영 들지 않는 윗방이 즉 내 방인 것은 말할 것도 없다. 이렇게 볕 드는 방이 아내 방이오 볕 안 드는 방이 내 방이오 하고 아내와 나 둘 중에 누가 정했는지 나는 기억하지 못한다. 그러나 나에게는 불평이 없다.

　아내가 외출만 하면 나는 얼른 아랫방으로 와서 그 동쪽으로 난 들창을 열어 놓고 열어 놓으면 들여 비치면 볕살이 아내의 화장대를 비쳐 가지각색의 병들이 아롱이지면서 찬란하게 빛나고 이렇게 빛나는 것을 보는 것은 다시 없는 내 오락이다. 나는 조그만 '돋보기'를 꺼내 갖고 아내만이 사용하는 지리가미를 끄실러 가면서 불장난을 하고 논다. 평행광선을 굴절시켜서 한 초점에 모아가지고 그 초점이 따끈따끈해지다가 마지막에는 종이를 끄실르기 시작하고 가느다란 연기를 내면서 드디어 구멍을 뚫어 놓는 데까지에 이르는 고 얼마 안 되는 동안의 초조한 맛이 죽고 싶을 만치 내게는 재미있었다.

　이 장난이 싫증이 나면 나는 또 아내의 손잡이거울을 갖고 여러 가지로 논다. 거울이란 제 얼굴을 비출 때만 실용적이다. 그 외의 경우에는 도무지 장난감인 것이다.

　이 장난도 곧 싫증이 난다. 나의 유희심은 육체적인 데서 정신적인 데로 비약한다. 나는 거울을 내던지고 아내의 화장대 앞으로 가까이 가서 나란히 늘어놓인 고 가지각색의 화장품 병들을 들여다본다. 고것들은 세상의 무엇보다도 매력적이다. 나는 그중의 하나만을 골라서 가만히 마개를 빼고 병 구멍을 내 코에 갖다 대고 숨죽이듯이 가벼운 호흡을 하여 본다. 이 국적인 센슈얼한 향기가 폐로 스며들면 나는 저절로 스르르 감기는 내 눈을 느낀다. 확실히 아내의 체취의 파편이다. 나는 도로 병 마개를 막고 생각해 본다. 아내의 어느 부분에서 요 내음새가 났던가를……. 그러나 그것은 분명치 않다. 왜? 아내의 체취는 요기 늘어섰는 가지각색 향의 합계일 것이니까.

아내의 방은 늘 화려하였다. 내 방이 벽에 못 한 개 꽂히지 않은 소박한 것인 반대로 아내 방에는 천장 밑으로 쫙 돌려 못이 박히고 못마다 화려한 아내의 치마와 저고리가 걸렸다. 여러 가지 무늬가 보기 좋다. 나는 그 여러 조각의 치마에서 늘 아내의 동체(胴體)와 그 동체 될 수 있는 여러 가지 포즈를 연상하고 연상하면서 내 마음은 늘 점잖지 못하다.

그렇건만 나에게는 옷이 없었다. 아내는 내게는 옷을 주지 않았다. 입고 있는 코르덴 양복 한 벌이 내 자리옷이었고 통상복과 나들이옷을 겸한 것이었다. 그리고 하이네크의 스웨터가 한 조각 사철을 통한 내 내의다. 그것들은 하나같이 다 빛이 검다. 그것은 내 짐작 같아서는 즉 빨래를 될 수 있는 데까지 하지 않아도 보기 싫지 않도록 하기 위한 것이 아닌가 한다. 나는 허리와 두 가랑이 세 군데 다 고무 밴드가 끼워 있는 부드러운 사루마다를 입고 그리고 아무 소리 없이 잘 놀았다.

어느덧 손수건만 해졌던 볕이 나갔는데 아내는 외출에서 돌아오지 않는다. 나는 요만 일에도 좀 피곤하였고 또 아내가 돌아오기 전에 내 방으로 가 있어야 될 것을 생각하고 그만 내 방으로 건너간다. 내 방은 침침하다. 나는 이불을 뒤집어쓰고 낮잠을 잔다. 한번도 걷은 일이 없는 내 이부자리는 내 몸뚱이의 일부분처럼 내게는 참 반갑다. 잠은 잘 오는 적도 있다. 그러나 또 전신이 까칫까칫하면서 영 잠이 오지 않는다. 그런 때는 아무 제목으로나 제목을 하나 골라서 연구하였다. 나는 내 좀 축축한 이불 속에서 참 여러 가지 발명도 하였고 논문도 많이 썼다. 시도 많이 지었다. 그러나 그것들은 내가 잠이 드는 것과 동시에 내 방에 담겨서 철철 넘치는 그 흐늑흐늑한 공기에 다— 비누처럼 풀어져서 온데간데없고 한잠 자고 깬 나는 속이 무명 헝겊이나 메밀껍질로 떵떵 찬 한 덩어리 베개와도 같은 한 벌 신경이었을 뿐이고 뿐이고 하였다.

그러기에 나는 빈대가 무엇보다도 싫었다. 그러나 내 방에서는 겨울에도 몇 마리씩의 빈대가 끊이지 않고 나왔다. 내게 근심이 있었다면 오직 이 빈대를 미워하는 근심일 것이다. 나는 빈대에게 물려서 가려운 자리를 피가 나도록 긁었다. 쓰라리다. 그것은 그윽한 쾌감에 틀림없었다. 나는 혼곤히 잠이 든다.

나는 그러나 그런 이불 속의 사색생활에서도 적극적인 것을 궁리하는 법이 없다. 내게는 그럴 필요가 대체 없었다. 만일 내가 그런 좀 적극적인 것을 궁리해 내었을 경우에 나는 반드시 내 아내와 의논하여야 할 것이고 그러면 반드시 나는 아내에게 꾸지람을 들을 것이고——나는 꾸지람이 무서웠다느니보다도 성가셨다. 내가 제법 한 사람의 사회인의 자격으로 일을 해 보는 것도, 아내에게 사설 듣는 것도 나는 가장 게으른 동물처럼 게으른 것이 좋았다. 될 수만 있으면 이 무의미한 인간의 탈을 벗어 버리고도 싶었다.

나에게는 인간사회가 스스로웠다. 생활이 스스로웠다. 모두가 서먹서먹할 뿐이었다.

아내는 하루에 두 번 세수를 한다. 나는 하루 한 번도 세수를 하지 않는다. 나는 밤중 세시나 네시 해서 변소에 갔다. 달이 밝은 밤에는 한참씩 마당에 우두커니 섰다가 들어오곤 한다. 그러니까 나는 이 십팔 가구의 아무와도 얼굴이 마주치는 일이 거의 없다. 그러면서도 나는 이 십팔 가구의 젊은 여인네 얼굴들을 거반 다 기억하고 있었다, 그들은 하나같이 내 아내만 못하였다.

열한시쯤 해서 하는 아내의 첫번 세수는 좀 간단하다. 그러나 저녁 일곱시쯤 해서 하는 두 번째 세수는 손이 많이 간다. 아내는 낮에보다도 밤에 더 좋고 깨끗한 옷을 입는다. 그리고 낮에도 외출하고 밤에도 외출하였다.

아내에게 직업이 있었던가? 나는 아내의 직업이 무엇인지 알 수 없다. 만일 아내에게 직업이 없었다면 같이 직업이 없는 나처럼 외출할 필요가 생기지 않을 것인데——아내는 외출한다. 외출할 뿐만 아니라 내객이 많다. 아내에게 내객이 많은 날은 나는 온종일 내 방에서 이불을 쓰고 누워 있어야만 된다. 불장난도 못 한다. 화장품 내음도 못 맡는다. 그런 날은 나는 의식적으로 우울해하였다. 그러면 아내는 나에게 돈을 준다. 오십 전짜리 은화다. 나는 그것이 좋았다. 그러나 그것을 무엇에 써야 옳을지 몰라서 늘 머리맡에 던져 두고 두고 한 것이 어느 결에 모여서 꽤 많아졌다. 어느 날 이것을 본 아내는 금고처럼 생긴 벙어리를 사다 준다. 나는 한 푼씩 한 푼씩 고 속에 넣고 열쇠는 아내가 가져갔다. 그후에도 나는 더러 은화를 그 벙어리에 넣은 것을 기억한다. 그리고 나는 게을렀다. 얼마 후 아내의 머리쪽에 보지 못하던 누깔잠이 하나 여드름처럼 돋았던 것은 바로 그 금고형 벙어리의 무게가 가벼워졌다는 증거일까. 그러나 나는 드디어 머리맡에 놓였던 그 벙어리에 손을 대지 않고 말았다. 내 게으름은 그런 것에 내 주의를 환기시키기도 싫었다.

아내에게 내객이 있는 날은 이불 속으로 암만 깊이 들어가도 비 오는 날만큼 잠이 잘 오지는 않았다. 나는 그런 때 아내에게는 왜 늘 돈이 있나 왜 돈이 많은가를 연구했다.

내객들은 장지 저쪽에 내가 있는 것은 모르나 보다, 내 아내와 나도 좀 하기 어려운 농을 아주 서슴지 않고 쉽게 해 내던지는 것이다. 그러나 내 아내를 가운데 서너 사람의 내객들은 늘 비교적 점잖았다고 볼 수 있는 것이 자정이 지나면 의례히 돌아들 갔다. 그들 가운데는 퍽 교양이 옅은 자도 있는 듯싶었는데 그런 자는 보통 음식을 사다 먹고 논다. 그래서 보충을 하고 대체로 무사하였다.

나는 우선 내 아내의 직업이 무엇인가를 연구하기에 착수
하였으나 좁은 시야와 부족한 지식으로는 이것을 알아내기
힘이 든다. 나는 끝끝내 내 아내의 직업이 무엇인가를 모르고
말려나 보다.

아내는 늘 진솔버선만 신었다. 아내는 밥도 지었다. 아내가
밥 짓는 것을 나는 한 번도 구경한 일은 없으나 언제든지 끼
니 때면 내 방으로 내 조석밥을 날라다 주는 것이다. 우리 집
에는 나와 내 아내 외에 다른 사람은 아무도 없다. 이 밥은 분
명히 아내가 손수 지었음에 틀림없다.

그러나 아내는 한 번도 나를 자기 방으로 부른 일이 없다.
나는 늘 윗방에서 나 혼자서 밥을 먹고 잠을 잤다. 밥은 너무
맛이 없었다. 반찬이 너무 엉성하였다. 나는 닭이나 강아지처
럼 말없이 주는 모이를 넙죽넙죽 받아먹기는 했으나 내심 야
속하게 생각한 적도 더러 없지 않다. 나는 안색이 여지없이 창
백해 가면서 말라 들어갔다. 나날이 눈에 보이듯이 기운이 줄
어들었다. 영양 부족으로 하여 몸뚱이 곳곳이 뼈가 불쑥불쑥
내밀었다. 하룻밤 사이에도 수십 차를 돌아눕지 않고는 여기
저기가 배겨서 나는 배겨 낼 수가 없었다.

그렇기 때문에 나는 내 이불 속으로 아내가 늘 흔히 쓸 수
있는 저 돈의 출처를 탐색해 보는 일변 장지 틈으로 새어 나오
는 아랫방의 음식은 무엇일까를 간단히 연구하였다. 나는 잠
이 잘 안 왔다.

깨달았다. 아내가 쓰는 돈은 그 내게는 다만 실없는 사람들
로밖에 보이지 않는 까닭 모를 내객들이 놓고 가는 것에 틀림

없으리라는 것을 나는 깨달았다. 그러나 왜 그들 내객은 돈을 놓고 가나 왜 내 아내는 그 돈을 받아야 되나 하는 예의 관념이 내게는 도무지 알 수 없는 것이었다.

그것은 그저 예의에 지나지 않는 것일까. 그렇지 않으면 혹 무슨 대가일까 보수일까. 내 아내가 그들의 눈에는 동정을 받아야만 할 한 가없은 인물로 보였던가.

이런 것들을 생각하노라면 의례히 내 머리는 그냥 혼란하여 버리고 하였다. 잠들기 전에 획득했다는 결론이 오직 불쾌하다는 것뿐이었으면서도 나는 그런 것을 아내에게 물어보거나 할 일이 참 한 번도 없었다. 그것은 대체 귀찮기도 하려니와 한 잠 자고 일어나는 나는 사뭇 딴사람처럼 이것도 저것도 다 깨끗이 잊어버리고 그만두는 까닭이다.

내객들이 돌아가고, 혹 밤외출에서 돌아오고 하면 아내는 경편한 것으로 옷을 바꿔 입고 내 방으로 나를 찾아온다. 그리고 이불을 들추고 내 귀에는 영 생동생동한 몇 마디 말로 나를 위로하려 든다. 나는 냉소도 고소도 홍소도 아닌 웃음을 얼굴에 띠고 아내의 아름다운 얼굴을 쳐다본다. 아내는 방그레 웃는다. 그러나 그 얼굴에 떠도는 일말의 애수를 나는 놓치지 않는다.

아내는 능히 내가 배고파하는 것을 눈치챌 것이다. 그러나 아랫방에서 먹고 남은 음식을 나에게 주려 들지는 않는다. 그것은 어디까지든지 나를 존경하는 마음일 것임에 틀림없다. 나는 배가 고프면서도 적이 마음이 든든한 것을 좋아했다. 아내가 무엇이라고 지껄이고 갔는지 귀에 남아 있을 리가 없다.

다만 내 머리맡에 아내가 놓고 간 은화가 전등불에 흐릿하게 빛나고 있을 뿐이다.

　고 금고형 벙어리 속에 고 은화가 얼마큼이나 모였을까. 나는 그러나 그것을 쳐들어 보지 않았다. 그저 아무런 의욕도 기원도 없이 그 단춧구멍처럼 생긴 틈사구니로 은화를 떨어뜨려 둘 뿐이었다.

　왜 아내의 내객들이 아내에게 돈을 놓고 가나 하는 것이 풀 수 없는 의문인 것같이 왜 아내는 나에게 돈을 놓고 가나 하는 것도 역시 나에게는 똑같이 풀 수 없는 의문이었다. 내 비록 아내가 내게 돈을 놓고 가는 것이 싫지 않았다 하더라도 그것은 다만 고것이 내 손가락에 닿는 순간부터 고 벙어리 주둥이에서 자취를 감추기까지의 하잘것없는 짧은 촉각이 좋았달 뿐이지 그 이상 아무 기쁨도 없다.

　어느 날 나는 고 벙어리를 변소에 갖다 넣어 버렸다. 그때 벙어리 속에는 몇 푼이나 되는지는 모르겠으나 고 은화들이 꽤 들어 있었다.

　나는 내가 지구 위에 살며 내가 이렇게 살고 있는 지구가 질풍신뢰의 속력으로 광대무변의 공간을 달리고 있다는 것을 생각했을 때 참 허망하였다. 나는 이렇게 부지런한 지구 위에서는 현기증도 날 것 같고 해서 한시바삐 내려 버리고 싶었다.

　이불 속에서 이런 생각을 하고 난 뒤에는 나는 고 은화를 고 벙어리에 넣고 넣고 하는 것조차가 귀찮아졌다. 나는 아내가 손수 벙어리를 사용하였으면 하고 희망하였다. 벙어리도 돈도 사실에는 아내에게만 필요한 것이지 내게는 애초부터 의미가 전혀 없는 것이었으니까 될 수만 있으면 그 벙어리를 아내는 아내 방으로 가져갔으면 하고 기다렸다. 그러나 아내는 가져가지 않는다. 나는 내 아내 방으로 가져다 둘까 하고 생각하여 보았으나 그즈음에는 아내의 내객이 원체 많아서 내가 아내 방에 가 볼 기회가 도무지 없었다. 그래서 나는 하는 수 없이 변소에 갖다 집어넣어 버리고 만 것이다.

나는 서글픈 마음으로 아내의 꾸지람을 기다렸다. 그러나 아내는 끝내 아무 말도 나에게 묻지도 하지도 않았다. 않았을 뿐만 아니라 여전히 돈은 돈대로 내 머리맡에 놓고 가지 않나? 내 머리맡에는 어느덧 은화가 꽤 많이 모였다.

내객이 아내에게 돈을 놓고 가는 것이나 아내가 내게 돈을 놓고 가는 것이나 일종의 쾌감——그 외의 다른 아무런 이유도 없는 것이 아닐까 하는 것을 나는 또 이불 속에서 연구하기 시작하였다. 쾌감이라면 어떤 종류의 쾌감일까를 계속하여 연구하였다. 그러나 그것은 이불 속의 연구로는 알 길이 없었다. 쾌감 쾌감, 하고 나는 뜻밖에도 이 문제에 대해서만 흥미를 느꼈다.

아내는 물론 나를 늘 감금하다시피 하여 왔다. 내게 불평이 있을 리 없다. 그런 중에도 나는 그 쾌감이라는 것의 유무를 체험하고 싶었다.

나는 아내의 밤외출 틈을 타서 밖으로 나왔다. 나는 거리에서 잊어버리지 않고 가지고 나온 은화를 지폐로 바꾼다. 오원이나 된다. 그것을 주머니에 넣고 나는 목적을 잃어버리기 위하여 얼마든지 거리를 쏘다녔다. 오래간만에 보는 거리는 거의 경이에 가까울 만치 내 신경을 흥분시키지 않고는 마지 않았다. 나는 금시에 피곤하여 버렸다. 그러나 나는 참았다. 그리고 밤이 이슥하도록 까닭을 잊어버린 채 이 거리 저 거리로 지향 없이 헤매었다. 돈은 물론 한 푼도 쓰지 않았다. 돈을 쓸 아무 엄두도 나지 않았다. 나는 벌써 돈을 쓰는 기능을 완전히 상실한 것 같았다.

나는 과연 피로를 이 이상 견디기가 어려웠다. 나는 가까스로 내 집을 찾았다. 나는 내 방으로 가려면 아내 방을 통과하지 않으면 안 될 것을 알고 아내에 내객이 있나 없나를 걱정하면서 미닫이 앞에서 좀 거북살스럽게 기침을 한 번 했으니 이것은 참 또 너무 암상스럽게 미닫이가 열리면서 아내의 얼굴과 그 등뒤에 낯선 남자의 얼굴이 이쪽을 내다보는 것이다. 나는 별안간 내어 쏟아지는 불빛에 눈이 부셔서 좀 머뭇머뭇했다.

나는 아내의 눈초리를 못 본 것은 아니다. 그러나 나는 모른 체하는 수밖에 없었다. 왜? 나는 어쨌든 아내의 방을 통과하지 아니하면 안 되니까…….

나는 이불을 뒤집어썼다. 무엇보다도 다리가 아파서 견딜 수가 없었다. 이불 속에서는 가슴이 울렁거리면서 암만해도 까무라칠 것만 같았다. 걸을 때는 몰랐더니 숨이 차다. 등에

식은땀이 쭉 내배인다. 나는 외출한 것을 후회하였다. 이런 피로를 잊고 어서 잠이 들었으면 좋겠다. 한 잠 잘— 자고 싶었다.

얼마동안이나 비스듬히 엎드려 있었더니 차츰차츰 뚝딱거리는 가슴 동기가 가라앉는다. 그만해도 우선 살 것 같았다. 나는 몸을 돌려 반듯이 천장을 향하여 눕고 쭉— 다리를 뻗었다.

그러나 나는 또다시 가슴의 동기를 피할 수 없게 되었다. 아랫방에서 아내와 그 남자의 내 귀에도 들리지 않을 만치 옅은 목소리로 소근거리는 기척이 장지 틈으로 전하여 왔던 것이다. 청각을 더 예민하게 하기 위하여 나는 눈을 떴다. 그리고 숨을 죽였다. 그러나 그때는 벌써 아내와 남자는 앉았던 자리를 툭툭 털며 일어섰고 일어서면서 옷과 모자 쓰는 기척이 나는 듯하더니 이어 미닫이가 열리고 구두 뒤축소리가 나고 그리고 뜰에 내려서는 소리가 쿵 하고 나면서 뒤를 따르는 아내의 고무신소리가 두어 발자국 찍 찍 나고 사뿐사뿐 나나 하는 사이에 두 사람의 발소리가 대문간 쪽으로 사라졌다.

나는 아내의 이런 태도를 본 일이 없다. 아내는 어떤 사람과도 결코 소근거리는 법이 없다. 나는 윗방에서 이불을 쓰고 누웠는 동안에도 혹 술이 취해서 혀가 잘 돌아가지 않는 내객들의 담화는 더러 놓치는 수가 있어도 아내의 높지도 얕지도 않은 말소리는 일찍이 한마디도 놓쳐 본 일이 없다. 더러 내 귀에 거슬리는 소리가 있어도 나는 그것이 태연한 목소리로 내 귀에 들렸다는 이유로 충분히 안심이 되었다.

그러던 아내의 이런 태도는 필시 그 속에 여간하지 않은 사정이 있는 듯싶이 생각이 되고 내 마음은 좀 서운했으나 그러나 그보다도 나는 좀 너무 피곤해서 오늘만은 이불 속에서 아무것도 연구치 않기로 굳게 결심하고 잠을 기다렸다. 잠은 좀처럼 오지 않았다. 대문간에 나간 아내도 좀처럼 들어오지 않았다. 그러는 동안에 흐지부지 나는 잠이 들어 버렸다. 꿈이 얼쑹덜쑹 종을 잡을 수 없는 거리의 풍경을 여전히 헤맸다.

나는 몹시 흔들렸다. 내객을 보내고 들어온 아내가 잠든 나를 잡아 흔드는 것이다. 나는 눈을 번쩍 뜨고 아내의 얼굴을 쳐다보았다. 아내의 얼굴에는 웃음이 없다. 나는 좀 눈을 부비고 아내의 얼굴을 자세히 보았다. 노기가 눈초리에 떠서 얇은 입술이 바르르 떨린다. 좀처럼 이 노기가 풀리기는 어려울 것 같았다. 나는 그대로 눈을 감아 버렸다. 벼락이 내리기를 기다린 것이다. 그러나 쌔근 하는 숨소리가 나면서 푸시시 아내의 치맛자락 소리가 나고 장지가 여닫히며 아내는 아내 방으로 돌아갔다. 나는 다시 몸을 돌려 이불을 뒤집어쓰고는 개구리처럼 엎드리고, 엎드려서 배가 고픈 가운데에도 오늘밤의 외출을 또 한 번 후회하였다.

나는 이불 속에서 아내에게 사죄하였다. 그것은 네 오해라고…….

나는 사실 밤이 퍽이나 이슥한 줄만 알았던 것이다. 그것이 네 말마따나 자정 전인 줄은 나는 정말이지 꿈에도 몰랐다.

나는 너무 피곤하였었다. 오래간만에 나는 너무 많이 걸은 것이 잘못이다. 내 잘못이라면 잘못은 그것밖에는 없다. 외출은 왜 하였더냐고?

나는 그 머리맡에 저절로 모인 오 원 돈을 아무에게라도 좋으니 주어 보고 싶었던 것이다. 그뿐이다. 그러나 그것도 내 잘못이라면 나는 그렇게 알겠다. 나는 후회하고 있지 않나?

내가 그 오 원 돈을 써 버릴 수가 있었던들 나는 자정 안에 집에 돌아올 수 없었을 것이다. 그러나 거리는 너무 복잡하였고 사람은 너무도 들끓었다. 나는 어느 사람을 붙들고 그 오 원 돈을 내어 주어야 할지 갈피를 잡을 수가 없었다. 그러는 동안에 나는 여지없이 피곤해 버리고 말았던 것이다.

나는 무엇보다도 좀 쉬고 싶었다. 눕고 싶었다. 그래서 나는 하는 수 없이 집으로 돌아온 것이다. 내 짐작 같아서는 밤이 어지간히 늦은 줄만 알았는데 그것이 불행히도 자정 전이었다는 것은 참 안된 일이다. 미안한 일이다. 나는 얼마든지 사죄하여도 좋다. 그러나 종시 아내의 오해를 풀지 못하였다 하면 내가 이렇게까지 사죄하는 보람은 그럼 어디 있나? 한심하였다.

한 시간 동안을 나는 이렇게 초조하게 굴지 않으면 안 되었다. 나는 이불을 홱 젖혀버리고 일어나서 장지를 열고 아내 방으로 비칠비칠 달려갔던 것이다. 내게는 거의 의식이라는 것이 없었다. 나는 아내 이불 위에 엎드려지면서 바지 포켓 속에서 그 돈 오 원을 내 아내 손에 쥐여 준 것을 간신히 기억할 뿐이다.

이튿날 잠이 깨었을 때 나는 내 아내 방 이불 속에 있었다. 이것이 이 삼십삼번지에서 살기 시작한 이래 내가 아내 방에서 잔 맨 처음이었다.

해가 들창에 훨씬 높았는데 아내는 이미 외출하고 벌써 내 곁에 있지는 않다. 아니! 아내는 엊저녁 내가 의식을 잃은 동안에 외출한 것인지도 모른다. 그러나 나는 그런 것을 조사하고 싶지 않았다. 다만 전신이 찌뿌드드한 것이 손가락 하나 꼼짝할 힘조차 없었다. 책보보다 좀 작은 면적의 볕이 눈이 부시다. 그 속에서 수없는 먼지가 흡사 미생물처럼 난무한다. 코가 칵 막히는 것 같다. 나는 다시 눈을 감고 이불을 푹 뒤집어쓰고 낮잠을 자기에 착수하였다. 그러나 코를 스치는 아내의 체취는 꽤 조갈적이었다. 나는 몸을 여러 번 여러 번 비비 꼬면서 아내의 화장대에 늘어선 고 가지각색의 화장품 병들과 고 병들이 마개를 뽑았을 때 풍기던 냄새를 더듬느라고 좀처럼 잠은 들지 않는 것을 나는 어찌하는 수도 없었다.

견디다 못하여 나는 그만 이불을 걷어차고 벌떡 일어나서 내 방으로 갔다. 내 방에는 다 식어 빠진 내 끼니가 가지런히 놓여 있는 것이다. 아내는 내 모이를 여기다 주고 나간 것이다. 나는 우선 배가 고팠다. 한 숟갈을 입에 떠 넣었을 때 그 촉감은 참 너무도 냉회와 같이 써늘하였다. 나는 숟갈을 놓고 내 이불 속으로 들어갔다. 하룻밤을 비어 때린 내 이부자리는 여전히 반갑게 나를 맞아 준다. 나는 내 이불을 뒤집어쓰고 이번에는 참 늘어지게 한잠 잤다. 잘——.

내가 잠을 깬 것은 전등이 켜진 뒤다. 그러나 아내는 아직도 돌아오지 않았나 보다. 아니! 들어왔다 또 나갔는지도 알 수 없다. 그러나 그런 것을 상고하여 무엇하나?

정신이 한결 난다. 나는 지난밤 일을 생각해 보았다. 그 돈 오 원을 아내 손에 쥐어주고 넘어졌을 때에 느낄 수 었었던 쾌감을 나는 무엇이라고 설명할 수가 없었다. 그러나 내객들이 내 아내에게 돈 놓고 가는 심리며 내 아내가 내게 돈 놓고 가는 심리의 비밀을 나는 알아낸 것 같아서 여간 즐거운 것이 아니다. 나는 속으로 빙그레 웃어 보았다. 이런 것을 모르고 오늘까지 지내 온 내 자신이 어떻게 우스꽝스러워 보이는지 몰랐다. 나는 어깨춤이 났다.

따라서 나는 또 오늘밤에도 외출하고 싶었다. 그러나 돈이 없다. 나는 엇저녁에 그 돈 오 원을 한꺼번에 아내에게 주어 버린 것을 후회하였다. 또 고 벙어리를 변소에 갖다 처넣어 버린 것도 후회하였다. 나는 실없이 실망하면서 습관처럼 그 돈 오 원이 들어 있던 내 바지 포켓에 손을 넣어 한번 휘둘러 보았다. 뜻밖에도 내 손에 쥐어지는 것이 있었다. 이 원밖에 없다. 그러나 많아야 맛은 아니다. 얼마간이고 있으면 된다. 나는 그만한 것이 여간 고마운 것이 아니었다.

나는 기운을 얻었다. 나는 그 단벌 다 떨어진 코르덴 양복을 걸치고 배 고픈 것도 주제 사나운 것도 다 잊어버리고 활갯짓을 하면서 또 거리로 나섰다. 나서면서 나는 제발 시간이 화살 닫듯 해서 자정이 어서 홱 지나 버렸으면 하고 조바심을 태웠다. 아내에게 돈을 주고 아내 방에서 자 보는 것은 어디까지든지 좋았지만 만일 잘못해서 자정 전에 집에 들어갔다가 아내의 눈총을 맞는 것은 그것은 여간 무서운 일이 아니었다. 나는 저무도록 길가 시계를 들여다보고 들여다보고 하면서 또 지향 없이 거리를 방황하였다. 그러나 이날은 좀처럼 피곤하지는 않았다. 다만 시간이 좀 너무 더디게 가는 것만 같아서 안타까웠다.

경성역 시계가 확실히 자정이 지난 것을 본 뒤에 나는 집을 향하였다. 그날은 그 일각대문에서 아내와 아내의 남자가 이야기하고 섰는 것을 만났다. 나는 모른 체하고 두 사람 곁을 지나서 내 방으로 들어갔다. 뒤이어 아내도 들어왔다. 와서는 이 밤중에 평생 안하던 쓰레질을 하는 것이다. 조금 있다가 아내가 눕는 기척을 엿듣자마자 나는 또 장지를 열고 아내 방으로 가서 그 돈 이 원을 아내 손에 덥석 쥐여 주고 그리고—하여간 그 이 원을 오늘밤에도 쓰지 않고 도로 가져온 것이 참 이상하다는 듯이 아내는 내 얼굴을 몇 번이고 엿보고—아내는 드디어 아무 말도 없이 나를 자기 방에 재워 주었다. 나는 이 기쁨을 세상의 무엇과도 바꾸고 싶지는 않았다. 나는 편히 잘 잤다.

이튿날도 내가 잠이 깼을 때는 아내는 보이지 않았다. 나는 또 내 방으로 가서 피곤한 몸이 낮잠을 잤다.

내가 아내에게 흔들려 깨었을 때는 역시 불이 들어온 뒤였다. 아내는 자기 방으로 나를 오라는 것이다. 이런 일은 또 처음이다. 아내는 끊임없이 얼굴에 미소를 띠고 내 팔을 이끄는 것이다. 나는 이런 아내의 태도 이면에 엔간치 않은 음모가 숨어 있지나 않은가 하고 적이 불안을 느끼지 않을 수 없었다.

나는 아내의 하자는 대로 아내 방으로 끌려갔다. 아내 방에는 저녁 밥상이 조촐하게 차려져 있는 것이다. 생각하여 보면 나는 이틀을 굶었다. 나는 지금 배 고픈 것까지도 긴가민가 잊어버리고 어름어름하던 차다.

나는 생각하였다. 이 최후의 만찬을 먹고 나자마자 벼락이 내려도 나는 차라리 후회하지 않을 것. 사실 나는 인간 세상이 너무나 심심해서 못 견디겠던 차다. 모든 일이 성가시고 귀찮았으나 그러나 불의의 재난이라는 것은 즐거웁다.

나는 마음을 턱 놓고 조용히 아내와 마주 이 해괴한 저녁 밥을 먹었다. 우리 부부는 이야기하는 법이 없었다. 밥을 먹은 뒤에도 나는 말이 없이 그냥 부시시 일어나서 내 방으로 건너가 버렸다. 아내는 나를 붙잡지 않았다. 나는 벽에 기대어 앉아서 담배를 한 대 피워 물고 그리고 벼락이 떨어질 테거든 어서 떨어져라 하고 기다렸다.

오 분! 십 분! —

그러나 벼락은 내리지 않았다. 긴장이 차츰 늘어지기 시작한다. 나는 어느덧 오늘밤에도 외출할 것을 생각하고 있었다. 돈이 있었으면 하고 생각하고 있었다.

그러나 돈은 확실히 없다. 오늘은 외출하여도 나중에 올 무슨 기쁨이 있나. 나는 앞이 그냥 아득하였다. 나는 화가 나서 이불을 뒤집어쓰고 이리 뒹굴 저리 뒹굴 굴렀다. 금세 먹은 밥이 목으로 자꾸 치밀어 올라온다. 메스꺼웠다.

하늘에서 얼마라도 좋으니 왜 지폐가 소낙비처럼 퍼붓지 않나, 그것이 그저 한없이 야속하고 슬펐다. 나는 이렇게밖에 돈을 구하는 아무런 방법도 알지는 못했다. 나는 이불 속에서 좀 울었나보다. 돈이 왜 없냐면서…….

그랬더니 아내가 또 내 방에 들어왔다. 나는 깜짝 놀라 아마 인제서야 벼락이 내리려나보다 하고 숨을 죽이고 두꺼비 모양으로 엎드려 있었다. 그러나 떨어진 입을 새어 나오는 아내의 말소리는 참 부드러웠다. 정다웠다. 아내는 내가 왜 우는지를 안다는 것이다. 돈이 없어서 그러는 게 아니란다. 나는 실없이 깜짝 놀랐다. 어떻게 저렇게 사람의 속을 환—하게 들여다보는고 해서 나는 한편으로 슬그머니 겁도 안 나는 것은 아니었으나 저렇게 말하는 것을 보면 아마 내게 돈을 줄 생각이 있나보다, 만일 그렇다면 오죽이나 좋은 일일까. 나는 이불 속에 뚤뚤 말린 채 고개도 들지 않고 아내의 다음 거동을 기다리고 있으니까, 옛소— 하고 내 머리맡에 내려뜨리는 것은 그 가뿐한 음향으로 보아 지폐에 틀림없었다. 그리고 내 귀에다 대고 오늘일랑 어제보다도 좀 더 늦게 들어와도 좋다고 속삭이는 것이다. 그것은 어렵지 않다. 우선 그 돈이 무엇보다도 고맙고 반가웠다.

어쨌든 나섰다. 나는 좀 야맹증이다. 그래서 될 수 있는 대로 밝은 거리로 골라서 돌아다니기로 했다. 그러고는 경성역 일이등 대합실 한곁 티룸에를 들렀다. 그것은 내게는 큰 발견이었다. 거기는 우선 아무도 아는 사람이 안 온다, 설사 왔다가도 곧들 가니까 좋다. 나는 날마다 여기 와서 시간을 보내리라 속으로 생각하여 두었다.

제일 여기 시계가 어느 시계보다도 정확하리라는 것이 좋았다. 섣불리 서투른 시계를 보고 그것을 믿고 시간 전에 집에 돌아갔다가 큰코를 다쳐서는 안 된다.

나는 한 부스에 아무것도 없는 것과 마주 앉아서 잘 끓은 커피를 마셨다. 총총한 가운데 여객들은 그래도 한 잔 커피가 즐거운가 보다. 얼른얼른 마시고 무얼 좀 생각하는 것같이 담벼락도 좀 쳐다보고 하다가 곧 나가 버린다. 서글프다. 그러나 내게는 이 서글픈 분위기가 거리의 티룸들의 그 거추장스러운 분위기보다는 절실하고 마음에 들었다. 이따금 들리는 날카로운 혹은 우렁찬 기적소리가 모차르트보다도 더 가깝다. 나는 메뉴에 적힌 몇 가지 안 되는 음식 이름을 치읽고 내리읽고 여러 번 읽었다. 그것들은 아물아물한 것이 어딘가 내 어렸을 때 동무들 이름과 비슷한 데가 있었다.

거기서 얼마나 내가 오래 앉았는지 정신이 오락가락하는 중에 객이 슬며시 뜸해지면서 이 구석 저 구석 걷어 치우기 시작하는 것을 보면 아마 닫을 시간이 된 모양이다. 열한시가 좀 지났구나. 여기도 결코 내 안주의 곳은 아니구나, 어디 가서 자정을 넘길까, 두루 걱정을 하면서 나는 밖으로 나섰다. 비가 온다. 빗발이 제법 굵은 것이 우비도 우산도 없는 나를 고생을 시킬 작정이다. 그렇다고 이런 괴이한 풍모를 차리고 이 홀에서 어물어물하는 수는 없고 에이 비를 맞으면 맞았지

하고 나는 그냥 나서 버렸다.

대단히 선선해서 견딜 수가 없다. 코르덴 옷이 젖기 시작하
더니 나중에는 속속들이 숨어들면서 처근거린다. 비를 맞아
가면서라도 견딜 수 있는 데까지 거리를 돌아다녀서 시간을
보내려 하였으나 인제는 선선해서 이 이상은 더 견딜 수가 없
다. 오한이 자꾸 일어나면서 이가 딱딱 맞부딪친다.

나는 걸음을 재치면서 생각하였다. 오늘 같은 궂은 날도 아
내에게 내객이 있을라구. 없겠지 하는 생각이 드는 것이다. 집
으로 가야겠다. 아내에게 불행히 내객이 있거든 내 사정을 하
리라. 사정을 하면 이렇게 비가 오는 것을 눈으로 보고 알아
주겠지.

부리나케 와 보니까 그러나 아내에게는 내객이 있었다. 나
는 그만 너무 춥고 척척해서 얼떨김에 노크하는 것을 잊었다.
그래서 나는 보면 아내가 좀 덜 좋아할 것을 그만 보았다. 나
는 감발자국 같은 발자국을 내면서 덤벙덤벙 아내 방을 디디
고 그리고 내 방으로 가서 쭉 빠진 옷을 활활 벗어 버리고 이
불을 뒤썼다. 덜덜덜덜 떨린다. 오한이 점점 더 심해 들어온다.
여전 땅이 꺼져 들어 가는 것만 같았다. 나는 그만 의식을 잃
어버리고 말았다.

이튿날 내가 눈을 떴을 때 아내는 내 머리맡에 앉아서 제
법 근심스러운 얼굴이다. 나는 감기가 들었다. 여전히 으시시
춥고 또 골치가 아프고 입에 군침이 도는 것이 쓸쓸하면서 다
리팔이 척 늘어져서 노곤하다.

아내는 내 머리를 쓱 짚어 보더니 약을 먹어야지 한다. 아

내 손이 이마에 선뜩한 것을 보면 신열이 어지간한 모양인데 약을 먹는다면 해열제를 먹어야지 하고 속생각을 하자니까 아내는 따뜻한 물에 하얀 정제약 네 개를 준다. 이것을 먹고 한잠 푹—— 자고 나면 괜찮다는 것이다. 나는 널름 받아먹었다. 쌉싸름한 것이 짐작 같아서는 아마 아스피린인가 싶다. 나는 다시 이불을 쓰고 단번에 그냥 죽은 것처럼 잠이 들어 버렸다.

나는 콧물을 훌쩍훌쩍 하면서 여러 날을 앓았다. 앓는 동안에 끊이지 않고 그 정제약을 먹었다. 그러는 동안에 감기도 나았다. 그러나 입맛은 여전히 소태처럼 썼다.

나는 차츰 또 외출하고 싶은 생각이 났다. 그러나 아내는 나더러 외출하지 말라고 이르는 것이다. 이 약을 날마다 먹고 그리고 가만히 누워 있으라는 것이다. 공연히 외출을 하다가 이렇게 감기가 들어서 저를 고생을 시키는 게 아니냔다. 그도 그렇다. 그럼 외출을 하지 않겠다고 맹세하고 그 약을 연복하여 몸을 좀 보해 보리라고 나는 생각하였다.

나는 날마다 이불을 뒤집어쓰고 밤이나 낮이나 잤다. 유난스럽게 밤이나 낮이나 졸려서 견딜 수가 없는 것이다. 나는 이렇게 잠이 자꾸만 오는 것은 내가 몸이 훨씬 튼튼해진 증거라고 굳게 믿었다.

나는 아마 한 달이나 이렇게 지냈나 보다. 내 머리와 수염이 좀 너무 자라서 후틋해서 견딜 수가 없어서 내 거울을 좀 보리라고 아내가 외출한 틈을 타서 나는 아내 방으로 가서 아내의 화장대 앞에 앉아 보았다. 상당하다. 수염과 머리가 참 산란하였다. 오늘은 이발을 좀 하리라 생각하고 겸사겸사 고 화장품 병들 마개를 뽑고 이것저것 맡아 보았다. 한동안 잊어버렸던 향기 가운데서는 몸이 배배 꼬일 것 같은 체취가 전해 나왔다. 나는 아내의 이름을 속으로만 한번 불러 보았다. '연심(蓮心)이!' 하고.

오래간만에 돋보기 장난도 하였다. 거울 장난도 하였다. 창에 든 볕이 여간 따뜻한 것이 아니었다. 생각하면 오월이 아니냐.

나는 커다랗게 기지개를 한번 펴 보고 아내 베개를 내려 베고 벌떡 자빠져서는 이렇게도 편안하고 즐거운 세월을 하느님께 흠씬 자랑하여 주고 싶었다. 나는 참 세상의 아무것과도 교섭을 갖지 않는다. 하느님도 아마 나를 칭찬할 수도 처벌할 수도 없는 것 같다.

그러나 다음 순간 실로 세상에도 이상스러운 것이 눈에 띄었다. 그것은 최면약 아달린 갑이었다. 나는 그것을 아내의 화장대 밑에서 발견하고 그것이 흡사 아스피린처럼 생겼다고 느꼈다. 나는 그것을 열어 보았다. 똑 네 개가 비었다.

나는 오늘 아침에 네 개의 아스피린을 먹은 것을 기억하고 있었다. 나는 잤다. 어제도 그제도 그끄제도─나는 졸려서 견딜 수가 없었다. 나는 감기가 다 나았는데도 아내는 내게 아스피린을 주었다. 내가 잠이 든 동안에 이웃에 불이 난 일이 있다. 그때에도 나는 자느라고 몰랐다. 이렇게 나는 잤다. 나는 아스피린으로 알고 그럼 한 달 동안을 두고 아달린을 먹어 온 것이다. 이것은 좀 너무 심하다.

별안간 아뜩하더니 하마터면 나는 까무라칠 뻔하였다. 나는 그 아달린을 주머니에 넣고 집을 나섰다. 그리고 산을 찾아 올라갔다. 인간 세상의 아무것도 보기가 싫었던 것이다. 걸으면서 나는 아무쪼록 아내에 관계되는 일은 일체 생각하지 않도록 노력하였다. 길에서 까무러치기 쉬우니까. 나는 어디라도 양지가 바른 자리를 하나 골라서 자리를 잡아 가지고 서서히 아내에 관하여서 연구할 작정이었다. 나는 길가에 돌창, 핀 구경도 못 한 진 개나리꽃, 종달새, 돌멩이도 새끼를 까는 이야기, 이런 것만 생각하였다. 다행히 길가에서 나는 졸도하지 않았다.

거기는 벤치가 있었다. 나는 거기 정좌하고 그리고 그 아스피린과 아달린에 관하여 연구하였다. 그러나 머리가 도무지 혼란하여 생각이 체계를 이루지 않는다. 단 오 분이 못 가서 나는 그만 귀찮은 생각이 버쩍 들면서 심술이 났다. 나는 주머니에서 가지고 온 아달린을 꺼내 남은 여섯 개를 한꺼번에 질겅질겅 씹어 먹어 버렸다. 맛이 익살맞다. 그리고 나서 나는 그 벤치 위에 가로 기다랗게 누웠다. 무슨 생각으로 내가 그 따위 짓을 했나? 알 수가 없다. 그저 그러고 싶었다. 나는 게서 그냥 깊이 잠이 들었다. 잠결에도 바위 틈을 흐르는 물소리가 졸졸 하고 귀에 언제까지나 어렴풋 들려왔다.

내가 잠을 깨었을 때는 날이 환——히 밝은 뒤다. 나는 거기서 일주야를 잔 것이다. 풍경이 그냥 노——랗게 보인다. 그 속에서도 나는 번개처럼 아스피린과 아달린이 생각났다.

아스피린, 아달린, 아스피린, 아달린, 마르크스, 말사스, 마도로스, 아스피린, 아달린.

아내는 한 달 동안 아달린을 아스피린이라고 속이고 내게 먹였다. 그것은 아내 방에서 이 아달린 갑이 발견된 것으로 미루어 증거가 너무나 확실하다.

무슨 목적으로 아내는 나를 밤이나 낮이나 재웠어야 됐나?

나를 밤이나 낮이나 재워 놓고 그리고 아내는 내가 자는 동안에 무슨 짓을 했나?

나를 조금씩 조금씩 죽이려든 것일까?

그러나 또 생각하여 보면 내가 한 달을 두고 먹어 온 것은 아스피린이었는지도 모른다. 아내는 무슨 근심되는 일이 있어서 밤 되면 잠이 잘 오지 않아서 정작 아내가 아달린을 사용한 것이나 아닌지, 그렇다면 나는 참 미안하다. 나는 아내에게 이렇게 큰 의혹을 가졌었다는 것이 참 안됐다.

나는 그래서 부리나케 거기서 내려왔다. 아랫도리가 홰 홰 내어저이면서 어찔어찔한 것을 나는 겨우 집을 향하여 걸었다. 여덟시 가까이였다.

나는 내 잘못된 생각을 죄다 일러바치고 아내에게 사죄하려는 것이다. 나는 너무 급해서 그만 또 말을 잊어버렸다.

그랬더니 이건 참 너무 큰일났다. 나는 내 눈으로는 절대 보아서 안 될 것을 그만 딱 보아 버리고 만 것이다. 나는 얼떨결에 그만 냉큼 미닫이를 닫고 그리고 현기증이 나는 것을 진정시키느라고 잠깐 고개를 숙이고 눈을 감고 기둥을 짚고 섰자니까 일 초 여유도 없이 홰 미닫이가 다시 열리더니 매무새를 풀어헤친 아내가 불쑥 내밀면서 내 멱살을 잡는 것이다. 나는 그만 어지러워서 게서 그냥 나동그라졌다. 그랬더니 아내는 넘어진 내 위에 덮치면서 내 살을 함부로 물어뜯는 것이다. 아파 죽겠다. 나는 사실 반항할 의사도 힘도 없어서 그냥 넙적 엎뎌 있으면서 어떻게 되나 보고 있자니까 뒤이어 남자가 나오는 것 같더니 아내를 한아름에 덥석 안아 갖고 방 안으로 들어가는 것이다. 아내는 아무 말 없이 다소곳이 그렇게 안겨 들어가는 것이 내 눈에 여간 미운 것이 아니다. 밉다.

아내는 너 밤 새워 가면서 도적질하러 다니느냐, 계집질하러 다니느냐고 발악이다. 이것은 참 너무 억울하다. 나는 어안이 벙벙하여 도무지 입이 떨어지지를 않았다.

너는 그야말로 나를 살해하려 든 것이 아니냐고 소리를 한번 꽥 질러 보고 싶었으나 그런 긴가민가한 소리를 섣불리 입 밖에 내었다가는 무슨 화를 볼는지 알 수 있나. 차라리 억울하지만 잠자코 있는 것이 우선 상책인 듯싶이 생각이 들길래 나는 이것은 또 무슨 생각으로 그랬는지 모르지만 툭툭 털고 일어나서 내 바지 포켓 속에 남은 돈 몇 원 몇십 전을 가만히 꺼내서는 몰래 미닫이를 열고 살며시 문지방 밑에다 놓고 나서는 나는 그냥 줄달음박질을 쳐서 나와 버렸다.

여러 번 자동차에 치일 뻔하면서 나는 그래도 경성역을 찾아갔다. 빈 자리와 마주 앉아서 이 쓰디쓴 입맛을 거두기 위하여 무엇으로나 입가심을 하고 싶었다.

커피──. 좋다. 그러나 경성역 홀에 한 걸음을 들여놓았을 때 나는 내 주머니에는 돈이 한 푼도 없는 것을 그것을 깜빡 잊었던 것을 깨달았다. 또 아뜩하였다. 나는 어디선가 그저 맥없이 머뭇머뭇하면서 어쩔 줄을 모를 뿐이었다. 얼빠진 사람처럼 그저 이리 갔다 저리 갔다 하면서…….

나는 어디로 어디로 들입다 쏘다녔는지 하나도 모른다. 다만 몇 시간 후에 내가 미쓰코시 옥상에 있는 것을 깨달았을 때는 거의 대낮이었다.

나는 거기 아무 데나 주저앉아서 내 살아온 스물여섯 해를 회고하여 보았다. 몽롱한 기억 속에서는 이렇다는 아무 제목도 불그러져 나오지 않았다.

나는 또 내 자신에게 물어보았다. 너는 인생에 무슨 욕심이 있느냐고. 그러나 있다고도 없다고도, 그런 대답은 하기가 싫었다. 나는 거의 나 자신의 존재를 인식하기조차도 어려웠다.

허리를 굽혀서 나는 그저 금붕어나 들여다보고 있었다. 금붕어는 참 잘들 생겼다. 작은 놈은 작은 놈대로 큰 놈은 큰 놈대로 다— 싱싱하니 보기 좋았다. 내려비치는 오월 햇살에 금붕어들은 그릇 바탕에 그림자를 내려뜨렸다. 지느러미는 하늘하늘 손수건을 흔드는 흉내를 낸다. 나는 이 지느러미 수효를 헤어보기도 하면서 굽힌 허리를 좀처럼 펴지 않았다. 등허리가 따뜻하다.

나는 또 회탁의 거리를 내려다보았다. 거기서는 피곤한 생활이 똑 금붕어 지느러미처럼 흐늑흐늑 허부적거렸다. 눈에 보이지 않는 끈적끈적한 줄에 엉켜서 헤어나지들을 못한다. 나는 피로와 공복 때문에 끊어져 들어가는 몸뚱이를 끌고 그 회탁의 거리 속으로 섞여 들어가지 않는 수도 없다 생각하였다.

나서서 나는 또 문득 생각하여 보았다. 이 발길이 지금 어디로 향하여 가는 것인가를……

그때 내 눈앞에는 아내의 모가지가 벼락처럼 내려 떨어졌다. 아스피린과 아달린.

우리들은 서로 오해하고 있느니라. 설마 아내가 아스피린 대신 아달린의 정량을 나에게 먹여 왔을까? 나는 그것을 믿을 수는 없다. 아내가 그럴 대체 까닭이 없을 것이니.

그러면 나는 날밤을 새면서 도적질을 계집질을 하였나? 정말이지 아니다.

우리 부부는 숙명적으로 발이 맞지 않는 절름발이인 것이다. 내나 아내나 제 거동에 로직을 붙일 필요는 없다. 변해할 필요도 없다. 사실은 사실대로 오해는 오해대로 그저 끝없이 발을 절뚝거리면서 세상을 걸어가면 되는 것이다. 그렇지 않을까?

그러나 나는 이 발길이 아내에게로 돌아가야 옳은가 이것만은 분간하기가 좀 어려웠다. 가야 하나? 그럼 어디로 가나?

이때 뚜── 하고 정오 사이렌이 울었다. 사람들은 모두 네 활개를 펴고 닭처럼 푸드덕거리는 것 같고 온갖 유리와 강철과 대리석과 지폐와 잉크가 부글부글 끓고 수선을 떨고 하는 것 같은 찰나, 그야말로 현란을 극한 정오다.

나는 불현듯이 겨드랑이가 가렵다. 아하 그것은 내 인공의 날개가 돋았던 자국이다. 오늘은 없는 이 날개, 머릿속에서는 희망과 야심의 말소된 페이지가 딕셔너리 넘어가듯 번뜩였다.

나는 걷던 걸음을 멈추고 그리고 어디 한번 이렇게 외쳐 보고 싶었다.

날개야 다시 돋아라.

날자. 날자. 한 번만 더 날자꾸나.

한 번만 더 날아 보자꾸나.

《조광(朝光)》 제11호, 1936. 9.

이효석

1907. 2. 23 ~ 1942. 5. 25.

●

산

메밀꽃 필 무렵

1907년 강원도 평창에서 출생하였다.

경성제일고보를 거쳐 경성제대 법문학부 영문과를 졸업했다. 유진오와 더불어 '꼬마 수재'라는 별명을 들었고, 재학 중 「도시와 유령」을 발표하여 문단에 데뷔하였다.

1933년부터 구인회 회원으로 활동하였고, 평양숭실전문학교 교수를 역임하였다.

「노령근해」, 「상륙」 등을 발표할 당시, 그의 현실적 관심은 관능적, 성적 인간 본능의 폭로였다. 이어 「돈(豚)」, 「수탉」이후부터는 동반자적 입장의 작품보다는 순수문학을 표방하는 작품 창작에 전념했다.

1942년 뇌막염으로 요절할 때까지, 성 묘사의 욕정 소설, 자연적 토착 세계의 리리시즘, 도시적 분열과 자연적 화해의 세계를 다룬 작품을 발표했다.

대표작으로 「노령근해」, 「수탉」, 「분녀」, 「메밀꽃 필 무렵」, 「들」, 「장미 병들다」, 「화분」 등이 있다.

산

1

나무하던 손을 쉬고 중실은 발 밑의 깨금나무 포기를 들쳤다. 지천으로 떨어지는 깨금 알이 손 안에 오르르 들었다. 익을 대로 익은 제철의 열매가 어금니 사이에서 오드득 두 쪽으로 갈라졌다.

돌을 집어던지면 깨금 알같이 오드득 깨어질 듯한 맑은 하늘. 물고기 등같이 푸르다. 높게 뜬 조각구름 떼가 햇볕에 뿌려진 조개껍질같이 유난스럽게도 한편에 옹졸봉졸 몰려들었다.

높은 산등이라 하늘이 가까우련만 마을에서 볼 때와 일반으로 멀다. 구만 리일까. 십만 리일까. 골짜기에서의 생각으로는 산기슭에만 오르면 만져질 듯하던 것이 산허리에 나서면 단번에 구 만리를 내빼는 가을하늘.

산 속의 아침나절은 졸고 있는 짐승같이 막막은 하나 숨결이 은근하다. 휘엿한 산등은 누워 있는 황소의 등어리요, 바람결도 없는데 쉴 새 없이 파르르 나부끼는 사시나무 잎새는 산의 숨소리다. 첫눈에 띄는 하얗게 분장한 자작나무는 산 속의 일색. 아무리 단장한대야 사람의 살결이 그렇게 흴 수 있을까. 수뿍 들어선 나무는 마을의 인총보다도 많고 사람의 성보다도 종자가 흔하다. 고요하게 무럭무럭 걱정 없이 잘들 자란다. 산오리나무, 물오리나무, 가락나무, 참나무, 졸참나무, 박달나무, 사수래나무, 떡갈나무, 피나무, 돌가리나무, 싸리나무, 고로쇠나무, 골짜기에는 산사나무, 아그배나무, 갈매나무, 개옷나무, 엄나무. 산등에 간간이 섞여 어느 때나 푸르고 향기로운 소나무, 잣나무, 전나무, 향나무, 노가지나무—걱정 없이 무럭무럭 잘들 자라는—산 속은 고요하나 웅성한 아름다운 세상이다.

과실같이 싱싱한 기운과 향기. 나무 향기. 흙냄새 하늘 향기, 마을에서는 찾아볼 수 없는 향기다.

낙엽 속에 파묻혀 앉아 깨금을 알뜰히 바수는 중실은 이제 새삼스럽게 그 향기를 생각하고 나무를 살피고 하늘을 바라보는 것이 아니었다. 그런 것은 한데 합쳐서 몸에 함빡 젖어들어 전신을 가지고 모르는 결에 그것을 느낄 뿐이다. 산과 몸이 빈틈없이 한데 얼린 것이다.

눈에는 어느 결엔지 푸른 하늘이 물들었고 피부에는 산냄새가 배었다. 바심할 때의 짚북더기보다도 부드러운 나뭇잎—여러 자 깊이로 쌓이고 쌓인 깨금잎 가랑잎 떡갈잎의 부드러운 보료——속에 목을 파묻고 있으면 몸뚱어리가 마치 땅에서 솟아난 한 포기의 나무와도 같은 느낌이다. 소나무, 참나무 총중의 한 대의 나무다. 두 발은 뿌리요, 두 팔은 가지다. 살을 베이면 피 대신에 나무 진이 흐를 듯하다. 잠자코 섰는 나무들의 주고 받는 은근한 말을, 나뭇가지의 고갯짓하는 뜻을, 나뭇잎의 소곤거리는 속심을, 총중의 한 포기로서 넉넉히 짐작할 수 있다. 해가 쪼일 때에 즐겨하고 바람 불 때 농탕치고 날 흐릴 때 얼굴을 찡그리는 나무들의 풍속과 비밀을 역력히 번역해 낼 수 있다. 몸은 한 포기의 나무다.

별안간 부드득 솟아오르는 힘을 느끼고 중실은 벌떡 뛰어 일어났다. 쭉 펴는 네 활개에 힘이 뻗쳐 금세 그대로 하늘에라도 오를 듯싶다. 넘치는 힘을 보낼 곳 없어 할 수 없이 입을 크게 벌리고 하늘이 울려라 고함을 쳤다. 땅에서 솟는 산정기의 힘찬 단순한 목소리다.

산이 대답하고 나뭇가지가 고갯짓한다. 또 하나 그 소리에 대답한 것은 맞은편 산허리에서 불시에 푸드득 날아뜨는 한 자웅의 꿩이었다. 살찐 까투리의 꽁지를 물고 나는 장끼의 오색 날개가 맑은 하늘에 찬란하게 빛났다.

살찐 꿩을 보고 중실은 문득 배가 허출함을 깨달았다. 아래편 골짜기 개울 옆에 간직하여 둔 노루고기와 가랑잎에 싸둔 개꿀이 있음을 생각하고 다시 낫을 집어들었다. 첫참 때까지에는 한 짐을 채워놓아야 파장되기 전에 읍내에 다다르겠고 팔아 가지고는 어둡기 전에 다시 산으로 돌아와야 할 것이다. 한참 쉬인 뒤라 팔에는 기운이 남았다. 비스럭거리는 나뭇잎 소리가 품 안에 요란하고 맑은 기운이 몸을 한바탕 멱감긴 것 같다. 산은 마을보다 몇 갑절 살기 좋은가. 산에 들어오기를 잘했다고 중실은 생각하였다.

2

세상에 머슴살이같이 잇속 적은 생업은 없다.

싸울래 싸운 것이 아니라 김 영감 편에서 투정을 건 셈이다. 지금 와 보면 처음부터 쫓아낼 의사였던 것이 확실하다. 중실은 머슴 산 지 칠팔 년에 아무것도 쥔 것 없이 맨주먹으로 살던 집을 쫓겨났다. 원통은 하였으나 애통하지는 않았다.

해마다 사경을 또박또박 받아 본 일 없다. 옷 한 벌 버젓하게 얻어 입은 적 없다. 명절에는 놀이할 돈도 푼푼이 없이 늘 개보름 쇠듯 하였다. 장가들이고 집 사고 살림을 내준다던 것도 헛소리였다. 첩을 건드렸다는 생뚱 같은 다짐이었으나 그것은 처음부터 계책한 억지요 졸색의 등겉개 따위에는 손대일 염도 없었던 것이다. 빨래하러 갔던 첩과 동구 밖에서 마주쳐 나뭇짐을 지고 앞서고 뒤서서 돌아왔다고 의심받을 법은 없다. 첩과 수상한 놈팽이는 도리어 다른 곳에 있는 것을 애매한 중실에게 엉뚱한 분풀이가 돌아온 셈이었다. 가살스런 첩의 행실을 휘어잡지 못하고 늘그막에 속 태우는 영감의 신세가 하기는 가엾기는 하다. 더욱 얼크러질 앞일을 생각하고 중실은 차라리 하직하고 나온 것이다.

넓은 하늘 밑에서도 갈 곳이 없다. 제일 친한 곳이 늘 나무하러 가던 산이었다. 짚북더기보다도 부드러운 두툼한 나뭇잎의 맛이 생각났다. 그 넓은 세상은 사람을 배반할 것 같지는 않았다. 빈 지게만을 짊어지고 산으로 들어갔다. 그 속에서 얼마 동안이나 견딜 수 있을까가 한 시험도 되었다.

박중골에서도 오 리나 들어간, 마을과 사람과는 인연이 먼 산협이다. 산등이 펑퍼짐하고 양지쪽에 해가 잘 쪼이고 골짜기에 개울이 흐르고 개울가에 나무 열매가 지천으로 열려 있는 곳이다. 양지쪽에서는 나무하러 왔다 낮잠을 잔 적도 여러 번이었다. 개울가에 불을 피우고 밭에서 뜯어 온 옥수수 이삭을 구웠다. 수풀 속에서 찾은 으름과 나뭇가지에 익어 시든 아그배와 산사로 배가 불렀다. 나뭇잎을 모아 그 속에 푹 파고든 잠자리도 그다지 춥지는 않았다.

이튿날 산을 헤매다가 공교롭게도 주영나무 가지에 야트막하게 달린 벌집을 찾아냈다. 담배 연기를 피워 벌떼를 어지러뜨리고 감쪽같이 집을 들어냈다. 속에는 맑은 꿀이 차 있었다. 사람은 살라고 마련인 듯싶다. 꿀은 조금으로도 요기가 되었다. 개와 함께 여러 날 양식이 되었다.

꿀이 다 떨어지지도 않은 그저께 밤에는 맞은편 심산에 산불이 보였다. 백일홍같이 새빨간 불꽃이 어둠 속에 가깝게 솟아올랐다. 낮부터 타기 시작한 것이 밤에 들어가서 겨우 알려진 것이다. 누에게 먹히는 뽕잎같이 아물아물해지는 것 같으나 기실은 한자리에서 아롱아롱 타는 것이었다. 아귀의 혀끝같이 널름거리는 불꽃이 세상에도 아름다웠다. 울 밑에 꽃

보다도 비단결보다도 무지개보다도 맨드라미보다도 곱고 장
하다.

중실은 알 수 없이 신이 나서 몽둥이를 들고 산등을 달아
오르고 골짜기를 건너 불 붙는 곳으로 끌려 들어갔다. 가깝
게 보이던 것과는 딴판으로 꽤 멀었다. 불은 산등에서 산등으
로 들러붙어 골짜기로 타 내려갔다. 화기가 확확 끼쳐 가까이
갈 수 없었다. 후끈후끈 무더웠다. 나무 뿌리가 탁탁 튀며 땅
이 쩽쩽 울렸다. 민출한 자작나무는 가지가지에 불이 피어올
라 한 포기의 산호수 같은 불나무로 변하였다. 헛되이 타는 모
두가 아까웠다. 중실은 어쩌는 수 없이 몽둥이를 쓸데없이 휘
두르며 불 테두리를 빙빙 돌 뿐이었다. 불은 힘에 부치는 것이
었다.

확실히 간 보람은 있었다. 그슬러진 노루 한 마리를 얻은 것
이다. 불 테두리를 뚫고 나오지 못한 노루는 산골짜기에서 뱅
뱅 돌다 결국 불벼락을 맞은 것이다. 물론 그것을 얻은 때는
불도 거의 탄 새벽녘이었으나 외로운 짐승이 몹시 가여웠다.
그러나 이미 죽은 후의 고기라 중실은 그것을 짊어지고 산으
로 돌아갔다. 사람을 살리자는 산의 뜻이라고 비위 좋게 생각
하면 그만이었다. 여러 날 동안의 흐뭇한 양식이 되었다. 다만
한 가지 그리운 것이 있었다. 짠맛——소금이었다. 사람은 그립
지 않으나 소금이 그리웠다. 그것을 얻자는 생각으로만 마을
이 그리웠다.

힘에 자라는 데까지 졌다.

이십 리 길을 부지런히 걸으려니 잔등에 땀이 내뱄다. 걸음을 따라 나뭇짐이 휘춘휘춘 앞으로 휘었다.

간신히 파장 전에 대었다.

나무를 팔 때의 마음이 이날같이 즐거운 적은 없었다.

물건을 산 때의 마음도 이날같이 즐거운 적은 없었다.

그것은 가장 필요한 물건이기 때문이다.

나무 판 돈으로 중실은 감자 말과 좁쌀 되와 소금과 냄비를 샀다.

산 속의 호젓한 살림에는 이것으로서 족하리라고 생각되었다.

목숨을 이어 가는 데 해어쯤이 없으면 어떨까도 생각되었다.

올 때보다 짐이 단출하여 지게가 가벼웠다. 거리의 살림은 전과 다름없이 어수선하고 지지부레하였다. 더 나아진 것도 없으려니와 못해진 것도 없었다.

술집 골방에서 왁자지껄하고 싸우는 것도 전과 다름없다.

이상스러운 것은 그런 거리의 살림살이가 도무지 마음을 당기지 않는 것이다. 앙상한 사람들의 얼굴이 그다지 그리운 것이 아니었다.

무슨 까닭으로 산이 이렇게도 그리울까. 편벽된 마음을 의심도 하여 보았다. 그러나 별로 이치도 없었다. 덮어놓고 양지쪽이 좋고 자작나무가 눈에 들고 떡갈잎이 마음을 끄는 것이다. 평생 산에서 살도록 태어났는지도 모른다.

김 영감의 그후의 소식은 물어낼 필요도 없었으나 거리에서 만난 박 서방의 입에서 우연히 한 구절 얻어듣게 되었다.

병든 둥굵개 첩은 기어이 김 영감의 눈을 감춰 최 서기와 줄행랑을 놓았다. 종적을 수색 중이나 아직도 오리무중이라 한다.

사랑방에서 고시랑고시랑 잠을 못 이룰 육십 노인의 꼴이 측은하게 눈에 떠올랐다. 애매한 머슴을 내쫓았음을 뉘우치리라고도 생각되었다. 그러나 중실에게는 물론 다시 살러 들어갈 뜻도 노인을 위로하고 싶은 친절도 가지기 싫었다.

다만 거리의 살림이라는 것이 더 한층 어수선하게 여겨질 뿐이었다.

산으로 향하는 저녁 길이 한결 개운하다.

4

개울가에 냄비를 걸고 서투른 솜씨로 지은 저녁을 마쳤을 때에는 밤이 적이 어두웠다.

깊은 하늘에 별이 총총 돋고 초승달이 나뭇가지를 올개미 지웠다.

새들도 깃들이고 바람도 자고 개울물만이 쫄쫄쫄쫄 숨쉰다. 검은 산등은 잠든 황소다.

등걸불이 탁탁 튄다. 나뭇잎 타는 냄새가 몸을 휩싸며 구수하다. 불을 쪼이며 담배를 피우니 몸이 훈훈하다. 더 바랄 것 없이 마음이 만족스럽다.

한 가지 욕심이 솟아올랐다.

밥 짓는 일이란 머슴의 할 일이 못 된다. 사내자식은 역시 밭갈고 나무 하는 것이 옳은 것이다. 장가를 들려면 이웃집 용녀만한 색시는 없다. 용녀를 데려다 밥일을 맡길 수밖에는 없다고 생각하였다.

용녀를 생각만 하여도 즐겁다. 궁리가 차례차례로 솔솔 풀렸다.

굵은 나무를 베어다 껍질째 도막을 내 양지쪽에 쌓아올려 단칸의 조촐한 오두막을 짓겠다. 평퍼짐한 산허리를 일궈 밭을 만들고 봄부터 감자와 귀리를 갈 작정이다. 오랍뜰에 우리를 세우고 염소와 돼지와 닭을 칠 터. 산에서 노루를 산 채로 붙들면 우리 속에 같이 기르고 용녀가 집일을 하는 동안에 밭을 가꾸고 나무를 할 것이며 아이가 나면 소같이 산같이 튼튼하게 자라렷다. 용녀가 만약 말을 안 들으면 밤중에 내려가 가만히 업어 올걸. 한번 산에만 들어오면 별 수 없지 —.

불이 거의거의 이스러지고 물소리가 더 한층 맑다.

별들이 어지럽게 깜박거린다.

달이 다른 나뭇가지에 걸렸다.

나머지 등걸불을 발로 비벼 끄니 골짜기는 더 한층 막막하다.

어느만 때인지 산 속에서는 때도 분간할 수 없다.

자기가 이른지 늦은지도 모르면서 나무 밑 잠자리로 향하였다.

낟가리같이 두두룩하게 쌓인 낙엽 속에 몸을 송두리째 파묻고 얼굴만을 빼꼼이 내놓았다.

몸이 차차 푸근하여 온다.

하늘의 별이 와르르 얼굴 위에 쏟아질 듯싶게 가까웠다 멀어졌다 한다.

별 하나 나 하나, 별 둘 나 둘, 별 셋 나 셋—.

어느 결엔지 별을 세이고 있었다. 눈이 아물아물하고 입이 뒤바뀌어 수효가 틀려지면 다시 목소리를 높여 처음부터 고쳐 세곤 하였다.

별 하나 나 하나, 별 둘 나 둘, 별 셋 나 셋—.

세는 동안에 중실은 제 몸이 스스로 별이 됨을 느꼈다.

《삼천리(三千里)》 1936. 1−3.

메밀꽃 필 무렵

여름장이란 애시당초에 글러서 해는 아직 중천에 있건만 장판은 벌써 쓸쓸하고 더운 햇발이 벌여 놓은 전 휘장 밑으로 등줄기를 훅훅 볶는다. 마을 사람들은 거지반 돌아간 뒤요 팔리지 못한 나무꾼패가 길거리에 궁싯거리고들 있으나 석유 병이나 받고 고기 마리나 사면 족할 이 축들을 바라고 언제까지든지 버티고 있을 법은 없다. 춤춤스럽게 날아드는 파리 떼도 장난꾼 각다귀들도 귀치않다. 얼금뱅이요 왼손잡이인 드팀전의 허 생원은 기어코 동업의 조 선달을 나꾸어 보았다.

"그만 걸을까?"

"잘 생각했네. 봉평장에서 한번이나 호붓하게 사 본 일 있었을까. 내일 대화장에서나 한몫 벌어야겠네."

"오늘 밤은 밤을 새서 걸어야 될걸."

"달이 뜨렸다."

절렁절렁 소리를 내며 조 선달이 그날 산 돈을 따지는 것을 보고 허 생원은 말뚝에서 넓은 휘장을 걷고 벌여 놓았던 물건을 거두기 시작하였다. 무명필과 주단바리가 두 고리짝에 꼭 찼다. 멍석 위에는 천 조각이 어수선하게 남았다.

다른 축들도 벌써 거진 전들을 걷고 있었다. 약빠르게 떠나는 패도 있었다. 어물 장사도 땜장이도 엿장사도 생강 장사도 꼴들이 보이지 않았다. 내일은 진부와 대화에 장이 선다. 축들은 그 어느 쪽으로든지 밤을 새며 육칠십 리 밤길을 타박거리지 않으면 안 된다. 장판은 잔채 뒷마당같이 어수선하게 벌어지고 술집에서는 싸움이 터져 있었다. 주정꾼 욕지거리에 섞여 계집의 앙칼진 목소리가 찢어졌다. 장날 저녁은 정해 놓고 계집의 고함 소리로 시작되는 것이다.

"생원. 시침을 떼두 다 아네. ……충주집 말야."

계집 목소리로 문득 생각난 듯이 조 선달은 비죽이 웃는다.

"화중지병이지. 면소패들을 적수로 하구야 대거리가 돼야 말이지."

"그렇지두 않을걸. 축들이 사족을 못 쓰는 것두 사실은 사실이나 아무리 그렇다곤 해두 왜 그 동이 말일세 깜적같이 충주집을 후린 눈치거든."

"무어 그 애숭이가 물건가지로 나꿨나 부지. 착실한 녀석인 줄 알았더니."

"그 길만은 알 수 있나. ……궁리 말구 가 보세나그려. 내한턱 씀세."

그다지 마음이 당기지 않는 것을 쫓아갔다. 허 생원은 계집
과는 연분이 멀었다. 얼금뱅이 상판을 쳐들고 대여설 숫기도
없었으나 계집 편에서 정을 보낸 적도 없었고 쓸쓸하고 뒤틀
린 반생이었다. 충주집을 생각만 하여도 철없이 얼굴이 붉어
지고 발밑이 떨리고 그 자리에 소스라져 버린다. 충주집 문을
들어서 술좌석에서 짜장 동이를 만났을 때에는 어찌된 서슬
엔지 발끈 화가 나 버렸다. 상 위에 붉은 얼굴을 쳐들고 제법
계집과 농탕치는 것을 보고서야 견딜 수 없었던 것이다. 녀석
이 제법 난질꾼인데 꼴사납다. 머리에 피도 안 마른 녀석이 낮
부터 술 처먹고 계집과 농탕이야. 장돌뱅이 망신만 시키고 돌
아다니누나. 그 꼴에 우리들과 한몫 보자는 셈이지. 동이 앞
에 막아서면서부터 책망이었다. 걱정두 팔자요 하는 듯이 빤
히 쳐다보는 상기된 눈망울에 부딪힐 때 결김에 따귀를 하나
갈겨주지 않고는 배길 수 없었다. 동이도 화를 쓰고 팩하게 일
어서기는 하였으나 허 생원은 조금도 동색하는 법 없이 마음
먹은 대로는 다 지껄였다. "어디서 주워먹은 선머슴인지는 모
르겠으나 네게도 애비 에미 있겠지. 그 사나운 꼴 보문 맘 좋
겠다. 장사란 탐탁하게 해야 되지 계집이 다 무어야. 나가거라
냉큼 꼴 치워."

그러나 한마디도 대거리하지 않고 하염없이 나가는 꼴을
보려니 도리어 측은히 여겨졌다. 아직도 서름서름한 사인데
너무 과하지 않았을까 하고 마음이 섬짓해졌다. 주제도 넘지,
같은 술 손님이면서두 아무리 젊다고 자식 낳게 되는 것을 붙
들고 치고 닦아 설 것은 무어야 원. 충주집은 입술을 쫑긋 하

고 술 붓는 솜씨도 거칠었으나 젊은애들한테는 그것이 약이 된다나 하고 그 자리는 조 선달이 얼버무려 넘겼다. 너 녀석한 테 반했지 애숭이를 빨문 죄된다. 한참 법석을 친 후이다. 맘 도 생긴 데다가 웬일인지 흠뻑 취해 보고 싶은 생각도 있어서 허생원은 주는 술잔이면 거의 다 들이켰다. 거나해짐에 따라 계집 생각보다도 동이의 뒷일이 한결같이 궁금해졌다. 내 꼴 에 계집을 가로채서는 어떡할 작정이였수 하고 어리석은 꼴딱 서니를 모질게 책망하는 마음도 한편에 있었다. 그러기 때문 에 얼마나 지난 뒤인지 동이가 헐레벌떡거리며 황급히 부르러 왔을 때에는 마시던 잔을 그 자리에 던지고 정신없이 허덕이 며 충주집을 뛰어나간 것이었다.

"생원 당나귀가 바를 끊구 야단이에요."

"각다귀들 장난이지 필연코."

짐승도 짐승이려니와 동이의 마음씨가 가슴을 울렸다. 뒤 를 따라 장판을 달음질하려니 게슴츠레한 눈이 뜨거워질 것 같다.

"부락스런 녀석들이라 어찌는 수 있어야죠."

"나귀를 몹시 구는 녀석들은 그냥 두지는 않을걸."

반평생을 같이 지내온 짐승이었다. 같은 주막에서 잠자고 같은 달빛에 젖으면서 장에서 장으로 걸어다니는 동안에 이십 년의 세월이 사람과 짐승을 함께 늙게 하였다. 까스러진 목 뒤 털은 주인의 머리털과도 같이 바스러지고 개진개진 젖은 눈 은 주인의 눈과 같이 눈곱을 흘렸다. 몽당비처럼 짧게 쓸리운 꼬리는 파리를 쫓으려고 기껏 휘저어 보아야 벌써 다리까지는 닿지 않았다. 닳아 없어진 굽을 몇 번이나 도려내고 새 철을 신겼는지 모른다. 굽은 벌써 더 자라나기는 틀렸고 닳아 버린 철 사이로는 피가 빼짓이 흘렀다. 냄새만 맡고도 주인을 분간하였다. 호소하는 목소리로 야단스럽게 울며 반겨한다.

어린아이를 달래듯이 목덜미를 어루만져주니 나귀는 코를 벌룸거리고 입을 투르르거렸다. 콧물이 튀었다. 허 생원은 짐승 때문에 속도 무던히는 썩였다. 아이들의 장난이 심한 눈치여서 땀 배인 몸뚱아리가 부들부들 떨리고 좀체 흥분이 식지 않는 모양이었다. 굴레가 벗어지고 안장도 떼어졌다. 요 몹쓸 자식들 하고 허 생원은 호령을 하였으나 패들은 벌써 줄행랑을 논 뒤요 몇 남지 않은 아이들이 호령에 놀래 비슬비슬 멀어졌다.

"우리들 장난이 아니우. 암놈을 보고 저 혼자 발광이지."

코흘리개 한 녀석이 멀리서 소리를 쳤다.

"고녀석 말투가."

"김 첨지 당나귀가 가 버리니까 왼통 흙을 차고 거품을 흘리면서 미친 소같이 날뛰는걸. 꼴이 우스워 우리는 보고만 있었다우. 배를 좀 보지."

아이는 앵돌아진 투로 소리를 치며 깔깔 웃었다. 허 생원은 모르는 결에 낯이 뜨거워졌다. 뭇 시선을 막으려고 그는 짐승의 배 앞을 가려 서지 않으면 안 되었다.

"늙은 주제에 암샘을 내는 셈야. 저놈의 짐승이."

아이의 웃음소리에 허 생원은 주춤하면서 기어코 견딜 수 없어 채찍을 들더니 아이를 쫓았다.

"쫓으려거든 쫓아 보지. 왼손잡이가 사람을 때려."

줄달음에 달아나는 각다귀에는 당하는 재주가 없었다. 왼손잡이는 아이 하나도 후릴 수 없다. 그만 채찍을 던졌다. 술기도 돌아 몸이 유난스럽게 화끈거렸다.

"그만 떠나세. 녀석들과 어울리다가는 한이 없어. 장판의 각다귀들이란 어른보다도 더 무서운 것들인걸."

조 선달과 동이는 각각 제 나귀에 안장을 얹고 짐을 싣기 시작하였다. 해가 꽤 많이 기울어진 모양이었다.

드팀전 장돌이를 시작한 지 이십 년이나 되어도 허 생원은 봉평장을 빼논 적은 드물었다. 충주 제천 등의 이웃 군에도 가고 멀리 영남 지방도 헤매이기는 하였으나 강릉쯤에 물건 하러 가는 외에는 처음부터 끝까지 군내를 돌아다녔다. 닷새만 큼씩의 장날에는 달보다도 확실하게 면에서 면으로 건너간다. 고향이 청주라고 자랑삼아 말하였으나 고향에 돌보러 간 일도 있는 것 같지는 않았다. 장에서 장으로 가는 길의 아름다운 강산이 그래도 그에게는 그리운 고향이었다. 반 날 동안이나 뚜벅뚜벅 걷고장터 있는 마을에 거지반 가까웠을 때 거친 나귀가 한바탕 우렁차게 울면——더구나 그것이 저녁 녘이어서 등불들이 어둠 속에 깜박거릴 무렵이면 늘 당하는 것이건만 허 생원은 변치 않고 언제든지 가슴이 뛰놀았다.

젊은 시절에는 알뜰하게 벌어 돈푼이나 모아 본 적도 있기는 있었으나 읍내에 백중이 열린 해 호탕스럽게 놀고 투전을 하고 하여 사흘 동안에 다 털어 버렸다. 나귀까지 팔게 될 판이었으나 애꿎은 정분에 그것만은 이를 물고 단념하였다. 결국 도로아미타불로 장돌이를 다시 시작할 수밖에는 없었다. 짐승을 데리고 읍내를 도망해 나왔을 때에는 너를 팔지 않기 다행이었다고 길가에서 울면서 짐승의 등을 어루만졌던 것이었다. 빚을 지기 시작하니 재산을 모을 놈은 당초에 틀리고 간신히 입에 풀칠을 하러 장에서 장으로 돌아다니게 되었다.

호탕스럽게 놀았다고는 하여도 계집 하나 후려 보지는 못하였다. 계집이란 좀 쌀쌀하고 매정한 것이었다. 평생 인연이 없는 것이라고 신세가 서글퍼졌다. 일신에 가까운 것이라고는 언제나 변함없는 한 필의 당나귀였다.

그렇다고는 하여도 꼭 한 번의 첫일을 잊을 수는 없었다. 뒤에도 처음에도 없는 단 한 번의 괴이한 인연. 봉평에 다니기 시작한 젊은 시절의 일이었으나 그것을 생각할 적만은 그도 산 보람을 느꼈다.

"달밤이었으나 어떻게 해서 그렇게 됐는지 지금 생각해두 도무지 알 수는 없어." 허 생원은 오늘밤도 또 그 이야기를 끄집어 내려는 것이다. 조 선달은 친구가 된 이래 귀에 못이 박히도록 들어왔다. 그렇다고 싫증을 낼 수도 없었으나 허 생원은 시침을 떼고 되풀이할 대로는 되풀이하고야 말았다.

"달밤에는 그런 이야기가 격에 맞거든."

조 선달 편을 바라는 보았으나 물론 미안해서가 아니라 달빛에 감동하여서였다. 이지러는 졌으나 보름 가제 지난 달은 부드러운 빛을 흐붓이 흘리고 있다. 대화까지는 칠십 리의 밤길 고개를 둘이나 넘고 개울을 하나 건너고 벌판과 산길을 걸어야 한다. 길은 지금 긴 산허리에 걸려 있다. 밤중을 지난 무렵인지 죽은 듯이 고요한 속에서 짐승 같은 달의 숨소리가 손에 잡힐 듯이 들리며 콩포기와 옥수수 잎새가 한층 달에 푸르게 젖었다. 산허리는 온통 모밀밭이어서 피기 시작한 꽃이 소금을 뿌린 듯이 흐뭇한 달빛에 숨이 막혀 하얗다. 붉은 대궁이 향기같이 애잔하고 나귀들의 걸음도 시원하다. 길이 좁은 까닭에 세 사람은 나귀를 타고 외줄로 늘어섰다. 방울 소리가 시원스럽게 딸랑딸랑 모밀밭께로 흘러간다. 앞장선 허생원의 이야기 소리는 꽁무니에 선 동이에게는 확적히는 안 들렸으나 그는 그대로 개운한 제 멋에 적적하지는 않았다.

"장 선 꼭 이런 날 밤이었네. 객주집 토방이란 무더워서 잠이 들어야지. 밤중은 돼서 혼자 일어나 개울가에 목욕하러 나갔지. 봉평은 지금이나 그제나 마찬가지나 보이는 곳마다 모밀밭이어서 개울가가 어디 없이 하얀 꽃이야. 돌밭에 벗어도 좋을 것을 달이 너무도 밝은 까닭에 옷을 벗으러 물방앗간으로 들어가지 않았나. 이상한 일도 많지 거기서 난데없는 성서방네 처녀와 마주쳤단 말이네. 봉평서야 제일가는 일색이었지."

"팔자에 있었나 부지."

아무럼 하고 응답하면서 말머리를 아끼는 듯이 한참이나 담배를 빨 뿐이었다. 구수한 자줏빛 연기가 밤기운 속에 흘러서는 녹았다.

"날 기다린 것은 아니었으나 그렇다고 달리 기다리는 놈팡이가 있는 것두 아니었네. 처녀는 울고 있단 말야. 짐작은 대고 있었으나 성 서방네는 한창 어려워서 들고날 판인 때였지. 한 집안일이니 딸에겐들 걱정이 없을 리 있겠나. 좋은 데만 있으면 시집도 보내련만 시집은 죽어도 싫다지. ……그러나 처녀란 울 때같이 정을 끄는 때가 있을까. 처음에는 놀라기도 한 눈치였으나 걱정 있을 때는 누그러지기도 쉬운 듯해서 이럭저럭 이야기가 되었네. ……생각하면 무섭고도 기막힌 밤이었어."

"제천 연지로 줄행랑을 놓은 건 그다음 날이었나."

"다음 장도막에는 벌써 온 집안이 사라진 뒤였네. 장판은 소문에 발끈 뒤집혀 고작해야 술집에 팔려 가기가 생수라고 처녀의 뒷공론이 자자들 하단 말이야. 제천 장판을 몇 번이나 뒤졌겠나. 하나 처녀의 꼴은 꿩 궈 먹은 자리야. 첫날 밤이 마지막 밤이었지. 그때부터 봉평이 마음에 든 것이 반평생을 두고 다니게 되었네. 평생인들 잊을 수 있겠나."

"수 좋았지. 그렇게 신통한 일이란 쉽지 않아. 항용 못난 것 얻어 새끼 낳고 걱정 늘고 생각만 해도 진저리나지. ……그러나 늘그막바지까지 장돌뱅이로 지내기도 힘드는 노릇 아닌가. 난 가을까지만 하구 이 생애와도 하직하려네. 대화쯤에 조그만 전방이나 하나 벌이고 식구들을 부르겠어. 사지장철 뚜벅뚜벅 걷기란 여간이라야지."

"옛처녀나 만나면 같이나 살까. ……난 거꾸러질 때까지 이 길 걷고 저 달 볼 테야."

산길을 벗어나니 큰길도 틔어졌다. 꽁무니의 동이도 앞으로 나서 나귀들은 가로 늘어섰다.

"총각두 젊겠다, 지금이 한창시절이렷다. 충주집에서는 그만 실수를 해서 그 꼴이 되었으나 설게 생각 말게."

"처 천만에요. 되려 부끄러워요. 계집이란 지금 웬 제격인가요. 자나깨나 어머니 생각뿐인데요."

허 생원의 이야기로 실심해 한 끝이라 동이의 어조는 한풀 수그러진 것이었다.

"애비 에미란 말에 가슴이 터지는 것도 같았으나 제겐 아버지가 없어요. 피붙이라고는 어머니 하나뿐인걸요."

"돌아가셨나?"

"당초부터 없어요."

"그런 법이 세상에."

생원과 선달이 야단스럽게 껄껄들 웃으니 동이는 정색하고 우길 수밖에는 없었다.

"부끄러워서 말하지 않으려 했으나 정말예요. 제천촌에서 달도 차지 않은 아이를 낳고 어머니는 집을 쫓겨났죠. 우스운 이야기나 그러기 때문에 지금까지 아버지 얼굴도 본 적 없고 있는 고장도 모르고 지내 와요."

고개가 앞에 놓인 까닭에 세 사람은 나귀를 내렸다. 둔덕은 험하고 입을 벌리기도 대견하여 이야기는 한동안 끊겼다. 나귀는 건듯하면 미끄러졌다. 허생원은 숨이 차 몇 번이고 다리를 쉬지 않으면 안 되었다. 고개를 넘을 때마다 나이가 알렸다. 동이 같은 젊은 축이 그지없이 부러웠다. 땀이 등을 한바탕 쪽 씻어 내렸다.

고개 너머는 바로 개울이었다. 장마에 흘러버린 널다리가 아직도 걸리지 않은 채로 있는 까닭에 벗고 건너야 되었다. 고의를 벗어 띠로 등에 얽어매고 반벌거숭이의 우스꽝스런 꼴로 물 속에 뛰어들었다. 금방 땀을 흘린 뒤는 뒤였으나 밤물은 뼈를 찔렀다.

"그래 대체 기르긴 누가 기르구."

"어머니는 하는 수 없이 의부를 얻어 가서 술장사를 시작했소. 술이 고주래서 의부라고 전망나니예요. 철 들어서부터 맞기 시작한 것이 하룬들 편한 날 있었을까. 어머니는 말리다가 채이고 맞고 칼부림을 당하곤 하니 집 꼴이 무어겠소. 열여덟 살 때 집을 뛰어나서부터 이 짓이죠."

"총각 낫세론 심이 무던하다고 생각했더니 듣고 보니 딱한 신세로군."

물은 깊어 허리까지 채였다. 속 물살도 어지간히 센 데다가 발에 채이는 돌멩이도 미끄러워 금시에 훌칠 듯하였다. 나귀와 조 선달은 재빨리 거의 건넜으나 동이는 허 생원을 붙드느라고 두 사람은 훨씬 떨어졌다.

"모친의 친정은 원래부터 제천이었던가."

"웬걸요. 시원스리 말은 안해 주나 봉평이라는 것만은 들었죠."

"봉평. 그래 그 애비 성은 무엇인구?"

"알 수 있나요. 도무지 듣지를 못했으니까."

그 그렇겠지 하고 중얼거리며 흐려지는 눈을 까물까물하다가 허 생원은 경망하게도 발을 빗딛었다. 앞으로 고꾸라지기가 바쁘게 몸째 풍덩 빠져 버렸다. 허우적거릴수록 몸을 걷잡을 수 없어 동이가 소리를 치며 가까이 왔을 때에는 벌써 퍽이나 흘렀었다. 옷째 졸짝 젖으니 물에 젖은 개보다도 참혹한 꼴이었다. 동이는 물 속에서 어른을 해깝게 업을 수 있었다. 젖었다고는 하여도 여윈 몸이라 장정 등에는 오히려 가벼웠다.

"이렇게까지 해서 안됐네. 내 오늘은 정신이 빠진 모양이야."

"염려하실 것 없어요."

"그래 모친은 애비를 찾지는 않는 눈치지?"

"늘 한번 만나고 싶다고는 하는데요."

"지금 어디 계신가?"

"의부와도 갈라져 제천에 있죠. 가을에는 봉평에 모셔 오려고 생각 중인데요. 이를 물고 벌면 이럭저럭 살아갈 수 있겠죠."

"아무렴 기특한 생각이야. 가을이랬다."

동이의 탐탁한 등어리가 뼈에 사무쳐 따뜻하다. 물을 다 건넜을 때에는 도리어 서글픈 생각에 좀더 업혔으면도 하였다.

"진종일 실수만 하니 웬일이오. 생원."

조 선달은 바라보며 기어코 웃음이 터졌다.

"나귀야. 나귀 생각하다 실족을 했어. 말 안 했던가. 저 꼴에 제법 새끼를 얻었단 말이지. 읍내 강릉집 피마에게 말일세. 귀를 쫑긋 세우고 달랑달랑 뛰는 것이 나귀 새끼같이 귀여운 것이 있을까. 그것 보러 나는 일부러 읍내를 도는 때가 있다네."

"사람을 물에 빠뜨릴 젠 딴은 대단한 나귀 새끼군."

허 생원은 젖은 옷을 웬만큼 짜서 입었다. 이가 덜덜 갈리고 가슴이 떨리며 몹시도 추웠으나 마음은 알 수 없이 둥실둥실 가벼웠다.

"주막까지 부지런히들 가세나. 뜰에 불을 피우고 훗훗히 쉬어. 나귀에겐 더운 물을 끓여 주고. 내일 대화장 보고는 제천이다."

"생원도 제천으로."

"오래간만에 가 보고 싶어. 동행하려나 동이?"

나귀가 걷기 시작하였을 때 동이의 채찍은 왼손에 있었다. 오랫동안 어둑서니같이 눈이 어둡던 허 생원도 요번만은 동이의 왼손잡이가 눈에 띄지 않을 수 없었다.

걸음도 해깝고 방울 소리가 밤 벌판에 한층 청청하게 울렸다.

달이 어지간히 기울어졌다.

《조광(朝光)》제12호, 1936. 10.

이태준

1904. 1. 7. ~ ?

●

밤길
토끼 이야기

1904년 강원도 철원에서 출생하였다.

휘문고보를 거쳐 상지대학에서 수학하였다.

《시대일보》에 한 시골 여자의 문란한 성생활을 치밀한 필치로 그린 「오몽녀」를 게재하여 등단하였다. 1930년대 초부터 본격적인 작품 활동을 시작하였고, 차분한 인물 성격의 내관적 묘사로 토착적인 생활의 단편을 부각시켜 완결된 구성법과 함께 한국 현대 소설의 기법적인 바탕을 이룩한 공로를 세웠다.

1930년대 말에는 「가마귀」, 「복덕방」, 「밤길」 등을 통해 우리 소설 문학의 예술적 가치를 높이는 데 기여했다. '구인회'를 결성했으며, 《문장》지를 주관하였고, 해방 후에는 조선 문학가 동맹 중앙 집행 위원회 부위원장을 역임하였다. 이 시기에 발표된 작품으로는 「해방 전후」가 있다. 이 작품으로 자신의 문학 세계의 변모를 합리화한 그는 이후 월북하였다. 그러나, 「소련 기행」등의 저서로 한때 북한 당국의 트집으로 말썽을 일으켰으며, 끝내 자기 모순에 빠져 창작 활동을 하지 못한 것으로 알려지고 있다.

대표작으로 「오몽녀」, 「밤길」, 「가마귀」, 「농군」, 「해방 전후」 등이 있다.

밤길

월미도 끝의 물에다 지어 놓은, 용궁각인가 수궁각인가는 오늘도 운무에 잠겨 보이지 않는다. 벌써 열나흘째 줄곧 그치지 않는 비다. 삼십 칸이 넘는 큰 집 역사에 암기와만이라도 덮은 것이 다행이나 목수들은 토역이 끝나기를 기다리고, 미장이들은 겨우 초벽만 쳐놓고 날 들기만 기다린다.

기둥에 중방 안방에 시퍼렇게 곰팡이가 돋았다. 기대거나 스치거나 하면 무슨 버러지 터진 것처럼 더럽다. 집주인은 으레 하루 한 번씩 와서 둘러보고, 기둥 하나에 십 원이 더 치었으니, 토역도 끝나기 전에 만여 원이 들었느니 하고, 황 서방과 권 서방더러만 조심성이 없어 곰팡이를 문대기고 다녀 집을 더럽힌다고, 중얼거리다가는 으레 월미도 쪽을 눈살을 찌푸려 내어다 보고는, 이놈의 하늘이 영영 물커져 버릴려나, 어쩌려나 하고는 입맛을 다시다 가 버린다. 그러면 황 서방과 권 서방은 입을 삐죽하여 집주인의 뒷모양을 비웃고, 이젠 이 집이 우리 차지라는 듯이, 아직 새 벽질도 안한 안방으로 들어가 파리를 날리고 가마니쪽 위에 눕는다.

날이 들지 않는 것을 탓할 푼수로는 집주인보다, 목수들보다, 미장이들보다, 모간꾼인 황 서방과 권 서방이 훨씬 웃길이라야 한다.

권 서방은 집도, 권속도 없이 떠돌아다니는 홀아비지만 황 서방은 서울서 내려왔다. 수표다리께 뉘집 행랑살이나마 아내도 자식도 있다. 계집애는 큰 게 둘이지만, 아들로는 첫아이를 올해 얻었다. 황 서방은 돈을 모아야겠다는 생각이 딸애들 때와 달리 부쩍 났다. 어떻게 돈 십 원이나 마련되면 가을부터는 군밤 장사라도 해 볼 예산으로, 주인 나리한테 사정사정해서 처자식만 맡겨놓고 인천으로 내려온 것이다.

와서 이틀 만에 이 역사터를 만났다. 한 보름 동안은 재미나게 벌었다. 처음 사나흘 동안은 품삯을 받는 대로 먹어 없앴다. 처자식 생각이 났으나 눈에 보이지 않으니 우선 내 입에부터 널름널름 집어넣을 수가 있다. 서울서는 벼르기만 하던, 얼음 넣은 냉면도 밤참으로 사 먹어 보고, 콩국, 순대국, 호떡, 아수꾸리까지 사 먹어 봤다. 지까다비를 겨우 한 켤레 샀을 때는 벌써 인천 온 지 열흘이 지났다. 아차, 이렇게 버는 족족 집어 써선 만날 가야 목돈이 잡힐 것 같지 않다. 정신을 바짝 차려 대엿새째, 오륙십 전씩이라도 남겨 나가니 장마가 시작이다. 그 대엿새의 오륙십 전은, 낮잠만 자고 다 까먹은 지가 벌써 오래다. 집주인한테 구걸하듯 해서, 그것도 꾀를 피우지 않고 힘껏 일을 해 왔기 때문에 주인 눈에 들었던 덕으로, 이제 날이 들면 일할 셈치고 선고까로 하루 사십 전씩을 얻어 연명을 하는 판이다.

새벽에 잠만 깨면 귀부터 든다. 부실부실, 빗소리는 어제나 다름없다.

"이거 자빠져두 코가 깨진단 말이 날 두구 헌 말이여!"

"거, 황 서방은 그래 화투 하나 칠 줄 모르드람!"

권 서방은 또 일어나 앉더니 오간인가 사간인가를 뗀다.

"우리 예펜네허구 같군."

"누가?"

"권서방 말유."

"내가 댁 마누라허구 같긴 뭐 같어?"

"우리 예펜네가 저걸 곧잘 해…… 가끔 날보구 핀잔이지, 헐 줄 모른다구."

"화툴 다 허구 해깔라생인 게로구랴?"

"허긴 남 행랑구석에나 처넣어두긴 아깝대니까."

"별 빌어먹을 소리 다 듣겠군! 어떤 녀석은 제 예펜네 남 행랑살이 시키기 좋아 시킨답디까?"

"허기야……."

"이눔의 솔학 껍질 하나 어디가 백혔나……."

"젠장 돈두 못 벌구 생홀아비 노릇만 허니 이게 무슨 청승이여!"

"황 서방두 마누라 궁뎅인 꽤 바치는 게로군."

"궁금헌데…… 내가 편질 부친 게 우리 그저께 밤이지?"

"그렇지. 아마."

"어젠 그럼 내 편질 봤겠군! 젠장 돈이나 몇 원 부쳐 줬어야
헐 건데……."

"색씨가 젊우?"

"지금 한참이지."

"그럼 황 서방보담 아랜 게로구랴?"

"열네 해나."

"저런! 그럼 삼십 안짝이게?"

"안짝이지."

하는데 밖에서 비 맞는 지우산 소리가 난다.

"누구야 저게?"

황 서방도 일어났다. 지우산이 접히자 파나마에 금테 안경
을 쓴, 시뿌옇게 살찐 양복쟁이다. 황 서방의 퀭한 눈이 똥그래
서 뛰어나간다. 뭐라는지 허리를 굽신하고 인사를 하는 눈치
인데 저쪽에선 인사를 받기는커녕, 우산을 놓기가 바쁘게 철
썩 황 서방의 뺨을 붙인다. 까닭 모를 뺨을 맞는 황 서방보다
양복쟁이는 더 분한 일이 있는 듯 입은 벌룽거리기만 하면서
이번에는 덥석 황 서방의 멱살을 잡는다.

"아니, 나릿님? 무슨 영문인지나……."

"무…… 뭐시이?"

하더니 또 철썩 귓쌈을 올려붙인다. 권 서방이 화닥닥 뛰어
내려왔다. 양복쟁이에게 덤비지는 못하고 황 서방더러 버럭 소
리를 지른다.

"이 자식이 손은 됐다 뭣에 쓰자는 거냐? 죽을 죌 졌기루서
니 말두 듣기 전에 매부터 맞어?"

그제야 양복쟁이는 황 서방의 먹살을 놓고 가래를 돋아 뱉
더니 마룻널 포개놓은 데로 가 앉는다. 담배부터 내어 피워
물더니,

"인두껍을 썼음 너두 사람녀석이지…… 네 계집두 사람년
이구……."

양복쟁이는 황 서방네 주인 나리였다. 다른 게 아니라, 황
서방의 처가 달아난 것이다. 아홉 살짜리, 여섯 살짜리, 두 계
집애와 백 일 겨우 지난 아들애까지 내버려 두고 주인집 은수
저 네 벌과 풀 먹이라고 내어 준 빨래 한 보퉁이까지 가지고
나가선 무소식이란 것이다. 두 큰 계집애가 밤마다 우는 것은
고사하고 질색인 건 젖먹이 때문이었다. 그런데 애비마저 돈
벌러 나간단 녀석이 장마 속에도 돌아오지 않는다.

밥만 주면 처먹는 것만도 아니요, 암죽을 쑤어 먹이든지,
우유를 사다 먹이든지 해야 되고, 똥오줌을 받아 내야 하고,
게다가 에미 젖을 못 먹게 되자 설사를 시작한다. 한 열흘 하
더니 그 가는 팔다리가 비비 틀린다. 볼 수가 없다. 이게 무슨
팔자에 없는 치다꺼리인가? 아씨는 조석으로 화를 내었고 나
리님은 집안에 들어서면 편안할 수가 없다. 잘못하다가는 어
린애 송장까지 쳐야 될 모양이다. 경찰서에까지 가서 상의해
보았으나 아이들은 그 애비 되는 자가 돌아올 때까지 주인이
보호해 주는 도리밖에 없다는 퉁명스런 부탁만 받고 돌아왔
다. 이런 무도한 연놈이 있나? 개돼지만도 못한 것이지 제 새

끼를 셋이나, 그것도 겨우 백 일 지난 걸 놔두구 달아나는 년이야 워낙 개만도 못한 년이지만, 애비 되는 녀석까지, 아무리 제 여편네가 달아난 줄은 모른다 쳐도, 밤낮 아이만 끼구 앉아 이마 때기에 분칠만 하는 년이 안일을 뭘 그리 칠칠히 해내며 또 시킬 일은 무어 그리 있다고 염치 좋게 네 식구썩이나 그냥 먹여 줍쇼 허구 나가선 달포가 되도록 소식이 없는 건가? 이놈이 들어서면 다리몽둥일 꺾어놔 내쫓아야, 이놈이 사람놈일 수가 있나! 욕밖에 나가는 것이 없다가 황 서방의 편지가 온 것이다.

'이눔이 인천 가 자빠졌구나!'

당장에 나리님은 큰 계집애한테 젖먹이를 업히고, 작은 계집애한테는 보통이를 들리고, 비 오는 건 아무것도 아니다. 그 길 로 인천으로 끌고 내려온 것이다.

"그래 애들은 어딨에유?"

"정거장에들 앉혀 뒀으니 가 인젠 맡어, 맨들어만 놈 에미 애빈가! 개같은 것들……."

나리님은 시계를 꺼내 보더니 일어선다. 일어서더니 엥이! 하고 침을 뱉더니 우산을 펴든다.

황 서방은 무슨 꿈인지 모르겠다. 아무튼 나리님 뒤를 따라 정거장으로 나오는 수밖에 없다. 옷 젖기 좋을 만치 내리는 비를 그냥 맞으며.

정거장에는 두 딸년이 오르르 떨고 바깥을 내다보다가 애비를 보자 으아 소리를 내고 울었다. 젖먹이는 울음소리도 없다. 옆에서 다른 사람들이 무심히 들여다보았다가는 엥이! 하고 안 볼 것을 보았다는 듯이 얼굴을 돌린다.

황 서방은 가슴이 섬짓하는 것을 참고 받아 안았다. 빈 포대기처럼 무게가 없다. 비린내만 훅 끼친다. 나리님은 어느새 차표를 샀는지, 마지막 선심을 쓴다기보다 들고 가기가 귀찮다는 듯이, 예따 이년아, 하고 지우산을 큰 계집애한테 던져 주고는 시원스럽게 차 타러 들어가 버리고 만다.

황 서방은 아이들을 끌고, 안고, 저 있던 데로 돌아올 수밖에 없다.

"거 살긴 틀렸나부!"

한참이나 앓는 아이를 들여다보던 권 서방의 말이다.

"님자보구 곤쳐 내래게 걱정이여?"

"그렇단 말이지."

"글쎄 웬 걱정이여?"

황 서방은 참고 참던, 누구한테 대들어야 할지 모르던 분통이 터진 것이다.

"그럼 잘못 됐구려…… 제에길……."

"……."

황 서방은 그만 안았던 아이를 털썩 내려놓고 뿌우연 눈을 슴벅거린다.

"무…… 무돈년…… 제년이 먼저 급살을 맞지 살 줄 알구……."

"그래두 거 의원을 좀 뵈어야지 않어?"

"쥐뿔이나 있어?"

권 서방도 침만 찍 뱉고 돌아앉았다. 아이는 입을 딱딱 벌리더니 젖을 찾는 듯 주름 잡힌 턱을 옴직거린다. 아무것도 와닿는 것이 없어 그러는지, 그 옴직거림조차 힘이 들어 그러는지, 이내 다시 잠잠해진다. 죽었나 해서 코에 손을 대어 본다. 아비 손에서 담뱃내를 느낀 듯 재채기를 한다. 그러더니 그 서슬에 모기 소리만큼 애앵애앵 보채 본다. 그러고는 다시 까브라진다.

"병원에 가두 틀렸어 이건."

남의 말에는 성을 내던 아비의 말이다.

"뭐구, 집주인 옴?"

"……."

월미도 쪽이 더 새까매지더니 바람까지 치며 빗발이 굵어진다. 황 서방은 다리를 치켜 걷었다. 앓는 애를 바짝 품안에 붙이고 나리님이 주고 간 지우산을 받고 나선다. 허턱 병원을 찾았다. 의사가 왕진갔다고 받지 않고 소아과가 아니라고 받지 않고 하여 네 번째 찾아간 병원에서 겨우 진찰을 받았다. 의사는 애 아비를 보더니 말은 간호부에게만 무어라 지껄이고는 안으로 들어가 버린다.

"안 되겠습죠?"

"아는구려."

하고 간호부는 그냥 안고 나가라고 한다.

"한이나 없게 약을 좀 줍쇼."

"왜 진작 안 데리구 오냐 말요? 이런 애 죽는 건 에미 애비가 생아일 죽이는 거요. 오늘 밤 못 넴규."

황 서방은 다시는 울 줄도 모르는 아이를 안고 어정어정 다시 돌아오는 수밖에 없었다.

밤이 되었다. 권 서방에게 있는 돈을 털어다 호떡을 사 왔다. 황 서방은 호떡을 질근질근 씹어 침을 모아 앓는 아이 입에 넣어 본다. 처음엔 몇 입 받아 삼키는 모양이나 이내 꼴깍꼴깍 게워 버린다. 황 서방은 아이 입에는 그만두고 자기가 먹어 버린다. 종일 굶었다가 호떡이라도 좀 입에 들어가니 우선 정신이 난다. 딸년들에게 아내에게 대한 몇 가지를 물어보았으나 달아났다는 사실을 더욱 똑똑하게 알아차릴 것뿐이다.

"병원에서 헌 말이 맞을랴는 게로군!"

"뭐랬게?"

"밤을 못 넘기리라더니……."

캄캄해졌다. 초를 사올 돈도 없다. 아이의 얼굴이 희끄므레할 뿐 눈도 똑똑히 보이지 않는다. 빗소리에 실낱 같은 숨소리는 있는지 없는지 분별할 도리가 없다.

"이 사람?"

모기를 때리느라고 연성 종아리를 철썩거리던 권 서방이 어울리지 않는 점잖은 목소리를 낸다.

"생각허니 말일세…… 집 진 준이 여태 알진 못해두……."

"집주인?"

"그랴…… 아무래두 살릴 순 없잖나?"

"얘 말이지?"

"글쎄."

"어쩌란 말야?"

"남 새집…… 들기두 전에 안됐지 뭐야?"

"흥! 별년의 소리 다 듣겠네! 자넨 오지랖두 정치겐 넓네!"

356

"넓잖음 어쩌나?"

"그럼 죽는 앨 끌구 이 우중에 어디루 나가야 옳아?"

"글쎄 황 서방은 노여움부터 날 줄두 알어. 그렇지만 사필귀정으로 남의 일두 생각해 줘야 허느니……."

"자넨 이눔의 집서 뭐 행랑살이나 얻어 헐까구 그러나?"

"예에끼 사람! 자네믄 그래 방두 꾸미기 전에 길 닦아 놓니까 뭐부터 지나가더라구 남의 자식부터 죽어 나감 좋겠나? 말은 바른 대루……."

"자넴 또 자네 자식임 그래 이 우중에 끌구 나가겠나?"

하고 황 서방은 버럭 소리를 질렀다.

"난 나가네."

"같은 없는 눔끼리 너무 허네."

"없는 눔이라구 이면경계야 몰라?"

"난 이면두 경계두 모르는 눔일세 웬 걱정이여?"

빗소리뿐, 한참이나 잠잠하다가 황 서방이 코를 훌쩍거리는 것이 우는 꼴이다. 권 서방은 머리만 벅적거렸다. 한참 만에 황 서방은 성냥을 긋는다. 어린애를 들여다보다가는 성냥개비가 다 붙기도 전에 던져 버린다. 권 서방은 그만 누워 버리고 말았다.

어느 때나 되었는지 깜박 잠이 들었는데 황 서방이 깨운다.

"왜 그려?"

권 서방은 벌떡 일어나며 인젠 어린애가 죽었나 보다 하였다.

"자네 말이 옳으이……."

"뭐?"

"아무래두 죽을 자식인데 남헌테 구진 짓 헐 것 뭐 있나!"

하고 한숨을 쉰다. 아직 죽지는 않은 모양이다. 권 서방은 후다닥 일어났다. 비는 한결같이 내렸다. 권 서방은 먼저 다리를 무릎 위까지 올려 걷었다. 그리고 삽을 찾아든다.

"그럼 안구 나서게."

"어딜루?"

"어딘? 아무데루나 가다가 죽건 묻세그려."

"……."

"아무래두 이 밤 못 넘길 거 날 밝으문 괜히 앙징스런 꼴 자꾸 보게만 되지 무슨 소용 있어? 안게 어서."

황 서방은 또 키룩키룩 느끼면서 나뭇잎처럼 가뿐한 아이를 싸 품에 안고 일어선다.

"이런 땐 맘 모질게 먹는 게 수여, 밤이길 잘했지……."

"……."

황 서방은 딸년들 자는 것을 들여다보고는 성큼 퇴 아래로 내려섰다. 지우산을 펴자 쫘르르 소리가 난다. 쫘르르 소리에 큰 딸년이 깨어 일어난다. 황 서방은 큰 딸년을 꼼짝 말고 있으라고 윽박지른다.

황 서방은 아이를 안고 한 손으로 지우산을 받고 나서고, 그 뒤로 권 서방이 헛간을 가렸던 가마니를 떼어 둘르고 삽을 메고 나섰다.

허턱 주안 쪽을 향해 걷는다. 얼마 안 걸어 시가지는 끝나고 길은 차츰 어두워진다. 길만 어두워지는 것이 아니라 바람이 세차진다. 홱 비를 몰아붙이며 우산을 떠받는다. 황 서방은 우산을 뒤집히지 않으려 바람을 따라 빙그르 돌아본다. 그러면 비는 아이 얼굴에 흠뻑 쏟아진다. 그래도 아이는 별로 소리가 없다. 권 서방더러 성냥을 그어 대라고 한다. 그어 대면 얼굴은 죽은 것이나 마찬가지다. 빗물 흐르는, 비비틀린 목줄에서는 아직도 발랑거리는 것이 보인다. 바람이 또 친다. 또 빙그르 돌아본다. 바람은 갑자기 반대편에서도 친다. 우산은 그예 뒤집히고 만다. 뒤집힌 지우산은 두 번, 세 번 만에는 갈기갈기 찢어지고 말았다. 또 성냥을 켜보려 한다. 그러나 성냥이 눅어 불이 일지 않는다. 하늘은 그저 먹장이다. 한참 숨을 죽이고 들여다보아야 희끄무레하게 아이 얼굴이 떠오른다.

"이거 왜 얼른 뒈지지 않어!"

"아마 한 십 리 왔나보이."

다시 한 오 리 걸었을 때다. 황 서방은 살만 남은 지우산을 집어내 던지며 우뚝 섰다.

"왜?"

인젠 죽었느냐 말은 차마 나오지 않는다.

"인전 묻어 버려두 되나 볼세."

"그래?"

권 서방은 질질 끌던 삽을 들어 쩔겅 소리가 나게 자갈길을 한 번 내리쳐 삽을 잡고 좌우를 둘러본다. 한편에 소 등어리처럼 거무스름한 산이 나타난다. 권 서방은 그리로 향해 큰길을 내려선다. 도랑물이 철버덩한다. 삽도 집지 못한 황 서방은, 겨우 아이만 물에 잠기지 않았다. 오이밭인지 호박밭인지 서슬 센 덩굴이 종아리를 어인다.

"옘병을 헐……."

밭은 넓기도 했다. 밭두덩에 올라서자 돌각담이다. 미끄런 고무신 한 짝이 뱀장어처럼 뻐들겅하더니 벗어져 달아난다. 권 서방까지 다시 와 암만 찾아도 보이지 않는다.

"이거 어디 더 걷겠나?"

"여기 팝시다."

"여긴 돌 아니여?"

"파믄 흙 나오겠지."

황 서방은 돌각담에 아이 시체를 안고 앉았고, 권 서방은 삽으로 구덩이를 판다. 턱턱 돌이 두드러지고, 돌을 뽑으면 우물처럼 물이 철철 고인다.

"이런 빌어먹을 눔의 비……."

"물구뎅이지 별수 있어……."

황 서방은 권 서방이 벗어 놓은 가마니 쪽에 아이 시체를 누이고 자기도 구덩이로 왔다. 이내 서너 자 깊이로 들어갔다. 깊어지는 대로 물은 고인다. 다행히 비탈이라 낮은 데로 물꼬를 따놓았다. 물은 철철철 소리를 내며 이내 빠진다. 황 서방은

"으흐흐……."

하고 한 자리 통곡을 한다. 애비 손으로 제 새끼를 이런 물구덩이에 넣을 것이 측은해, 권 서방이 아이 시체를 안으러 갔다.

"뭐?"

죽은 줄만 알고 안아 올렸던 권 서방은 머리칼이 곤두섰다. 분명히 아이의 입에서 무슨 소리가 난다. 꼴각꼴각 아이의 입

은 무엇을 토하는 것이다. 비리치근한 냄새가 홱 끼친다.

"여보 어디⋯⋯?"

황 서방도 분명히 꼴깍 소리를 들었다. 아이는 아직 목숨이 붙었다. 빗물이 입으로 흘러들어간 것을 게운 것이다.

"제에길 파리 새끼만두 못한 게 찔기긴!"

아비가 받았던 아이를 구덩이 둔덕에 털석 놓아 버린다.

비는 한결같다. 산골짜기에는 물소리뿐 아니라, 개구리, 맹꽁이, 그러고도 무슨 날짐승 소리 같은 것도 난다. 아이는 세 번째 들여다볼 적에는 틀림없이 죽은 것 같았다. 다시 구덩이 바닥에 물을 쳐내었다. 가마니 한 끝을 깔고 아이를 놓고 남은 한 끝으로 덮고 흙을 덮었다.

황 서방은 아이를 묻고, 고무신 한 짝을 잃어버리고 절름거리며 권 서방의 뒤를 따라 한길로 내려왔다.

"섰음 뭘 허나?"

황 서방은 아이 무덤 쪽을 쳐다보고 멍청이 섰다.

"돌아서세 어서."

"예가 어디쯤이지?"

"그까짓 거⋯⋯ 고무신 한 짝이 아깝네만⋯⋯."

"⋯⋯."

황 서방은 아이 무덤 쪽에서 돌아서기는 했으나 권 서방과는 반대방향으로 걸어가는 것이다. 권 서방이 쫓아와 붙든다.

"내 이년을 그예 찾아 한구뎅에 처박구 말 테여⋯⋯."

"허! 이럼 뭘 허나?"

"으흐흐⋯⋯ 이리구 삶 뭘 허는 게여? 목석만두 못한 애비지 뭐여? 저것 원술 누가 갚어…… 이년을, 내 젖퉁일 썩뚝 짤러다 묻어줄 테다."

"황 서방 진정해요."

"노래두……."

"아, 딸년들은 또 어떻게 되라구?"

"……."

황 서방은 그만 길 가운데 철벅 주저앉아 버린다.

하늘은 그저 먹장이요, 빗소리 속에 개구리와 맹꽁이 소리뿐이다.

《문장》, 1940. 5 −7. 합병호

토끼 이야기

현은 잠이 깨자 눈을 부비기 전에 먼저 머리맡부터 더듬었다. 사기 대접에서 밤샌 숭늉은 얼음에 채인 맥주보다 오히려 차고 단 듯하였다. 문득 전에 서해(曙海)가, 이제 현도 술이 좀 늘어야 물맛을 알지 하던 생각이 난다.

"지금껏 서해가 살았던들, 술맛, 물맛을 같이 한번 즐겨 볼 것을! 그가 간 지도 벌써 십 년이 넘는구나!"

현은 사지를 쭈욱 뻗어 기지개를 켜고 파리 나는 천장을 멀거니 쳐다본다.

《중외(中外)》 때다. 월급날이면, 그것도 어두워서야 영업국에서 긁어오는 돈 백 원 남짓한 것을 겨우 삼 원씩, 오 원씩 나눠 들고 그거나마 인력거를 불러 타고 호로도 내리고 나서기 전에는, 문 밖에 진을 치고 선 빵장수, 쌀장수, 양복점원들에게 털리고 말던 그 시절이었다. 현은 다행히 독신이던 덕으로 이태나 견디었지만, 어머님을 모시고, 아내와 자식과 더불어 남의 셋방살이를 하던 서해로서는, 다만 우정과 의리를 배불리는 것만으로 가족들의 목숨까지를 지탱시켜 나갈 수는 없었다.

"난 매신으로 가겠소. 가끔 원고나 보내우. 현도 아무리 독신이지만 하숙빈 내야 살지 않소."

현은 그후 《중외》에 있으면서 실상 《매신》의 원고료로 하숙집 마누라의 입을 겨우 틀어막곤 하였다. 그러다 《중외》가 기어이 폐간이 되자 현은, 그까짓 공연히 시간만 빼앗기던 것, 이젠 정말 내 공부나 착실히 하리라 하고, 서해가 쓰라는 대로 잡문을 쓰고 단편도 읽어 하숙비를 마련하는 한편, 학생 때에 멋모르고 읽은 태서대가(泰西大家)들의 명작들을 재독하는 것부터 일과를 삼았다. 그러나 사람은 조금만 틈이 생겨도 더 큰 욕망에 눈이 텄다. 공연히 남까지 데려다 고생을 시켜? 하는 반성이 한두 번 아니었으나 결국 직업도 없이, 집 한칸 없이, 현은 장가를 들어 놓았다. 제 한몸 이상을 이끌어 나간다는 것은 확실히 제 한몸 전신으로 힘을 써야 할 짐이었다. 공부고 예술이고 모두 제이 제삼이 되어 버렸다. 배운 도적질이라 다시 신문사밖에는 떼를 쓸 데가 없다. 다행히 첫 아이를 낳기 전에 월급은 제대로 나오는 《동아》에 한 자리를 얻어, 또 신문 소설이라도 한 옆으로 써내는 기술을 가져, 그때만 해도 한 평에 이삼 원씩이면 살 수가 있었으니 전차에서 내려 이십 분이나 걷기는 하는 데지만 우선은 집 걱정을 면할 오막살이가 묻어 오는 이백여 평의 터를 샀고, 그후 부(府)로 편입이 되고 땅 시세가 오르는 바람에 터전 반을 떼어 팔아 넉넉히 십여 칸 기와집 한 채를 짓게까지 되었다.

"인전 집은 쓰고 앉았으니 먹구 입을 걸……."

현의 아내는 살림에 재미가 나는 듯하였다. 재봉틀 월부를 끝내고, 간이보험을 들고, 유성기도 이웃집에서 샀다는 말을 듣고 그 이튿날로 월부로 맡아 오더니, 이제는 한 걸음 나아가 현이 어쩌다 소리판을 한둘 사 들고 와도,

"그건 뭐하러 삼 원씩 주고 사오, 음악이 밥 주나! 그런 돈 날 좀 줘요."

하였고, 여름이면 현은 파쓰 덕이긴 하지만 혼자만 싸다니는 것이 미안하여 한 이십 원 만들어다, 아이들 데리고 가까운 인천이라도 하루 다녀오라고 주면, 아침이면 인천까지 갈 채비로 나섰다가도 고작 진고개로 가로 새어 백화점 식당에나 들어갔다가는 냄비, 주전자, 찻종 그런 부엌 세간을 사서 아이들에게까지 들려가지고 들어오기가 일쑤였다.

이 현의 아내는 바로 이들 집에서 고개 하나 넘어 있는 M 여전 문과 출신이다. 오막살이에서나마 처음에는 창마다 유리를 끼고, 꽃무늬의 커튼을 드리우고 벽에는 밀레의 안젤루스를 걸고, 아침저녁으로 화분을 가꾸었다. 때로는 잠든 어린 것 옆에서 조스란의 자장가도 불렀고, 책장에서 비단 뚜껑한 책을 뽑아다 브라우닝을 읊기도 하였다. 아이가 둘이 되면서부터 그리고 그 흔한 건양사 집들이 좌우전후에 즐비하게 들어앉는 것을 보면서부터는 모교가 가까워 동무들이 자주 찾

아오는 것을 도리어 싫어하였고, 어서 오막살이를 헐고 번듯한 기와집을 지어 보려는 설계에 파묻히게 되었다. 안젤루스에 먼지가 앉거나 말거나, 화초분이 말라 시들거나 말거나 그의 하루는 그것들보다 더 절박한 것으로 프로가 꽉 차지는 것 같았다.

현은 일 년에 하나씩은 신문 소설을 썼다. 현의 야심인즉 신문 소설에 있지 않았다. 단편 하나라도 자기 예술욕을 채울 수 있는 창작에 자기를 기르며 자기를 소모시키고 싶었다. 나아가서는, 아직 지름길에서 방황하는 이곳 신문학을 위해 그 대도(大道)로 들어설 바 교량이 될 만한 대작이 그의 은근한 본원이기도 했다. 인물의 좋은 이름 하나가 생각나도 적어 두어 아끼었고, 영화에서 성격 좋은 배우 하나를 보아도 그의 사진을 찢어 모아 두었다.

그러나 머릿속에서 구상만으로 해를 묵을 뿐, 결국 붓을 들기는 몰아치는 대로 몰아쳐질 수는 있는 신문 소설뿐이었다.

현의 신문 소설이 시작되면 독자보다는 현의 아내가 즐거웠다. 외상값 밀린 것이 풀리고 단행본으로 나와 중판이나 되면 뜻하지 않은 목돈에 가끔 집안이 윤택해지기 때문이다.

'그러나 나도 소위 불혹지년이란 게 낼모레가 아닌가! 밤낮 이것만 하다 까부러질 건가? 눈 뜨면 사로 가고 사에 가선 통신 번역이나 하고…… 고작 애를 써야 신문 소설이나 되고……'

현의 비장한 결심이 그렇지 않아도 굳어질 무렵인데 《동아》가 《조선》과 함께 고스란히 폐간이 되는 것이었다.

명랑하라, 건실하라, 시대는 확성기로 외친다. 현은 얼떨떨하여 정신을 수습할 수 없는 데다, 며칠 저녁째 술이 취해 돌아왔던 것이다.

밤잔 숭늉에 내단(內丹)이 씻긴 듯 속은 시원하였으나 골치는 그저 무겁다.

"술이 좀 늘어야 물맛을 알지…… 흥, 신문사 십 년에 냉수맛을 알게 된 것밖에는 게 무언고?"

다시 숭늉 그릇을 이끌어 왔으나 찌꺼기뿐이다. 부엌 쪽 벽을 뚝뚝 울리어 아내를 불렀다.

"기껀 주므셌수?"

"물 좀."

아내는 선선히 나가 물을 떠가지고 와 앉는다. 앉더니 물을 자기가 마시기나 한 것처럼 목을 길게 빼며 선트림을 한다. 아내는 벌써 숨을 가빠하는 것이다. 한 딸, 두 아들이어서 꼭 알맞다고 하던 것이 다시 네번째의 임신인 것이었다.

"나 당신한테 할 말 있어요."

평시에 잔소리가 없는 만치 현의 아내는 가끔 이런 투로 현의 정색을 요구하였다.

"요즘 당신 심경 나두 모르진 않우. 그렇지만 당신 벌써 사흘째 내려 술 아뉴?"

현은 잠자코 이마를 찌푸린 채 터부룩한 머리를 쓸어넘긴다.

"술 먹구 잊어버릴 정도의 거면 애당초에…… 우리 여자들 눈엔 조선 남자들 그런 꼴처럼 메스껍구 불안스런 건 없습디다. 술루 심평이 되우? 또 작게 봐 제 가정으루두 어디 당신들 사내 한나뿐유? 처자식 수두룩허니 두구, 직업두 인전 없구, 신문 소설 쓸 데두 인전 없구…… 왜 정신 바싹 채리지 않구 그류?"

현은, 듣기 싫어 소리를 치고 다시 이불을 뒤집어썼으나, 또 반동적으로 이날도, 그 이튿날도 곤주가 되어 들어왔으나, 사실 아내의 말에 찔리기도 하였거니와 저 혼자 취한다고 세상이 따라 취하는 것도 아니요, 저 혼자나마도 언제까지나 취할 수도 없는 것이었다.

현은 아내의 주장대로 그 송장의 주머니에서 턴 것 같은, 가슴이 섬찟한 퇴직금이지만, 그것을 밑천으로 토끼를 기르기로 한 것이다.

뉘 집에서는 처음 단 두 마리를 사온 것이 일 년이 못 돼 오십 평 마당에 어떻게 주체할 수 없도록 퍼졌고, 뉘 집에서는 이백 원을 들여 시작했는데 이태가 못 되어 매월 평균 칠팔십 원 수입이 있다는 것은 현의 아내가 직접 목격하고 와서 하는 말이었고, 토끼 기르는 책을 얻다 주어 현은 하룻저녁으로 독파를 하니, 토끼를 기르기에는 날마다 붙잡히는 일이기는 하나 날마다 신문 소설을 써 대는 것보다는 마음의 구속은 적을 것 같았고, 신문 소설을 쓰면서는 본격 소설에 손을 대일 새가 없었으나, 토끼를 기르면서는 넉넉히 책도 읽고 십 년에 한 편이 되더라도 저 쓰고 싶은 소설에 착수할 여력도 있을 것 같았다. 이런 것은 시대가 메가폰으로 소리쳐 요구하는 명랑하고 건실한 생활일 수도 있는 점에 현은 더욱 든든한 마음으로 토끼 치기를 결심하였다. 그리고 우선 아내의 뒤를 따라 아내와 동창이라는, 이백 원을 들여 지금은 매달 칠팔십 원씩을 수입한다는 집부터 견학을 나섰다.

그집 바깥 주인은 몇 해 전에 《동아》에서도 사진을 이단으로나 낸 적이 있고, 그의 연주회 주최를 다른 사와 맹렬히 다루기까지 하던, 한때 이름 높던 피아니스트였다. 피아니스트답지는 않게 거칠고 풀물이 시퍼런 손으로 현의 부처를 맞아주었다. 마당에 들어서기가 바쁘게 두엄내보다는 노릿한 내가 더 나는 훗훗한 냄새가 풍겨나왔다. 목욕탕에 옷 벗어 넣는 켜처럼 여러 칸으로 된 토끼집이 작은 고층건물을 이루어 한편 마당을 둘러 있었다. 칸칸이 새하얀 토끼들이 두 귀가 빨쪽하니 앉아 연분홍 눈을 굴리며 입을 오물거린다. 현은 집에 아이들 생각이 났다. 동화의 세계다. 아동 문학을 하는 이에게 더 적당한 부업같이도 생각되었다. 현 부처는 피아니스트 부처에게서 양토 경험담을 두 시간이나 듣고, 보고 더욱 굳어지는 자신으로 돌아왔다. 와서는 곧 광주 가네보양토부로 제일 기르기 쉽다는 메리켄으로 이십 마리를 주문하였다. 곧 목수를 데려다 토끼장을 짰다. 토끼장이 끝나기도 전에 '오늘 토끼를 부쳤다'는 전보가 왔다. 현은 아이들을 데리고 산으로 가 풀과 아카시아 잎을 뜯어 왔다. 두부 장사에게 비지도 맡기었다. 수분 있는 사료만으로는 병이 나는 법이라 해서 건조사료도 주문하였다. 사흘 만에 이 작고 귀여운 현의 집 새식구 이십 명은 천장을 철사로 얽은 궤짝에 담기어 한 명도 탈없이 찾아들었다. 그들은 더위에 할랑거리기는 하면서도 그저 궤짝 속이 저희 안도(安堵)인 듯, 밖을 쳐다보는 일이 없이 태연히 주둥이들만 오물거렸다. 자연의 한 동물이라기보다 시험관 속에서 된 무슨 화학물 같았다. 아이들과 아내는 즐겨 끄르며 덤볐으나, 현은 뒤에 물러서서 그 작은 그 귀여운, 그리고 박꽃처럼 희고 여린 동물에게다 오륙 명의 거센 인생의 생계를 계획한다는 것을 생각할 때 확실히 죄스럽고 수치스럽기도 하였다.

아무튼 토끼가 와서부터 현은 잠시도 쉬일 새가 없었다. 먹이를 주고 다음 먹이의 준비까지 되어 있으면서도 얼른 손을 씻고 방으로 들어와지지가 않았다. 토끼장 앞으로 어정어정하는 동안 다시 다음 먹이 시간이 되고, 다시 다음 먹이를 준비해야 되고 장 안을 소제해야 되고, 현은 저녁이나 되어야 자기의 시간으로 돌아올 수가 있었다.

차츰 밤 긴 가을이 깊어졌다. 워낙 구석진 데라 더구나 저녁에는 찾아오는 친구가 별로 없었다. 현은 저녁만이라도 홀로 조용히 등을 밝히고 자기의 세계를 호흡하는 것이 즐거웠다. 십 년 전, 독신일 때 하숙집에서 재독하기 시작했던 태서 명작을 다시금 음미하는 것도 즐거웠고, 등불을 멀찍이 밀어 놓고 책장을 살피며 근대의 파란중첩한, 인류의, 문화의, 문학의 뭇 사조의 물결을 더듬으며, 한 새파란 사조가 부딪치고 지나갈 때마다 이 귀퉁이 저 귀퉁이 부스러뜨리기만 해 오던 장편의 구상을 계속해 보는 것도 얼굴이 닳도록 즐거움이었다.

많지는 못한 장서나마 현은 한가히 책장을 쳐다볼 때마다 감개무량하기도 하였다. 일목천고(一目千古)의 감을 느끼는 것

이다. 새 책은 날마다 나온다. 또 새 책은 날마다 헌 책이 된
다. 한때는 인류 사상의 최고봉인 듯이 그 앞에는 불법(佛法)
도 성전(聖典)도 무색하던 것이 이제는 그 책의 뚜껑 빛보다도
내용이 앞서 퇴색해 버리고 말았다. 그 뒤에 오는 다른 새것,
또 그 뒤를 따른 새것들, 책장 한 층에만도 사조는 두 시대,
세 시대가 가지런히 꽂혀 있는 것이다.

'지나가 버린 낡은 사조의 유물들! 희생된 것은 저 책들뿐
인가? 저 저자들뿐인가? 저 책들과 저 저자들뿐이라면 인류
는 이미 얼마나 복된 백성들이었으랴만은, 인류는 언제나 보
다 나은 새 질서를 갈망해 헤매지 않으면 안 되었다.'

새 사조가 지나갈 때마다 많으나 적으나, 또 그전 것을 위
해서나 새것을 위해서나 반드시 희생자는 났다. 그 사조가 거
대한 것이면 거대한 그만치 넓은 발자취로 인류의 일부를 짓
밟고 지나갔다. 생각하면 물질문명은 사상의 문명이기도 하
다. 한 사상의 신속한 선전은 또 한 사상의 신속한 종국을 가
져오기도 한다. 예전 사람들은 일생에 한 번이나 겪을지 말지
한 사상의 난리를 현대인은 일생 동안 얼마나 자주 겪어야 하
는가. 청(淸)의 시인 이초(二樵)가 일신수생사(一身數生死)라
했음은, 정히 현대의 우리를 가리킴이라 하고, 현은 몇 번이나
책장을 바라보며 쓴웃음을 지었다.

'일신수생사! 사상은 짧고 인생은 길고……'

토끼는 듣던 바와 같이 빠르게 번식해 나갔다. 스무 마리
가 아카시아잎이 단풍들 무렵엔 사십여 마리가 되어 북적거
린다. 토끼장도 다시 한 오십 마리치를 늘구려 재목까지 사들

이는 때다. 문제가 일어났다. 먹이의 문제다. 풀과 아카시아잎의 저장을 충분히 할 수 없어 비지와 건조 사료에 오히려 믿는 바 컸었는데 두부 장수가 가끔 거른다. 오는 날도 비지를, 소위 실적의 반도 못 가져온다. 건조 사료도 선금과 배달비까지 후히 갖다 맡겼는데도 오지 않는다. 콩이 잘 들어오지 않아 두부 생산이 준 것, 그러니 두부 대신 비지 먹는 사람이 는 것, 그러니 비지는 두부보다도 더 귀해진 셈이다. 건조 사료란 잡곡의 겨인데 무슨 곡식이나 칠분도 내지 오분도로 찧으니 겨가 나올 리 없다. 알고 보니 최근까지의 건조 사료란 전년의 재고품이었던 것이다. 현의 아내는 동분서주하였으나, 토끼는커녕 닭을 치던 집에서들까지 닭을 팔고, 닭의 우리를 허는 판이었다.

현의 아내는 억울한 일을 당할 때처럼 며칠이나 얼굴이 불거 있었으나 결국 토끼를 기름으로써의 생계는 단념하는 수밖에 없었다. 토끼를 헐값이라도 치우기 시작하였다. 그러나 가죽이면 얼마든지 일시에 처분할 수가 있으나 산것 채로는 어디서나 먹이가 문제라 길이 막혔다. 한꺼번에 사십여 마리의 가죽을 쟁을 쳐 말릴 널판도 없거니와 단 한 마리라도 칼을 들고 껍질을 벗길 위인이 없다. 현은 남자면서도 닭의 멱 하나 따 본 적이 없고, 현의 아내 역, 한번은 오막살이 집 때인데 튀하기는 한 닭 한 마리를 옹근 채 사 왔더니 닭의 흘겨 뜬 죽은 눈이 무서워 신문지로 덮어 놓고서야 썰던 솜씨였다. 더 늘쿠지나 말고 오래는 걸리더라도 산 채로 처분하는 수밖에 없었다. 산 채로 처분하자니 팔리는 날까지는 어떻게 해서나 굶겨 죽이지는 않아야 한다. 부드러운 풀은 벌써 거의 없어진 때다. 부엌에서 나오는 것은 무청뿐이요, 밖에서 얻을 수 있는 것은 클로버뿐이다. 클로버도 며칠 안 있으면 된서리를 맞을 즈음인데 하루는 현의 아내가 그의 모교인 M여전 운동장이 클로버 투성이인 것을 생각해 냈다. 그 길로 고개를 넘어 모교에 다녀오더니, 학교에서는 해마다 사람을 사서 뽑는데도 당할 수가 없어 잔디를 버릴까 봐 걱정이니 제발 뜯어라도 가라는 것이라 한다. 현은 입맛을 쩍쩍 다시다가 '당신이 가기 싫음 내가 가리다. 오륙이 멀쩡해 가지구 미물이라두 기르던 걸 굶겨 죽여야 옳우?' 하는 아내의 위협에 아내가 홀몸도 아닌 때라, 또 다른 곳도 아니요 저의 모교 마당에 가서 토끼밥을 뜯고 앉아 있는 정상이 어째 정도 이상으로 가긍하게 머릿속에 떠올라, 그만 대팻밥 모자를 집어쓰고 동저고리 바람인 채 고무신을 끌고, 마악 학교에서 돌아오는 큰 녀석에게까지 다래끼를 하나 둘러메워 가지고 고개를 넘어 M여전으로 왔다.

운동장에는 과연 잔디와 클로버가 군데군데 반반 정도로 대진이 되어 있었다.

"나야 이렇게 동저고리 바람에 농립을 눌러 썼으니 누가 알아볼라구…… 또 알아본들 현 아무개란 화상……."

하학이 된 듯 운동장에는 과년한 여학생들이 설멍하니 다리들을 드러내고 발레이뿔을 던지기도 하고 자전거를 타고 돌기들도 한다. 현은 남의 집 안마당에 들어서는 것 같은 어색함을 느꼈으나 수굿하고 한편 여가리에 물러앉아 클로버를 뜯기 시작하였다.

"아버지?"

"왜?"

아들애는 아직 우두머니 서서 언덕 위에 장엄하게 솟은 교사와 여학생들이 자전거 타는 것만 바라보고 있었다.

"우리 엄마두 여기 학교 나왔지?"

"그럼…… 어서 이 시퍼런 풀이나 뜯어……."

이 아버지와 아들의 짧은 대화를 학생 두엇이 알아들은 듯.

"얘 너희 엄마가 누군데?"

하며 가까이 온다. 현의 아들애는 코만 훌쩍하고 돌아선다. 현은 힐끗 아들을 쳐다본다. 그 쳐다보는 눈이, 가끔 집에서 '떠들면 안 돼' 하던 때 같다.

아들애는 잠자코 제 다래끼를 집어다 클로버를 뜯기 시작한다.

"이거 뜯어다 뭘 허니?"

"토끼 먹여요."

"토끼! 너희 집서 토끼 치니?"

"네."

학생들은 저희도 뜯어서 현의 아들 다래끼에 담아 준다.

"너희들 뭣 허니?"

현의 등뒤에서 다른 학생들 한 떼가 몰려온다. 현은 자기까지 아울러 '너희들'로 불려지는 것같이 화끈해진다.

"우린 요쓰바 찾는다누."

딴은 그들은 토끼밥을 뜯어 주기 위해서가 아니라 저희들

'행복'을 찾기 위해서였다.

"나두, 나두……."

그들은 모이를 본 새떼처럼, 클로버에 몰려앉는다. 현은 수 긋하고 다른 쪽을 향해 뜯어나가며, 자기의 아내도 한때는 브라우닝의 시집을 끼고 이 운동장 언저리를 거닐다가 저렇게 목마르듯 '행복의 요쓰바'를 찾아보았으려니 그 '행복의 요쓰 바'와 함께 푸른 하늘가에 떠오르던 그의 '영웅'은 오늘 이 마당에 농립을 쓰고 앉아 토끼밥을 뜯는 사나이는 결코 아니었으려니,

이런 생각에 혼자 쓴 침을 삼켜 보는데 무엇이 궁둥이를 툭 때린다. 넓은 마당에 까르르 웃음이 건너간다. 현의 각도로 섰던 발레이뿔 선수 하나가 뿔을 놓쳐 버렸던 것이다.

현은 다음날 오후에도 큰녀석을 데리고 M여전 운동장으로 왔다. 클로버는 아직도 한 닷새 더 뜯어갈 수가 있었다. 그러나 이날이 마지막이게 이날 밤에 된서리가 와버린 것이었다. 현의 아내는 마침 김장 때라 무청과 배추 우거지를 이 집 저 집서 모아들였다. 그러나 것도 잠시 한철이었다. 현은 생각다 못해 한두 마리씩이라도 없애 보려 대학 병원에 그리 친치도 못한 의사 한 분을 찾아가 보았다. 십여 년째 대이는 사람이, 그도 요즘은 한두 마리씩 더 갖다 맡기어 걱정이라는 것이었다. 현은 대학병원에서 돌아오는 길에 어느 책사에 들렀다. 양토법에 관한 책에는 토끼의 도살법까지도 쓰여 있기 때문이다. 전에 아내가 빌려온 책에서는 그만 기르는 법만 읽고 돌려

보낸 것이다.

토끼를 죽이는 법, 목을 졸라 죽이는 법, 심장을 찔러 피를 뽑아 죽이는 법, 물에 담가 죽이는 법, 귀를 잡고 어느 다리를 어떻게 잡아당겨 죽이는 법, 동맥을 잘라 죽이는 법, 그리고 귀와 귀 사이의 골을 망치로 서너 번 때리면 오체를 바르르 떨다가 죽게 하는 법, 이렇게 여섯 가지나 쓰여 있었다.

현은 먼저 긴 책을 도로 제자리에 꽂고 주인의 눈치를 엿보며 얼른 책사를 나와 집으로 돌아왔다.

오는 길로, 옷을 갈아입는 길로, 토끼 한 놈을 꺼내었다. 묵직하고, 포근하고, 따뜻하고, 뻐들것거리고, 눈을 똘망거리고…… 교미기가 지난 놈들이라 새끼 때의 화학물감 박꽃감은 인젠 아니요, 놓기는커녕 웬만큼 서투르게만 붙잡아도 뻐들껑하고 튕겨져 산으로 치달을 것만 같은 '짐승'이다.

현은 단단히 앙가슴과 뒷다리를 움켜쥐고 마루로 왔다. 딸년이 방에서 나오다가 소리를 친다.

"얘들아 아버지가 토끼 꺼냈다!"

큰 녀석 작은 녀석이 마저 뛰어나온다.

"왜 그류 아버지?"

"병 났수?"

"마루에 가둬. 우리가 가지구 놀게."

"이뻐서 그류, 아버지?"

딸년은 제 손에 들었던 빵쪽을 토끼의 입에다 갖다 댄다. 토끼는 수염을 쫑긋거리더니 빵쪽을 물어 떼이려 한다. 현은 잠자코 아까 책사에서 본 여섯 가지 방법을 생각해 낸다.

"왜 그류 아버지?"

"가, 저리들!"

현은 그제야 소리를 꽥 질렀다. 아내가 부엌에서 나온다. 현은 아내의 해산달이 멀지 않았음을 깨닫는다. 현은 등줄기에 오싹함을 느끼며 토끼를 다시 안고 뒤꼍으로 왔다. 아내가 따라오며 그 역, 왜 그리는고 묻는다.

"뭣 허러 아이처럼 따라 댕겨?"

아내는 얼른 물러나지 않는다. 현은 도로 토끼를 갖다 넣고 만다. 암만 생각하여도 그 목을 졸라 쥐고, 뻐들적거리는 것을 이기노라고 같이 힘을 쓰며 뒤어 쓰는 눈을 내려다보고 숨이 끊어지기를 기다리는 노릇, 현은 그 목을 졸라 죽이는 법에 자신이 생기지 못한다. 심장이 어드메쯤이라고 그 폭신한 가슴을 더듬어 송곳을 들여박기는, 남의 주사침 맞는 것도 제대로 보지 못하는 현으로는 더욱 불가능한 일이요, 쥐처럼 돌 속에 든 것도 아닌 것을 물 속에 끌어 넣거나, 귀와 다리를 붙잡고 척추가 끊어지도록 잡아 늘쿠는 것이나, 그 어린아이처럼 따스하고 발랑거리는 목에서 동맥을 싹둑 짤라 놓는 것이나, 자꾸 돌아보는 것을 앞으로 죽여 놓고 망치로 뒤통수를 때리는 것이나 현으로는 생각할수록 소름이 끼치고, 지금 아내의 배 속에 들어 있는, 마치 토끼 형상으로 꼬부리고 있을 태아를 위해 이런 짓은 생각만으로도 죄를 받을 것만 같았다.

김장철이 지나가자 토끼 먹이는 더욱 귀해서 사람도 먹기 힘든 두부와 캐비지로 대이는 데 하루에 일 원 사오십 전씩 나간다. 이렇게 서너 달만 먹인다면 그 담에는 토끼 오십 마리를 한몫 판다 하여도 먹이값밖에는 나올 게 없다. 서너 달 뒤에 가서는 토끼 문제뿐만 아니다. 토끼 때문에 이럭저럭 사오백 원이 부서졌고 김장하고 장작 두 마차 들이고 퇴직금 봉지엔 십 원짜리 서너 장이 남았을 뿐이다.

"어떻게 살 건가?"

어느 잡지사에서 단편 하나 써달란 지가 오래다. 독촉이 서너 차례나 왔다. 단돈 십 원 벌이라도 벌이라기보다, 단편 하나라도 마음 편히 앉아 구상해 보기는 다시 틀렸으니 종이만 펴놓을 수 있으면 어디서고 돌아앉아 쓰는 게 수다. 하루는 있는 장작이라 우선 사랑에 군불을 따뜻이 지피고 '이놈의 토끼 이야기나 써 보리라' 하고 들어앉아 서두를 찾노라고 망설이는 때였다.

"여보? 어디 게슈?"

하는 아내의 찾는 소리가 난다. 내다보니 얼굴이 종잇장처럼 핼쓱해진 아내는 두 손이 피투성이다.

"응!"

"물 좀 떠 줘요."

"웬 피유?"

아내의 표정을 상실한 얼굴은 억지로 찡그려 웃음을 짓는다. 피투성이 두 손은 부들부들 떤다. 현의 아내는 식칼을 가지고 어떻게 잡았는지, 토끼 가죽을 두 마리나 벗겨 놓은 것이다. 현은 머리칼이 쭈뼛 솟았다.

"당신더러 누가 지금 이런 짓 허래우?"

"안 험 어떡허우? 태중은 뭐 지냈수. 어서 손 씻게 물 좀 떠

봐요."

하고 아내는 토끼털과 선지피가 엉킨 두 손을 쩍 벌려 내여
민다. 현의 머릿속은 불현듯, 죽은 닭의 눈을 신문지로 가려
놓고야 썰던 아내의 그전 모습이 지나친다. 콧날이 찌르르하
며 눈이 어두워졌다.

피투성이의 쩍 벌린 열 손가락, 생각하면 그것은 실상 자기
에게 물을 요구하는 것이 아니었다. 현은 펄썩 주저앉을 듯이
면 산마루를 쳐다보았다. 산마루엔 구름만 허옇게 떠 있었다.

《문장(文章)》 1941. 2.

정비석

1911. 5. 21. ~ 1991

●

성황당(城隍堂)

1911년 평북 의주에서 출생했고 일본에 유학, 니혼대학 문과를 중퇴하였다.

《매일신문》기자, 광복 후에는 《중앙 신문》문화부장으로 재직했고, 이후 직업을 가지지 않고 창작에만 전념했다. 국제 펜클럽 한국 본부 부위원장 등을 역임했다.

처음 시로 출발했으나 이어 소설로 전향하여 단편 「졸곡제」가 《동아일보》신춘문예에, 단편 「성황당」이 《조선일보》신춘문예에 1등으로 당선되어 문단에 데뷔하였다. 이 당시에 발표한 작품은 인간의 근원적인 신앙과 애정을, 세련된 감정과 정연한 문장으로 그린 「졸곡제」를 제외하고는 대부분 시대 현실에 대한 지식인의 고민과 사상을 다룬 것이다.

1954년에 발표한 「자유부인」은 6·25 이후 아메리카니즘으로 인한 사회적인 퇴폐 풍조를 배경으로, 대학의 국문학 교수의 부인이 가정을 뛰어나와 남편의 제자와 춤을 추면서 방탕하게 놀아난 자유부인의 상태를 통해서 현대 여성의 애정 모럴을 탐구해 본 것이다. 이 소설은 본격문학과 통속 소설의 중간물이라고 할 수 있는데, '중공군 50만 명에 해당하는 조국의 적'이라는 비난을 받고도 4만 부 이상의 베스트셀러가 되었으며, 최초로 순수/대중문학 논쟁을 불러일으켰다.

대표작으로 「성황당」, 「제신제」, 「자유부인」, 「소설작법」 등이 있다.

성황당(城隍堂)

"제길 뭘 허구 송구 안 와!"

순이는 저녁밥 짓는 불을 다 때고 나서, 부지깽이로 닫힌 부엌 문을 활짝 열어젖히며, 눈 아래 언덕길을 바라보았다.

하나, 아래로 아래로 뻗은 길에는 사람은커녕 개새끼 하나 얼씬하는 것 없었다.

한참 멍하니 바라보고 있던 순이는 다시 아까와 같이 중얼거리고 나서 부엌 바닥을 대강대강 쓸어 검부레기를 아궁이에 집어넣는다. 그러고 나서, 이번에는 빗자루를 든 채 토방으로 해서 뜰 아래 나서더니, 천마령(天摩嶺) 위에 걸린 해를 쳐다본다. 산골의 해는 저물기 쉬웠다. 아침 해가 앞산 위에 떴나보다 하면, 벌써 뒷산에서는 해가 저물기 시작하는 것이다.

그러기로 신새벽에 집을 떠날 때에 그만치나 신신당부를 했으니, 여느 장날보다는 좀 일찍 돌아와야 할 것이고, 그러니 이만 때에는 으레 왔어야 할 텐데, 아무튼 순이는 기다리기가 몹시도 안타까웠다.

하긴 여느 때 마련하면 아직도 돌아올 무렵이 멀긴 했으나, 순이는 공연히 마음이 초조했다. 그도 그럴 것이, 붉은 고사 댕기 한 감과 흰 고무신 한 켤레를 가져 볼 생각을 하면 금방도 어깨춤이 덩실덩실 나왔고, 이제 보름만 있으면 붉은 댕기에 흰 고무신을 신고 오 리 밖에 있는 큰 마을에 그네 뛰러 갈 것을 생각하면, 금시로 엉덩이가 절로 들썩거렸다.

어느덧 밥이 바지적바지적 잦는다. 순이는 솥뚜껑을 열어 보고 나서는 또 밖으로 나와, 언덕 아래를 쳐다보았다.

아직도 아무것도 보이지 않았다. 순이는 이맛살을 찌푸렸다. 순이는 아까 집을 떠날 때의 남편의 말을 생각해 보지 않을 수 없었다.

"올 수리(단오)날이 송구 보름이 넘어 있는데, 발써부터 댕긴 사다 뭘 해? 그럴 돈이 있으문 술을 사 먹지! 참 오늘은 강냉이 한 말 사구, 남는 돈은 술이나 한잔 사 먹어야겠군!"

하던 현보(賢輔)의 말에 순이는

"흥 그래만 보갔디! 난 아예 달아나구 말걸."

하고 대꾸를 하며, 남편을 따라 웃고 말았지만, 지금 보면 그때 현보의 말이 노상 농담만도 아닌 것 같다.

정말 현보는 남는 돈으로 술을 사 먹는 것이나 아닐까? 술을 그렇게 좋아하는 현보의 일이니, 사실 그럴는지도 모른다고, 순이는 점점 불안스러워서 이제는 집 뒤 언덕으로 기어올라 더 멀리를 바라보았다. 그래도 아무것도 보이지 않았다.

그래 순이는 집 앞에 있는 느티나무 아래 성황당에 가 돌을 던져 제발 남편이 신과 댕기를 사 오기를 축수하고 나서 짜장 댕기와 고무신을 사 오지 않으면 사생결단으로 싸워 보리라 마음먹었다.

그래도, 마음은 놓이지 않았다. 그래 가만 있자 현보가 술 먹어 본 지가 한 달——아니 허 좌상네 제사 때 먹은 것이 마지막이었으니, 장근 두 달이나 되었다. 정말 오늘은 댕기 살 돈으로 술을 먹을는지 모른다. 그러기에 아직도 안 오는 게지. 숯 두 섬 팔아서 강냉이 한 말하고 댕기 한 감에 신 한 켤레 사기는 잠깐일 것이 아니냐? 술만 안 먹는다면 벌써 돌아온 지 오래였을 것이다.

저녁 해가 천마령 너머로 잠기고 말았다. 산골짜기에는 산들바람이 불고 있었다. 나뭇잎이 설렁설렁 갈리고, 그런 저녁이면 으레 뒷산 숲에서는 부엉새가 운다. 순이는 차차 불안스러웠다.

밥을 담아 놓기까지 부엌 문턱이 닳도록 드나들었건만, 아무런 소용도 없었다.

밥을 담아 놓고는 가만히 서 기다릴 수가 없어 횡하니 언덕 길을 내려갔다. 언덕길을 다 내려가면 다시 이번에는 다음 언덕길을 추어올라야 한다. 이 언덕이라는 것이 이른바 삼 천마(天摩)——귀성(龜城) 천마, 삭주(朔州) 천마, 의주(義州) 천마라는 큰 재[嶺]였다. 이 재를 경계로 하고 귀성, 삭주, 의주 세 골로 나누어진 것이다. 이 재의 꼭대기까지 오르자면 시오 리는 넉넉히 되었다.

　순이는 가쁜 숨을 쉬일 새도 없이 두 활개를 치면서 올랐고, 구부러진 고비를 돌 때마다 고개를 들어 머리 위에 보이는 길을 쳐다보곤 하였다. 장꾼도 인제는 거근해서 간혹 한두 사람씩 보일 뿐이었고 멀리서 수군거리며 걸어오는 발자취 소리가 들릴 때마다 행여 현보가 아닌가 하고 가슴을 조이곤 하였지만, 막상 만나면 생면부지의 남들이었다. 그런 때면 순이는 가만히, 한숨을 쉬면서 맥풀리는 다리를 가누며 가누며 언덕을 올랐다. 언덕을 오르기만 하면 내림길 시오 리는 한눈에 바라볼 수 있었다. 순이는 점점 밸머리가 떠올랐다. 제길! 만나기만 하면 대비산지 멱살을 부여잡고 악다구니를 쓰리라 하였다.

　어느덧 황혼이 짙었다. 깊은 산골짜기에서 피어나기 시작한 황혼은 나무를 에워하고 개울을 덮고 산허리로 해서 야금야금 꼭대기로 뻗기 시작하였다. 바람이 여느 때보다 차가웁게 불었다. 갓 나온 떡갈나무 잎이 바람을 맞아 사르륵 사르륵 소리를 내고 있었다. 길 옆 숲에서는 금방 범이나 산돼지가 뛰어나오지 않을까 싶게 굴같이 새까맸다.

　그러나, 순이는 그런 것은 조금도 무섭지 않았다. 산에서 나서 산에서 자란 순이였다. 순이는 현보가 붉은 고사 댕기와 흰 고무신을 사가지고 올 것을 생각하면 뭣이나 두렵지 않았다. 그는 다시 발을 빨리 놀렸다. 순이가 천마령을 십 리나 추어올랐을 때 저편에서 흥어리 타령을 하며 오는 사람이 있었다.

그 목성은 틀림없는 현보였다.

그것이 현보인 것을 알자, 대뜸 순이의 가슴은 덜컥 내려앉았다.

"산골에 귀물은 머루나 다래, 인간에 귀물은 우리 님 허리."

이것은 현보가 아는 단 하나의 노래였고, 그리고 현보는 으레 술이 얼근히 취해야만 이 노래를 부르는 것이 아니냐?

순이는 이 노래를 듣고, 댕기도 고무신도 허얄낭창이로구나 생각하니, 가슴 밑바닥에서부터 끓어오르는 분노를 참을 수 없어, 길바닥에 딱 버티고 서며 주먹을 불끈 쥐고 어둠 속에서 가까이 오는 현보를 노려보았다. 현보는 등에 짐을 걸머진 채 흥얼거리며 그대로 지나가려다가 다시 한번 쳐다보더니, 그제야 순이인 줄을 알고 깜짝 놀라며,

"순이가? 너 어떻게 여기까지 왔네? 옳지 내 마중 왔구나 응?"

하고 얼근히 취한 혀를 굴리며 순이의 어깨를 붙잡으려 한다.

"그래 신은 사오는 거요?"

순이는 현보의 팔을 뿌리치며 톡 쏘았다.

"뭐? 그럼 날 마중 나온 게 아니구 신 사 오는가 해서 여기꺼정 왔구나 응? 허허 신? 신 사 오고말고! 째헌 고무신 순이 신을 고무신 말쑥헌 하이칼라 신 사 오고말고!"

하며, 현보는 다시 순이의 치맛자락을 붙잡았다. 순이는 천만 뜻밖에 신 사 온다는 김에 긴장이 탁 풀리고 반갑기만 해서 아무 반항도 하지 않았다.

"정말 사 오우?"

"그럼 안 사 올까 원! 순이 고무신을 내래 안 사다 주문 누구래 사다 준다구!"

"어디 봅수다."

하고 순이가 채근하기 전에 현보는 벌써 부스럭부스럭 하더니, 고무신 한 켤레를 등짐에서 끄집어내어 순이에게 주면서

"여기서 한번 신어 보련?"

하는 현보의 말에

"글쎄 좀 쉬어 갑수다."

둘은 길 저문 줄도 모르고 길섶 풀밭 위에 주저앉았다. 순이는 얼른 종이를 풀고 어둠 속에서도 눈처럼 흰 고무신을 보고는, 입이 헤죽해지며 다 해어진 짚신을 벗고 새 고무신을 신어 본다.

"맞디?"

"응! 아니 좀 크우다래! 겨냥보다 큰 걸 사 왔수다래!"

"좀 큰 편이 날 것 같아서……."

"그래두 과히 큰가 봐."

"좀 큰 편이 났대두 그래! 올 한 해만 신을 것두 아니구— 발은 크잖나 원!"

"크문 돈두 더하디 않갔소?"

"돈은 같애! 아따 같은 값이면 처녀라구 돈 같은데야 큰 걸 개왔디."

"돈은 같아요? 그름 큰 게 났디 뭐. 참 댕긴?"

순이는 그제야 생각난 듯이 댕기 재촉을 하엿다.

"댕기 생각두 났지만, 댕긴 와 시집올 때 디리구 온 거 있잖

은가?"

"아구만나! 시집올 때 웬 댕기래 있었나 뭐? 시집오던 날 디리구 온 건 놈(남)해래되서 사흘 만에 도루 보내 주디 않았소?"

"아, 그랬던가? 난 또 오늘 문득 시집올 때 디리구 온 댕기 생각이 나기에 옳다 잘됐다. 오늘은 댕기 값이 남았으니, 술 먹을 돈이 생겼다구 막걸리 몇 잔 걸터구 왔디! 난 참 그런 줄은 깜빡 잊었더랬구먼, 허! 그러니 헐 수 있나 다음 당(장)에는 꼭 사다 주디."

"여보, 그야 놈으 생각을 못 해 주갔소?"

"아니! 생각을 못 헌 게 아니라, 있는 댕기야 또 사 올 거 없갔기 그랬디, 내가 님자 댕기 사 오는 거 아까와 그랬간나? 그렇지 않어? 응 순이!"

하며, 현보는 순이의 어깨를 휘감았다. 순간 술 냄새가 물씬 얼굴에 끼얹혔다.

"아이구 망칙해라!"

"망칙은 무슨 망칙, 아무개두 보는 사람 없어!"

하고 현보는 성난 범처럼 덤벼들었다. 순이는 고무신 사다 준 것만도 다행으로 여겨, 아무 반항도 하지 않았다.

어느덧 열여드레 달이 천마재 위에 비쭉이 솟았다. 산 속은 괴괴하다. 나무 사이로 세차게 흐르는 달빛이 더욱 적막을 돋우었다. 숲 위에서 반짝이는 별들만이 순이와 현보를 지키고 있었다.

어디선가 간혹 접동새 울음이 들려왔고, 그것이 그치면 아지 못할 산 짐승이 짝을 찾는 듯, 구슬프게 우는 소리뿐이었다.

순이는 밤새도록 자지 않고 신만 신었다 벗었다 하였다. 신코가 뾰죽한 것이 신기롭거니와 휘어잡으면 한 움큼 되었다가도 손을 놓으면 팔딱 제 모양대로 돌아지는 것이 퍽은 재미스럽다. 순이는 버선 위에도 신어 보고 맨발로도 신어 보았다.

그는 참말 별안간에 하늘에 올라간 것만치나 기뻤다. 이런 신은 아무리 돈 많은 사람이라도 함부로 신을 것이 못 되어 보였다. 요 아랫마을에도 흰 고무신 신은 여편네라고는 구장 아내 한 사람뿐인 것만 보아도 알 것이라고 순이는 등잔을 끄고 그만 자리라고 결심을 하였다가도, 다시 불을 켜고는, 고무신을 어루만져 본다. 그리고, 이런 모든 것이 성황님의 은덕이라고 믿는 것이었다. 순이는 시집올 때에 성황당 앞에서 배례하고 배필이 되기로 맹세한 것을 새삼스러이 행복되게 생각하는 것이었다.

순이는 이 세상 모든 재앙과 영광은 성황당께서 주장하는 줄로만 믿는다. 순이가 처음 시집왔을 때 순이 시어머니는

"우리 집 일은 무엇이나, 앞에 계신 성황님께 빌면 순순히 되는 줄만 알아라."

하고 타이르던 것과 시증조부모 때에 한번 성황님께 불공했다가, 집이 도깨비불에 타고 말았다는 말까지도 잊혀지지 않았다.

순이는 지금 고무신을 신게 된 것도 틀림없는 성황님의 은덕이라고 믿는다.

이튿날 아침 순이는 먼동이 트기 전에 일어나서, 신을 또 한번 신어 보고는 밖으로 나와 이리저리 돌아가며, 돌을 주워

들고 성황당 앞으로 가 공손히 돌을 던졌다.

순이는 성황당에 돌 던질 때가 가장 행복스러웠다. 돌을 여남은 개 던지고 나서는 고개를 수그려 한참 배례하고, 잠깐 섰다가 집으로 돌아왔다. 그러자, 현보도 잠이 깨어 옷을 걸치며 마당으로 나왔다. 숯가마에 일하러 가는 것이었다.

"곤허갔는데, 좀더 자구 가구래."

순이는 고무신 사다 준 것이 생각할수록 고마워서 현보를 보고 히쭉 웃었다.

"괜찮어! 어서 가 보야디."

현보도 순이를 보고 히쭉 마주 웃고 나서 눈을 비비며 집 뒤 등마루로 올라간다.

숯가마는 고개를 넘고 고개를 다시 내려가서야 있었다. 현보가 한창 고개를 올라갈 때에 순이는 생각난 듯이 큰 소리로

"여보! 여보!"

하고 현보를 불렀다.

"와 그래?"

"좀 왔다 가우! 왔다 가라구요!"

하고 순이는 소리를 질렀다.

이윽고 현보는

"와 그루? 와 그래?"

하며 순이에게로 되돌아왔다.

"인자 갈 때 성황당께 비는 것 잊어버렸디요?"

"난 또 큰 변 났다구."

"그럼, 큰 변 아니구요. 성황님께 불공했다간 큰 변 나는 줄

모르우?"

하면서, 순이는 벌써 돌을 열 개나 넘어 모아다가 현보에게
주면서 던지라고 한다.

현보는 돌을 받아서 공손히 던졌다. 그러고 나서 합장하였
다. 현보는 다시 순이를 쳐다보며 웃고 나서 집을 떠날 때에
퍽 행복스러웠다. 나이 스물여덟이 되어서야 겨우 아내랍시고
코를 질질 흘리는 열네 살짜리 순이를 얻어 온 것이 어제 일
같은데, 순이는 벌써 열여덟이 되어서, 이제는 제법 아내 꼴이
박혔고, 게다가 기특하게도 남편에게 재앙이 없도록 성황님께
축수하기를 잊어버리지 않는 것만 보아도 현보는 그지없이 행
복스러웠다.

현보에게는 이 천마령과 순이만이 온 천하의 모든 것이었
다. 순이만 있으면 현보는 조금도 괴로운 것이 없었다. 그리고,
또 이 천마령이 있는 동안에는 따라서 잡나무[雜木]도 끝이
없을 것이요, 그러고 보면 숯굽기도 끝이 없을 것이니, 먹기
걱정은 영 없었다. 세상이야 어떻게 변동되건, 어떤, 풍파가 일
어나건, 그런 것은 현보에게 아무런 상관도 없었다. 세상일로
써 현보와 관계되는 것이 있다면, 그것은 오직 숯값 내리는 것
이었다. 하나 그것도

"제길! 제놈들이 숯이야 안 쓰구 배겨 낼 수 있나 원!"

하고 생각하면, 그것조차 걱정될 것이 없었다. 현보는 그저
행복스러웠다.

전나무, 잣나무, 박달나무, 물푸레나무, 떡갈나무, 소나
무…… 아름드리 나무나무들이 활개를 쭉쭉 뻗고 별 겯듯 서

있는 숲속을 거닐면서 현보는 다시 빙그레 웃었다.

무성한 나무 나무! 그것은 얼마나 친근한 현보의 벗이었으리오!

순이도 떼어 버리고는 살 수 없을 만치 사랑스럽다. 그러나, 이 나무들도 순이보다 못지않게 사랑스럽다.

봄이 오면, 나무, 잎이 싱싱하게 생겨나고, 그래야만 현보의 마음에도 봄이 오는 것이었다. 친근하기로 말하자면, 산은 말할 필요조차 없다. 온갖 나무를 키워 주고, 온갖 풀을 키워 주는 것이 산이 아니냐?

현보를 낳아 준 것도 산이었고, 현보를 먹여 살리는 것도 산이었고 현보의 어머니가 마지막으로 돌아간 곳도 역시 산이 아니냐?

현보는 산 없는 곳에서는 하루도 살지 못할 것 같았다. 이런 생각을 하는 새, 어느덧 현보는 숯가마에 다다랐다.

숯가마 속에는 그저께 채곡채곡이 모아 넣은 나무들이 그대로 있었다. 현보는 옆에 쌓여 있는 불나무[火木]를 도끼로 패기 시작했다. 도끼를 번쩍 들어 뒤로 견줄 때마다 턱 버그러진 구리쇳빛 앞가슴의 근육이 불끈 내솟았다가는, 도끼를 탁 내리갈기면 어깻죽지가 불쑥 부풀어오르고, 그와 동시에 장작이 팡 하고 두 갈래로 갈라지는 것이엇다. 이렇게 한 번 한 번 내리갈길 때마다 도끼 소리는 즈르렁 산에 울리고, 조금 있으면 또 즈르렁 하고 맞은편 산에서 반향이 울려나는 것이었다.

그리하여, 현보는 혼자이면서도 장단 맞추어 둘이 일하는 때와 꼭같아 조금도 힘이 들지 않았다.

한참 패고 나서는 하늘을 우러러본다. 해는 조반 때가 잘
되었다. 아침해는 벌써 천마령 꼭대기를 벗어났다. 현보는 이
번에는 언덕길을 쳐다보았다. 아직도 순이가 조반 가져오는 것
이 보이지 않았다.

그래 패던 것을 마저 패고 허리를 펴며 일어서니, 이제껏 안
보이던 순이가 어느덧 눈앞에 나타났다.

"아니! 금방 안 보이더니!"

"쳐다보드란 나무에 숨었더랬디 히히!"

"요 망할 것이……."

하고 현보는 울러메며 싱글 웃었다.

"힝!"

순이는 주둥이를 삐쭉해 뵈고 나서, 현보를 따라 풀밭에 주
저앉더니, 바구니를 연다. 바구니 속에서는 강냉밥 두 그릇과
산나물이 나왔다. 그리고, 맨 마지막으로 삶은 감자 다섯 개
가 나왔다.

"웅! 웬 감잔구?"

"궐 자시라구 삶아 왔디 히히힝!"

하고 순이는 연신 싱글벙글이었다.

"감자가 송구 남아 있었던가?"

"요것뿐야! 궐 생일날 쓰려던 거 오늘 삶아 왔디 뭐."

하고 순이는 수줍은 듯이 고개를 비튼다.

현보는 눈물이 나도록 고마웠다.

오늘 아침밥은 유난히 입에 달았다.

조반을 마치자, 현보는 지게를 지고 나무하러 산 속으로 들어가고, 순이는 숯가마에 불을 때기 시작하엿다. 순이는 불나무를 한 아궁이 가득히 집어넣고는 바구니를 끼고 나물하러 나섰다.

겨울이 어제 같더니, 어느덧 산에는 맛나물이 두 치나 자랐다. 이윽고 고사리도 돋아나리라고 생각하면서, 순이는 눈에 띄는 대로 맛나물, 알바꾸기, 소리채, 민들레…… 이런 것을 캐어서는 바구니에 넣고 넣고 한다. 그러다가는, 다시 숯가마에 와서 불이 스러지지 않도록 나무를 넣곤 한다.

해는 중낮이 되었다.

별 곁듯 빽빽이 서 있는 나무 숲속도 훤히 밝았다. 겹겹이 쌓인 나뭇잎 속에서는 졸졸졸 얼음 녹은 물이 흐르고 있다.

온 산은 꼭 적막 속에 잠겨 있다. 산새도 울지 않는다. 다만 보이지 않는 곳에서 종달새 소리가 들려올 뿐이었고, 그것마저 구름 속에 잠겨지자, 생각난 듯이 미라부리가 한 곡조 부르면서 멀리로 날아갈 뿐이었다. 순이는 나물을 캐다 말고 미라부리 사라진 먼 하늘을 조용히 우러러보고 있엇다. 그런 때에는 순이도 자연의 한 부분에 지나지 않았다.

산 속의 봄은 유난히 짧다. 뻐꾹새가 울어서 봄이 왔나 보다 하고, 한겨울의 칩거에서 해방되어 산으로 오르기 시작하면, 벌써 두견새와 꾀꼬리가 노래를 부르고 뒤이어 매미가 "맴 맴맴 맴매엠." 하고 한가로운 한속의 여름날을 돕는다.

그러기에 산 사람들에게는 봄보다도 여름이 더욱 친근하

였다.

하루하루 산은 나뭇잎으로 무거워 가고 각색 새들의 노랫소리에 산 사람의 마음은 흐드러져 간다.

할미꽃, 앉은뱅이, 진달래가 한물 지나고, 도라지꽃, 나리꽃, 제비꽃, 학이꽃, 범부채, 메나리, 개나리……가 먼저를 다투어 필 무렵이면 스러졌던 잔디밭에도 새싹이 머리를 들고 그러노라면 풀밭에는 밈충이, 식세례, 귀뚜라미가 노래를 부른다.

토끼가 춤을 추고 여우 노루가 양지 쪽에서 낮잠을 이루는 것도 이런 때이다.

한나절이 되자, 날은 점점 무더워왔다. 사방이 병풍으로 휘두른 듯 산으로 감싸여 있었고, 게다가 나무가 들어차서, 바람 한 점 얻을 수 없었다. 순이는 아궁이 속을 한참 휘저어 불을 되살리고 나니 얼굴이 홧홧 달고, 전신에 땀이 물 흐르듯 하였다.

벌거벗은 윗도리에서도 젖가슴 새로 땀방울이 줄줄 흘렀다.

순이는 나무를 듬뿍 지피고 나서는 저고리를 손에 든 채 개울가로 왔다. 개울로 오자 그는 치마와 베바지마저 훨훨 벗어 돌 위에 펼쳐놓고, 덤벙 물 속으로 뛰어들었다. 산골 물은 옥구슬처럼 맑고 얼음처럼 차가웠다. 순이는 젖통까지 물 속에 잠겨서, 두 손으로 물을 앙구워 세수를 하고 나서는, 어깨와 목덜미에 물을 끼얹었고, 그러고는 앞가슴을 씻었다. 한참 씻고 나니, 몸은 날듯이 가벼워졌다.

순이는 물에서 나와 몸을 말리고 나서 옷을 입으려고 바위 위에 앉으려니, 바위가 몹시도 따가워 찬물을 두어 번 끼얹었고 앉았다.

이제껏 맑던 하늘에 어느새 검은 구름이 한두 점 나타났다. 소나기가 오려는가 하고 고개를 드니 천마령 위에서는 먹장 갈아 부은 듯한 검은 구름이 자꾸 솟아올랐다. 순이는 어서 소나기 내리기 전에 숯가마에 나무를 톡톡히 지펴 두어야겠다고 생각하면서, 부산히 옷 둔 곳으로 가 보니, 분명히 돌위에 놓아 둔 옷이 없어졌다.

혹시 딴데 놓지 않았나 하고, 벌거숭이채로 이리저리 아무리 찾아도 보이지 않았다.

"숯가마에 놓구 왔나?"

하면서도, 분명히 숯가마에는 벗고 오지 않아서 아래위로 샅샅이 찾아보아도 역시 보이지 않았다.

순이는 '귀신이 곡할 노릇'이라고 혼자 안타까워 돌아갈 때에 저편 숲속에서,

"하하하하하!"

웃음소리가 들려왔다.

순이는 깜짝 놀라 본능적으로 아래를 가리며 맞은편 언덕을 쳐다보니, 숲속에서는 땅꼬바지 입은 산림 간수 긴상이 자지러지게 웃으면서, 순이의 옷을 쳐들어 보였다.

'제길! 망할 쌍놈어 새끼!'

순이는 속으로 이렇게 욕하고 나서

"입성 갖다 달라 요거!"

하고 짜증을 냈다.

"이거 입성 아니가? 갯다 입갔디 누구래 입딜 말래기!"

하고, 긴상은 여전히 빙글빙글한다.

"남의 입성은 와 갔같소? 와 개가시요?"

"내래 개왔나 뭐?"

"고롬 누구래 개가구? 날래 갯다달라구요. 여보!"

"갯다 입으야디. 누구래 갯다꺼정 줄꼬?"

"글디 말구, 갯다주구래. 여보!"

"자 이놈어 송화(성화)야 받어 주나."

하고 긴상은 순이의 옷을 들고 개울가로 온다.

"싫어요! 오디 말라요! 아구 망칙해 죽갔다!"

순이는 발을 동동 굴렀다.

"자, 이런 송화가 있나! 입성 갯다달라기 개져가문 또 오디 말라구? 그럼, 난 모루!"

하고 긴상은 풀밭에 옷을 내던진다.

"거기 놔두구, 더 멀리 가라구요!"

"가구 안 가구야 내 맘이지 뭐?"

"글디 말구, 어서 더어기 가라구요. 점단은(점잖은) 양반이 거 뭘 그루!"

"허, 이거 참."

하며 긴상은 숯가마 쪽으로 몇 걸음 걸어간다. 긴상이 옷 있는 곳에서 멀리 간 다음에, 순이는 얼른 옷을 입으려고 뛰어갔다. 그와 동시에 긴상도 순이에게로 달려오면서,

"뒤, 뒤, 이놈어 멧돼지 봐라! 뒤 뒤!" 하였다.

그러나 순이는 재빠르게 바지를 주워입자, 달려온 긴상은 순이의 저고리를 뺏어 들었다.

"글디 말라요 여보! 점단은 양반이 거 뭘 그루?"

"난 점단티 못해."

"조고리 날내 달라요, 여보!"

"덜줘! 길에서 얻은 조고릴 내래 와 줄꼬?"

"어서 달나구요!"

하고 순이는 짜증을 내면서 긴상에게로 달겨들었다.

"글쎄, 못 준대두."

하고 긴상도 저고리를 뒤로 돌리면서, 연덕처럼 토실토실하고 고무공처럼 탄력 있는 순이의 젖가슴을 검칙스러운 눈으로 바라보는 것이었다.

"어서 달래는데 그래요!"

"그럼 줄 테니, 내 말 듣지?"

"말은 무슨 말이라구, 그루! 어서 달라요!"

"글쎄, 내 말 듣지?"

"엉! 들을 거니, 조고린 달라우!"

"정말 듣지?"

"어 들어!"

"거짓부리 아니디?"

"정 들을 거니 조고린 달라구요!"

긴상은 그제야 만족한 듯이 빙그레 웃으면서 순이에게 저고리를 건네주었다.

순이는 저고리를 입고 나서,

"헹! 개떡 같다. 누구래 말을 들어!"

하고 홱 돌아서 숯가마께로 달아난다.

"순이 정말 이러기야?"

하고 긴상은 잠깐 멍하니 순이의 뒷모양을 바라보다가 순이를 따르기 시작했다.

순이는 숯가마에 다다르자, 쓸쓸하니 시치미를 떼고 아궁이에 장작을 넣는다.

아까부터 퍼지기 시작한 검은 구름이 이제는 하늘을 휘덮고, 싸늘한 바람이 휘, 지나간다.

굵은 빗방울이 트문트문 떨어진다. 산에서는 나뭇잎 갈리는 소리가 소란하엿다.

덮눌러온 긴상은 순이에게로 와락 달겨들어 가쁜 숨으로

"순이! 정말 말 안 들을 테야?"

"누구래 말을 듣갔다기 추근추근 이래?"

"분홍 갑사 조고리 해 줄 거니, 말 들어 응?"

"싫어 글쎄! 분홍 갑사 조고리 누구래 입갔대기?"

하면서도 아닌 게 아니라, 순이는 분홍 갑사 저고리가 입고 싶지 않은 것도 아니었다.

그러나, 순이는 긴상의 꼴이 아니꼬웠다.

현보네 집에 늘 놀러오는 사람 중에 순이를 눈에 걸고 있는 사람이 둘이 있었다.

하나는 긴상이고, 또 한 사람은 산 너머 광산에서 일하는 칠성(七星)이였다.

칠성이는 돈벌인 긴상만 못해도 생긴 품은 긴상 열 곱 잘생겼다. 그래 순이는 마음을 허하자면 긴상보다도 도리어 칠성이 편이었다. 칠성이가 오늘처럼 이런 곳에서 시달린다면──

하고 생각하다가, 순이는 속으로 고개를 설레설레 흔들었다.

'칠성인 다 뭐래. 현보가 있는데.'

긴상은 잠깐 궁리하다가,

"정말 싫으니?"

"정말 싫어요."

소나기는 내리붓기 시작하였다. 거기 따라 순이의 마음도 점점 굳세어졌다.

순이와 긴상은 숲속으로 들어가서 비를 그었다.

"너 나허구 틀렸다가는, 큰일날 줄 모르니?"

"흥! 난 그까짓 큰일 무섭디 않아!"

"정말? 너의 현보가 오늘두 소나무 찍는 것을 내 눈으루 보구 왔는데두?"

"그래, 소나무 찍었으문 와 어때?"

"너 올 봄부터 허가 없이 소나무를 찍었다가는 징역 가는 법 생긴 줄 모르니?"

"알문 어때? 빌어먹을! 다 성황님이면 고만이지. 뭘 그래!"

순이는 순이대로, 긴상이 엇설수록 저도 빗나갔다. 은근히 법이라는 것이 무섭지 않은 것도 아니지만 그렇다고 긴상 띠 위에게 슬슬 기고 싶지는 않앗다.

또 그까짓 것 성황당에 축수만 하면 그만이 아니냐?

"순이! 그러지 말구! 나 고허지 않을 테니 내 말 한 번만 들어."

"난 싫대두 그래!"

"그럼, 현보 징역 가두 좋니?"

"징역을 와 가? 어드래서? 힝!"

순이는 입술을 비쭉 내밀어 보였다.

그 순간 긴상은 하도 예뻐 더 못 참겠다는 듯이 순이에게로 달려들어 허리를 휘감으려 하였다. 순이는 그 순간 날쌔게 몸을 비키었다.

비는 채굽으로 받듯 내리 쏟았다. 숲속에도 빗방울이 떨어지기 시작하였다.

긴상은 또 잠깐 계면쩍은 듯이 가만 서 있다가,

"정말 안 들을 테야? 똑똑히 말해 봐!"

그의 두 눈은 쌍심지를 켠 듯 몹시 충혈되었다.

음성은 비수같이 날카로웠다. 그러나, 순이는 범을 보고도 놀라지 않고 자라난 탓으로, 아무렇지도 않은 듯이,

"글쎄 백번 그래야 소용 없대두."

할 뿐이었다.

그 말을 듣자, 긴상은 성난 범처럼 순이에게로 덤벼들어 순이를 휘어넘기려 하였다. 순이는 휘끈 뒤로 자빠지려던 다리에 힘을 주어 딱 버티고 서며 붙잡힌 저고리 소매를 탁 낚아채려 하는 순간에, 벌써 뜨거운 입술이 이마에 와닿았다. 순이는 더 참을 수 없어,

"쌍 개 같은 놈어……."

하면서, 두 눈알이 빠져라고 사내의 뺨을 휘갈기고, 제비같이 날쌔게 숲속에서 뛰어나와 채굽 받듯 하는 비를 맞으며 언덕길을 달리어 집으로 돌아온다.

숲속에서는 뺨 맞은 사내가 달아나는 순이의 뒷모양을 노

려보면서,

"이년 두고보자!"

할 뿐이었다.

비는 쫙쫙 내리쏟았다. 비안개에 싸여 산도 하늘도 보이지 않았다. 만산이 한참 흐드러지게 웃는 것처럼 쉬 쉬 소리뿐이었다.

한참 언덕을 오르던 순이는 사내가 따라오지 않는 것을 알자, 발을 멈추고 코로 입으로 흐르는 빗물을 씻는다.

그러고 나서 빙그레 웃으며 뒤를 돌아보고는, 다시 언덕을 추어오른다.

순이는 비가 좀 더 억수로 퍼부었으면 싶었다. 비가 퍼부으면 퍼부을수록 마음이 튼튼해질 것 같았다. 고개를 다 오른 때에는, 순이는 벌써 지나간 일은 잊어버리고, 집에 가면 흰 고무신 신어볼 생각에 마음은 날뛰었다. 발 끝에서 메추리가 포드드드 날아났다. 비는 자꾸만 자꾸만 퍼부었다.

이틀이 지나자, 읍내 경찰서에서 순사가 현보를 잡으러 왔다. 현보는 아무 말도 못하고 한참은 땅만 보고 있고, 따라온 긴상만이 뜻있는 웃음을 빙글빙글 순이에게 건네고 있었다.

순이는 어안만이 벙벙하였다.

"날래 가! 빨리 빨리!"

하는 순사의 재촉에 마지못하여 현보는 찌뿌드드 일어나면서, 글썽글썽 눈물 괸 눈으로 순이를 쳐다보았다. 순이도 현보를 보자 울음이 북받쳐 올랐다. 그럴 줄 알았더면 긴상 말을 들어주었던 편이 좋았을걸 하고 후회하였다. 그러나, 그보다도 더 큰 후회는 그저께 그 길로 곧 돌아오면서 성황님께 빌지 못한 것이었다.

그때 오는 길로 한 번만이라도 빌었다면 오늘 같은 일은 일어나지 않았을 것이 아니냐?

현보는 살장으로 끌려가는 늙은 소 모양으로 고개를 수그리고 앞서서 읍으로 걸어간다. 순이는 참다 못해서,

"언제쯤 돌아올까요?"

하고 순사에게 간신히 물었다.

"한 십 년 있다 올 줄 알아."

하고 순사는 혼자 씩 웃는다.

순이는 순사가 웃을 적에는 대견스러운 죄는 아니리라고 짐작은 하면서도, 십 년이라는 말에 어안이 벙벙하였다.

"너 이전 시집 가야갔구나."

긴상은 아주 비꼬는 웃음을 보내며, 힐끗 순이를 쳐다본다. 순이는 아무 대꾸도 않고, 마음속으로 '이놈 두고 보아라. 내래 성황님께 빌어서 네놈을 망덕을 허게 헐 적을……' 하고 중얼거렸다.

순이는 현보가 보이지 않을 때까지 문 밖에 서 있었다. 마침내 현보의 뒷모양이 안계에서 사라지자, 순이는 참았던 울음보가 탁 터져서 목을 놓아 통곡을 하였다.

단 둘이 살던 살림에 현보가 잡혀갔으니 누구를 믿고 살 것이랴. 순이는 맘껏맘껏 울었다. 이런 때에는 아이라도 하나 있었으면 하고 생각하니, 새삼스러이 현보 잡혀간 것이 슬펐

다. 그러나, 잡혀간 것은 하는 수 없는 일이고, 이제부터는 몇 해 만에 나오든지 나오는 날까지 혼자서 벌어먹어야 할 것을 생각하고, 순이는 한낮이 겨우자 숯가마로 갔다. 순이는 전에 현보가 하던 모양대로 도끼를 들어 장작을 패고, 불 때는 틈틈이 겨울 준비로 도라지 고사리를 캐모았다. 순이는 여느 날보다 퍽 늦어서야 집에 돌아왔다. 집에 와 보니, 긴상이 능청맞게 아랫목에 자빠져서 기다리고 있었다.

"순이! 인제 오는 게요? 오늘은 늦구먼!"

하고, 사내는 현보를 잡아갈 때와는 딴판으로 친절한 태도를 보인다.

순이는 '이 자식이 또 와?' 하면서도 행여 현보의 소식을 알 수 있을까 하여,

"벌써 읍에까지 갔던 거요?"

하고 공손히 물었다.

"아니, 난 읍엔 안 가서."

"그럼, 우리 쥔(주인)은 어떻게 됐소?"

"경찰서까지 가게 되었지."

"언제쯤 뇌게 되유?"

"그야 내 말에 달렸디!"

하고 긴상은 순이를 빤히 쳐다본다.

순이는 속살로 '네까짓 것!' 하고 아니꼬이 생각하면서도 잠자코 있었다.

사내가 몇 날 전에 산에서 한 짓을 사죄하라는 것과, 그리고 이제라도 제 말을 들으라는 것쯤은 순이로서도 눈치챌 수

있었지만, 행차 뒤에 나팔 격으로, 이제야 일은 틀어지고 말았으니, 순이는 자꾸 엇가고만 싶었다.

"정말 순이가 안타깝다면 현보를 내일루래두 내보내 줄까?"

긴상은 순이가 혼자서 슬슬 길 줄만 알았더니, 뜻밖에도 쓴 도라지 보듯 하는데, 한껏 실망하지 않을 수 없었다. 그래 제 편에서 먼저 수작을 붙이는 것이었다.

"난 괜찮아요, 근심 말구, 거저 십 년이구 이십 년이구 맘대로 둬둬주."

"허! 말룬 그래두, 속에서야 불이 닐 터이지."

"불케녠(커녕) 화두 안 나우."

"순이! 그러지 말어 응! 나 말 잘해서 니어 내보내 주게 허디!"

"……."

그 말엔 순이도 대꾸를 않았다. 한참 침묵이 계속되었다. 바깥은 차차 캄캄해 왔다. 하늘에는 별이 총총 떠서 열어 놓은 문으로 북두칠성이 마주 보였다.

바로 집 뒤에서는 접동새가,

"접동 접동 해오래비 접동!"

하고 처량히 울었다.

순이는 긴상이 현보를 고자질한 것을 생각하면 이에 신물이 돌아서 공알 주먹으로 목덜미를 한 개 쥐어박고 싶었지만 열(劣)도깨비 복은 못 주어도 화는 줄 수 있다구, 그러다가 또 어떤 작패를 할는지 몰라 어름어름 해 두었다. 그랬더니, 사내는 좀처럼 돌아갈 념은 않고, 진끼를 쓰고 있어, 순이는 점점 울화가 치밀었다. 그까짓 긴상 같은 사내 한 개쯤 덤벼든대야 조금도 겁날 것은 없지만, 저편에서 덤벼드는 판에는 순이도 가만 있을 수 없으니, 그것이 성가시었다.

"현보가 놰구 못 놰구는 내 말 한마디면 그만인걸. 순인 와 그리 억질 쓰누?"

긴상은 다시 수작이나 순이는 건으로 잠자코 있었다.

"순이! 현보 내일 놔줄까?"

하고 긴상은 순이의 치마폭을 잡아당겼다.

"이 놔요!"

순이는 치마를 낚아채었다.

"흥! 내 말 안 들으야 순이게 손해될 것밖에 있나?"

사내는 점적김에 싱글 웃고 나서 담배를 피워 문다. 순이는 움두쿰두 없이 방바닥만 쳐다보고 있다. 여름 밤은 덧없이 깊어갔다. 순이는 사내가 어서 가 주었으면 하였다. 현보가 없기 때문에 이런 자식이 염치 좋게도 밤중에 와서 찌그렝이를 대는구나 생각하니, 새삼스러이 현보가 그리워지며 울화가 치밀었다.

"인전 잘래요! 가라우요!"

순이는 사내에게 톡 쏘아붙였다.

"이 아닌밤중에 가긴 어떻게 가누."

"못 가문 어쩔 테요?"

"여기서 순이허구 자구 가디."

"흥, 비위탁에 삼백은 살겠다. 어서 가요!"

"이 캄캄한 밤에 어딜 가란 말이야 웅? 순이!"

"궐네네 집이 가라요?"

"그럼, 순이 데려다주겠나?"

"흥 별꼴 다 보겠다."

순이는 사내에게 눈을 흘겨 보이고는 밖으로 달아 나왔다.

순이는 어둠 속에서 돌을 주워 가지고 또 성황당 앞으로 가, 성황님께 현보가 속히 나오게 해 달라고 기원하였다. 그는 몇 번이고 허리를 굽실거리며 절을 하였다.

그러는 동안에 어둠 속에서 발자국 소리가 나더니, 문득 '에헴' 하는 기침소리가 들렸다.

칠성이가 현보 잡혀갔다는 소문을 듣고 찾아온 것이었다. 순이는 긴상의 알게를 받고 있는 지금에 칠성이가 찾아온 것을 퍽 다행으로 여겨 이내 방으로 데리고 들어갔다. 긴상은 순이가 이제나 들어올까 저제나 들어올까 눈이 감도록 기다리던 판에 웬 낯선 사내를 데리고 들어오는데, 일변 실망하고 일변 겁을 집어먹어서 눈만 껌벅이고 있다.

"혹께(퍽) 어둡디요?"

순이는 긴상 보란 듯이 칠성에게 말을 걸었다. 그러나, 칠성이는 칠성이대로 아지도 못하는 사내가 방에 혼자 앉아 있는 데 놀래어, 얼른은 대답도 못하고 멍하니 앉아 있다. 허나 다음 순간 칠성이는 즉각적으로 눈치를 채고 갈구랑 눈으로 긴상을 흘겨보았다.

칠성이가 들어오자, 긴상이 춤 먹은 지네가 되는 것을 보고, 순이는 웃음을 참지 못하였다. 산 속의 밤은 접동새의 울음 속에 깊어 갔다. 위대한 적막이 깃들여 있는 깊은 산이지만, 그러나, 순이를 사이에 두고 방 안의 공기는 일촉즉발의

위기가 각일각 닥쳐왔다. 아연같이 무거운 공기 속에서 칠성이와 긴상은 각기 눈앞의 폭풍을 깨달으면서 호흡까지 죽이고 있었다.

"웬 사람이요?"

드디어 긴상은 질식할 긴장을 이겨 낼 수가 없어 혼자말 비슷이 중얼거리고, 순이와 칠성이를 번갈아 보았다.

"산 너머 있는 칠성이네야요."

하고, 순이는 칠성이를 쳐다보면서 대답하였다. 긴상은 칠성이가 쭈그리고 겁먹은 듯이 앉아 있는 것을 보고, 한층 깔보았는지,

"무슨 일이 있어 왔나? 이 밤중에……."

제법 위엄있게 반말로 대든다.

"일은 무슨 일이갔소? 거저 마을 왔지!"

순이가 대답을 대맡자

"일 없이 밤중에 여편네 혼자 있는 데를 와?"

하고 긴상 어조는 더 한층 높았다.

"대관절 당신은 어떤 사람인데?"

이번에는 잠자코 있던 칠성이가 약간 떨리는 목소리로 침착히 반문한다. 그러나, 칠성의 주먹은 어느덧 굳게 쥐어져 있었다.

칠성이가 별안간 큰소리를 치고 나서는 김에 긴상은 잠깐 얼떨떨해 있다가,

"나? 난 산림 간수지! 현보가 산림법칙을 위반해서, 조사할 것이 있어 왔지!"

"산림 간수는 여편네 혼자 있는 밤중에 조사를 해야 되나?"

칠성이는 가슴을 약간 앞으로 내밀었다.

"그야 조사할 필요만 있으면 언제든지 조사하는 규칙이지."

"세상에 그런 규칙이 어디 있단 말이가?"

이번엔 칠성이는 정면으로 긴상을 노려보았다. 순이는 꼼짝않고 앉아 있다.

"에이놈! 그런 말버르장머리가 어딨니? 아무리 불학무식한 놈이기로서니!"

"이 자식, 머 어때? 식헌 놈은 뚱이 관을 쓰구 나오니?"

칠성이는 상반신을 일으켜 긴상 앞으로 다가섰다.

"빠까!"

긴상은 그 고함과 함께 칠성의 따귀를 번개가 일도록 야바다 갈겼다.

"이 깐나새끼 어디 보자!"

하기가 바쁘게 칠성이는 긴상 멱살을 추켜잡았다. 긴상도 칠성이를 맞잡았다.

다음 순간 둘은 서로 엎치락 뒤치락 뒤쳐지었다. 그 김에 등잔불이 휙 꺼졌다.

별안간에 방 안은 수라장이 되었다.

"아이구머니?"

순이는 외마디 소리를 부르짖으면서 밖으로 뛰어나왔다.

"아코!"

"에이 쌍!"

"아코 아고고……."

하는 부르짖음이 방 안에서 들려나왔지만, 순이는 그 목소리가 누구인지도 분간하지 못하였다. 순이는 어쩔 줄을 모르고 벌벌 떨면서,

"아구테나! 아구테나!"

하다가, 문득 성황당 생각이 나서 느티나무 밑으로 달려와,

"성황님! 성황님! 데 쌈을 좀 말려주십사! 데 쌈을 좀 말려주십사!"

하고, 두 손을 싹싹 비볐다.

방 안에서는 아직도 '에이 쌍' 하는 소리가 들려왔다.

이틀이 지나도 사흘이 지나도 현보는 돌아오지 않았다. 칠성이도 저번날 밤 긴상과 싸우고 가서는 나흘째 오지 않았다.

떠도는 말이 칠성이는 긴상 머리에 상처를 입혔기 때문에 그날 밤으로 어디론지 도망을 치고 말았다 한다.

순이는 낮이면 숯나무를 하였고, 밤이면 성황당에 치성을 드리면서, 그날그날을 보내었다. 현보가 잡혀간 뒤로는 숯도 한 가마를 구웠을 뿐이었다.

순이는 저녁에 집에 돌아올 때처럼 쓸쓸한 적은 없었다. 여느 때 같으면 현보와 같이 돌아와서 저녁도 마주 앉아 먹을 터인데, 이제는 혼자 오두마니 앉아 먹자니, 밥이 목구멍을 넘어가지 않았다.

순이는 나물을 하다가도 숲속에서 장끼와 까투리가 꾸둑꾸둑 서로 희롱하는 것을 보고는, 문득 현보 생각이 머리에 떠올라 한참은 우두머니 서서 지나간 일을 회고해 보는 것이

었다.

그래도 숲속에서 꾀꼬리가 울고 뻐꾹새가 울고 미라부리가
울 때에는 순이의 마음은 평화스러웠고 도끼를 든 손도 가벼
웠다.

산에만 오면 순이는 어머니 품속에 안긴 것처럼 마음에 듬
북하여, 온갖 새들과 함께 노래 부르고 싶었다. 새들의 노래를
들을 때에는 순이의 마음에는 슬픔이라고는 손톱만치도 없었
다. 나무가 무성히 자라고 새들이 노래 부르는데, 순이의 가슴
에 검은 구름이 있을 턱 없었다. 그런 때에는 순이는 현보도
성황님 덕택에 이내 놓여나올 것을 굳게 믿는 것이었다.

그러나, 해가 저물고 산골짜기가 어둠에 잠기면 순이의 마
음도 어두워졌다.

제 둥지로 돌아가는 까마귀가 어쩌다가 순이네 집 위에서

"까우! 까우!"

하고 울 때면, 순이의 마음은 납덩이같이 무거워졌다. 옛날
부터 저녁 까마귀가 울면 집안이 불길하다는 것을 순이도 알
기 때문이었다. 순이는 현보가 내일도 돌아오지 못하려는가,
정말 십 년씩이나 갇혀 있게 될 것인가 하고, 머리를 쥐어짜며
생각하다가, 마침내는 벌떡 일어나서 성황당으로 달려간다.

그런 때면 순이는 성황당 앞에 엎드려 한 시간이나 치성을
드리는 것이었다.

순이는 모제기(샛별)가 서편 하늘에 퍽 기울어진 때에야 잠
자리에 누웠다. 하나 어쩐지 잠이 오지 않았다. 눈을 감고 있
노라니 현보와 칠성이와 긴상의 얼굴이 제가끔 나타났다. 순

이는 아까 산에서 장끼와 까투리가 놀던 것을 생각하고, 이내 언젠가 현보가 장에서 고무신 사오던 날이 기억에 떠올랐다. 그래

"이번에 나오면, 현보하고 둘이서 성황님께 아들 낳게 해 달라구 빌어야지."

하고 혼자 궁리하다가 씩 웃었다.

괴괴한 밤이었다. 섬돌 아래서 하늘밤도둑이

"돌돌돌돌돌……."

우는 소리가 천지를 뒤흔드는 듯하였다.

순이는 낑 하고 돌아눕다가 문득 귓결에

"응응응응응……."

하는 소리를 듣고 머리를 번쩍 들었다.

'여우가 울어?'

순이는 가슴이 또 뭉클하였다. 여우가 울 때에 입을 향하고 우는 곳은 반드시 흉사가 있다는데, 순이는 벌떡 일어나서 문 밖으로 뛰어나와 어딜 향해 우는지 알아보려 하였다. 순이는 토방에서 귀를 기울였지만, 울음소리만 듣고는 어딜 향하고 우는지 알 수가 없었다. 그저 꼭 순이네를 향하고 우는 것만 같았다.

'현보가 영 못 나오려나?'

순이의 가슴은 영 미어져갔다. 순이는 성황님께 무슨 죄를 지었던가 스스로 생각해 보았다. 그리고, 역시 성황님께 정성이 부족한 탓에 까마귀가 울고 여우가 방정을 떠는 것이라고 믿었다.

순이는 까마귀나 여우나 모두가 성황님의 마음대로 되는 것이라고 믿는다.

그래 순이는 다시 성황당으로 모신 느티나무 아래로 와서 무릎을 꿇고 앉아 손을 비비었다. 순이는 참된 마음으로 성황님께 사죄를 하였다. 한 시간이 지나고 두 시간 세 시간이 지났건만, 순이의 마음에는 오히려 부족하여 그는 하룻밤을 치성으로 꼬박이 밝혔다. 그랬더니, 이튿날 아침 순이의 마음은 도로 명랑하여졌다.

아침 볕에 무르녹는 녹음을 보면, 순이의 마음은 옥구슬같이 맑아졌다. 순이가 막 집을 나서 숯가마로 가려는데, 난데없이 까치 두 마리가 순이네 지붕 위에서

'까까까까까까……' 짖고 지나갔다.

"옳다!"

순이의 눈은 기쁨에 이글이글 빛났다. 아침 까치가 짖으면 손님이 온다는데, 아마 오늘은 현보가 오려나 보다 하였다.

현보가 오면 무엇부터 이야기할까? 긴상 이야기, 까마귀 이야기, 여우 이야기, 장끼와 까투리 이야기…… 모두 신기로운 이야기 재료 같았다. 아니 그보다도 성황님이 얼마나 신명하시다는 것을 말하고 둘이서 아이를 낳도록 축수를 하리라 하였다.

순이는 기쁨에 일이 손에 붙지 않았다.

개금아리가 갈갈갈갈 하기만 하여도, 고개를 들고 멍하니 섰곤 한다. 그러다가는 현보가 오지 않나 하고 언덕길을 쳐다본다.

한낮이 겨우자 더위는 찌는 듯하였다.

순이는 웃통을 벗은 채 나물을 하다 말고, 나무 그늘 풀밭에 펄썩 주저앉았다.

바로 머리 위에서 산비둘기가 '구우구우' 하고 울었다. 순이는 고개를 들어 비둘기를 찾았다. 소나무 가지에서는 두 마리의 비둘기가 서로 주둥이를 맞대보기도 하고 머리를 비비기도 한다. 순이는 멀거니 그것을 쳐다보고 있노라니, 가슴은 공연히 쓸쓸하였다. 순이는 오늘도 현보가 돌아오지 않으려는가 한숨 쉬면서 먼 하늘을 우러러보았다. 바로 그때

"순이!"

하고 부르는 소리가 들렸다.

순이는 꿈인가 놀라며 성큼 일어나니, 맞은편 숲속에 칠성이가 서 있었다.

"아! 칠성이네, 어디 도망갔다더니?"

순이는 반가웠다. 그렇지 않아도 순이 때문에 칠성이는 죄를 짓고 도망을 갔대서 미안히 여기던 판이었는데, 뜻밖에 만나니, 참말 반가웠다.

"나 말이야! 순이! 그동안 한 삼백 리 되는 곳에 도망을 갔더랬디! 그 와 그자식 대가리를 깨뜨려 주었거든! 그래서, 도망을 가기는 갔지만, 암만 해두 순이 생각이야 잊을 수가 있어야지. 그래 순이를 데리러 왔어!"

하고, 사내는 순이에게로 가까이 다가왔다.

순이는 저고리를 입으면서

"망칙해라! 내래 와 갈꼬?"

말은 그러나 저를 생각해 주었다는 것이 노상 싫지는 않은
모양 같다.

"안 가믄 어쩌누? 현보는 언제 나올지두 모르면서."

"와 몰라! 오늘은 나올 텐데!"

"오늘? 흥 적어두 삼 년은 있어야 해."

"삼 년?"

이번에는 순이가 놀란다.

"그러티! 삼 년은! 그러니 그 동안 순이 혼자 어떻게 사누?
그러기 현보 나올 동안 나허구 같이 가 있자구."

"……."

"그뿐인가. 인젠 현보가 나온대두 다른 벌이를 해야지. 숯
구이는 못 하거던!"

"와 어드래서……."

"숯두 말이야 이제부터는 검사를 하거든. 법에 가서 검사를
하지 않고는 못 팔아먹는데. 그 검사가 오즉이 어렵다구!"

"누구래 그릅더까?"

"누군! 다 그러지! 발쎄 신문에두 났다는걸."

순이는 점점 안타까웠다.

"그까짓 법이 뭐기! 성황님께 빌면 그만이지."

순이는 혼자 짜증을 냈다.

"성황님? 흥 어디 잘 빌어봐라. 되나 안 되나!"

순이는 어찌할 도리를 몰랐다.

"순이! 내레 발쎄 순이 입성 다 해 개지구 와서 이것……."

하고 칠성이는 손에 들었던 보퉁이를 풀기 시작한다.

순이는 잠자코 보퉁이만 쳐다본다. 보퉁이 속에서 분홍 항나 적삼과 수박색 목 메린스 치마가 나오는 것을 보고, 순이는 눈이 휘둥그래진다.

"이거 다 순이 입을 거야!"

하고 칠성이가 순이 앞에 옷을 내미는 순간, 순이는 기쁨을 참을 수 없어 빙그레 웃으면서 집에 있는 붉은 댕기와 흰 고무신을 생각해 내었다. 그것을 다 갖추어 입고 나서면 그까짓 꿩 지치(꼬리)쯤 어림도 없어 보였다.

"어서 입어 보라구!"

그 말에 순이는 치마 저고리를 입었다. 순이는 기쁨에 날뛰었다. 산속이 갑자기 환해지는 것 같았다.

"순인 참 절색이야!"

칠성이는, 순이의 목을 끌어안았다. 그러나, 순이는 가만 서생글생글 웃기만 했다.

"구우구우구우."

산비둘기가 또 울었다.

지금 순이에게는 칠성이가 현보와 꼭같이 보였다.

"구우구우구우." 산비둘기가 울 때마다 순이의 가슴은 화로 위의 눈덩이처럼 슬슬 녹아 버렸다.

그날 저물녘에 머리에는 붉은 댕기를 들이고, 게다가 연분홍 항나 적삼과 수박색 치마를 떨쳐 입고 흰 고무신까지 받쳐 신고 나서니, 순이는 세상에 부러운 것이 없었다.

발 한 자국 옮겨 놓을 때마다 치마폭이 너풀거리는 것이 앉은뱅이꽃보다도 고왔다.

"빨리 가자구! 어둡기 전에 백 리는 내대어야겠는데."

칠성이는 걸음을 재촉하였다.

순이와 칠성이는 다 저녁 때에야 삼백 리 길을 떠나게 되었던 것이었다. 밤길이 불편은 하지만, 낮에 가다 아차 잘못하여 긴상 눈에 띄면 큰일이었다.

순이는 가벼운 걸음으로 삼십 리는 언뜻 거닐었다. 그러나, 천마령 고개를 다 넘고 들길로 접어들자, 순이의 마음은 점점 불안스러워졌다.

"엉야! 좀 쉬어 가자구요."

순이는 애원하듯 말하였다.

"다리가 아픈가 머?"

"아니! 그래두……."

"쉬어 가디! 순인 그래두 풀밭엔 앉지 말어! 입성에 풀물 오르믄 안 돼."

"그럼 어떻거노?"

"그대루 서서 쉬어야디."

한참 순이는 말이 없었다.

'칠성이를 따라가는 것이 옳을까?'

순이는 풀밭에 주저앉고 싶었다. 그러나 풀밭에 주저앉으면 안 된다구? 순이는 불안스러웠다. 장차 아지도 못하는 지방으로 가는 것이 더더구나 불안스러웠다.

"이제 가는 데두 산이 많은가?"

"산이 뭐야! 들이 판이디! 그까짓 산 댈까!"

"그럼 노루나 꿩 같은 건 없갔구만?"

"없고말고!"

"부엉이 뻐꾸기 같은 것두?"

"그따위두 다 없어! 그래두 사람은 많디! 참 살기 좋은 곳인 줄루만 알갔디!"

"고사리 도라지 같은 나물은 있나?"

"산이 없는데 그런 거 어떻게 있누! 글쎄 근심 말어! 썩 좋은 데 데리구 갈 터이니."

그러나, 순이는 기분이 내키지 않았다. 가는 곳이 아무리 좋다, 해도, 산이 없고 나무가 없다면 그 뻰숭뻰숭한 데서 어떻게 무슨 재미로 살까? 더구나 공연히 사람만 많이 모여서 복작복작한다는 그런 곳에 가서…….

사람만 많은 곳에 가서, 지금처럼 고운 저고리에 고운 치마를 입고, 마음대로 주저앉지도 못하고 어떻게 살까?

순이는 문득 천마령 안골짜기 자기 집이 그리웠다. 지금쯤은 부엉새 접동새가 울고 있으리라 생각하니, 삼십 리밖에 떠나지 않은 여기부터가 싫었다. 순이는 고운 옷 입은 기쁨도 사라졌다. 그는 문득 현보가 그리웠다. 성황님께 어젯밤 그만치나 치성을 올렸고, 또 오늘 아침에 까치도 짖었으니, 지금쯤은 집에 돌아왔을는지도 모른다. 현보가 왔으면, 나를 얼마나 기다릴까? 순이의 눈앞에는 현보와 둘이서 나무하고 숯 굽던 장면이 떠올랐다.

아무리 생각해도 순이는 천마령과 현보를 떠나서는 살 재미도 없거니와 살지도 못할 것 같았다. 더구나 죄를 지으면 성황님이 벌을 준다는데, 삼백 리가 멀다고 벌 못 주랴 싶어 순이는 고대 집으로 돌아가지 않아서는 안 될 것 같았다.

"자— 또 떠나 보디!"

하고 칠성이는 성큼 일어섰다.

"나 나 똥 좀 싸구 갈 거니 슬근슬근 먼저 가라요."

순이는 겨우 입을 열었다.

"똥? 그럼, 나 더기서 기대릴 거니, 이내 오라구 웅?"

"웅."

순이는 선 대답을 하고, 숲속으로 들어갔다. 숲속으로 들어가자, 순이는 얼른 치마와 저고리를 벗어 나무에 걸었다.

그까짓 입고 주저앉지도 못하는 옷이라고 생각하니, 조금도 애착이 없었다. 고무신에 발이 홧홧 달아 와서 고무신은 벗어 들었다. 순이는 옷을 나무에 걸어 놓고는, 고무신을 든 채 아까 오던 길을 거슬러 힁하니 달음질치기 시작하였다.

캄캄한 산길이건만, 순이는 가든가든 걸었다. 얼마를 걸어 오니, 그제야

"접동접동 접접동……."

하고 접동새 우는 소리가 들렸다.

순이의 마음은 가벼워졌다. 이제야 저 살 곳을 옳게 찾아든 것 같았다.

집 앞 고개에 올라서니, 집에서 빨간 불이 비치었다.

"아— 현보가 왔구나!"

순이는 기쁨에 날뛰는 가슴을 안고 고개를 달음질쳐 내려왔다. 다시 언덕을 추어서 집을 향해 올라갈 때 순이는

"성황님! 성황님!"

하고 부르짖었다.

모든 것이 성황님의 덕택 같았다.

집 앞에까지 오니,

"에헴!"

현보의 기침소리가 들리었다.

"아! 성황님!"

순이는 저 모르게 부르짖으며, 느티나무 밑으로 달리어 왔다.

접동새가 울었다.

부엉새도 울었다.

늘 듣던 울음소리였다.

그러나, 오늘밤따라 새소리는 순이의 가슴을 파고드는 듯

하였다.

《조선일보》1937. 1.

염상섭

1897. 8. 30 ~ 1963. 3. 14.

●

임종(臨終)

두 파산(破産)

1897년 서울에서 태어났고 와세다 대학에서 수학하였다.

와세다 대학 재학 중 만세 운동을 주도하여 투옥되었다가 1920년 《동아일보》창간과 함께 정치부 기자가 되었다. 이 해《폐허》를 창간하여 문학 활동을 시작하였다. 잠시 오산중학 교사로 재직한 것을 제외하고, 주간지, 일간지, 문예지에서 편집장, 학예부장, 주필, 편집국장 등을 역임하였다. 이어 초대 서라벌 예대 학장이 되었고, 1956년 아시아 자유 문학상을 수상하였다.

초기작인 「표본실의 청개구리」, 「암야」, 「제야」를 통해서 젊은 지성인의 번민을 북구적인 암울한 분위기 속에서 그려냈지만, 당시의 한국적 현실과는 거의 관련없이 추상적 관념만이 표백되어 있다는 특징이 있다.

이후 「만세전」에서는 구체적인 현실감을 획득하게 되고, 한국의 식민지 현실을 날카롭게 제시, 비판했다. 1920년대 중반 이후 그는 생활인으로서의 중산층 보수주의를 옹호하게 되는데, 이러한 그의 중간자의 자리, 가치중립적 성격을 잘 보여 주는 것이 「윤전기」이다.

1931년에는 「삼대」를 발표하면서 치밀하고 세세한 관찰과 묘사의 수법이 더욱 심화된다.

광복후 만년에 이르기까지는 주로 가정을 무대로 한 인륜 관계의 갈등 대립을 그린 많은 작품을 발표했다. 그 중에서도 특히 「임종」, 「짖지 않는 개」, 「두 파산」, 장편 「취우」 등은 역작이다.

대표작으로 「표본실의 청개구리」, 「만세전」, 「삼대」, 「임종」, 「두 파산」, 「일대의 유업」, 「취우」, 「돌아온 어머니」, 「짖지 않는 개」, 「순정의 저변」, 「쌀」, 「신혼기」 등이 있다.

임종(臨終)

1

"의사가 없으면 약이라두 지어 올 일이지, 사람이 성의가 없어."

침대 위에 간신히 부축을 하여 일어나 앉은 병인은 만경에 빠진 사람 같지도 않게 의식이 분명하고, 숨결은 차지마는 말소리도 또랑또랑하다. 병인은 어제부터 새판으로, 입원하기 전에 대었다가 맞지 않는다고 물린 한의(漢醫)를 병원 속으로 불러오라는 것이었다. 그것도 다른 사람은 제쳐 놓고 자기의 병 증세를 잘 이해하고, 의사와 수작이라도 할 만한 아우 명호더러 꼭 가라는 것이었다. 그러나 어제와 오늘 두 번을 갔다 오면서 의사가 시골에 출장을 가서 못 만났다고 약도 못 지어 가지고 오는 것을 보니, 톡 건드리기만 하여도 끊어질 듯한 신경만 날카로운 판이라 화를 내는 것도 무리가 아니었다.

"어서 퇴원부터 하시고 의사는 이따가 저녁 때 불러오기로 하죠."

오늘도 부쩍 더워진 날씨에 전차를 타기도 어중된 거리라 왕복을 하느라고 땀을 뻘뻘 흘리며 병실에 들어선 명호는, 웃통을 벗어 놓고 땀을 들이며 천천히 병인을 달래었다. 오늘 해를 넘길지 모르는 병자에게 성의가 없다는 말을 들으니 몹시 섭섭하고 미안한 생각까지 들었으나 어쨌든 약 한 첩쯤이 급한 것이 아니라 예정대로 퇴원을 어서 시켜야 하겠는데 또 딴소리가 나올까 보아 어린아이 달래듯 달래려는 것이었다.

"퇴원은 무슨 퇴원, 약이라두 지어 가지구 나가야지 이대루 나갔다간 당장 숨이 막혀 죽어……."

남의 고통은 조금도 몰라 주고 성한 사람들이 저의 대중만 치고 저의 형편 좋을 대로만 하겠다는 것이 화가 나서 역정을 와락 내어 보았으나 숨결이 또다시 되어지며 말은 입 속에서 어름어름하여져 버렸다. 병자는 성한 사람들이 자기에게 대한 동정과 성의가 부족하다고 늘 불만으로 여기는 모양이었다. 그것은 동정이 한편에서는 아름다운 것이나 한편에 있어서는 비굴한 것이라는 것을 생각할 여지도 없이, 육체의 고통이 극도에 오를수록 모든 사람이 부족하게 구는 것만 같고, 자기를 돌려내고 민주를 대는 듯싶어 고까운 생각이 늘 떠나지를 않는 때문이었다.

퇴원은 놀라는 급한 고비를 넘겼으나 이제는 아마 길게 걸리리라는 의사의 말을 듣고 벌써부터 나온 문제인데 병자의 반대로 미루미루하여 오던 것을 어제 한약을 먹겠다는 말 끝

에 거기에 따라 명호가 부쩍 우겨 대서 당자도 찬성을 하게
된 것이었다. 정신이 멀쩡할 때에는 옆의 사람이 송구스러울
만큼 입원료가 더껍더껍 많아지는 걱정도 하고, 죽은 뒤의 장
비 마련까지 하던 사람이 병세가 차차 침중하여지고 육체적
고통이 시시각각으로 볶아쳐 대니까 이런 생각 저런 생각 다
잊어버리고 덮어놓고 병원에만 있겠다고 고집을 부리던 것이
었다. 그것은 병원에 누웠댔자 별 도리가 없는 것은 자기도 모
르는 것이 아니지마는 다만 하나 주사를 못 잊어서 그러는 것
이었다. 하마터면 뇌일혈로 인사불성에 빠질 뻔했던 것을 백
지장 한 겹 시각에 요행히 붙들어서 한약으로 머리의 피를 내
려앉게 하여는 놓았으나, 한 달 전에 입원할 때 이백 얼마라는
혈압을 오륙십 그램씩 두 번이나 쥐어짜듯이 하여 피를 빼고
무슨 주사인지 미국치를 비밀 가격으로 사들여다가 연거푸
놓고 한 덕분에 간신히 부지를 하여 온 머리 속이요 심장이다.
거기다가 신장염이 곁들여 부증이 들쑥날쑥하다가 어쩐 둥하
여 부기가 내리고 구미가 붙기 시작을 하여 한동안 수미(愁眉)
를 폈던 것이나, 지금 와서는 완전히 마취제와 강심제의 농락
으로 꺼져가는 등잔의 심지를 돋구어 불꽃이 살아가는 것밖
에 아무것도 아닌 것이었다.

"전쟁이 끝나고도 약이 없어 죽다니! 하기야 돈이 없지 약
이 없겠나!"

병인은 목에 걸리는 소리로 이런 한탄도 하는 것이었다. 하
여간 주사를 맨날 놓아야 모르핀의 진통제나 강심제 따위로
는 병균을 건드리지도 못하는 것쯤은 번연히 알면서도 그 주

사나마 못 맞으면 당장 숨이 질 것 같으니 병원을 못 떠나겠다는 것이었다. 네 시간만큼씩에 놓던 것이 세 시간 두 시간으로 단축이 되고 나중에는 가슴이 타오르고 뼈개질 듯이 조비비듯 할 제는 오밤중이라도 조르고 보채고 아귀다툼을 하다시피하여 한 대 맞고 나면 가슴이 후련히 툭 터지고 옥죄이던 사지가 느른히 풀리는 그 신통한 맛이란 감칠 듯하여 아편쟁이의 주사란 것도 이래서 못 떨어지나 보다고 생각하곤 하는 것이다. 그러나 급한 고비를 넘기고 본 정신이 들면 이래서는 안 되겠다, 이제는 다만 하나 한약을 다시 먹어 보는 길밖에 없다는 생각이 불현듯 드는 것이었다. 기구가 있으면 주사약을 한 상자 간호부에게 들려 가지고 나가서 급할 때마다 주사로 숨을 돌려 가면서 한약을 써 보고 싶으나, 그럴 형세가 못 되고 보니 한약을 먹으러 나가기는 나가겠으되 그러면 주사 대신에 숨이 지려 할 때 붙들어 주는 즉효가 나는 한약을 지어 오라고 어린아이처럼 보채는 것이었다.

"염려 마세요, 주사는 아침 저녁으로 선생이 댁에 가서 놓아드리마 했으니까……."

이렇게 안위를 시키고 달래어도 보았다.

그러나 집안 사람들은 병인의 그러한 사정은 생각할 여지가 없었다. 병원에서 객사를 시킬 것이 싫어서 그런 것도 아니요, 다만 어서 집으로 나가서 운명을 시켜야 초상을 치르기가 편하다는 속셈만으로 서둘러 대는 것이었다. 병원에서 초상을 치르는 것이 도리어 비용이 덜 들겠다는 뒷공론도 있었으나, 그렇게 되면 집안 식구가 거산을 한 것이요, 더 고생일 것이라 하여 병인이 퇴원하여 준다는 것만 다행하다고들 하였다. 사실 저희들 성한 사람의 사정만 생각한다고 병인이 불평인 것도 그럴듯한 말인지 몰랐다. 그러나 병이 이미 기울어져서 산 사람과의 교섭이 차츰차츰 멀어져 가니 정성이나 애정이 한 꺼풀 두 꺼풀 벗겨져 가고 없어져 가는 것도 어쩔 수 없는 모양이었다. 집에서 한 달, 병원에서 한 달, 두 달을 두고 잠시 한때 옆에서 떠나지를 못하게 하는 아내까지 이제는 진력이 나서 어서 병원에서 나가고만 싶어 하였다. 또 요행히 고비를 넘긴다 하더라도 이러한 늙은이의 병이란 대개 중풍으로 누워 있게 되기가 십상팔구이니 그렇게 되면은 없는 살림에 서로 못할 노릇이요, 한 달에 이삼만 환 하는 입원료를 무엇으로 대어 나가느냐는 걱정부터 앞을 서는 것이었다. 가장을 잃으면 어린것들과 노두에 방황하겠다고 애를 부덩부덩 쓰고 지성껏 병구완을 하던 것도 아직 든든한 생활력이 남아 있고, 그래도 회춘할 일부의 희망이 있을 동안이었다. 산 사람이나 당장 내일부터라도 먹고 살아야지 하는 태산 같은 걱정이 앞을 가리니 다만 남는 것은 인연이라든지 의리나 체면뿐이었다. 그러나 앓는 사람은 그럴수록 동정과 애정과 성한 사람의 성의에 매달리고 애원하는 것이요, 역정을 내는 것이었다.

2

성한 사람의 정성이 부족하여 가거나 저희들의 사정만을

생각하거나 말거나 정신이 말짱하고 원체 체력이 든든하던 병인은 지치고 살이 야위기야 하였지만 좀처럼 자기가 그렇게 쉽사리 훌쩍 죽어 가리라고는 생각지 않았다.

"큰 산소의 아버지 옆에 내가 들어갈 자리는 하나 넉넉히 되지마는 장비는 터무니없고 이런 세대에 무어 볼 거 있소. 간략히 화장을 해서 뼈나 갖다 묻도록 하우."

자기가 세상을 떠난 뒤에 아이들의 교육과 취직이며 생활 방도를 의논한 끝에 이러한 유언도 하고 어떤 때는 유골을 갈아서 정한 산에 올라가 날려 보내도 좋겠다는 지나는 말도 하여 가족들을 놀라게도 하였다. 그러나 그러한 유언은 언제나 한번은 죽을 것이니 이 기회에 미리 자기의 의사 표시를 하여 두자는 것이지 다시는 일어나지 못하리라는 각오를 하고 하는 말은 아니었다. 주사의 힘으로 버티어 나가거니 하는 불안은 있었으나, 주사를 놓고 나면 그 저리고 쑤시던 가슴이 훤히 터지고 부축을 하여도 몸을 가누고 일어나 앉을 수 있는 것을 보면 자기의 원기에 대한 자신이 다시 생기고 능히 소복되리라는 새 희망도 비치는 것이었다. 사실 어제 퇴원을 하느니 하고 한참 부산통에 C라는 젊은 위문객이 왔을 때는, 이때까지 서두르던 가족들이 무색하리만큼 병인은 내일이라도 일어날 듯이 명랑한 낯빛으로 수작을 하는 것이었다.

"그동안 이렇게 편찮으신지는 몰랐습니다그려. 지금 ××재단을 설립중인데 물론 돌아가는 것을 보니까 어쩌면 선생을 부사장으로 추대할 듯싶더군요. 그야 이사 자리야 하나 안 드리겠습니까마는 공교히 이렇게 누워 계셔서 안됐습니다. 어서 속히 일어나기만 하십쇼."

C 청년은 병인의 기운을 돋워 주려고 위로로 하는 말이 아니라 그런 내통을 하여 주고, 또 그리하자면 자기에게도 좋은 일이 없지 않겠다는 생각으로 찾아다니다가 병원까지 왔다는 말눈치였다.

"흥, 그런 이야기가 있어! 좀 있으면 일어나게야 되겠지만 하여간 그 축들 만나면 잘 부탁해 주우……. 어 오늘 C 군이 찾아준 것도 의외지만 아마 나도 이제 운이 틔려는군! 힘 좀 써 주슈. 꼭 부탁하오."

병인은 젊은 친구의 손을 붙들고 은근한 정을 표하는 것이었다. 그러나 젊은 객은 병 증세를 캐어묻고, 병인의 가다가다 허청 나오는 목소리와 어떻게 보면 사색(死色)에 질린 낯빛을 이리저리 뜯어보는 눈치더니 처음 달려들 때 떠벌려 놓던 기세와는 딴판으로 차츰 기색이 달라지더니 꽁무니를 빼는 수작으로 어름어름하고는 홀떡 나가 버렸다. 병인은 그래도 신기가 매우 좋아서 아내더러 내일은 P에게 연락을 해서 그 ×× 재단의 내용을 알아보고 A에게 가서는 이러저러한 전달을 하고 부탁을 하여 두라는 분별을 하고 누웠다. 옹위를 하고 앉아 있는 가족들은 이 양반이 오늘 해를 못 넘기리라고 서둘던 양반인가 하는 생각에 물끄러미 병인의 얼굴을 바라보며 어쨌든 반갑고 기쁘기도 하며 어떻게 보면 과히 병이 고황(膏肓)에 깊이 든 것이 아닌 것같이도 보여 다시 새로운 희망도 생기는 것이었다. 퇴원을 재촉하고 장사 지낼 걱정을 끼리끼리 수군거리던 것이 우습기도 하였다. C 청년이 다녀간 뒤에 의사가 저녁 때에야 들어왔다. 오늘도 가슴이 미어지고 숨이 막힐 때마다 K 선생을 불러오라 하고, 출근을 아니하였거든 자택으로 전화를 걸라고 하던 K 의사가 들어왔다. 병자는 아까 놓은 주사 기운이 아직 남아 있어서 그리 급한 지경은 아니나 의사의 얼굴만 보아도 안심이 된다는 눈치로 반가워하였다.

"오신 길에 주사를 또 한 번……."

환자는 조금 있으면 또 닥쳐올 고통이 무서워서 좀처럼 만나기 어려운 의사를 붙들은 김에 아주 미리 주사를 듬뿍 맞아 두고 싶은 생각이었다.

"아, 놓아 드리죠."

진찰을 대강 하여본 뒤에 의사가 주사약을 가지러 나가는 것을 보고 명호는 병자의 눈에 안 띄게 슬며시 뒤쫓아 나갔다.

"오늘 퇴원을 시킬까 하다가 선생두 안 오시구 해서 그만두고 있습니다마는 어떤 모양인가요?"

"오늘 낼 새로 어떻겠습니까마는 퇴원하시죠."

퇴원을 시킨다는 말에 의사는 도리어 반색을 하는 눈치였다. 급한 고비는 넘겼으나 이제는 길게 끌리라는 예고를 할 제부터 벌써 의사는 이 이상 더 할 수는 없으니 데려내 가라는 말눈치였던 것이다. 어차피 내일 한약을 지어 온 뒤에야 병인이 순순히 퇴원하겠고, 또 오늘 내일 새로 어떨 리는 없으리라는 의사의 말에 안심이 되어서 퇴원은 내일로 미루기로 하였다.

그러나 뒤미처 주사침을 손수 들고 들어온 의사가 정맥주사를 한참 고생을 하여 놓고 나더니 명호에게 눈짓을 하며 나간다. 명호는 불길한 예감에 마음이 설레이면서 눈치 빠른 병자의 눈을 피하느라고 머뭇거리다가 넌지시 따라나갔다.

"될 수 있으면 오늘 해 전으로 나가시는 게 좋을 것 같은데요. 지금 보다시피 약을 빨아들일 힘이 없는 것을 보니 이제는 심장이 완전히 주사의 힘으로만 부지를 하는 건데요……."

하고 의사가 드디어 서두른다. 아닌게아니라 지금 주사기에 피가 자꾸만 흘러나와서 주사약은 분홍빛으로 물이 들고, 의사는 몇 차례를 쉬어가며 간신히 억지로 넣고 나온 것이었다. 그러나 퇴원을 한다고 법석을 하다가 겨우 준비가 되고 병인도 ××재단이 되면 이사가 되리라는 뜬소문엘망정 기분이 좋은 터에 새판으로 퇴원하자고 소동을 할 수도 없었다.

병인은 두 번씩이나 의사를 따라나가서 수군수군하고 들어오는 명호의 얼굴을 빤히 쳐다보며 무엇을 찾아내려고 몹시 초조해하는 기색이었다. 마음을 턱 놓았던 화색이 금시로 사라지고 불안과 공포의 빛이 휙 떠오르다가 꺼지면서 어색한 웃음을 띠고 무슨 말을 꺼내려는 눈치더니 자기도 입 밖에 내서 물어보기가 무서운 듯이 멈칫하고는 또다시 퀭한 눈으로 언제까지 명호의 기색만 노려본다. 위중하다는 기별을 듣고 이른 아침이나 날이 저문 뒤에 뛰어나가면 어째 왔나 하고 도리어 놀라며 겁을 내고 싫어하거나 흥분이 되곤 하는 병인이었다. 이렇게 의혹과 공포에 질린 눈으로 쏘아보는 양은 마치 무서운 마굴에 불법 감금이나 당하고 앉아서 감시하는 옥졸(獄卒)의 눈치만 숨을 죽이고 슬금슬금 노려보는 것 같아서 명호가 도리어 얼굴을 둘 데가 없고 말이 막혀 버렸다.

"의사 말이, 훨씬 차도가 있으니 오늘 내일 주사를 좀더 넉넉히 맞으시구 내일 오후에 퇴원하시라는군요."

명호는 잠자코만 있다가 더 괴로워서 안 나오는 웃음을 지어 보이기까지 하였다.

"응?"

병인은 바르르 떨리던, 잔뜩 당겨진 신경이 일순간 확 풀리는 듯하여 귀를 번쩍해하다가,

"정말 그럴까?"

하고 의아한 눈초리로 맥없이 한마디 하고서는,

"그런 말씀이야 내게 직접 말 못할 것은 무언구?"

하며 코웃음을 친다. 그러나 그 코웃음과는 반대로 좀 더 자세한 의사의 말의 실증(實證)을 붙들어 보겠다는 듯이 일단 늦추어졌던 정신력과 주의력을 눈으로 힘껏 모아서 명호의 얼굴빛과 입술을 겨누어 보며,

"별안간 어떻게 차도가 있다는 거야?"

하고 마치 명호의 말 한마디가 자기의 운명을 마지막 결정이나 한다는 듯 커다란 희망을 가지고 애원하듯이 매달려 오는 기색을 보인다. 명호는 마음이 무서워지며 괴로웠다. 조금 전까지도 이제는 운이 트이나보다고 좋아하던 이 안타까운 병인에게 꾸며선들 무어라고 대꾸를 해 주어야 이 어려운 처지를 모면할지 선뜻 말이 아니 나왔다.

"형님이 원체 기력이 좋으시니까 이제 한약을 제 곬을 찾아서 잘 쓰기만 하면 염려 없다는 말이죠."

"딴소리……."

아까 C 청년이 왔을 때부터 너무나 긴장이 계속된 끝이라 뒷말을 더 하려고 입을 쭝긋쭝긋하다가 기운이 빠져서 맥이 풀려 가는 눈만 멀거니 뜨고 천장을 바라보고 반듯이 누웠다. 그러나 '딴소리'라고 핀잔주듯이 힘있게 부인한 것은 명호가 거기 달아서 딴소리가 아니라고 무슨 변명이라도 하고 덤비기를 바랐던 것인데, 다시는 아무 대꾸가 없이 명호가 담배를 붙이고 마는 것을 보자 병인의 눈에는 절망의 빛이 차차 짙어 갔다.

'그런 말이면야 내게 직접 말 못할 리가 없지……'

탈진을 하여가면서도 맑게 개인 병인의 머릿속에는 이런 생각이 언제까지 스러지지 않았다.

'……이것은 사형수보다도 더 못 견딜 일이다. 사형수는 제 운명을 알구나 있지 않은가? 사형을 집행할 때라두 미리 일러는 둘 테지. 이놈들이 정작 내게는——누구보다 더 먼저 알아야 할 내게는 알리려 들지를 않구서 목숨의 임자가 저희들인 듯싶게 저희들만 뒷구멍으로 숙설숙설하구 우물쭈물하다니! 대관절 산다는 거냐? 살려 주겠다는 거냐?'

눈을 감고 누웠던 병인은 머릿속이 점점 더 환하여지며 조리가 뺀하게 이런 생각이 떠오르자 눈을 별안간 번쩍 뜨고, 누구든지 눈에 띄는 대로 소리를 버럭 질러 보려고 이상한 광채가 솟으며 부리부리 휘둘러 보았으나, 가위에 눌린 사람처럼 목이 탁 잠겨서 소리가 아니 나왔다. 눈의 정채가 훅 꺼지며 앞에 앉은 아내의 얼굴이 차차 멀어 간다. 다시 눈꺼풀이 스르르 내려감기며 잠이 혼곤히 들어 버렸다. 그러나 금시로

드르렁 하고 코고는 소리가 나다가 그 소리에 소스라쳐 다시 눈을 번쩍 뜨고 두리번두리번 사방을 둘러본다.

'……웅, 잠이 들었던 게로군!'

그는 죽는 것이 아니었고나 하는 생각에 마음이 놓였다. 잠이 들었다가 그대로 숨이 넘어가지나 않는가 하여 잠이 드는 것도 겁이 나고 싫었다.

3

"그럼 약을 지어 가지고 오죠."

젊은 아이가, 퇴원 수속을 마치고 올라오는 것을 보고 명호가 벗어 놓았던 양복 저고리를 입고 나서려니까 침대에 구부리고 앉았는 병인의 뒤에서 어깨를 주무르고 있던 명호의 형수가 그만두라고 손을 두른다. 그러나 명호는 못 알아들은 체하고 나와 버렸다. 입원하던 맡에 용한 한의가 있다고 하여 몰래 불러다가 보이니까 고개를 내두르고 가 버리는 바람에 왕복 자동차 삯만 없앤 일도 있었지마는 그러기에 병인이 아무리 졸라도 아내는 한의를 또 불러온다는 것은 반대요, 지금 입원료를 치르고 나면 병인을 태울 자동차 삯이 부족하지나 않을까 애가 타는 판이라 그까짓 먹을지 말지도 모르는 한약 몇 첩 값이라도 절약을 하려 하는 것이었다. 물론 명호도 그만 짐작이 없는 것은 아니지마는 병인의 마지막 소원이라도 풀어주고 싶고 산 사람의 유감이 되지나 않게 하자는 생각이었다.

명호는 자기 집 근처의 안면 있는 한약국에서 세 첩을 지어 가지고 나오는 길에 약에도 소위 연때[緣分]가 맞는다는 말이 있으니 요행 들어서 또 지어 가게 되더라도 그 화제는 나를 주시오, 하여 약봉지 묶는 데 끼어 가지고 나왔다. 지금 같아서는 기적을 바라는 것 같지만 그렇게까지도 죽지 않는다는 자신을 가지고 애를 부덩부덩 쓰는 그 정신력이라든지 체력으로라도 어쩌면 돌리지 말라는 법도 없으리라는 엷은 희망은 아직도 한편에 남아 있고 또 사실 집안 형편이나 가족의 앞길을 생각하면 지금 이대로 세상을 떠나보내어서는 큰일이라는 걱정이 뉘게나 있는 것이었다. 그러나 그 역시 산 사람의 사정부터 가지고 따지는 말이었다. 죽는 사람도 정신이 말짱하고 죽는다는 공포에서 벗어나서 한숨 돌릴 때는 가족이나 자식 생각이 앞을 서기는 하겠지마는 그 무서운 육체적 고통에서 이를 깨물며 헤어나려는 모질고 줄기찬 본능과는 거리가 먼 수작 같았다.

'실상 사신대도 여년이 얼마 남은 것은 아니지만.'

올 정초에 형제들이 모인 자리에서 동생들이 병인의 육십 잔치를 지낼 의논들을 하던 것이 머리에 떠올라서 이런 생각을 하다가 명호는 그 말이 어쩐지 앓는 형을 비난하는 뜻같이도 생각이 들자 찔끔하였다. 그야 누구나 하는 말이지마는 여년이 얼마 남았거나 말거나 단 하루 단 한 시간이 남았어도 마지막 순간까지 살려고 바드득바드득 애를 쓰는 그 형상을 비웃어서는 안 될 것이 아닌가 하는 생각이 드는 것이었다.

'……백 년을 산대도 가던 길을 반도 못 걷고 하던 일을 손에 붙든 채 쓰러지고 마는 것이 아닌가. 자기 완성을 하고 떠나지는 못하는 것인데——미완성인 대로 뒷대에 물려주고 가는 것이 인생이라면야 죽은 뒤에 남은 처자식이 어떻게 되든지 뒤를 깡그리 드리지 못했다는 것이 문제가 아니다. 죽음의 마지막 순간까지 다만 그것을 두 손으로 바당기고 막아 내려는 것이 생물의 본능이나 좋게 말하자면은 생리적 조건이 허락하는 때까지의 자기 주장이요, 그러나 자기 완성을 허락지 않는 바에야 항복이 아니라 앞질러 선선히 길을 비켜서서 뒤에 물려주고 시사약귀(視死若歸)로 조용히 물러가라는 말인데, 그렇지만 시사약귀란 저마다 할 수 있는 노릇인가.'

명호는 병원으로 터덜터덜 오면서 갈피 없는 이 생각 저 생각에 마음이 어두워지고 쓸쓸하였다.

'……이번에는 내 차례인데…….'

명호는 무심코 이런 생각이 떠오르자 이렇게도 살기 어렵고 보기 싫은 세상에 죽는 것쯤은 조금도 아깝거나 원통한 것은 없겠으나, 병고에 시달리고 부대낄 것을 생각하면 이때까지 겪어온 평생의 고생을 한 묶음 묶어다가 앞에 놓인 듯싶게 벅찬 생각이 들며 지금부터 걱정이 되는 것이었다. 마취제 주사에 맛을 들이고 감질이 나지나 않고 죽는다면 얼마나 편하고 팔자 좋게 죽을 것인가 하고 혼자 실소도 하였다. 불도에 골독하던 재종형이 요새 앓아 누웠다는 말을 듣고도 병원에서 헤어날 새가 없어 아직까지 위문을 가지 못하고 있지마는 위문도 위문이려니와 불도에 신앙을 가진 사람의 투병술(鬪病

術)은 어떨지 견학도 하고 사생관(死生觀)도 한번 가서 들어보고 싶은 생각이 들었다. 머리가 허얘져 가는 명호는 차차 죽을 차비를 차려야 하겠다는 생각을 곰곰이 하는 것이었다.

4

명호는 병실에 들어서며 손에 든 약을 병인에게 내보이고,

"여기 이 화제는 이 약이 듣는 경우에 내게로 보내시든지 댁 근처에서라도 더 지어다 잡숫게 하라고 가져온 것입니다."

하고 설명을 하니까 병인은 웃지는 않으나 만족하고 안심한 낯빛이었다. 약봉지는 거지반 다 꾸려 놓은 봇짐 속에 대수롭지 않은 듯이 꾹 찔러 넣었다.

자동차를 부르게 하고 이층에서 병인을 담아 내려갈 들것을 올려오고 하는 동안에 위문을 온 전도 부인 같은 서너 부인들이 들어오더니 아낙네들끼리 수군수군한 뒤에 병상 앞에 둘러서서 기도를 시작하였다. 병인은 직접 아는 사이가 아닌 모양이지만 병인의 아내의 옛날 친구들이 위문을 왔다가 의외의 중태인 데에 놀라서 마지막 축원을 드리는 것이었다. 어제 명호가 한의를 부르러 갔다가 오니까 형수의 말이 그 동안에 성당에서 와서들 세를 붙이고 갔다 하면서,

"저기 성수(聖水)까지 받아 놓았답니다."

하고 탁자를 가리키기에 명호는 잔소리가 하기 싫어서 그저 그런가보다고 생각하면서도 좀 이상히 여겼던 것이다. 원

체 병인은 불교를 좋아하였었다. 부모의 장례 때도 일부러 승려를 청하였던 것이다. 이번에도 명호 형제들은 만일 형님이 돌아가시면 중을 부르겠느냐, 비용 관계가 있으니 제례하겠느냐는 것까지 벌써 의논하고 있던 터이다. 그러나 그동안 병원 안에 천주교를 믿는 간호부가 늘 와서 권하기 때문에 처음에는 몇 번 사퇴를 하였으나 나중에는 병인도 그 설교에 마음을 돌리고 승낙을 하여 세까지 붙이게 된 것이라는 것이었다. 병인이 승낙하였을 뿐만 아니라, 해로운 일은 아니니 그런가 보다고 별 이의는 없었다. 그러나 지금 안손님이 와서 기도를 드리는 것을 보고는 좀 이상하고 우스운 생각도 들었다. 그러면서도 눈이 여린 명호는 부인네들 뒤에 가로놓인 마주잡이 들 것 옆에서 그 기도 소리를 듣다가 눈물을 걷잡지 못하여 방문 밖으로 피하여 나가 버렸다.

물에 빠진 자가 새끼 토막이라도 붙든다는 격으로 이 신령, 저 부처에게 닥치는 대로 매달려 공덕을 애걸하며 빌자는 것이 아니라, 주위와 지기(知己)가 제각기의 신앙을 빌려서 병인의 쾌복이나 명복을 빌어 주는 것은 물리칠 수도 없거니와 고마운 일이요 아름다운 일이거니 하고 바라볼 뿐이었다. 그러나 병자는 기도 소리를 듣는지 마는지 무표정한 얼굴로 다만 눈을 감고 깊은 잠에 들어가는 듯이 까딱도 하지 않고 누워 있다.

그래도 들것에 옮겨놓을 때는 눈을 분명히 떠서 둘러보고 병원 문 밖까지 나와서 차에 떠메어 올리려니까,

"운전수한테 길을 잘 일러 주어야지."

하고 분명한 소리를 하는 데에는 여러 사람이 서로 쳐다보며 신기해서 웃었다. 그러나 자동차 안의 시트에 들여 뉘자 병인의 눈자위는 틀려갔다. 명호는 눈결에 힐끗 바라보고 다짜고짜 병원 안으로 다시 뛰어 들어가서 간호부를 끌고 나왔다. 강심제를 또 한 번 놓아 달라는 것이다. 자동차 속에 들어서서 주사를 놓고 있는 간호부의 하얀 뒷모양을 바라보며 시급히 조수석으로 뛰어 들어가 앉았다. 달리는 자동차 속에서 병인의 증세가 어떻게 되었는지는 앞의 운전대에 앉은 명호에게는 몰랐다. 5인승인 차 안에는 젊은 애들이 여상 좋은 낯으로 수작을 하는 것을 보고 안심이 되었을 뿐이다.

병인이 더 살고 싶고 말고 간에 집에 들어갈 때까지만 숨이 붙어 있어 주기를 바랄 뿐이었다. 이 지경에 캠퍼주사가 효험이 있을까 없을까를 헤아려 볼 새도 없이 간호부를 끌어 온 것은 다만 송장을 데리고 집에 들어가지 않겠다는 욕심이요, 밖에서 죽은 송장을 집에 끌어들였다는 말만 듣지 않게 하자는 발뺌이나 체면을 먼저 생각하였던 것이다.

5

신체를 모셔들인 방에는 불은 때어놓았으나 미리 세간을 말끔히 치우고 병풍만 한 채 남겨 있었다. 병원에서 떠나기 전에 벌써 빈소방이 준비되었던 것이다. 발상 전의 과수댁은 옆방에서 부리나케 보따리를 풀고 무엇을 찾았다. 명호가 오늘

반나절을 걸려서 땀을 뻘뻘 흘리며 지어 온 약봉지가 먼저 바닥에 떨어졌다. 병자가 이틀을 두고 성화를 대며 졸라서 먹으려던 한약이다. 과수댁은 컵 속에 넣은 물 종지를 찾아내서 빈소로 가지고 가더니 신체의 주위에 말끔히 뿌렸다. 천주교에 세를 붙이고 받아둔 성수였다.

발치께 서서 가만히 바라보던 명호가,

"그럼, 장례를 어떻게 지내시렵니까? 제사는 일체 폐하시나요?"

하고 물으니까 과수댁은,

"그렇게까지야 하겠습니까."

하고 다만 좋은 일이니, 성당 사람이 하라는 대로 한다는 것이었다. 초상집에서는 우선 삼일장이냐 오일장이냐 하는 의논이 벌어졌다.

"화장을 하라신 유언도 계셨으니 화장으로 모시면야 삼일장도 넉넉할 겁니다."

명호는 첫째 장비(葬費) 걱정으로 화장을 앞세웠다.

"그야 우리 형세에 삼일장이죠마는 화장은 아닙니다. 처음에는 그런 말씀이 계셨지만 나중에는 아무래두 아버님 곁으루 들어가시겠댔는데요."

여기에 가서는 아무도 이렇다 저렇다 말할 나위가 없었다. 혹은 이 과수댁도 뒤미처 들어갈 테고 보니 자기부터 화장이 싫어서 그럴지도 모르나 돌아간 이도 아직 먼 앞일이거니 하고 가상작으로 여유를 두고 말할 때는 화장을 입 밖에 냈을는지 몰라도 당장 닥쳐온 실제 문제가 되고 보니 역시 선산에 묻히고 싶어 하였을 것도 넉넉히 짐작할 일이었다. 나 죽은 뒤에는 수의를 무슨 감으로 하여 달라느니 관 속에는 이것저것을 넣어 달라느니 하는 유언도 하거던, 자기 묻힐 자리를 초점(初點)까지 해놓고서 거기에 못 묻힐가 보아 애를 쓰며 세상을 떠나는 것도 무리가 아닐지도 몰랐다.

"말이 삼 일이지 오늘 해는 다 가구 내일 하루인데 첫째 산역(山役)이 문제로군."

호상차지의 걱정이었다.

"영구차에 버스 한 대는 따라야 할 테니 자동차 삯만 해두 두 대에 사만 환은 예산을 잡아야 할걸."

홍제원 화장장이면 고작해야 오륙천 환에 너끈할 것인데 없는 돈에 차삯이 사만 환 예산이라니 엄청난다는 말눈치였다.

"화장이나 매장이나 돌아간 뒤에야……."

젊은 축들은 저희들끼리 이런 소리를 수군거리는 것이었다. 그러나 아무도 그 말이 옳다고 찬성하는 사람도 없고 그르다고 나무라는 사람도 없었다. 하여간 하룻밤 하루낮을 안팎에서 복작대고 들볶아쳐서 제시간에 성복제를 지내고 나니까 앓아누웠던 명호의 재종형이 지팡이를 짚고 지척지척 조상을 왔다.

"허! 내가 먼저 갈 줄 알았더니 이게 웬일이란 말인가!"

하고 관을 붙들고 상제들보다도 더 섧게 울고 나더니 염주를 꺼내 들고 염불을 시작하였다. 한식경이나 옆 사람들이 지루하도록 염불을 끝마치고는 이 늙은이는 품에서 훔척훔척하면서 백지에 기름하게 싼 봉투를 꺼내서 관상명정(棺上銘旌)

을 쳐들고 관 위에 끼워놓은 것은 손수 베낀 경문인지 한 모양이었다. 장지에 나가서도 하관할 때 폐백과 함께 이 종이 봉지도 횡대 밑에 넣는 것을 잊지는 않았다. 성수에 말끔히 씻긴 혼백이 또다시 불타의 대자대비한 공덕에 안겨 안온히 잠들지 모르나 그보다도 먼저 산 사람이 제 각자의 소임이나 향의를 기울인 데 만족을 느낄 것이었다.

《문예(文藝)》 1949. 8.

두 파산(破産)

1

"어머니, 교장 또 오는군요."

학교가 파한 뒤다. 갑자기 조용해진 상점 앞길을 열어놓은 유리창 밖으로 내어다보고 등상에 앉았던 정례가 눈살을 찌푸리며 돌아다본다. 그렇지 않아도 돈 걱정에 팔려서 테이블 앞에 멀거니 앉았던 정례 모친도 저절로 양미간이 짜붓하여졌다. 점방 안에는 학교를 파해 가는 길에, 공짜 만화를 보느라고 아이들이 저편 구석 진열대에 옹기종기 몰려섰다가, 교장이라는 말에 귀가 반짝하였는지 조그만 얼굴들을 쳐든다. 그러나 모시 두루마기 자락이 펄럭 하며, 우둥퉁한 중늙은이가 단장을 짚고 쑥 들어서는 것을 보고, 학생 아이들은 저희들끼리 눈짓을 하고 킥킥 웃어 버린다. 저희 학교 교장이 온다는 줄 알았던 모양이다.

"어째 이렇게 쓸쓸하우?"

영감은 언제나 오면 하는 버릇으로 상점 안을 휘휘 둘러보며 말을 건넨다.

"어서 옵쇼. 아침 한때와 점심 한나절이 한참 붐비죠. 지금쯤야 다 파해 가지 않았에요."

안주인은 일어나지도 않은 채 무관히 대꾸를 하였다. 교장은, 정례가 앉았던 등상을 내어주니까 대신 걸터앉으며,

"딴은 그렇겠군요. 그래도 팔리는 거야 여전하겠죠?"

하고 눈이 저절로 테이블 위의 손금고로 갔다. 이 역시 올 때마다 늘 캐어묻는 말이지마는 또 무슨 딴 까닭이 있어서 붙이는 수작 같아서 정례 어머니는,

"그야 다소 들쭉날쭉이야 있죠마는 온 요새 같아서는……."

하고 시들이 대답을 하여 준다.

"어쨌든 좌처가 좋으니까…… 하루에 두어 번쯤 바쁘고, 편히 앉아서 네다섯 식구가 뜯어먹고 살면야, 아낙네 소일루 그만 장사가 어디 있을까마는, 그래 그리구두 빚에 쫄리다니 알 수 없는 일이로군."

왜 그런지 이 영감이 싫고 멸시하는 정례는,

'누가 해 달라는 걱정인감!'

하는 생각에 입이 빼쭉하여졌다.

"날마다 쏠쏠히 나가기야 하지만 원체 물건이 자[細]니까 남는 게 변변해야죠."

여주인은 마지못해 늘 하는 수작을 뇌었다. 그러나 오늘은 이 영감이 더 유난히 물건 쌓인 것이며 진열장에 늘어놓은 것

을 눈여겨보는 것이었다. 정례 모녀는 그 뜻을 짐작하겠느니
만큼 더욱 불쾌하였다.

여기는 여자 중학교와 국민학교가 길 건너로 마주 붙은 네
거리에서 조금 외진 골목 안이기도 하나, 두 학교를 상대로 벌
인 학용품 상점으로는 그야말로 좌처가 좋은 셈이다. 원체는
선술집이었다든가 하는 방 한 칸 달린 이 점방을 작년 봄에
팔천 원 월세로 얻어 가지고 이것을 벌이고 앉을 제, 국민학교
앞에는 벌써 매점이 있어서 어떨까도 하였으나, 여학교만은 시
작하기 전부터 아는 선생을 새에 넣고 선전도 하고 특약하다
시피 하였던 관계인지, 이때껏 재미를 보는 편이지, 이 장삿속
으로만은 꿀리는 속셈은 아니다.

"이번에, 두 달 셈을 한꺼번에 드리쟀더니 또 역시 꿀립니다
그려. 우선 밀린 거 한 달치만 받아 가시죠."

정례 어머니는 테이블 위에 놓인 손금고를 땡그렁 열고서
백 원짜리를 척척 센다.

"이번에는 본전까지 될 줄 알았는데 이자나마 또 밀리니……
장사는 깔축없이 잘되는데, 그 원 어째 그렇단 말씀유?"

하며, 영감은 혀를 찬다. 저편에서 만화를 보며 소곤거리던
아이들은 교장이라던 이 늙은이가 본전이니 변리니 하는 소
리에 눈들이 휘둥그래서 건너다본다.

"칠천오백 원입니다. 세 보십쇼. 그러니 댁 한 군델 세야 말
이죠. 제일 무거운 짐이 아시다시피 김옥임이네 십만 원의 일
할 오부, 일만 오천 원이죠, 은행 조건 삼십만 원의 이자가 또
있죠……. 기껏 벌어서 남 좋은 일 하는 거예요. 당신에게 이

자 벌어들이고 앉았는 셈이죠."

영감은 옆에서 주인댁이 하는 말은 귀담아듣지도 않고 골똘히 돈을 세더니, 커다란 검정 헝겊 주머니를 허리춤에서 꺼내서 넣는다. 옆에 섰는 정례는 그 돈이 아깝고 영감의 푸둥푸둥한 넓적한 손까지 밉기도 하여 가만히 내려다보고 있으려니까,

"그래 이 달치는 또 언제쯤 들르리까? 급해 내가 쓸 데가 있으니까 아무래도 본전까지 해 주어야 하겠는데……."

하고, 아까와는 딴판으로 퉁명스럽게 볼멘소리를 하였다. 만화를 들여다보던 아이들은 또 한 번 이편을 건너다본다.

부영고 점잖게 생긴 신수가 딴은 교장 선생 같고, 저기다가 양복이나 입고 운동장의 교단에 올라서면 저희들도 꿈질하려니 싶은 생각이 드는데, 이잣돈을 받아 넣고 나서도 또 조르고 두덜대는 소리를 들으니, 설마 저런 교장이 어디 있으랴 싶어서 저희들끼리 또 눈짓을 하였다.

"되는 대로 갖다 드리죠. 허지만 본전은 조금만 더 참아 주십쇼. 선생님 같으신 어른이 돈 오만 원쯤 무얼 그렇게 시급히 구십니까."

정례 어머니는 본전을 해내라는 데에 얼레발을 치며 설설 기는 수작을 한다.

"아니, 이자 안 물구 어서 갚는 게 수가 아니겠나요?"

"선생님두 손시원한 말씀을 하십니다."

정례 어머니는 기가 막혀 웃어 보인다.

"참, 그런데 김옥임 여사가 무어라지 않습니까?"

그만 일어설 줄 알았던 교장은 담배를 붙이어 새판으로 말을 꺼낸다.

"왜, 무어라구 해요?"

정례 모녀는 무슨 말이 나오려는지 벌써 알아채고 입이 삐쭉들하여졌다.

"글쎄, 그 이십만 원 조건을 대지루구 날더러 예서 받아가라니 그래 어떻게들 이야기가 귀정이 났지요?"

영감의 말이 떨어지기가 무섭게 정례는 잔뜩 벼르고 있었던 듯이 모친의 앞장을 서서 가로 탄한다.

"교장 선생님! 그따위 경위 없는 말이 어디 있에요? 그건 요나마 우리 가게를 판들어 먹게 하구 말겠단 말이지 뭐에요!"

하고, 얼굴이 발끈해지며 눈을 세로 뜬다.

"응? 교장이라니? 교장은 별안간 무슨 교장…… 허허허……."

영감은 허청 나오는 웃음을 터뜨리며 저편 아이들을 잠깐 거들떠보고 나서,

"글쎄, 그러니 빤히 사정을 아는 터에 이럴 수도 없고 저럴 수도 없고……."

하며 말끝을 어물어물해 버린다. 이 영감이 해방 전까지 어느 시골선지 오랫동안 보통학교 교장 노릇을 하였다는 말을 옥임에게서 들었기에 이 집에서는 이름은 자세 모르고 하여 교장 교장 하고 불러왔던 것이 입버릇으로 급히 튀어나온 말이나, 고리대금업의 패를 차고 나선 지금에는 그것을 내세우기도 싫고, 더구나 저런 소학교 아이들 앞에서는 창피한 생각도 드는 눈치였다.

"교장 선생님이 이럴 수도 없구 저럴 수도 없으실 게 뭐예요. 그 아주머니한테 받으실 건 그 아주머니한테 받으십쇼그려."

정례는 또 모친이 입을 벌릴 새도 없이 풍풍 쏘아 준다.

"앤 왜 그러니."

모친은 딸을 나무라 놓고,

"그렇겐 못 하겠다구 벌써 끝낸 말인데 또 왜 그럴꾸."

하며, 말을 잘라 버린다.

"아, 그런데 김씨 편에서는 댁에서 승낙한 듯이 말하던데요?"

영감의 말눈치는 김옥임이 편을 들어서 이십만 원 조건인가를 여기서 받아내려는 생각인 모양이다.

"딴소리! 내가 아무리 어수룩하기루 제 사폐만 봐주구 제 춤에만 놀까요?"

정례 어머니는 코웃음을 쳤다.

김옥임이의 이십만 원 조건이라는 것이, 요사이 이 두 모녀의 자나깨나 큰 걱정거리요, 그것을 생각하면 밥맛이 다 없을 지경이지마는, 자초(自初)는, 정례 모녀가 이 상점을 벌이고 나자, 장사가 잘될 성부르니까 김옥임이가 저도 한몫 끼우자고 자청을 하여 십만 원을 들여놓고 들어왔던 것이다. 그리고 그 가지고 들어온 동사 밑천 십만 원의 두 곱을 빼 가고도 또 새끼를 쳐서 오늘에 와서는 이십만 원까지 달라는 것이다.

2

정례 모친은 남편을 졸라서 집문서를 은행에 넣고 천신만 고하여 삼십만 원을 얻어가지고, 부비 쓰고 당장 급한 것 가리고 한 나머지 이십이삼만 원을 들고 이 가게를 벌였던 것이었다. 팔천 원 월세의 보증금 팔만 원은 말 말고도 점방 꾸미고 탁자 들이고 진열대 세 채 들여놓고 하기만도 육칠만 원 들었으니, 갖다놓은 물건이라야 십만 원어치도 못 되는 것이었다. 그러나 학생 아이들이 차츰 꾀게 될수록 찾는 것은 많아가고 점심 때에 찾는 빵이며 과자라도 벌여 놓고 싶고, 수(繡)실이니 여학교의 수예 재료들도 갖추갖추 갖다 놓고는 싶은데, 매일 시내로 팔리는 것을 가지고는 미처 무더기 돈을 돌려 빼내는 수도 없는데, 쫄끔쫄끔 들어오는 그 돈 중에서 조금씩 뜯어서 당장 그날그날 살아가야는 하겠으니, 자연 쫄리는 판에 김옥임이가 한 다리 걸치자고 덤비니, 동사란 애초에 재미없는 일이거니와, 요 조그만 구멍가게를 동사로 해서 뜯어먹을 것이 무에 있겠느냐는 생각도 없지 않았으나, 당장에 아쉬우니 오만 원씩 두 번에 질러서 십만 원 밑천을 받아들였던 것이었다. 그러나 말이 동사지 이할 넘어의 고리(高利)로 십만 원 빚을 쓴 거나 다름없었다. 빚놀이에 눈이 벌개 다니는 옥임이는 제 벌이가 바빠서도 그렇겠지마는, 하루 한번이고 이틀에 한번 저녁 때 슬쩍 들러서 물건 판 치부장이나 떠들어보고 가는 것밖에는 별로 거드는 일도 없었다. 실상은 그것이 쌩이질이나 하고 부라퀴같이 덤비는 것보다는 정례 모녀에게는 편하기도 하였던 것이다. 하여튼 그러면서도 월말이 되면 이익의 삼분지 일가량은 되는 이만 원 돈을 또박또박 따가곤 하였다.

담보물이 있으면 일할, 신용대부로 일할 오부 변(邊)인데, 동사란 말만 걸고 이할──이할이 안 될 때도 있었지마는 셈속 좋은 때면 이할 이상의 배당도 차례에 오니, 옥임이 생각에는 실사고로는 이익이 좀 더 되려니 하는 의심도 없지 않았으나, 그래도 별로 힘드는 일을 하는 것도 아니요, 가만히 앉아서 이할이면, 허구한 날 뻴뻴거리고 싸지르면서 긁어 들이는 변릿돈보다는 나은 셈이라고 생각하였던 것이다. 하여간 올 들어서 밑천을 빼어 가겠다고 하기까지 아홉 달 동안에 이십만 원 가까운 돈을 벌어갔던 것이다.

그러나 정례 부친이 맨날 요 구멍가게서 용돈을 얻어다 쓰는 것도 못할 일이라고, 작년 겨울에 들어서 마지막 남은 땅뙈기를, 그야 예전과 달라서 삼칠제(三七制)인 데다가 세금이니 비료니 하고 부담에 얽매이니까 그렇겠지마는──하여간 아버지 전장으로 물려받은 것의 마지막으로 남은 것을 팔아 가지고 전래에 없는 눈[降雪]이라고 하여, 서울 시내에서 전차가 사흘을 못 통할 동안에, 택시를 부리면 땅 짚고 기기라 하여, 하이어를 한 대 사들여 놓고 택시를 부려 보았던 것이라서 이 것이 사흘돌이로 말썽을 부려 고장이요 수선이요 하고, 나중에는 이 상점의 돈까지 하루만 돌려라, 이틀만 참아라 하고, 만 원 이만 원 빼내고는 시치미를 떼기 시작하니 점방의 타격은 의외로 큰 것이었다. 이 꼴을 본 옥임이는 에그머니나 하는 생각이 들었던지, 올 들어서부터 제 밑천은 빼내 가겠다는 것이었다. 사실 잘못하다가는 자동차가 이 저잣터까지 들어먹을 판인데, 별안간 옥임이가 빠져나간다니 한편으로는 시원하나 십만 원을 모개로 빼내주는 도리가 없었다.

"이렇게 거덜거덜할 바에야 집어치우지."

겨울방학 때라, 더구나 팔리는 것은 없고 쓸쓸하기도 하였지마는, 옥임이는 날마다 십만 원 재촉을 하러 와서는 이런 소리도 하는 것이었다.

남은 집문서를 잡혀서 이거나마 시작해 놓고, 다섯 식구의 입을 매달고 있는 터인데 제 발만 쓱 빼놓았다고 이런 야멸찬 소리를 할 제, 정례 모녀는 얼굴을 빤히 쳐다보곤 하였다.

"세전 보증금이나 빼내구 뉘께 넘겨 버리지? 설비한 것하구 물건 남은 것 얼러서 한 십만 원은 받을까? 그렇다면 내 누구 하나 지시해 줄까?"

이렇게 권하기도 하는 것이었다. 뉘께 넘기게 해서라도 자기가 십만 원만 어서 뽑아가려는 말이겠지마는, 어떻게 보면 십만 원에 이 점방을 자기가 맡아 잡겠다는 말눈치인 듯도 싶었다.

"내가 바쁘지 않으면 도틀어 맡아 가지고 훨씬 화장을 해 놓으면 이 꼴은 안 되겠지만, 어디 내가 틈이 있는 몸이야지……."

이렇게 운자를 떼는 것을 들으면 한 발 들여놓고 한 발 내놓는 수작 같기도 하였다. 자동차 동티로 밑천을 홀짝 집어먹힐까 보아서 발을 뺀다는 수작이었다. 한편으로는 이렇게 한참 꿀리고, 학교들은 방학을 하여 흥정이 없는 이 판에, 번히 나올 구멍이 없는 십만 원을 해내라고 못살게 굴면, 성이 가시니 상점을 맡아 가라는 말이 나오고 말리라는 배짱같이 보이는 것이었다. 모녀는 그것이 더 분하였다.

"저의 자수로는 염두두 안 나구 남이 해 놓으니까 꿘 듯싶어서, 솔개미가 까치집 채어들듯이 이거나마 뺏어가지고 저의 판을 만들어 보겠다는 것이지만 첫째 이런 좋은 좌처를 왜 내놓을라구."

누구보다도 정례가 바르르 떨었다.

"매사가 그렇게 될 성부르니까 뺏어 차구 앉았지. 거덜거덜 하면 누가 눈이나 떠본다든!"

정례 모친은 코웃음을 치기만 하였다.

하여간 이렇게 쫄리기를 반 달쯤이나 하다가, 급기야 팔만 원 보증금의 영수증을 옥임에게 담보로 내주고, 출자금 십만 원은 일할 오부 변의 빚으로 돌라매고 말았다. 옥임으로서는 매삭 이할 배당의 맛도 잊을 수 없었으나, 기위 상점을 제 손으로 못 휘두를 바에는 이편이 든든은 하였던 것이다.

그러고도 정례 모친은 옥임이와 가끔 함께 들러서 알게 된 교장 선생님의 돈 오만 원을 얻어 가지고, 개학 초부터 찌부러져가던 상점의 만회책을 다시 세웠던 것이다. 그러나 땅뙈기는 자동차 바람에 날려 보내고, 자동차는 수선비로 녹여 버리고 나니, 상점에서 흘려 내간 칠팔만 원이라는 돈은 고스란히 떼버렸고 그 보충으로 짊어진 것이 교장의 빚 오만 원이었다.

점점 더 심해 가는 물가에, 뜯어먹고 살아야 하겠고, 내남 없이 종이 한 장, 연필 한 자루라도 덜 사겠지 더 팔리지는 않으니, 매삭 두 자국 세 국자의 변리만 꺼가기도 극단이었다. 그러고 보니 자연 좋지 못한 감정으로 헤어진 옥임이한테 보낼 변리가 한두 달 밀리기 시작했던 것이다. 팔만 원 증서가 집문서만큼 믿음 직하지 못하다고 기어이 일할 오분으로 떼를 써서 제멋대로 매 놓은 것이 얄미워서, 어디 네가 그 이자를 긁어다가 먹나, 내가 안 내고 배기나 해 보자는 뱃심도 정례 모친에게는 없지 않았다. 옥임이 역시 제가 좀 과하게 하였다고 뉘우쳤던지, 또 혹은 팔만 원 증서를 가졌느니만큼 마음이 놓여서 그런지, 별로 들르지도 않으려니와, 들러서도 변리 재촉은 그리 아니하였다. 도리어 정례 어머니 편에서 변리가 밀려 미안하다는 말을 꺼내고 그 끝에,

"이 여름방학이나 지내고 개학초에 한몫 보면 모개 내리다마는 원체 일할 오분이야 과한 것이오. 그래 형편에는 한 달 후면 자동차를 팔아서라두 곧 갚겠거니 해서 아무려나 해 둔 것이지만 벌써 이월서부터 여덟 달이나 됐으니 무슨 수로 그걸 다 내우. 일할씩만 해두 팔만 원이구려. 어이구…… 한 반만 깎읍시다."

하고, 슬쩍 비쳐보면 옥임이도 그럴싸한 듯이,

"아무려나 좋도록 합시다그려."

하고 웃어 버리곤 하였다. 그러던 것이 개학이 되자, 이달 들어서 부쩍 잦히면서 일할 오분 여덟 달치 변리 십이만 원 어울려서 이십만 원을 이 교장 영감에게 치러 달라는 것이다. 급한 사정으로 이 영감에게 이십만 원을 돌려 썼는데, 한달 변리 일할 이만 원을 없으면 이십이만 원 부리가 맞으니, 셈치기

도 좋고 마침 잘되었다고 생글생글 웃어 가며 조르는 옥임이의 늙어 가는 얼굴이, 더 모질어 보이고 얄밉상스러워 보였다.

마치 이십여만 원 부리를 채우느라고 그동안 여덟 달을 모른 체하고 내버려 두었던 것 같다. 정례 어머니는 기가 막혀 말이 아니 나왔다. 옥임이에게 속아넘어간 것 같아서 분하였다. 그러나 분한 것은 고사하고 이러다가 이 구멍가게나마 들어 먹고 집 한 채 남은 것마저 까불리지나 않을까 하는 생각을 곰곰 하면 가슴이 더럭 내려앉는 것이었다. 소학교 적부터 한 반에서 콧물을 흘리며 같이 자라났고 도쿄 가서 여자대학을 다닐 때도 함께 고생하던 옥임이다. 더구나 제가 내놓은 십만 원은 한푼 깔축을 안 내고 이십만 원 가까운 돈을 벌어 주었으니, 아무리 눈에 돈 동녹이 슬었기로 제가 설마 내게 일할 오분 변을 다 받으려 들기야 하랴! 한 반절 얹어서 십육만 원쯤 해 주면 되려니 하였다. 그러나 십오륙만 원이기로 한꺼번에 빼내는 수는 없으니 이번에 변리 육만 원만 마감을 하고서 본전을 오만 원씩 두 번을 갚자는 요량이었다. 집안 식구는 조밥에 새우젓 꽁댕이를 우겨 대더라도 어떻든지 이 겨울방학이 돌아오기 전에 그 아니꼬운 옥임이 조건만이라도 끝을 내고야 말겠다고 이를 악무는 판인데, 이렇게 둘러 대고 보니 살겠다고 기를 쓰고 기어 올라가는 놈의 발목을 아래에서 붙들고 늘어지는 것 같아서, 맥이 풀리고 사는 것이 귀찮은 생각만 드는 것이었다. 평생에 빚이라고는 모르고 지냈는데 펀펀히 노는 남편만 바라보고 있을 수 없어서 시작한 노릇이라서 은행에 삼십만 원이 그대로 있고 옥임에게 이십이만 원, 교장 영감에게 오만 원 도합 오십칠만 원 빚을 어느덧 걸머지고 앉은 생각을 하면 밤에 잠이 아니오고 앞이 캄캄하여 양잿물이라도 먹고 싶은 요사이의 정례 어머니였다.

"하여간 제게 십만 원 썼으면 썼지, 그걸 못 받을까 봐 선생님을 팔구 선생님더러 받아오라는 것이지만, 내가 아무리 죽게 돼두 제 돈 떼먹지 않을 거니 염려 말라구 하셔요."

정례 어머니는 화를 바락 내었다. 해방 덕에 빚놀이를 시작해 가지고 돈 백만 원이나 확실히 잡았고, 깔려 있는 것만도 백만 원 이상은 되리라는 소문인데 이 영감에게 이십만 원 빚을 쓰다니 말이 되는 소린가. 못 받을까 애도 쓰겠지마는, 십이만 원 변리를 본전으로 돌라 매어 놓고 변리의 새끼 변리, 손자 변리까지 우려먹자는 수단인 것이 뻔한 노릇이었다. 십만 원에 일할 오분이면 일만 오천 원밖에 안 되나, 이십이만 원으로 돌라매 놓으면 일할 변만 해도 매삭 이만이천 원이니 칠천 원이 더 붙는 것이다.

"그야, 내 돈 안 쓴 것을 썼다겠소. 깔려만 있고 회수가 안 되면 피차 돌려두 쓰는 것이지마는 나 역, 한 자국에 이십만 원씩 모개 내놓고 오래둘 수는 없으니까 이렇게 하면 어떻겠소……."

영감은 무척 생색을 내고, 이편 사폐를 보아서 석 달 기한하고 자기 조카의 돈 이십만 원을 돌려주게 할 터이니—다시 말하면 조카에게 이십만 원을 일할로 얻어 쓸 터이니, 우수리 이만 원만 현금으로 내놓고 표를 한 장 써내라는 것이다. 옥임이는 이 영감에게로 미루고 영감은 또 조카의 돈을 돌려쓴다고 표를 받겠다는 꼴이, 저희끼리 무슨 꿍꿍이 속인지 알 수가 없으나, 요컨대 석 달 기한의 표를 받아 놓자는 것이요, 그 사품에 칠천 원 변리를 더 받겠다는 수작이다. 특별히 일할 변인 대신에 석 달 기한이라는 조건을 붙이는 것도 무슨 계교속인지 알 수가 없다. 석 달 동안에 이십만 원을 만드는 재주도 없지마는 석 달 후면 마침 겨울방학이 될 때니 차차 꿀려들어가는 제일 어려운 고비인 것이다. 정례 어머니는 이 연놈들이 무슨 원수를 졌다고 이렇게 짜고서들 못살게 구는 것인가 하는 생각에 한바탕 들이대고 싶은 것을 꾹 참으며,

"선생님께 쓴 돈 아니니, 교장 선생은 아랑곳 마세요. 옥임이더러, 와서 조르든, 이 상점을 떠메어 가든 마음대로 하라죠."

하고 딱 잘라 말을 하여 쫓아 보냈다.

3

그 후 근 일주일은 옥임이의 그림자도 보이지 않았다. 정례 모녀는 맞닥뜨리면 말수도 부족하거니와 아귀다툼하는 것이 싫어서 그날그날 소리없이 넘어가는 것만 다행하나, 어느 때 달려들어서 무슨 조건을 내놓고 졸라 댈지 불안은 한층 더하였다.

"응, 마침 잘 만났군. 그런데 그만하면 얘기는 끝났을 텐데, 원 세도가 그리 좋아서 누구를 오너라 가너라 허구 아니꼽게 야단이야……."

정례 모친이 황토현 정류장에서 차를 기다리며 열 틈에 섰

으려니까, 이리로 향하여 오던 옥임이가 옆에 와서 딱 서며 시비를 건다.

"바쁘기야 하겠지만 좀 못 들를 건 뭐구."

정례 모친은 옥임이의 기색이 좋지는 않아 보이나 실없는 말이거니 하고 대꾸를 하며 열에서 빠져 나서려니까,

"그래 그 돈은 갚는다는 거야 안 갚을 작정이야? 세도 좋은 젊은 서방을 믿고 그 떠세루 남의 돈을 무쪽같이 떼먹으려 드나부다마는 김옥임이두 그렇게 호락호락하지는 않어……."

원체 예쁘장한 상판이기는 하면서도 쌀쌀한 편이지마는 눈을 곤두세우고 대드는 품이 어려서부터 삼십 년 동안을 보던 옥임이는 아니다. 전부터 '네 영감은 어째 점점 더 젊어 가니? 거기다 대면 넌 어머니 같구나.' 하고 새롱새롱 놀리기도 하고, 육십이 넘은 아버지 같은 영감 밑에 쓸쓸히 사는 옥임이는 은근히 부러워도 하는 눈치였지마는, 밑도 끝도 없이 길바닥에서 '젊은 서방'을 들추어내는 것을 보고 정례 어머니는 어이가 없었다.

'늙은 영감에 넌더리가 나거든 젊은 서방 하나 또 얻으려무나.'

하고, 정례 모친도 비꼬아 주고 싶었으나 열을 지어 섰는 사람들이 쳐다보며 픽픽 웃는 바람에,

"이거 미쳐나려나? 이건 무슨 객설야."

하고, 달래며 나무라며 끌고 가려 하였다.

"그래 내 돈을 곱게 먹겠는가 생각을 해 보렴. 매달린 식솔은 많구, 병들어 누운 늙은 영감의 약값이라두 뜯어 쓰랴구,

이렇게 쩔쩔거리구 다니는 이년의 돈을 먹겠다는 너 같은 의리가 없는 년은 욕을 좀 단단히 뵈야 정신이 날 거다마는, 제 사정 보아서 싼 변리에 좋은 자국을 지시해 바친밖에! 그것 두 마다니 남의 돈 생으루 먹자는 도둑년 같은 배짱 아니구 뭐야?"

오고가는 사람이 우중우중 서며 구경났다고 바라보는데, 원체 히스테리증이 있는 줄은 짐작하지마는 창피한 줄도 모르고 기가 나서 대든다. 히스테리는 고사하고, 이것도 빚쟁이의 돈 받는 상투수단인가 싶었다.

"누가 안 갚는 대나? 돈두 중하지만 이게 무슨 꼬락서니냔 말야."

정례 어머니는 그래도 달래서 뒷골목으로 끌고 들어가려 하였다.

"난 돈밖에 몰라. 내일 모레면 거리로 나앉게 된 년이 체면은 뭐구, 우정은 다 뭐냐? 어쨌든 내 돈만 내놓으면 이러니저러니 너 같은 장래 대신 부인께 나 같은 년야 감히 말이나 붙여 보려 들겠다든!"

하고, 허청 나오는 코웃음을 친다. 구경꾼은 자꾸 꾀어드는데, 정례 모친은 생전 처음에 당하는 이런 봉욕에 눈앞이 아찔하여지고 가슴이 꼭 메어 올랐으나, 언제까지 이러고 섰다가는 예서 더 무슨 창피한 꼴을 볼까 무서워서 선뜻 몸을 빠져 옆 골목으로 줄달음질을 쳐 들어갔다. 뒤에서 발소리가 없으니 옥임이는 제대로 간 모양이다.

정례 모친은 눈물이 핑 돌았다.

스물예닐곱까지 도쿄 바닥에서 신여성운동이네, 연애네, 어쩌네 하고 멋대로 놀다가, 지금 영감의 후실로 들어앉아서 세상 고생을 알까, 아이를 한번 낳아 보았을까, 사십 전의 젊은 한때를 도지사 대감의 실내 마님으로 떠받들려 제멋대로 호강도 하여본 옥임이다. 지금도 어디가 사십이 훨씬 넘은 중늙은이로 보이랴.

머리를 곱게 지지고 엷은 얼굴 단장에, 번질거리는 미국제 핸드백을 착 끼고 나선 맵시가 어느 댁 유한마담으로 알 것이지, 설마 일할, 일할 오분으로 아귀다툼을 하고, 어려운 예전 동무를 쫓아다니며 울리는 고리대금업자로야 누가 짐작이나 할까? 해방이 되자, 고리대금이 전당국 대신으로 터놓고 하는 생화가 되었지마는, 옥임이는 반민자(反民者)의 아내가 되리라는 것을 도리어 간판으로 내세우고 부라퀴같이 덤빈 것이다. 증경(曾經) 도지사요, 전쟁 말기에는 무슨 군수품 회사의 취체역인가 감사역을 지냈으니, 반민법이 국회에서 통과되는 날이면, 중풍으로 삼 년째나 누웠는 영감이, 어서 돌아가주기나 하기 전에야 으레 걸리고 말 것이요, 걸리는 날이면 떠메어다 징역은 시키지 않을지 모르되, 지니고 있는 집칸이며 땅섬지기나마 몰수를 당할 것이니, 비록 자식은 없을망정 자기는 자기대로 살 길을 차려야 하겠다고 나선 길이 이 길이었다.

상하 식솔을 혼자 떠맡고 영감의 약값을 제 손으로 벌어야 될 가련한 신세같이 우는 소리를 하지마는, 그래야 남의 욕을 덜 먹는 발이 되는 것이다.

옥임이는 정례 모친이 혼쭐이 나서 달아나는 꼴을 그것 보라는 듯이 곁눈으로 흘겨보고 입귀를 샐룩하여 비웃으며, 버 젓이 사람 틈을 헤치고 종로 편으로 내려갔다. 의기양양할 것 도 없지마는, 가슴속이 후련하니 머릿속이고 가슴속이고 무 언지 뭉치고 비비 꼬이고 하던 것이 확 풀어져 스러지고 화가 제대로 도는 것 같아서 기분이 시원하다. 그러나 그 뭉치고 비 비 꼬인 것이라는 것이 반드시 정례 어머니에게 대한 악감정 은 아니었다. 옥임이가 그 오랜 동무에게 이렇다 할 감정이 있 을 까닭은 없었다. 다만 아무리 요새 돈이라도 이십여만 원이 라는 대금을 받아 내려면은 한번 혼을 단단히 내고 제독을 주어야 하겠다고 벼르기는 하였지마는, 얼떨결에 나온다는 말 이 젊은 서방을 둔 떠세냐 무어냐고 한 것은 구석 없는 말이 었고, 지금 생각하니 우스웠다. 그러나 자기보다도 훨씬 늙어 보이고 살림에 찌든 정례 모친에게는 과분한 남편이라는 생각 은 늘 하는 옥임이기는 하였다. 남의 남편을 보고 부럽다거나 샘이 나거나 하는 그런 몰상식한 옥임이도 아니지마는 자식 도 없이 군식구들만 들썩거리는 집에 들어가서 몸도 제대로 가누지 못하는 늙은 영감의 방을 들여다보면, 공연히 짜증이 나고, 정례 어머니가 자식들을 공부시키느라고 어려운 살림에 얽매고 고생은 하나, 자기보다 팔자가 좋다는 생각도 나는 것 이었다. 내년이면 공과대학을 나오는 맏아들에, 중학교에 다니 는 어머니보다도 키가 큰 아들이 있고, 딸은 지금이라도 사위 를 보게 다 길러 놓았고, 남편은 핀둥핀둥 놀며 마누라가 조 리차를 하는 용돈이나 받아 쓰고, 자동차로 땅뙈기는 까불렸 을망정 신수가 멀쩡한 호남자가 무슨 정당이라나 하는 데 조직부장이니 훈련부장이니 하고 돌아다니니, 때를 만나면 아닌 게 아니라 장래 대신이 되지 말라는 법도 없을 것이다. 팔구 삭 동안 장사를 하느라고 매일 들러서 보면, 젊은 영감을 등이라도 두드리고 머리를 쓰다듬어 줄듯이 정성으로 고이는 꼴이란 아닌 게 아니라 옆에서 보기에도 부러운 생각이 들 때가 없지 않았지마는, 결혼들을 처음 했을 예전 시절이나, 도지사 관사에 들어서 드날릴 때에야 어디 존재나 있던 위인들인가? 그것이 처지가 뒤바뀌어서 관 속에 한 발을 들여놓은 영감이나마 반민자로 지목이 가다니, 이런 것 저런 것을 생각하면 쭉쭉 뽑아 놓은 자식들과, 한참 활동적인 허위대 좋은 남편에 둘러싸여 재미있고 기운꼴 차게 사는 양이 역시 부럽고 저희만 잘된다는 것이 시기도 나는 것이었다. 보기 좋게 이년 저년을 붙이며 한바탕 해대고 나서 속이 후련한 것도 그러한 은연중의 시기였고, 공연한 자기 화풀이였는지 모른다.

옥임이는 그 길로 교장 영감 집에 들러서,

"혼을 단단히 내 주었으니까 인제는 딴소리 안 할 거외다. 내일 가서 표라두 받아다 주슈."

하고 일러놓았다.

4

"오늘은 아퀴를 지어 주시렵니까? 언제 갚으나 갚고 말 것인데 그걸루 의 상할 거야 있나요?"

이튿날 교장이 슬쩍 들러서 매우 점잖은 수작을 하는 것
이다.

"이렇게 말씀하신 교장 선생님부터가 어떻게 들으실지 모르
지만 김옥임이가 그렇게 되다니 불쌍해 못 견디겠어요. 예전
에 셰익스피어의 원서를 끼구 다니구, 「인형의 집」에 신이 나
하구, 엘렌 케이의 숭배자요 하던 그런 옥임이가, 동냥 자루
같은 돈 전대를 차구 나서면 세상이 모두 노랑 돈닢으로 보이
는지? 어린애 코 묻은 돈푼이나 바라고 이런 구멍가게에 나와
앉았는 나두 불쌍한 신세이지마는 난 옥임이가 가엾어서 어
제 울었습니다. 난 살림이나 파산 지경이지 옥임이는 성격 파
산인가 보더군요⋯⋯."

정례 어머니는 분하다 할지, 딱하다 할지, 속에 맺히고 서린
불쾌한 감정을 스스로 풀어 버리려는 듯이 웃으며 하소연을
하는 것이었다.

"그런 말씀을 하시니 나두 듣기에 좀 괴란쩍습니다마는 다
어려운 세상에 살자니까 그런 거죠. 별수 있나요. 그래도 제
돈 내놓고 싸든 비싸든 이자라고 명토 있는 돈을 어엿이 받아
먹는 것은 아직도 양심이 있는 생활입니다. 입만 가지고 속여
먹고, 등쳐먹고, 알로 먹고, 꿩으로 먹는 허울 좋은 불한당이
아니고는 밥알이 올곧게 들어가지 못하는 지금 세상 아닙니
까⋯⋯ 허허허."

하고 교장은 자기 변명인지 옥임이 역성인지를 하는 것이
었다.

이날 정례 어머니는 딸이 옆에서 한사코 말리며,

"그따위 돈은 안 갚아도 좋으니 정장을 하든 어쩌든 마음대로 하라구 내버려 두세요."

하며 펄펄 뛰는 것을 모른 체하고, 이십만 원 표에 이만 원 현금을 얹어서 옥임이 갖다가 주라고 내놓았다.

정례 모친은 그후 두 달 걸려서 교장 영감의 오만 원 빚은 갚았으나, 석 달째 가서는 이 상점 주인이 바뀌어 들고야 말았다. 정말 교장 영감의 조카가 나서나 하였더니 교장의 딸 내외가 들어앉았다. 상점을 내놓고 만 바에는 자질구레한 셈속을 따진대야 죽은 아이 귀 만져 보기지 별수 없지마는, 하여튼 이십만 원의 석 달 변리 육만 원이 또 늘어서 이십육만 원인데 정례 모녀가 사글세의 보증금 팔만 원마저 못 찾고 두 손 털고 나선 것을 보면, 그 팔만 원을 에끼고 남은 십팔만 원이 점방의 설비와 남은 물건 값으로 치운 것이었다. 물론 옥임이가 뒤에 앉아 맡은 것이나, 권리값으로 오만 원 더 얹어서 교장 영감에게 팔아넘긴 것이었다. 옥임이는 좀 더 남겨 먹었을 것이로되, 교장 영감이 그 빚 받아 내는 데에 공로가 있었기 때문에 오만 원만 얹어먹고 말았다. 또 교장은 이북에서 내려온 딸 내외에게는 똑 알맞은 장사라고 생각이 있어서 애초부터 침을 삼키고 눈독을 들이던 것이라, 이 상점을 손에 넣으려고 애도 썼지마는, 매득하였다고 좋아하였다.

정례 모녀는 일년 반 동안이나 죽도록 벌어서 죽 쑤어 개 좋은 일 한 셈이라고 절통을 하였으나 그보다도 정례 모친은 오래간만에 몸 편해져서 그렇기도 하였겠지마는 몸살 감기에 울화가 터져서 그만 누운 것이 반 달이나 끌었다.

"마누라, 염려 말아요. 김옥임이 돈쯤 먹자만 들면 삼사십만 원쯤 금세루 녹여 내지. 가만 있어요."

정례 부친은 앓는 마누라 앞에 앉아서 이렇게 위로하였다.

"옥임이 돈을 먹자는 것두 아니지마는 무슨 재주루."

마누라는 말리는 것도 아니요 부채질하는 것도 아닌 소리를 하였다.

"김옥임이도 요새 자동차를 놀려 보구 싶어 한다는데 마침 어수룩한 자동차 한 대가 나섰단 말이지. 조금만 참어요. 우리 집문서는 아무래두 김옥임 여사의 돈으로 찾아 놓고 말 것이니……."

하며, 정례 부친은 앓는 아내를 위하여 뱃속 유하게 껄껄 웃었다.

《신천지(新天地)》1949. 8.

엮은이의 말

한국의 현대 소설은 그 이전의 한국 문학과 연결성이 약하고 또 출발도 뒤늦었던 셈이지만, 그 동안 훌륭한 작가와 작품을 많이 배출하였다. 특히 타 분야에 비해서 단편 소설 분야는 높은 수준의 작품을 많이 낳았고 또 독자들의 사랑도 많이 받아왔다. 지금도 소설 문학상의 대부분은 단편 소설을 대상으로 하고 있다.

한국의 현대 단편 소설은 1920년대 초, 김동인으로부터 시작된다고 볼 수 있다. 그 이후 불과 10여 년 만에 많은 작가들에 의해 다양하고 수준 높은 작품들이 발표되어 1930년대 한국의 소설 문학은 이미 성숙한 모습을 보여 준다. 그후, 식민지 시대 말기의 가혹한 상황과 해방 직후의 비극적 역사는 한국문학의 발전에 큰 장애물이 되기도 했지만, 한국의 소설 문학은 세대를 이어 가면서 꾸준히 발전해 왔고, 많은 수작들을 축적하였다.

　모든 선별이 다 그러하지만, 수많은 한국 현대 단편 소설 가운데에서 대표작을 가려 낸다는 것은 쉬운 일이 아니다. 그렇지만 이미 대표작을 가려 내기 위한 작업 또한 꾸준히 있어 왔다. 여러 형태의 단편 소설 선집이 간행된 바 있었던 것이다. 이 책 역시 그러한 기존의 작업들을 계승하고 있다고 말할 수 있다. 즉, 기존의 작업들을 크게 참조하면서 약간의 변화를 모색했다고 할 수 있는데, 시대의 변화에 따라 호소력이나 문제성이 떨어지는 작품들은 과감하게 제외시켰다. 그리고 기존의 문학사에서 언급되는 작품이라고 해서 무조건 존중하는 일 없이, 한 편 한 편의 수준과 문제성을 나름대로 재검토하여 선별하였다.

　이런 작업을 함에 있어서, 작품의 선별 못지않게 어려운 일이 표기법의 문제다. 특히 식민지 시대에 발표된 작품들은, 지금은 쓰이지 않는 어구들을 많이 구사하고 있다. 그리고 지금의 맞춤법과 틀린 부분들이 많다. 뿐만 아니라 당시의 열악한 인쇄 사정을 감안할 때 잘못 인쇄된 부분도 꽤 있으리라 짐작된다. 한국 단편 소설들에 대한 연구가 상당히 축적되어 있기는 하지만, 이러한 표기법을 정리하여 결정본을 확정짓는 그러한 연구는 상대적으로 소홀했다고 할 수 있다. 이에 각 작품의 표기법을 어떻게 확정해야 하는가 하는 문제는 여전히 숙제로 남아 있는 실정이다.

　이 책에서는 표기법을 될 수 있는 대로 오늘날의 독자가 쉽게 이해할 수 있는 것으로 수정하여 게재하고자 하였다. 그러나 그 경계가 모호하고 또 그 뜻이 쉽게 표준말로 옮겨질 수 없는 것들이 적지 않았는데, 그런 것들은 그대로 두는 수밖에 없었다. 또 그 문학적 효과를 위해서 그대로 둬야 할 부분도 많기 때문에, 아주 분명한 것 이외에는 표기법을 조심스럽게 바꾸었다.

　문학은 현실의 반영이라고 하지만, 여기에 실린 한국 단편소설들은 지난 시대의 삶을 재생시켜 주고 있다. 그러면서도 거기에 머무르지 않고 삶의 보편적 문제들에 대한 깊은 통찰을 담고 있다. 이 소설들이 한국의 독자뿐만 아니라 세계의 독자들에게도 널리 읽히기를 희망한다.

1998년 여름

이남호

세계문학전집 10

한국단편문학선 1

1판 1쇄 펴냄 1998년 8월 5일
1판 68쇄 펴냄 2024년 7월 25일

지은이 김동인 외
엮은이 이남호
발행인 박근섭, 박상준
펴낸곳 (주)민음사

출판등록 1966. 5. 19. (제 16-490호)
서울특별시 강남구 도산대로1길 62(신사동) 강남출판문화센터 5층 (우편번호 06027)
대표전화 02-515-2000 팩시밀리 02-515-2007
www.minumsa.com

ISBN 978-89-374-6010-4 04800
ISBN 978-89-374-6000-5 (세트)

* 잘못 만들어진 책은 구입처에서 교환해 드립니다.

세계문학전집 목록

세계문학전집은 계속 간행됩니다.